FISCHER

STEPHANIE SCHUSTER

Die Wunder Frauen

FREIHEIT
IM ANGEBOT

ROMAN

FISCHER

Aus Verantwortung für die Umwelt hat sich der S. Fischer Verlag zu einer nachhaltigen Buchproduktion verpflichtet. Der bewusste Umgang mit unseren Ressourcen, der Schutz unseres Klimas und der Natur gehören zu unseren obersten Unternehmenszielen.

Gemeinsam mit unseren Partnern und Lieferanten setzen wir uns für eine klimaneutrale Buchproduktion ein, die den Erwerb von Klimazertifikaten zur Kompensation des CO_2-Ausstoßes einschließt.

Weitere Informationen finden Sie unter: www.klimaneutralerverlag.de

Inhaltswarnung

Im historischen Kontext der »Wunderfrauen«-Trilogie verwenden die Figuren auch zum Teil antisemitische, rassistische, sexistische und ableistische Wörter und Konzepte, die in den drei Jahrzehnten, über die sich die Handlung der Romane erstreckt, von der Mehrheitsgesellschaft größtenteils unreflektiert genutzt wurden. Daneben enthält der Roman Szenen sexualisierter Gewalt (Vergewaltigung und sexuelle Nötigung).

FSC www.fsc.org MIX Papier aus verantwortungsvollen Quellen FSC® C083411

2. Auflage: September 2021

Originalausgabe
Erschienen bei FISCHER Taschenbuch
Frankfurt am Main, September 2021

Satz: Fotosatz Amann, Memmingen
Druck und Bindung: CPI books GmbH, Leck
Printed in Germany
ISBN 978-3-596-70564-1

Nur wer Wurzeln hat, kann fliegen lernen.

Für Else und Hermann,
die so einen Laden wie *Dahlmanns Gemischtwaren*
in Münster betrieben, und ihre Enkelin Carla,
die mir davon erzählte.

Für meinen allerliebsten Thomas, unsere Kinder,
Schwiegersöhne und Enkelinnen, unsere Wunder!

Die Wunderfrauen und ihre Familien:

LUISE DAHLMANN, geb. Brandstetter (* 1927)
verheiratet mit Hans (* 1920)
Kinder: Josephine (* 1954), die Zwillinge Christian und Elias (* 1964)

MARIE BRANDSTETTER, geb. Wagner (* 1928)
verheiratet mit Martin (* 1925)
Kinder: Alma (* 1956), Konrad (* 1957), Linda (* 1959), Xaver (* 1962)

ANNABEL VON THALER, geb. Tobek (* 1920)
verheiratet mit Konstantin (* 1909)
Kinder: Friedrich (* 1948), Marlene (* 1961)

HELGA KNAUP (* 1932)
ledig, aber liiert mit Theo (* 1927), Otto (* 1929)
Kind: David (* 1954, Vater: Jack)

PROLOG

August, 1973

Wie weit sie unter der Erde waren, wusste Marie nicht. Zuerst waren sie eine eiserne Wendeltreppe hinabgestiegen, die kein Ende zu nehmen schien, dann ging es weiter, eine lange Galerie entlang und unter gemauerten Bögen hindurch, so massiv, als wollten sie die gesamte Stadt von unten stützen. Sie duckten sich unter einem Türsturz hindurch, über dem sie eine Tafel auf Französisch warnte. HALT, HIER BEGINNT DAS REICH DES TODES! Dahinter taten sich riesige Höhlen auf, deren Wände nur schwach beleuchtet waren. Rechts und links waren Gebeine aufgestapelt, säuberlich sortiert nach Schädeln, Ellen, Speichen, Oberschenkelknochen. Jetzt begriff Marie erst, was der Wärter am Eingang gemeint hatte, als er sie ermahnte: »Mais ne mettez rien dans le sac.« Verständnislos hatte sie ihn angeschaut. Da zeigte er auf ihren Rucksack, in dem sie ihr Skizzenbuch verwahrte.

»Gibt's tatsächlich Leute, die Knochen klauen?«, fragte sie nun Helga, die mit ihr am Fuß einer weiteren Treppe auf Annabel und Marlene wartete.

»Manche fahren sogar extra deswegen her«, erklärte Helga. »Ein Totenkopf auf dem Schreibtisch oder ein Schulterblatt zum Herumzeigen, das ist doch was. Die Herstellung von Gips- oder Plastikpräparaten kostet mehr als der Eintritt hier. Ich könnte mir glatt etwas dazuverdienen, wenn ich meinen Arztkollegen einen echten Knochen als Anschauungsobjekt für die Praxis mitbrächte.« Als sie Maries ernste Miene bemerkte, erstarb ihr Lächeln. »Tut mir leid, war nur Spaß. Auch mir ist die Totenruhe heilig.« Ein kleiner Junge in einem gelben Regenmantel überholte Marlene und Annabel, flitzte auch an Marie und Helga vorbei und rannte juchzend, den Hall ausprobierend, weiter und verschwand in der Finsternis.

»Jetzt lass mich endlich, Mama«, zischte Marlene. Offenbar war es der Zwölfjährigen peinlich, dass Annabel rückwärts vor ihr die Treppe hinunterstieg, um sie aufzufangen, falls sie stürzen sollte. Ans Geländer gestützt, ging Marlene Stufe für Stufe hinunter, festhalten konnte sie sich ohne Arme nur schwer. Als ersten gemeinsamen Ausflug zu viert hätten sie vielleicht besser etwas anderes unternehmen sollen. Von wegen Ablenkung und Vergnügen. Reichlich morbid war es hier unten. Marie hatte sich nichts dabei gedacht, als sie die Katakomben vorschlug. Warum nicht auch das unterirdische Paris erkunden? An einem Ende der Stadt in die verlassenen Steinbrüche eintauchen, für eine Stunde dem Lärm und der Hitze entkommen und an einer ganz anderen Stelle wieder ans Tageslicht steigen, wäre doch lustig. Von wegen! Anscheinend hatte sie das, dem sie eigentlich entkommen wollte, wie ein Magnet angezogen. Nun bereute sie es, die anderen überredet zu haben. Wie herrlich wäre es, oben bei einem Café au Lait in der Sonne zu sitzen oder die Seine entlangzuspazieren, bei den Bouquinisten oder den Künstlern am Montmartre vorbei und gemeinsam den Sommer zu genießen. Stattdessen stiegen sie immer tiefer in die Unterwelt. Von Raum zu Raum wurde Marie unbehaglicher. Sie versuchte, die aufkeimende Beklemmung wegzudrücken. Zum Umkehren war es zu spät, und was vor ihnen lag, konnte schließlich nicht schauriger sein als das, was sie bereits gesehen hatten. Fröstelnd schlüpfte sie in die Strickjacke, die sie um die Hüften gebunden hatte, und knöpfte sie zu. Die vielen Skeletttteile ringsum bildeten Ornamente. Vielleicht sollte sie den Anblick festhalten. Zeichnen hatte sie schon immer über alles hinweggerettet. Was sie festhielt, belastete sie nicht mehr. Mit klammen Fingern wollte sie ihren Bleistift aus dem Rucksack holen, da schlossen Annabel und Marlene endlich zu ihr auf. Sie verschob das Skizzieren, lieber gingen sie schnell weiter und brachten diesen Ausflug hinter sich.

»Hört ihr das?« Helga blieb stehen.

Marie lauschte, schüttelte den Kopf. »Was soll sein?« Bis auf das Knistern einer Neonröhre war es still ringsum. Nicht einmal die Schritte und Stimmen der anderen Besucher hörten sie mehr. Kein Husten und Niesen, und auch kein Rufen drang zu ihnen. Vorhin waren sie in einem ganzen Pulk hereingekommen, der sich hier unten schnell aufgelöst hatte. Nicht auszudenken, wenn plötzlich der Strom ausfiele. Womöglich gab es hier Fallgruben oder Schächte.

»Die Musik. *Ta-ta. Tatataa-ta. Ta-ta.*« Helga tippte mit ihren Plateausandalen auf den Steinboden. »Klingt wie von den Stones.«

»Stones für Steine, das passt.« Marlene kicherte und schaute in einen Nebengang. »Woher kommt das?«

»Bleib hier, Schatz.« Annabel hielt ihre Tochter zurück.

»Das würde ich auch gerne wissen. Hört sich nach einer Fete an.« Helga witschte an den beiden vorbei, knipste ihr Feuerzeug an und verschwand um eine Kurve. Marie wollte sie gerade zurückrufen, da hörte sie es auch. Jetzt lauter.

»Ta-ta. Tatataa-ta. Ta-ta.« Ein hämmernder Sound wie von einer Elektrogitarre. Dann stimmte das mit den *Kataphilen*, die in dem unterirdischen Labyrinth illegale Treffen abhielten, wie Helga behauptet hatte. Marie folgte ihr, weit konnte sie nicht sein. Der Gang verschmälerte sich, bald war nichts mehr zu hören. Sie zog den Kopf ein und tastete sich mit ausgestreckten Händen vor. »Lass uns zurückgehen, da ist doch nichts. Vielleicht hatte nur einer der Besucher einen Kassettenrekorder dabei.« Helga vor ihr reagierte nicht. Auch der Lichtschein ihres Feuerzeugs war nicht mehr zu sehen. Bisher hatte sie Annabel und Marlene hinter sich geglaubt, doch als Marie sich umwandte, war da niemand mehr. Sie rief nach ihnen. Keiner antwortete. Marie stand in der Dunkelheit, lauschte ihrem eigenen Atem und senkte die Arme, aus Angst, womöglich gleich einen Knochen zu berühren. Was sollte sie tun? Zurück oder vor? Ihre Kehle verengte sich, sie schluckte dagegen an. »Helga? H-E-L-G-A!« Sie kreischte fast. »Annabel, Marlene, wo seid ihr?«, rief sie, bis es in ihren Ohren dröhnte. Ihre Stimme klang dumpf, wurde von den Wänden verschluckt. Etwas flatterte dicht über ihr. Maries Puls raste, sie hielt sich die Hände über den Kopf, damit sich keine Motte und schon gar keine Fledermaus in ihren Haaren verfing. So blieb sie eine Zeitlang, setzte dann langsam einen Fuß zurück.

»Nicht, Marie. Nicht umdrehen.« Martins Stimme hallte in ihr. Sie erstarrte und brauchte eine Weile, ehe sie wieder Luft holen konnte. Warum waren sie nicht einfach bloß durch die Stadt geschlendert, hatten Notre-Dame besichtigt und ein Eis gegessen? Oder waren in den Louvre gegangen, wo sie die Mona Lisa sehen wollte und alle anderen Kunstwerke. Dort waren die meisten ihrer künstlerischen Vorbilder versammelt. Besonders Géricault mit seinen phantastischen Pferdebildern. Immerhin zeichnete sie, seit sie in Paris eingetroffen waren, wie schon lange nicht mehr, skizzierte die Leute in der Metro oder im Park. Auch Helga war schon mehrere Male in ihrem Buch verewigt. Sie war ein dankbares Motiv, man konnte diese

Frau nie wirklich erfassen, sie hatte so viele Facetten. Mal ernst, mal fröhlich, meistens umtriebig und rastlos. Dabei barg auch sie Geheimnisse, vielleicht mehr als sie alle zusammen.

Nie hätte sich Marie erhofft, eines Tages solch enge Freundinnen zu haben. Eine von ihnen war sogar ihre Schwägerin. Luise würde nachkommen nach Paris, bestimmt saß sie mit den Kindern schon im Zug. Außer Martin und Theo hatte Marie noch nie Freunde gehabt, schon gar keine Freundinnen. Doch nun hatte sie gleich drei, noch dazu Wunderfrauen. Jede von ihnen war eigen, so dass sie manchmal aneinandergerieten, aber sobald eine von ihnen Sorgen hatte oder gar in Not war, standen sie füreinander ein. Gemeinsam wollten sie die Ferien in Paris verbringen, auch um die Vergangenheit hinter sich zu lassen und nach vorne zu blicken. Ein kalter Hauch streifte sie. Sie hatte keine Streichhölzer dabei, geschweige denn eine Taschenlampe. So sehr sie auch blinzelte, sie erkannte nichts ringsum. Die Luft war klamm und stickig. Das griechische Liebespaar fiel ihr ein. *Orpheus und Eurydike.* Auf der Suche nach seiner Liebsten war Orpheus durch die Unterwelt geirrt, hatte sich nicht umdrehen dürfen, sonst …? Hätte sie sich die Sage gemerkt, vor allem wie sie endete, fände sie vielleicht auch aus dieser Knochenkammer heraus.

»Keine Angst, vertrau mir.« Erneut hörte sie Martins Stimme, es war eine der schönsten Erinnerungen an ihn überhaupt. »Komm. Ich will dir was zeigen«, hatte er sie eines Abends nach der Stallarbeit aufgefordert. Und sie spürte es noch, wie er die Hand ausstreckte. Legte ihre in seine, in diese große warme Hand, sie fühlte seine Finger, seine Haut, die sie so vermisste. Ein Hund kläffte. War das der Wachhund der Wittelsbacher, oder geschah das jetzt in diesem Moment? Sie lauschte in die Dunkelheit. Hunde hatten in den Katakomben keinen Zutritt, soviel sie wusste. Und Marie tauchte erneut in ihr Gedächtnis ab, folgte Martin durch Leutstetten, zum Hof hinaus, die Straße vor und am Schloss vorbei. An den Zäunen rankten sich Rosen empor. Die Luft flirrte, und die Sonne leuchtete glutrot in das zarte Himmelsblau. Sie spazierten durchs Dorf, Martin zügig mit den Gummistiefeln, so dass sie sich schwertat, Schritt zu halten.

»Wo geht's hin?«, fragte sie neugierig. Doch er verriet nichts, schlenkerte ihre verschränkten Hände, grinste sie an und zog eine Augenbraue hoch. Hinter dem Ortsschild, wo die Brandstetterfelder lagen, bogen sie ab.

»Nicht umschauen, Marie. Versprich es mir, ja?« Nun legte er den Arm um sie, schob sie weiter, und sie tat ihm den Gefallen, schmiegte sich an seine Schulter, konzentrierte sich auf den Trampelpfad unter ihren Schuhen, der sich den Berg hinaufschlängelte. Es ging auf den Drumlin, vermutete sie. Martin verdeckte ihr mit seinem Körper die Sicht. Aber selbst wenn sie einen Blick riskiert hätte, was hätte sie schon gesehen? Bäume und Büsche, Wiesen und Äcker! Lieber roch sie Martin, diese Mischung aus Schafwolle, Heu und seinem ganz unverwechselbaren Duft, und ließ sich führen, egal wohin. »Warte, mach bitte kurz die Augen zu«, sagte er, als sie oben standen, nahe am Abhang, das spürte sie. Ihr Fuß ragte fast darüber hinaus. Doch Martin hielt sie, drehte sie nun ein Stück. »Jetzt, schau.« Als sie die Augen öffnete, sah sie unter sich das Roggenfeld. Erst erkannte sie nichts als die hellen Ähren. Sanft bewegten sie sich im Sommerwind. Mitten unter den Halmen wuchsen traumhaft schöne Sonnenblumen, in zwei Kreisen, die sich an einer Stelle zu Ringen verbanden. Da sank Martin schon neben ihr auf die Knie und fragte sie, ob sie ihn heiraten wolle. Seit dem Frühjahr hatte er das geplant, mitten im Getreide Sonnenblumenkerne gesät und gehofft, dass sie keimten und sich gegen die Vögel und Schnecken behaupteten. So war er, ihr Liebster, nichts, was Martin getan hatte, geschah überhastet, alles war wohl überlegt. Und immer hatte sie sich in dieser Sicherheit ausruhen können. Etwas stupste Marie ans Bein und holte sie in die finstere Gegenwart zurück. Auf einmal sah sie Funken und hörte Helga fluchen, die sich an ihrem Feuerzeug die Finger verbrannt hatte.

Der erste Urlaub überhaupt. Luise packte um, packte aus. Sie hatte wenig Übung im Verreisen, war bisher kaum über München hinausgekommen. Abgesehen von zweimal Krankenhaus – Schlafanzug, Unterwäsche, Waschzeug, Pantoffeln –, aber das zählte nicht. Was brauchte man in Frankreich? Es könnte regnen, windig sein oder pausenlos heiß? Sollte sie ein Abendkleid mitnehmen, sich überhaupt auch tagsüber elegant anziehen? Oder doch lieber etwas Bequemes, dann reichten die neue Schlaghose, der kurze Jeansrock und die bunten Blusen, die sie mit einem Lackgürtel oder einem Tuch, das sie abwechselnd um die Taille, als Haarband oder als Schal tragen würde, kombinierte? Genügte die leichte Jacke mit Reißverschluss, oder sollte sie noch eine gefütterte einpacken, falls es nachts kühl war? Nimm nur das Notwendigste mit, hatte ihr Helga geraten, den Rest oder, besser gesagt, den ganzen Pariser Chic kaufen wir. Das sagte die Richtige, gerade Helga wirkte immer wie dem neuesten Modemagazin entsprungen. Außerdem musste Luise für ihre Buben mitentscheiden. Dazu noch die Brotzeit, man wusste nie, was es in einem fremden Land zu essen gab und ob das auch schmeckte. Das würde eine Schlepperei werden. Zum Glück mussten sie nur einmal umsteigen und hatten reservierte Plätze in der Bahn. »Auf geht's. Elias, Christian, fertig anziehen, wir fahren.« Sie sang es fast, wollte Fröhlichkeit vortäuschen. Dabei war ihr ganz und gar nicht danach. Doch für einen Rückzieher war es zu spät. Genug gehadert, die Freundinnen erwarteten sie. Sie wollte doch etwas verändern und neu anfangen. Also los! Außerdem war sie sowieso die Letzte, die dazustoßen würde. Die anderen hatten bestimmt schon viel erlebt, und sie stand hier und grübelte. Luise kniete sich auf den Koffer und hakte ihn zu, dann rief sie die Kinder. Wo steckten sie? Eben waren sie noch hier gewesen, hatten sich in der Sprache, die nur sie verstanden, geeinigt, was sie für Spiele mitnehmen wollten, und schließlich einen Satz Karten und das Malefiz mit in den Koffer gestopft. In sechsundzwanzig Minuten ging der Zug nach München, dann umsteigen nach Paris. Paris! Schon das Wort klang nach Freiheit. Straßencafés und Boutiquen, Musik und Eleganz, gepaart mit Leichtigkeit. Ja, nach der sehnte sich Luise tatsächlich. Elias kam von draußen angerannt, die Knie der frischgebügelten Hose schon wieder voll Dreck. Sie schnappte sich einen Lappen, versuchte, ihn sauber zu machen, und gab auf. Zum Umziehen war es zu spät. »Wo steckt Christian?«, fragte sie.

»Der will nicht mit.« Elias band sich die Schuhe. Auch das noch, Luise seufzte. »Und wo ist er?« Elias zuckte mit den Schultern. Typisch, die Brüder hielten natürlich zusammen. »Jetzt sag schon.« Noch bevor es losging, war sie durchgeschwitzt. Hatte sie überhaupt Deo benutzt? Sie konnte sich nicht erinnern, rannte nach oben, schlüpfte rasch aus den Ärmeln der orange-braun gestreiften Bluse, die sie sich extra genäht hatte, und trocknete sich mit dem Handtuch die Achseln. Dann griff sie zum Bac-Stift, der vor dem Badspiegel stand. Es war der grüne, der gehörte ihrem Mann. Sie zögerte kurz, wollte seinen Geruch nicht auf dieser Reise dabeihaben, aber ihren Deostift hatte sie bereits eingepackt, und bevor sie den Koffer jetzt noch mal aufmachte und alles hervorquoll, benutzte sie ihn. »Christian?« Rasch zog sie sich wieder an, zupfte an dem großen Kragen mit den langen Spitzen, der sich auf einer Seite etwas wellte, aber zum Dämpfen war jetzt wirklich keine Zeit mehr. Erneut rief sie nach ihrem Sohn. Im Kinderzimmer war er nicht. Als sie wieder nach unten laufen wollte, hörte sie ihn. Das Geräusch kam aus dem Zwickel über dem Treppenabsatz. In dem Schlupf hatte kein Erwachsener Platz, nur Elias und Christian, und auch die wuchsen langsam heraus. Sie öffnete die kleine Tür und hörte ihn schluchzen. »Was ist denn, Chrissi?« Auf Zehenspitzen, die Arme ausgestreckt, versuchte sie, ihren Sohn zu erreichen. Vergeblich. Er kauerte sich an die Rückwand. »Bitte, rede mit mir. Freust du dich denn gar nicht auf den Urlaub? Wir wollen doch auf den Eiffelturm und ganz viel U-Bahn fahren.«

»Du meinst Metro«, verbesserte er sie. Wenigstens sprach er wieder mit ihr.

»Genau. Und in das Museum mit den Uniformen und Rüstungen.« Sie hatte in der Stadtbücherei etliche Reiseführer gewälzt und sich einiges rausgeschrieben, damit sie vorbereitet war.

»Gibt's da auch Schwerter?«, fragte Christian, aber noch immer rührte er sich nicht.

»Bestimmt.«

»Säbel und Pistolen?«

Wie viel Überredungskunst brauchte es noch! »Jetzt raus da.« Sie verlor die Geduld. »Sonst verpassen wir den Zug.«

»Aber was, wenn wir nie mehr heimkommen?« Christian kroch wieder in den hintersten Winkel zurück und schniefte.

»Ach, Schmarrn. Es ist doch bloß eine Reise, wir sind ein paar Tage fort und kehren erholt zurück«, erklärte sie, dabei sprach ihr Sohn aus, was sie sich auch schon gedacht hatte. Das Telefon klingelte. Sie ignorierte es. »Bitte Chrissi, mach's mir doch nicht noch schwerer.«

»Mama, komm schnell, die Josie ist dran.« Elias rief von unten.

»Die Josie? Aus Amerika?« Luise rannte zum Apparat, hörte noch, wie Christian aus dem Zwickel krabbelte. Anscheinend wollte er sich den Anruf seiner großen Schwester nicht entgehen lassen. Sie nahm Elias den Hörer ab, sprach mit ihrer Ältesten. Josie wirkte völlig aufgelöst. Was sie zu berichten hatte, änderte alles, besonders für Helga. Am besten, sie würden von Paris aus noch einmal telefonieren, schlug Luise vor, die das Gehörte erst begreifen musste. Hastig notierte sie Josies Nummer, sah dabei auf ihre Armbanduhr, die Bellarabi repariert hatte. Sie rieb über das verkratzte Ziffernblatt, damit sie die Zeiger erkennen konnte. Noch elf Minuten, jetzt würden sie rennen müssen.

»Was hat sie gesagt, Mama?«, fragten die Brüder fast einstimmig, als sie auflegte und sich Koffer, Rucksack und Handtasche schnappte.

»Das erzähl ich euch unterwegs.« Der Schlüssel, wo war jetzt der? Als sie endlich voll bepackt zum Bahnhof spurteten, drehte sich Luise noch mal um und schaute zum Laden zurück. Im Schaufenster hing ein Schild: »Zu vermieten«.

1. Teil

Sommer 1972

Rezept für ein gelungenes Leben

3 Esslöffel voll Glück
1 Messerspitze Charme
1 Prise Durchsetzungsvermögen
1 Tasse Begabung
50 Tropfen Selbstvertrauen
¼ Liter Optimismus

Alle Zutaten kräftig verrühren und mit 1000 Kilogramm Fleiß vermischen. Morgens und abends unverdünnt und auf nüchternen Magen einnehmen, evtl. mit einem Klumpen Humor abschmecken.

Aus: Luises Ladenkunde-Album

LUISE

Das große Ladenfenster zur Maximilianstraße hin gehörte noch geputzt, fiel ihr auf, als sie gerade Feierabend machen wollte. Kinder hatten sich die Nasen an der Scheibe platt gedrückt und es mit klebrigen Eisfingern verschmiert. Der meiste Schmutz stammte jedoch von der Kehrmaschine der Stadtverwaltung, die am Nachmittag den Bürgersteig gereinigt hatte. Bis zum ersten Stock hatte es gestaubt. Dringend bräuchten sie Regen. Die Sommerhitze flirrte, und der Wischer quietschte, als Luise ihn übers Glas zog. Sie freute sich so, dass ihre Dekoration gut ankam. Die ganze Woche waren immer wieder Leute stehen geblieben, und an ihren Gesichtern hatte sie ablesen können, dass ihnen gefiel, was sie sich ausgedacht hatte. Abgesehen von der Planung und zahlreichen Entwürfen hatte Luise den gesamten letzten Sonntag damit verbracht, ein Miniatur-Olympiastadion aufzubauen. In der Mitte, auf einer grünen Teppichfliese, zeigte sie die allerersten Fußballschuhe der Buben in Größe achtzehn. Die hatte Hans ihnen gleich nach der Geburt gekauft. Josie hatte er nie dafür begeistern können, aber Elias und Christian hatten, kaum dass sie laufen konnten, angefangen, seine Leidenschaft zu teilen. Hinter den Stollenschuhen stand Waldi, das Olympiamaskottchen. Luise hatte es in knallig bunten Farben nachgestrickt. Anfangs hatte sie sich gefragt, warum ausgerechnet ein Dackel die internationalen Spiele begleitete, bis sie in der Zeitung las, dass der Dackel nicht nur das beliebteste Haustier Münchens war, wo die Olympiade schließlich stattfand, er verkörperte auch das, was man jedem Sportler wünschte: Zähigkeit, Beweglichkeit und Durchhaltevermögen. Demnach hatte auch sie selbst Dackelqualitäten, dachte Luise. Was sie in den letzten Jahren alles durchgemacht hatte und wie sie sich weiterhin durchbiss, hätte ein Schwanzwedeln verdient. Anders als der Waldi auf den Olympia-Fanartikeln, den Anstecknadeln und Schlüsselanhängern, die sie auf einem Drehständer an der Kasse verkaufte, war ihr gestrickter Dackel etwas zu lang geraten, aber seine vielen bunten Ringel lenkten vielleicht die Aufmerksamkeit ins Schaufenster, hatte sie sich überlegt, und ihn nicht noch mal aufgetrennt. Im Herbst, wenn sie umdekorierte, konnte sie ihn wunderbar als Fensterabdichtung verwenden. Das Fußballfeld war von einer Laufbahn aus rot gefärbtem Zucker umrundet, die durch weißes Baumwollgarn in Bahnen unterteilt war. Dahinter hatte sie Zuschauerränge errichtet, auf denen sie ihre Waren präsentierte. Eine Mischung aus Genussmitteln und Schlankmachern, frei nach dem Motto, erst im Fernsehen die Wettkämpfe mitverfolgen, dann voller Elan selbst trainieren. Salzgebäck aller Art, Erfrischungsgetränke, aber auch Franzbranntwein und Massageöl, um den Muskelkater zu lindern. Beim Polieren der Fensterscheibe fiel ihr auf, dass sich einer der fünf Ringe, die über der Kulisse hingen, gelöst hatte und windschief herunterbaumelte. Das musste sie noch geschwind richten, bevor sie sich ihrer Familie widmete. Luise holte den Schlüssel aus ihrem Kittel und sperrte das Auslagenfenster auf. Seit dem Ladenumbau vor acht Jahren war das Schaufenster nur noch von außen erreichbar. Von innen war der Zugang mit Regalen versperrt. Vorsichtig kletterte sie hinein, stieg geduckt und auf Zehenspitzen über den Turm aus Süßstoffspendern und Bärenmarke-Dosen, die mittlerweile in den meisten Haushalten Milch und Zucker in Kaffee und Tee ersetzten. Als sie sich nach oben streckte, um den Ring neu festzustecken, löste sich die Reißzwecke von der Stange, an der die Dekoration aufgehängt war, und fiel in das Miniaturstadion. Sie bückte sich, suchte eine Weile. Gerade als sie aufgeben wollte und sich hinkniete, pikste es. Autsch, da war die verfluchte Reißzwecke. Jemand klopfte ans Schaufenster. Herta, Irmi und Gretel natürlich. Wer sonst begehrte, kaum dass der Laden geschlossen hatte, ein Tröpferl Öl oder eine Fingerspitze Wurst oder Vogelfutter für den wer weiß wievielten Wellensittich, den die drei Starnberger Urgewächse bereits überlebt hatten.

»Frau Dahlmann, huhu, wir sind's«, flötete Herta, als wären sie hinter der Scheibe nicht zu sehen.

»Einen Moment, bitte.« Luise rieb sich die Kniescheibe und tupfte den Blutstropfen weg, der sich sofort gebildet hatte. Mist, jetzt hatte sie sich auch noch eine Laufmasche gerissen. Bei der Hitze würde sie zwar lieber auf die Seidenstrumpfhose verzichten, aber ihre Beine kamen ihr viel zu blass vor. Zum Sonnen hatte sie bisher einfach noch keine Gelegenheit gefunden. Sie rappelte sich hoch, drückte den fünften Ring wieder auf der Stange fest und krabbelte rückwärts aus dem Schaufenster. Dabei brachte sie mit dem Hintern das Plastikruder, das sie zu Ehren von Fritz in eine Ecke gelehnt hatte, ordentlich zum Wackeln. *Dahlmanns Gemischtwaren drückt unserem Starnberger Athleten Fritz von Thaler fest die Daumen,* hatte sie draufgeschrieben. Als seine Tante Dalli, wie der Nachbarsbub sie von klein auf genannt hatte, war Luise sehr stolz auf Annabels Sohn. Mittlerweile war Fritz ein drahtiger Kerl von Mitte zwanzig, der sich mit seiner Rudermannschaft für die Olympiade qualifiziert hatte. Welche Ehre für Starnberg! Die

Beerdigung fiel ihr ein. Sie durfte nicht vergessen, sich nachher noch ein Kleid für morgen zurechtzulegen. So ein Schicksalsschlag für die von Thalers, ausgerechnet jetzt, wo in einem Monat die Spiele begannen.

HELGA

Die Ampel ließ Gnade walten und schaltete genau in dem Moment um, als sie den Schlossberg hinuntersauste. Was war das? An ihrer Handbremse hing ein Stift. Am Bahnhof angekommen, sperrte sie ihren geliebten *Flying Dutchman* an das verschnörkelte Eisengeländer, löste die Schleife, mit der der Kugelschreiber festgebunden war, und schob ihn in ihre Fransentasche. Die S-Bahn fuhr ein. Helga rannte durch die Unterführung und die Treppe hoch, dabei hielt sie die ganze Zeit Ausschau nach Luise. Wo war sie nur? Sie hatten sich doch für sieben Uhr vierundvierzig verabredet. Falls ihr etwas dazwischengekommen war, hätte sie bestimmt angerufen. Bis vor fünf Minuten war Helga schließlich noch zu Hause gewesen. Sie überlegte kurz, ob sie die Bahn sausen lassen und zu Luise laufen sollte, um nach ihr zu sehen, dann entschied sie, ohne die Freundin einzusteigen. Bestimmt gab es eine harmlose Erklärung, Luise würde nachkommen. Das Abteil war voll besetzt und stickig heiß. Helga ergatterte noch einen freien Sitz und kippte das Fenster.

Sofort beschwerte sich die alte Dame neben ihr. »Sind Sie narrisch, ich will doch nicht im Zug sitzen.«

»Tja, dann sollten sie besser Auto oder Bus fahren«, sagte Helga, suchte sich dann aber lieber weiter vorne einen freien Platz, wo alle Fenster gekippt waren. Dennoch klebte ihr nach ein paar Haltestellen das schwarze Kleid am Leib, sie knöpfte es auf und wedelte mit dem Rocksaum, was den Herrn ihr gegenüber vom Zeitunglesen abbrachte. Dabei war auf der Titelseite unter der Schlagzeile: TERROR BEENDET: RAF-FÜHRUNG VERHAFTET, auch eine Vollbusige abgebildet. Allerdings in einem ovalen Rahmen, wohl damit man sie nicht mit Ulrike Meinhof & Co. verwechselte, die als selbst ernannte Stadtguerilla für grausame Attentate verantwortlich waren. Das Fahndungsplakat mit den gesuchten Terroristen prangte an jedem Fahrkartenschalter. Puh, war das heiß. Helga schwitzte, hätte sich besser die Haare zurückbinden sollen. Rasch flocht sie sich einen Zopf und wühlte in ihrer Tasche nach einem Gummi. Das Band vom Kugelschreiber fiel ihr in die Hand. Ein weißes Schrägband, wie es Schneiderinnen für die Einfassung von Stoffkanten verwendeten. Das kannte sie von Luise. Helga knotete das Schrägband um das Zopfende, zupfte beim Blick in den Klappspiegel ein paar Strähnen aus ihrer Frisur, damit sie nicht allzu brav aussah, zog ihre rosa getönte Brille von der Nase und tupfte sich die zerlaufene Wimperntusche unter den Augen weg. Eigentlich war es viel zu warm für Make-up.

»Noch nie eine echte Frau gesehen?«, sagte sie zu dem Zeitungsleser, der sie mit offenem Mund anstarrte. Raschelnd versteckte er sich wieder hinter seiner *Bild* und schlug die Beine übereinander. Helga betrachtete den Kugelschreiber. Ein sehr edles Teil, mit eindrehbarer Spitze, sie probierte ihn auf der Rückseite der Streifenkarte. Siedend heiß fiel ihr ein, dass sie in der Eile ganz vergessen hatte zu stempeln. Wenn jetzt ein Kontrolleur kam, war sie dran. Neuerdings patrouillierten auch welche in Zivil durch die S-Bahn, damit man sie nicht an ihrer Uniform erkannte und vorzeitig ausstieg. Was soll's, wär nicht das erste Mal, dass sie vierzig Mark blechen musste. Der Stift schrieb angenehm weich und würde sich perfekt in der

Brusttasche ihres Arztkittels machen. Auf der Klemme waren sogar ihre Initialen eingraviert: H. K. Wie merkwürdig. Hing das Geschenk mit den erlesenen Pralinen von Dahlmanns zusammen, die letzte Woche in ihrem Fahrradkorb gelegen hatten? Da hatte Helga noch vermutet, dass eine Patientin bei ihr zu Hause geklingelt hatte, um sich für ihren Beistand bei der Geburt zu bedanken, und als keiner aufmachte, legte sie die Schachtel in den Korb des weinroten *Flying Dutchman*, schließlich kannte jeder in der Klinik ihr Fahrrad. Die Pralinen waren geschmolzen in der Hitze, schmeckten dennoch köstlich, als sie sie zu Theo mitnahm und sie sich gegenseitig die Schokolade von den Fingern leckten. Leider stand kein Name dabei, so dass sich Helga nicht bedanken konnte. Luise erinnerte sich nicht, wer zuletzt diese Sorte Pralinen bei ihr gekauft hatte. Confiserie sei zwar noch eines der wenigen Hauptgeschäfte in ihrem Laden, aber nicht jeder Kunde wünschte Beratung. »Woher wusste derjenige dann, dass ich Trüffel und Krokant am liebsten mag?«

»Vielleicht hat eine der Krankenschwestern deiner Patientin den Tipp gegeben? Mich hat in letzter Zeit jedenfalls keine Kundin gefragt, was du gern magst. Falls es vorkommt, sage ich Bescheid«, versprach Luise. Sie konnte recht haben, die Kollegen in der Seeklinik zogen Helga oft mit ihrem Hang zu Schokolade auf und schanzten ihr die Patientenpräsente zu.

Aber nun ein Kugelschreiber. Was sollte das? Hatte ihr Sohn etwas ausgefressen und wollte sie auf diese Weise schon mal besänftigen? Oder hatte sie einen neuen Verehrer? Theo schied aus, er hätte ihr gleich bei den Pralinen gestanden, dass er dahintersteckte. Geduld gehörte nicht zu seinen Stärken. Blieb noch ihr Kollege Otto, ein Stift als Aufmerksamkeit nach ihrer gemeinsamen letzten Nacht? Aber warum übergab er ihr das

Geschenk nicht persönlich, sondern band es in seiner knapp bemessenen Freizeit heimlich ans Fahrrad? So hübsch und nützlich der Stift auch war, es wurde Zeit, dem Kerl die Meinung zu sagen.

ANNABEL

Eines von beiden ist es. Entweder so viel wie Nichtsein oder irgendeine Empfindung von irgendetwas besitzen. Oder das Totsein ist gar keine Empfindung, sondern ein traumloser Schlaf. Dann scheint die Zeit nicht länger als eine Nacht.« Der Redner stand hinter dem offenen Grab und las aus einem kleinen, grauen Buch, stockte, hatte offenbar Mühe, den Text zu entziffern. Immer wieder ruckelte er an seiner Nickelbrille, die viel zu schmal für seinen breiten Kopf war. Wen zitierte er, fragte sich Annabel. Aristoteles oder Platon? Sie beugte sich leicht nach vorn, um den Titel des Büchleins zu erkennen. Der Umschlag war fleckig und ohne Schriftzug, das Büchlein an den Rändern zerfranst.

»Hat das der Opa gedichtet?«, fragte Marlene flüsternd.

»Vermutlich hat er es irgendwo abgeschrieben, sieht wie ein Notizbuch aus.« So wie Annabel ihren Schwiegervater gekannt hatte, hatte er auch seine Beerdigung bis ins Detail geplant. Sie umfasste Marlenes kleine Hand, die ihr ohne Arm aus der Schulter ragte. Ausnahmsweise erlaubte ihre Tochter es, dass sie sie hielt, und drückte sogar ihre Finger. So traurig der Anlass auch war, Hauptsache, sie stand das mit ihren Liebsten durch. Rechts Marlene, links von ihr Konstantin mit Friedrich, der seine Großmutter untergehakt hatte, die jetzt verwitwet war. Bei jedem Atemzug streifte die schwarze Popeline von Annabels kurzärmeligem Kleid Konstantins Sakko. Mehr Nähe ließ ihr Mann im Moment nicht zu, und sie versuchte, es zu akzeptieren. Außerdem wollte sie sich die Peinlichkeit ersparen, dass er vor den Augen aller von ihr abrückte. Er litt, das spürte sie, zu gern hätte sie ihn getröstet. Immerhin hatte er sie zu Hause, bevor sie aufbrachen, kurz umarmt, ja, sie beinahe umklammert. Doch bevor Annabel recht wahrnahm, dass das an ihrem Hals seine Tränen waren, hatte er sich schon von ihr gelöst und war ins Auto gestiegen.

»*Wenn also der Tod nichts ist*«, las der Trauerredner weiter, »*dann nenne ich* es *einen Gewinn, ist aber der Tod eine Abtrennung von innen an einen anderen Ort und müssen alle Verstorbenen dorthin wandern und sich einem Richter stellen, dann …*« Das klang, als ob Richard Angst vor einem göttlichen Urteil gehabt hatte. Merkwürdig, am liebsten hätte ihm die Stadt München doch schon zu Lebzeiten ein Denkmal gesetzt. Für seine Errungenschaften in der Forschung gegen Kinderlähmung, für die Leitung seiner über Deutschland hinaus berühmten Kinderklinik und für sein wohltätiges Wirken. Als vorhin Richards selbstverfasster Lebenslauf verlesen wurde, schienen seine Leistungen kein Ende zu nehmen. Nur seine Familie blieb unerwähnt. Weder Irmela, seine Frau, noch seinen Sohn nannte er. Schon gar nicht die Enkel. Marlene mit ihrer Behinderung hatte Richard von Geburt an abgelehnt, und dass Friedrich für die Olympiade trainierte, war für ihn nicht mehr als eine Freizeitbeschäftigung. Wie es mit dem Studium voranging, hatte er bloß wissen wollen, und auf welches Fachgebiet Friedrich sich spezialisieren wollte. Am besten sollte der Junge gleich in die Krebsforschung gehen, das sei die Zukunft und zudem am lukrativsten, hatte er eine Woche vor seinem Herzinfarkt beim letzten Familienessen vorgeschlagen.

Wie lange mussten sie noch in der prallen Sonne ausharren? Das Thaler'sche Familiengrab war eines der wenigen auf dem

Waldfriedhof, das nicht im Schatten lag. Annabel zerlief fast in ihren schwarzen Sachen. Sie hörte, wie Irmela in ihr Spitzentaschentuch schniefte. Vielleicht wischte sie sich auch bloß den Schweiß vom Gesicht. Sechzig Jahre waren sie und Richard verheiratet gewesen. Es musste schwer sein, plötzlich ganz allein zurechtzukommen, hoffentlich verkraftete sie das. Vorletztes Jahr hatte sie ein künstliches Knie bekommen, seither benutzte sie einen Stock. Annabel würde ihr beistehen, so gut sie konnte, und ihr Unterstützung zumindest anbieten, auch wenn Irmela sich garantiert nicht helfen lassen würde. Über all den Parfüms und Rasierwassern, die die Trauernden umhüllten, lag eine faulige Süße. Wann ließen sie den Leichnam endlich hinab? Diese konfessionslose Beisetzung war schwer einzuschätzen. Eine katholische Beerdigung hatte Struktur, da konnte man sich den Ablauf ausrechnen. Annabel wunderte sich, welche Gedanken ihr durch den Kopf schwirrten, fast wie die Fliegen, die träge von der Hitze auf Jacketts und Pumps hockten. Richard und Annabel waren oft über Kreuz gewesen. Sie als Katholikin und er als Atheist, der sich ständig über ihren Glauben lustig machte. An ihrem toten Vater, den er als verkappten Pfarrer bezeichnet hatte, ließ er kein gutes Haar, und er betonte zugleich bei jeder Gelegenheit, dass Annabel nichts außer einem Tisch mit in die Ehe gebracht hatte. Den konnte man immerhin an beiden Seiten ausziehen, so dass vierzehn Personen bequem daran Platz hatten. Angesichts dessen, dass seit einiger Zeit die Rechtmäßigkeit des gesamten Thaler'schen Besitzes angezweifelt wurde, war ein Tisch besser als nichts. Die Villa mitsamt dem Inventar hatte Konstantin seinem besten Freund abgekauft, als dieser mit seiner Frau vor den Nationalsozialisten fliehen musste. Leider kamen die beiden an der Grenze zur Schweiz ums Leben. Vor zehn Jahren etwa hatte Annabel den Sohn der Kleefelds, der als Atomphysiker bei München arbeitete, ausfindig gemacht. Doch anstatt dass sie und Noah Kleefeld Frieden schlossen und sich überhaupt erst mal kennenlernten, hatte er sein Elternhaus zurückverlangt. Konstantin hatte die Angelegenheit seinem Vater übergeben, und der schaltete umgehend seine Anwälte ein. Wie und worauf man sich einigte, erfuhr Annabel nicht. Die Sache sei ausgestanden, hieß es und wurde seither nicht mehr erwähnt. Für Annabel blieb ein seltsamer Beigeschmack, der auch ihre Ehe durchsetzte. Die genauen Umstände und Zusammenhänge verstand sie noch immer nicht, doch zumindest eine Angelegenheit hatte sie dank ihrer eigenen Ermittlungen klären können. Die ermordete Barbara Kleefeld, Noahs Mutter, war die Geliebte von Konstantin gewesen. Selbst nach all den Jahren trauerte er noch um sie, und das war auch der Grund, warum er Annabel nie so lieben konnte wie sie ihn. Barbara Kleefeld war Malerin gewesen, viele Gemälde in der Villa stammten von ihr. Früher hatte Annabel sie für Werke bekannter Künstler gehalten, mit eindrücklichen Motiven aus der Gegend. Aber als sie erfuhr, wer die Bilder gemalt hatte, änderte sich ihr Blick darauf. Sie musste die Bilder neu betrachten lernen und fragte sich ständig, wann und unter welchen Umständen sie gemalt worden waren. Hatte Konstantin sich genau dieses Porträt gewünscht, oder hatte sie es ihm als Zeichen ihrer Liebe geschenkt? Am liebsten hätte Annabel alle abgehängt und gegen etwas Neutrales ausgetauscht, aber das erlaubte ihr Mann ihr nicht. Er zwang sie, sich damit zu arrangieren. Es fühlte sich an, als führten sie eine Ehe zu dritt. Konstantin, sie und eine Tote, die sein Herz auf ewig in Beschlag genommen hatte.

Schade, dass Luise es offenbar nicht zur Beerdigung geschafft hatte, über ihren Beistand hätte sie sich sehr gefreut. Immerhin war Helga hier, stand weiter hinten bei der Belegschaft der Seeklinik, neben Dr. Kettler, der im Gegensatz zu ihrem Mann größer als Annabel war. Wirklich stattlich sah er aus mit seinem feinen rotblonden Haar und dem sorgfältig gestutzten Vollbart. Annabel hatte nicht viel mit ihm zu tun gehabt, aber die wenigen Male unterhielten sie sich aufs Angenehmste. So viel sie wusste, war er Mitte vierzig und noch ledig. Helga bemerkte ihren Blick und nickte ihr kurz zu. Lief zwischen Dr. Kettler und ihr etwas? Sie war doch mit Theo, diesem Anwalt, liiert, der sie damals aus der Untersuchungshaft geboxt hatte. Oder war das vorbei? Beständigkeit war ein Fremdwort für Helga. Sie nahm sich, was ihr gefiel. Obwohl sie dieses Jahr vierzig geworden war, himmelte sie nach wie vor jeder an. Sogar jüngere Männer erröteten, wenn Frau Dr. Knaup ihnen einen Augenaufschlag schenkte. Das hatte Annabel bereits mehrfach beobachtet. Ein Phänomen, diese Frau. Blond und extravagant gekleidet, geizte sie nicht mit ihren Reizen. Allein dieses schwarze Kostüm. Es glich eher dem Glitzerkleid einer Bardame, als dass es auf eine Beerdigung passte. Außerdem war sie blitzgescheit und in ihrem Beruf extrem ehrgeizig. Fast könnte Annabel neidisch werden. Um Helga herum erkannte sie andere Ärzte, die sich extra freigenommen hatten. Dazu der Pulk aus Fremden, der ihnen von der Aussegnungshalle bis zum Grab gefolgt war. Vermutlich hatten die Leute in der Zeitung von der Beisetzung gelesen oder im Radio davon gehört und waren zum Waldfriedhof gepilgert. Der reinste Volksauflauf. Patienten, die Richard einst behandelt hatte und die mittlerweile erwachsen waren. Ganze Familien mit ihren Kindern, manche noch im Rollstuhl oder auf Krücken, außerdem seine Studenten und Kollegen von der Uni. Überall hatten die Fotografen Kameras mit Stativen aufgebaut. Morgen war bestimmt einiges in der Presse. Halb München verteilte sich zwischen den hohen Bäumen und Grabmälern, um ihrem Schwiegervater die letzte Ehre zu erweisen.

Hinter dem Redner türmten sich die Kränze und Blumenspenden. »*Gewiss werden sie dich an diesem Ort nicht hinrichten, sonst wäre es dort nicht anders als hier. Dort ist man unsterblich, wenn wahr ist, was gesagt wird.*« Endlich schloss er das Buch und streckte zwei Finger in die Luft, als wollte er den Toten segnen, zuckte zurück, als hätte er sich vertan. »Ruhe in Frieden, Richard von Thaler«, ergänzte er bloß und machte einem Musiker Platz. Ein Trompeter blies durchdringend schrill *Danny Boy*, dazu ließen die Träger feierlich den Sarg in die Erde hinab. Konstantins Schultern bebten, vorsichtig strich Annabel ihrem Mann über den Rücken und lauschte dem schaurig schönen Lied. Die Träger lösten die Gurte, der Sarg war versenkt. Irmela warf als Erste ein Schäufelchen voll Erde hinab, zog eine weiße Rose aus einem Strauß, den die Bestatter in einem Kübel bereitgestellt hatten. Konstantin trat als Nächster ans Grab, zusammen mit Friedrich. Die Fotografen knipsten und knipsten. Der Olympionike und sein Vater, wenn das kein Aufmacher war. Nun musste Annabel doch noch weinen. Gerade als sie mit Marlene vortreten wollte, drängte sich ein Mann an ihnen vorbei. Erst glaubte sie, er wäre einer der Sargträger, der sich auf die falsche Seite gestellt hatte. Der Mann trug allerdings keinen Anzug, sondern eine Kniebundlederne und einen Trachtenhut. Er blieb vor dem Erdloch stehen, nahm den Hut ab und hob den Kopf. Nicht nur Annabel, auch andere folgten seinem Blick gen Himmel.

Er neigte sich weit zurück. Sie glaubte schon, er wollte etwas singen oder vielleicht jodeln, diesen Bayern war alles zuzutrauen, doch er spuckte in hohem Bogen ins Grab. Annabel meinte, ein Geräusch zu hören, als der Rotzklumpen auftraf. »Da hast du's, du Drecksau, du Elendige, endlich bist du verreckt. Du hast meinen Sohn auf dem Gewissen. Fahr zur Hölle, wo der Hitler und seine Spießgesellen schon auf dich warten. Hoffentlich wirst du da unten ewig geröstet, du Hundsfott, du verfluchter.«

Irmela kreischte. »So tut doch etwas! Warum greift denn niemand ein?« Sie fuchtelte mit dem Stock, dann sackte sie zusammen. Friedrich und Konstantin fingen sie auf. Ein Tumult entstand.

»Ein Arzt, ist denn kein Arzt hier?«, war alles, was Annabel auf die Schnelle einfiel. Schützend stellte sie sich vor Marlene, die mangels Arme so leicht das Gleichgewicht verlor. Sie sah sich nach dem Trachtler um, der den Tumult ausgelöst hatte. Er war fort, vielleicht hatte ihn auch jemand überwältigt und weggezerrt.

»Was ist passiert? Geht's euch gut?« Helga schlängelte sich zu ihnen durch.

»Uns fehlt nichts«, sagte Annabel. »Aber schau mal nach meiner Schwiegermutter. Ich glaube, sie hat einen Nervenzusammenbruch.« Helga nickte, eilte zu der Bank im Schatten einer Kiefer, zu der sie Irmela geführt hatten. Annabel und Marlene folgten ihr.

»Haben Sie Schmerzen?« Helga hockte sich zu Irmela und fühlte ihr den Puls. Umgeben von Ärzten, allen voran Konstantin, ihr eigener Sohn, war anscheinend nur die Frau Doktor in der Lage, sich um sie zu kümmern. Die Männer umringten sie und glotzten.

Irmela nahm ihren Trauerhut ab, spreizte keuchend die Beine, spannte den Saum des engen Rocks bis aufs Äußerste, was nicht besonders schicklich aussah. »Luft, ich brauche nur Luft.« Sie riss sich den obersten Blusenknopf auf. Ihre Wimperntusche lief ihr über das faltige Gesicht.

»Hat jemand was zu trinken?« Helga wandte sich an die Herren. Irmelas Chauffeur reichte ihr einen Flachmann. »Ich meinte Wasser.«

»Ich fülle eine Flasche an dem Brunnen da vorne«, bot Friedrich an und wollte loslaufen.

»Bleib hier, Jungchen, was mit Geschmack ist mir lieber, danke, Venko.« Beherzt griff Irmela nach dem Flachmann, schraubte ihn auf und nahm einen kräftigen Schluck. Dann atmete sie wie erfrischt durch und klatschte in die Hände. »Auf zum Leichenschmaus.«

MARIE

Versuch, den Voltigiergurt zu greifen, Sophie, ja, sehr gut.« Marie hielt den Haflinger an der Longe und sprach ihrer neuen Schülerin, die Paulchen kaum bis an den Bauch reichte, Mut zu. Trotz der Insekten, die den Haflinger in der Sommerhitze umschwirrten, trottete Paulchen brav neben ihnen her. Auf einer einigermaßen waagerechten Koppel, die hoch über dem Hof lag und den Starnberger See überblickte, hatten sie mit Sand und Sägespänen einen Kreis gestreut. »Genau so, halt dich fest und jetzt mit Schwung, spring vom Boden ab und zieh dich hoch.« Sophie hüpfte mehrmals, schaffte es aber nicht, Paulchens Rücken zu erklimmen. »Los, Alma, hilf mal.« Marie rief nach ihrer Ältesten, die bei den anderen am Gatter stand und Dehnübungen machte. Mit fast sechzehn und dreizehn waren Alma und Linda ihre fleißigen Mitarbeiterinnen, aber auch Xaver, der erst zehn war, half, wo er konnte. Die Kinder liebten Reiten und Pferde und alles, was damit zu tun hatte, genau wie sie selbst. Alma hatte sogar die Idee für die Voltigierkurse gehabt, mit denen sie inzwischen gutes Geld verdienten. Begonnen hatten sie vor einigen Jahren mit Freundinnen aus der Schule ihrer Töchter, aber inzwischen nahmen Kinder aus dem gesamten Landkreis teil. Manche reisten am Wochenende extra aus München an. Nur Konrad, Maries Fünfzehnjähriger, ging freitags und samstags, wenn bei den Pferden Hochbetrieb herrschte, lieber Fußball spielen. Angefeuert von Onkel Hans, der seinen Neffen unterstützte. Marie gönnte es ihm.

In ihren Gymnastikschläppchen lief Alma zu Paulchen und drückte das Mädchen in den Sattel.

Sophie strahlte stolz. »Ich kann schon mit ohne Festhalten, schau, Frau Brandstetter.« Mit zusammengepressten Lippen und hoch konzentriert löste sie langsam die Arme von den Griffen und streckte sie zur Seite aus.

»Sehr schön, willst du noch *die Fahne* probieren?« Sophie nickte, kniete sich vorsichtig auf den Pferderücken und streckte einen Arm und ein Bein aus. »Super. Etwas mehr Körperspannung bitte. Trau dich. Das Bein und den Arm nicht mitschwingen, halte dich ruhig. Ja, genau so, perfekt.« Erschöpft lehnte sich Sophie nach vorne, schmiegte sich um Paulchens Hals und vergrub ihre Hände in seiner langen Mähne. Marie schmunzelte. »Die Übung kenne ich noch gar nicht. Ist das die Schmusenummer?« Nach ein paar weiteren Runden saß das Mädchen ab, und die geübteren Kinder kamen an die Reihe. Die Sonne brannte auf die Wiese herunter. Mit dem Handrücken wischte sich Marie über die Stirn und rückte den Strohhut wieder gerade.

»Mama, dürfen wir dir was zeigen?« Alma, Linda und Xaver, zusammen mit Erika, Lindas Klassenkameradin, hatten geduldig ausgeharrt, bis alle zahlenden Gäste dran gewesen waren. Nun stellten sie sich auf. Die Mädchen trugen weiße Oberteile zu kurzen Sommerhosen und hatten sich die Haare mit Tüchern zurückgebunden. Xavers Tuch war mehr ein Stirnband, Tante Polli hatte ihrem »Skaver«, seinen Vornamen konnte sie nach wie vor nicht richtig aussprechen, eine Taubenfeder in den Knoten am Hinterkopf gesteckt. Wie sein Onkel Manni hatte er nichts als eine Lederhose an, die Träger auf dem Rücken über Kreuz, damit sie nicht rutschten. Den Kindern machte die Hitze scheinbar nichts aus, sie dribbelten vor Aufregung, flüsterten miteinander, bevor es losging. Marie schnalzte mit der Zunge, und Paulchen fiel in Galopp. Als Erste erklomm Erika den Pferderücken, drehte eine elegante Mühle und blieb rückwärts auf dem Haflinger sitzen. Linda, die leuchtend rotes Flachshaar wie Marie hatte, schwang sich dazu, stellte sich seitlich in den Gurt und streckte die Arme nach oben. Das sah bereits sehr gewagt aus. Wie staunte sie, als Xaver auf die andere Seite kletterte, obwohl er wie Sophie vorhin, kaum bis zum Pferdebauch reichte. Zuletzt schwang sich Alma nach oben, stützte sich zwischen den beiden anderen auf ihre Ellbogen zu einer Bank und streckte ein Bein grazil in die Luft.

»Das ist ja zirkusreif.« Marie staunte. »Wann habt ihr das einstudiert?« Eine Viererfigur hätte sie ihnen nicht zugetraut. Xaver plumpste in den Sand, und auch Erika und Linda rutschten vom Pferderücken.

Alma landete in einem Strecksprung neben Marie und zog ihren Haarknoten fest. Mittlerweile waren sie fast gleich groß. Ihre Älteste hatte auch ihre hagere Statur geerbt, war nur deutlich gelenkiger. »Im Galopp haben wir das zum ersten Mal gemacht, Mama. Den Absprung müssen wir noch üben, aber sonst … Ich hätte nicht gedacht, dass es schon so gut klappt. Bisher haben wir nur auf dem Bock geübt.«

»Ihr habt mit Willi trainiert?« Einen Ziegenbock gab es noch in ihrem Streichelzoo, den Nachkommen aus Martins Herde. Willi war kastriert, damit er nicht etwa die Reitkundschaft mit seinem Parfüm betäubte.

Alma lachte. »Xaver hat's versucht, aber Willi wollte einfach nicht stehen bleiben. Nein, ich meine solche Holzböcke, wo man Bretter ablegt. Onkel Manni hat uns geholfen, hat zwei davon zusammengebunden und eine Decke als Polster drumgewickelt, geht richtig gut.«

»Und alles heimlich?«

»Wir wollten dich überraschen.«

»Das ist euch gelungen, ich bin sprachlos, ihr seid die reinsten Artisten! Das ist olympiareif.« Dabei kam Marie ein Gedanke, die Idee begeisterte sie. Sie beschloss, sie morgen mit Luise zu besprechen.

Xaver kramte in der Hosentasche. »Ich bin froh, dass du es jetzta gsegn host«, sagte er im breitesten Bayerisch. »Wenn I nix varrod, kriag i a Fuchzgerl fürn Kaugummiautomat, hod Alma gsogt. Und des hods mir scho gem.« Stolz zeigte er ihr das silberne Geldstück. Marie drückte ihren Jüngsten an sich. Als ihre Kinder noch klein waren, hatte sie ihr Bayerisch kaum verstanden. Inzwischen war der Dialekt für sie eine Selbstverständlichkeit geworden. Gelegentlich mischten sich sogar in ihre eigene Rede bayerische Ausdrücke, und mancher Reitgast hielt sie für eine Einheimische. Was für eine Auszeichnung.

Ein silberner BMW holperte den Feldweg hoch. Der nächtliche Platzregen hatte die Fahrrinnen ausgehöhlt. Am Steuer saß Frau Gamb. Dass sie sich mit ihrem eleganten Auto überhaupt hier heraufwagte? Vermutlich tauschte sie den Wagen einfach gegen einen neuen, wenn er schmutzig war, dachte Marie. Sie hatte behauptet, Künstlerin zu sein, aber welcher Kunst sie genau nachging, hatte sie nicht preisgegeben. Jedenfalls gehörte Isolde Gamb zur Münchner Schickeria, soviel sie wusste, und letzte Woche hatte sie ihre erste Reitstunde genommen. Vielleicht sollte man eher Sitzstunde sagen, denn sie hatte gerade mal den Fuß in den Steigbügel gebracht und sich über das stehende Pferd geschwungen, mehr war nicht möglich gewesen. Nun kletterte sie in voller Reitermontur aus dem Wagen und wischte über ihre glänzenden, hohen Stiefel, als hätte sie sich schon beim Aussteigen auf dem Hof schmutzig gemacht. Das nächste Training war laut Kalender erst am Montag, was wollte sie heute hier? »Alma, übernimmst du bitte.« Marie gab ihre Tochter die Longe und schlüpfte zwischen den Querlatten des Zauns hindurch.

»Ich möchte Ihnen meine neueste Anschaffung zeigen, Frau Brandstetter.« Frau Gamb öffnete den Kofferraum, darin lag ein riesiger Westernsattel. »Was halten Sie davon? Ist der nicht herrlich?«

»Kunstvoll gearbeitet.« Das war er wirklich, das Leder geprägt und mit lauter Ranken und Blumen gepunzt. Vorne am Sattel war ein großes Horn, das zum Befestigen eines Lassos gedacht war, um Wildpferde oder Rinder einzufangen.

»Das will ich meinen, schließlich hat er mich ein Vermögen gekostet.« Frau Gamb wollte ihre Sonnenbrille auf die blondierten Haare schieben, aber da war der Reithelm im Weg. Nach einigem Fuchteln hängte sie die Brille in den Ausschnitt ihrer bestickten Jeansbluse. »Ich hoffe, dass der besser funktioniert als das alte Ding, das Sie verwenden.«

Marie dämmerte, worauf sie hinauswollte. »Ach, Sie meinen, mit so einem Sattel geht das Reiten leichter? Abgesehen davon, dass er vermutlich gar nicht auf eines unserer Pferde passt und auch zu schwer ist, ändert er nichts daran, dass Sie üben müssen. Stunde für Stunde, Frau Gamb. Der beste Sattel kürzt das Training nicht ab, ich bedaure.« Alles konnte man mit Geld doch nicht kaufen, hätte sie am liebsten ergänzt, aber sie war auf die betuchte Kundschaft angewiesen.

»Ich dachte, damit könnte es leichter und bequemer werden.« Frau Gamb blieb hartnäckig.

»Ich versichere Ihnen, selbst wenn Sie einen Thron auf den Pferderücken schnallen, nützt der Ihnen nichts, solange Sie nicht mit dem Pferd in Kontakt treten. Wenn Sie wollen, gebe ich Ihnen gleich eine Stunde auf Dunja.« Das war eine gescheckte Oldenburger Warmblutstute, die Marie seit letztem Jahr für Anfänger ausbildete.

»Jetzt?« Isolde Gamb sah auf ihren goldenen Armreif, in dem eine Uhr eingefasst war.

Marie nickte. »Dafür haben Sie sich doch extra angezogen. Ich finde, dass Sie das Aufsitzen noch mal ganz ohne Sattel probieren sollten.«

»Kann ich kein anderes Pferd haben? Dunja, ich weiß nicht, ob diese Stute die richtige für mich ist.«

»Wenn Sie erst ihr Vertrauen gewonnen haben, Frau Gamb, werden Sie sie lieben. Dunja ist die zahmste von allen.« Marie besaß vier eigene Pferde und drei Ponys, dazu kamen fünf Pensionspferde, die sie versorgte, aber Platz war für mehr. Die Landwirtschaft vor acht Jahren zugunsten eines Reiterhofs aufzugeben, hatte sich gelohnt. Ihr Traum war es, eine eigene Zucht aufzubauen und den Hof zu einem Gestüt zu erweitern. Von Wolke, ihrem ersten Leutstettener Halbblut, das schon achtzehn Jahre auf dem Buckel hatte, gab es bereits vielversprechenden Nachwuchs. Sie hatte auch schon einen ungarischen Hengst dazugekauft. »Vertrauen und Respekt, Frau Gamb, das ist das Wichtigste, was man im Umgang mit Pferden beherzigen sollte. Wie im Umgang mit allen Lebewesen. Pferde bieten uns Reitern aus eigenem Willen an, uns zu tragen, wir müssen nur einen Zugang zu ihnen finden. Kommen Sie, probieren wir es aus, holen wir Dunja zusammen von der Weide.«

»Äh, tut mir leid. In Ibiza wurden mir die Pferde sattelfertig und aufgezäumt hingestellt, ich dachte, das ist hier genauso. Das Pferd auch noch einfangen, ist gerade etwas viel auf einmal für mich. Außerdem habe ich gleich einen Termin bei meiner Kosmetikerin und danach eine Session, lieber nächste Woche wie gehabt. Und vielleicht können wir dann noch mal über ein anderes Pferd sprechen?« Ohne Maries Antwort abzuwarten, stieg Isolde Gamb in den BMW, wendete mit Karacho oberhalb der Buckelwiesen und holperte, eine Staubwolke hinterlassend, wieder bergab.

Tipps für die geschäftige Hausfrau oder häusliche Geschäftsfrau
(eingeklebtes Faltblatt, Werbebroschüre)

Erfolgreich Glas reinigen:

- Das Beschlagen von Schaufenstern kann folgendermaßen verhindert werden: Glyzerin in Spiritus auflösen, bis zum Klarwerden stehen lassen und mit dieser Lösung und einem Fensterleder die Scheiben waschen.
- Hart gewordenes Fensterleder seift man über Nacht ein, spült es in Salmiakgeist aus und trocknet es im Schatten.
- Blind gewordene Fensterscheiben reibt man mit Brennnesseln ab, die zuvor mit Regenwasser feucht gemacht worden sind. (Brennnesseln beherzt ausreißen, sonst brennt's!)
- Fenster macht man sonnenundurchlässig, wenn man sie von der Innenseite mit in Milch gelöster Schlämmkreide bestreicht. Alternativ kann auch Firnis verwendet werden.
- Fensterleder selbst gemacht: Einfach Reste von alten Lederhandschuhen oder Lederhosen (wie sie Motorradfahrer oder Trachtler tragen) in kleine Streifen schneiden und diese auf eine Schnur auffädeln.

Erfolgreich Langschläfer aufwecken:

- Man stelle den Wecker auf einen Unterteller aus Porzellan.

Kranke oder Geräuschempfindliche schonen:

- Man stülpe ein Einweckglas über den Wecker.

»Einen wunderschönen guten Abend, meine Damen und Herren – hallo Freunde!«
»HALLO ILJA«, rufen Josie und ich dem Moderator jeden Samstag um 18.45 Uhr durch die Mattscheibe zu, wenn Disco im Fernsehen läuft. Wir machen auch immer beim Quiz mit und erraten die Sängerin oder die Band. Josie schreibt die Lösung fleißig Woche für Woche auf eine Postkarte und schickt sie an den Sender. Zu gern würde sie einmal zu Ilja Richter eingeladen werden und im

Rampenlicht stehen, wenn er bei der Preisverleihung im Fernsehen ruft: Licht aus – WOOOMM! – Spot an – JAA!

»Mehr Demokratie wagen«, dieser Satz unseres Bundeskanzlers von 1969 klingt mir noch in den Ohren. Ob er damit auch die Ungleichheit zwischen Mann und Frau gemeint hat?

Aus Fräulein wird Frau: Schon letztes Jahr hat der Bundesinnenminister Hans-Dietrich Genscher angeordnet, dass alle unverheirateten weiblichen Berufstätigen in verantwortungsvoller Stellung mit »Frau« anstatt mit »Fräulein« anzureden sind.
Im Alltag darf man also noch erkennbar machen, ob eine Dame ledig ist. Ich habe meine Festangestellte gleich am nächsten Tag mit Frau Satzger begrüßt. Sie hat mich irritiert angestarrt.
Die Meldung war noch nicht bis zu ihr durchgedrungen.
Und außerdem legt so manche Ledige, besonders unter der älteren Generation, noch wert darauf, als Fräulein betitelt zu werden.

Aus: Luises Ladenkunde-Album

LUISE

Im Unterhemd, aber bereits den Allwetterkordhut auf dem Kopf, kam Hans am Morgen in die Küche und brüllte gegen das Radio an. »Ich brauch ein frisches He-hemd.« *In the midday sun, they beat on their drums, when Poppa Joe comes to town,* schmetterten The Sweet heraus, begleitet von Gerassel und Urwaldgeräuschen.

Luise sah von den Pausenbroten auf, die sie für die Kinder schmierte, und zeigte mit dem Buttermesser zum Wäschekorb auf der Eckbank. Darin häuften sich die Hemden ihres Mannes in allen Farben. »Du hast die freie Wahl. Such dir eins aus.« Sie war bereits in ihren schwarzen Hosenanzug geschlüpft, eine Schürze drüber, damit sie sich nicht vollkleckerte.

»*Poppa rumbo rumbo Joe, hey Poppa Joe coconut*«, sang Josie mit der britischen Band mit. Sie hockte mit ihren *Bravos* mitten auf dem Fußboden, so dass Luise auf dem Weg von der Anrichte zum Kühlschrank über ihre Tochter drübersteigen musste.

»Ein ge-bü-geltes, Luiserl«, rief Hans, »verbittert bin ich selbst.«

»Was bist du?« Luise hatte sich bestimmt verhört.

»Ver-knittert.« Er tätschelte sich die frisch rasierte Wange und grinste sie an. Sie zuckte bloß mit den Mundwinkeln, auch wenn sie seinen Duft nach wie vor mochte. Das *Pitralon*-Wasser, das er täglich benutzte, hatte sie ihm geschenkt. Seine Zähne waren vom vielen Rauchen verfärbt, aber sonst hatte er sich für seine achtundvierzig gut gehalten, fand sie, sagte aber nichts, um seine Eitelkeit nicht noch anzufeuern. Laut der Frauenzeitschriften, die Luise in großer Auswahl nach wie vor im Laden anbot, alterten Männer nicht, sie reiften. Wie Käse. Die meisten rochen auch genauso. Frauen welkten angeblich eher, wurden ab vierzig unsichtbar, welch eine Ungerechtigkeit! Kaum waren die Kinder aus dem Gröbsten raus, und die Frau hatte sich im Beruf etabliert, sollte sie sich in Luft auflösen, das Straßenbild nicht mit ihrem alternden Körper verschandeln und freundlich nicken, wenn ihr Mann mit einer Jüngeren loszog. Von wegen. Zeit für neue Zeitschriften! Weder sie noch Helga, Annabel oder Marie brauchten sich zu verbergen, sie blühten doch jetzt erst richtig auf. Dem Jugendwahn und der männlichen Selbstherrlichkeit galt es, entschieden gegenzusteuern. Am liebsten hätte Luise Hans noch gezeigt, wo das Bügelbrett stand, doch sie verkniff es sich, wollte nicht gleich in der Früh einen Streit heraufbeschwören. Noch dazu hatte sie es eilig, damit sie es rechtzeitig zur S-Bahn schaffte. Was die Olympiade alles ermöglichte. Seit Ende Mai schon konnte man von Starnberg aus mit der nagelneuen Schnellbahn, die in jedem Dorf haltmachte, in die nun untertunnelte Innenstadt fahren. Das dauerte fünfunddreißig Minuten, kaum länger als mit dem Regionalzug, und man musste nicht mehr am Hauptbahnhof umsteigen.

Hans umrundete Josie, wühlte in der Wäsche, was Luise störte, da sie die Sachen bereits beim Abnehmen faltete.

Ihr fiel ein, wer alles schon in diesem Wäschekorb gelegen hatte. Ein paar Monate David, als Helga noch bei ihnen gewohnt hatte, dann Josie, wenn sie mit im Laden war, und später die Zwillinge. Für die beiden hatte ihn Hans zu einer Wiege umfunktioniert. Äußerst erfinderisch war ihr Mann gewesen, hatte ein Gestell mit einer Feder gebaut, an die sie den Wäschekorb hängten, um die zwei dauerplärrenden Zwerge einigermaßen beruhigen zu können.

Hans zog ein gelbes Polyesterhemd mit roten und grünen Kreisen aus dem Korb und hängte es über die Stuhllehne.

»Dieses Discohemd willst du zur Kundschaft anziehen?«, fragte sie.

»Seit wann geht ihr in die Disco?« Josie sah vom Boden auf.

Das taten sie tatsächlich nie. Disco, das war für Luise nur die Samstagabendsendung mit Ilja Richter, die sie sich mit Josie zusammen anschaute. Luise wüsste nicht, ob ihr das Einzelgehopse in der Menge gefallen würde. Wenn, dann tanzten sie liebend gern als Paar, das war doch gerade das Besondere, oder nicht? Dazu hatte sie leider nur bei einer Hochzeit oder an Silvester Gelegenheit, also meistens nur einmal im Jahr, und wenn Hans nicht tanzte, dann forderte sie eben irgendjemand anderen auf. Die Zeit des Rock 'n' Roll, den Luise so geliebt hatte, war lange vorbei. Es war auch nicht ihr Ehemann gewesen, mit dem sie gerockt hatte. Das Discohemd mit dem spitzen Kragen hatte Hans an einem der vielen Vereinsabende getragen, zu denen er ohne Luise ging. Zum Glück. Zugequalmt werden und vergeblich warten, ob einer am Tisch etwas Geistreiches sagte oder doch bloß ein weiteres Bier bestellte, wäre auch das Letzte, was sie wollte. »Das kannst du gleich anziehen, das ist bügelfrei.« Eigentlich gehörten Kragen und Manschetten gedämpft, aber zur Not ging's auch so.

»Pfundig.« Er schlüpfte hinein. »Mir pressiert's.«

Nicht nur dir, dachte Luise und sah auf die hässliche Küchenuhr auf der Anrichte, die noch von ihrer Schwiegermutter Henriette Dahlmann stammte, ein brauner Holzkasten mit goldenem Ziffernblatt. »Es ist doch erst Viertel nach sieben.«

Normalerweise genoss Hans das Frühstück und machte sich erst um kurz vor acht auf den Weg zu Elektro Pappeck, nur ein paar Straßen weiter, wo er seit über zehn Jahren als Fernsehmechaniker arbeitete.

»Was?« Er drehte das Radio leiser.

»Papahh!«, beschwerte sich Josie.

»So nett diese Tommies auch jaulen, man versteht sein eigenes Wort nicht.« Er nestelte am obersten Knopf. »Herrschaft! Warum machen die die Dinger nur so sakrisch klein.«

Luise half ihm, bevor er noch den Knopf ausriss und sie ihn wieder annähen musste. Sie zupfte an einer Kragenecke, die sich wellte, und strich sie mit Spucke glatt.

»Mmh, lecker, mein Hemd kriegt mehr als ich.« Er wollte sie küssen.

»Lass das.« Sie entzog sich ihm, dennoch streifte sein Mund ihre Wange. Hans zappelte weiter herum, konnte kaum stillstehen.

»Was ist denn los?«, fragte sie und spürte seinen Kuss wie ein Brandmal im Gesicht. »Warum bist du so nervös? Ich gehe doch im Namen von uns allen zur Beerdigung, nicht du.« Trotz ihrer Ehekrise, wie das, was sich Tag für Tag bei ihnen abspielte, in der *Brigitte* genannt wurde, hätte es nach außen hin einen besseren Eindruck gemacht, wenn sie als Ehepaar auf dem Friedhof aufgetaucht wären. Wie beiläufig wischte sie sich mit dem Ärmel übers Gesicht.

»Ich danke dir, dass du das übernimmst. Ich hab dir ja gesagt, dass ich mitfahren würde, wenn ich könnte, aber wegen der Olympiade spielen alle verrückt.«

»Die fängt doch erst in vier Wochen an.«

»Erkläre das bitte unseren Kunden. Auf einmal will jeder sein altes Schwarz-Weiß-Gerät durch einen Farbfernseher ersetzen. Meine Ladefläche ist voller Altgeräte, die müssen noch runter, gleich kommt bei Pappeck die neue Lieferung.«

Als ob es nur Hans eilig hatte, Luise lief das ganze Jahr Marathon. Bloß kam sie nirgendwo an. Ständig begann alles von vorn, jeder zerrte an ihr – Hans, die Kinder, der Laden. Es gab kein Entkommen. Nun auch noch die Beerdigung, für die sie sich extra freinehmen musste. Hoffentlich kriegten ihre Angestellten das ohne sie hin. Gerade freitags, wo die Wochenendkundschaft den Hauptumsatz einbrachte und die meisten auf kompetente Beratung setzten.

»In zehn Minuten ist Abfahrt, Josie, mach dich bereit, falls ich dich mitnehmen soll.«

Hans eilte zur Garage, die so etwas wie ein Zwischenlager von Elektro Pappeck war, seit Hans dort die Fernseher reparierte und aufmotzte.

Luise packte die Pausenbrote in drei Tupperdosen, schloss kurz die Augen, holte tief Luft und dachte an die halbe Stunde heute um sechs. Wenigstens die hatte sie sich nicht nehmen lassen, war in die rauschende Stille getaucht, um für den Tag aufzutanken. Über sich die Weite des Himmels, umhüllt von der seidigen Berührung des Wassers auf ihrem Körper. Jeden Morgen, wenn die Familie noch schlief, ging sie zum Schwimmen. Egal, was anstand oder wie müde sie war, torkelte sie noch vor dem ersten Weckerklingeln aus dem Bett, schlich sich ins Bad und zog sich an. Sobald sie auf dem Radl saß und den Fahrtwind um die Waden und zwischen den nackten Zehen spürte, war sie wach, verdrängte alle Sorgen und freute sich einfach auf die freie Zeit, die nur ihr gehörte. Oft traf sie am Steg beim Steiniger bereits die eine oder andere Kundin. Die öffentlichen Badestellen rund um den Starnberger See waren jetzt, wo das Wasser *bacherlwarm* war, auch schon in aller

Herrgottsfrühe beliebt. Luise wechselte ein paar höfliche Worte, schlüpfte in die Flossen, die sie sich letzten Sommer gekauft hatte, und paddelte, so schnell sie konnte, hinaus. Zum Glück war der See groß genug, um allen aus dem Weg zu schwimmen. Erfrischt und selig war sie nach Hause zurückgeradelt, wo sie sofort wieder mit Beschlag belegt wurde.

Luise räumte das Frühstücksgeschirr in die Spüle, stolperte fast über ihre älteste Tochter, die immer noch den Tarzan samt Liane als *Bravo*-Starschnitt aus einem Stapel Zeitschriften trennte. Ohne die Teile auszuschneiden, versuchte sie, die Seiten auf dem Küchenboden zusammenzusetzen. »Josie, muss das unbedingt hier sein? Bei dir oben hast du doch genug Platz.« Seit die Buben auf die Welt gekommen waren und das Kinderzimmer brauchten, bewohnte Josie, die in zwei Monaten achtzehn wurde, das Dachgeschoss, das sie gemeinsam ausgebaut hatten. Sogar ein eigenes Bad hatte sie bekommen. Der Rest der Familie teilte sich nach wie vor das im Erdgeschoss.

»Geht nicht, oben liegt fast fertig der Starschnitt von *T. Rex*. Ich will die beiden nicht durcheinanderbringen.« Nicht nur von Josie, auch von ihrer jungen Kundschaft, die bei Luise Musikzeitschriften kaufte, wusste sie, dass T. Rex wie The Sweet eine englische Popband war, die sich nach dem fleischfressenden Dinosaurier benannt hatte, doch alles andere als gefährlich aussah. Wegen der bunten Kleidung, des Mickey-Mouse-Shirts des Sängers, dazu hochhackige Plateauschuhe, und der wallenden Mähnen, die beide hatten, musste man ganz genau hinsehen, um zu erkennen, dass es Männer waren. Vielleicht war genau das der Reiz. Die Zeit der Herrenhüte war vorbei, dachte sie oft, auch wenn Männer wie Hans sie noch trugen, selbst zum Discohemd.

»Ich hab's gleich, Mama, versprochen. Ich fahr mit Papa,

will nicht latschen. Auf den Ron Ely steht eine aus meiner Klasse, und ich muss kurz schauen, ob der vollständig ist.« Josie schlug ein weiteres Heft auf. Es zeigte ein Stück Haare, etwas Haut und ein bisschen Stoff. Erst hielt sie die Seite dem Tarzan an den Kopf, aber dann ordnete sie sie der Körpermitte zu, gleich neben dem Säbel, der ihm an der Hüfte hing. Was man halt so brauchte, um sich im Urwald durchzuschlagen.

»Zwanzig Mark will mir die Marion geben, nicht schlecht für die achtzehn Teile, oder?« So hatte wenigstens ihre Tochter für die nicht verkauften Zeitschriften eine Verwendung und jetzt anscheinend sogar eine Geschäftsidee entwickelt. Respekt! »Mist. Die Liane sieht verdammt kurz aus. Gehört die so?« Josie zählte die Teile nach. »Fünfzehn, sechzehn, siebzehn. Die rechte Brusthälfte fehlt auch. Mama, hast du irgendwo noch Hefte vom vorigen Jahr?«

»Leider nein. Der Konrad war letzten Samstag da, tut mir leid.« Einmal im Monat holte der Fußballnachwuchs das gebündelte Altpapier ab, um die Vereinskasse aufzubessern.

Josie setzte sich auf und schniefte. »Dann hätte ich mir das Ganze sparen können.«

»Und wenn du das fehlende Teil nachmalst?«, schlug Luise vor. Unten auf einer Doppelseite war der Starschnitt in klein abgebildet, wie er zusammengesetzt ausschauen sollte.

»Das merkt die Marion doch, so genau wie ein Foto krieg ich das gar nicht hin. Hautfarbe ist total schwer zu mischen.«

»Ausprobieren könntest du es. Ich finde, die Marion soll merken, dass ein Teil handgemalt ist, das macht es zu etwas Besonderem, vielleicht sogar zu einer Rarität. So einen normalen Tarzan kann doch jeder ausschneiden und zusammenkleben.«

Josie sah zu ihr auf, die Zungenspitze zwischen den Lippen, wie immer, wenn sie das Gehörte auf die innere Goldwaage legte, dann strahlte sie. »Klasse, Mama. Manchmal hast du gar keine schlechten Ideen für dein Alter.«

»Oh, danke sehr.« Luise versuchte, es als Kompliment zu nehmen. »Räumst du bitte noch auf. Papa wartet bestimmt schon. Und sei so nett und schau nach deinen Brüdern. Mir pressiert's nämlich auch.« Das hatte sie ihrer Familie bereits beim Frühstück erklärt, aber scheinbar hatten es alle sofort vergessen. Elias und Christian waren, kaum dass sie eine Scheibe Brot hinuntergeschlungen hatten, aufgesprungen, schnappten sich das Fernglas, das sie zu Weihnachten gekriegt hatten, und rannten nach draußen. Ihre Tochter stapelte die Zeitschriften auf der Eckbank. »Bitte, nicht hier. Trag sie raus, die Küche ist mein Arbeitsplatz, hier liegt ohnehin schon genug von eurem Zeug herum.«

»Muss das sein?« Josie stöhnte. In diesem Alter schien jeder Handgriff ein Kraftakt zu sein, außer es ging um Dinge, für die sie brannte. Malen, Mode und Musik zum Beispiel. Josie trug selbst gebastelten Schmuck aus Silberdraht und Perlen und nähte genauso gern wie Luise selbst. Manchmal bebte das ganze Haus nicht nur von der Singer-Nähmaschine, die noch mechanisch mit Fußantrieb bedient wurde, sondern auch von Pink Floyd oder The Eagles oder wer sonst noch gerade »in« war. Luise hörte lieber die ruhigen Balladen von Simon & Garfunkel. Seit dem Erfolg mit ihrer Filmmusik zu *Die Reifeprüfung* wurden sie oft im Radio gespielt.

»Pfirti, Mama.« Die Haustür knallte ins Schloss. Luise nahm die Schürze ab, hängte sie an den Haken hinter der Tür und band sich ihre Uhr um. Ihr Blick fiel auf den Tisch, wo noch Josies Pausenbrot lag. Sie rannte ihrer Tochter hinterher und reichte ihr die Dose durch das Seitenfenster des Lieferwagens, schaute zu Hans und er kurz zu ihr. Früher hätten sie sich einen richtigen Abschiedskuss gegeben, oder auch zwei. Nicht nur aus Versehen wie vorhin. Doch diese Zeiten waren längst vorbei. »Einen schönen Tag euch«, sagte sie. »Und fahr vorsichtig, Hans.«

»Dir auch, trotz allem natürlich, und richte bitte den von Thalers mein Beileid aus.« Er fuhr los.

Sie nickte. Was war eigentlich mit den Buben? Normalerweise gingen sie zu Fuß zur Grundschule, die lag auf dem Schlossberg, hoch über der Stadt. Allerdings sollten sie sich ebenfalls bald auf den Weg machen, wo steckten sie bloß? Josie hatte bestimmt vergessen, nach ihnen zu sehen. »Christian, Elias, wo seid ihr?«

Endlich plumpste einer vom Garagendach, Gesicht und Haare voller Dreck. »Was hast du da oben solange gemacht, Christian?« Durch den Schmutz konnte Luise nicht gleich erkennen, ob es nicht doch Elias war. Da er nicht widersprach, glaubte sie, richtig getippt zu haben. Wäre auch noch schöner, wenn sie als Mutter ihre eigenen Kinder nicht auseinanderhalten könnte.

»Ich hab bloß was nachgeschaut.« In der Senke zu den Nachbardächern hatten die Zwillinge ein selbst gebautes Lager.

»Und was?«

»Nichts Besonderes.« Barfuß und in kurzer Hose trottete er mit ihr ins Haus. Selber Anziehen klappte schon ganz gut, vor ein paar Monaten noch wären die beiden im Schlafanzug oder nur in der kurzen Fußballhose in die Schule gegangen, ohne es zu merken. Sie wurden groß. »Mama, darf ich das Unterhemd ausziehen? Es ist so verdammt heiß.« *Verdammt*, wo hatten sie das Wort denn aufgeschnappt?

»Na gut.« Luise hatte schon einen Waschlappen parat, mit dem sie ihm das Gesicht, die Arme und Knie sauber wischte. Anschließend half sie ihm aus dem Unterhemd, das er brav unter dem T-Shirt angelassen hatte. Christian atmete auf, als hätte sie ihn aus einem Pelz befreit. Luise schob die Pausenbrote und zwei *Sunkist* mit Orangengeschmack in die beiden Schulranzen, die sie auf die unterste Stufe der Treppe geworfen hatten.

»Kann ich noch ein Sunkist Zitrone haben? Ich hab so Durst.« Auch die meisten ihrer Kunden sagten Sunkist, nicht Sankist, obwohl auf der Silberfolie eine große, aufgehende Sonne abgebildet war und man sich vermutlich beim Trinken *sun kissed* fühlen sollte, von der Sonne geküsst.

»Na gut.« Sie holte ihm das letzte Trinkpäckchen aus der Küche, er schlürfte es in Nullkommanix leer. War ja auch kaum mehr als ein Schluck in den Dingern, aber sie verkauften sich trotz der sechzig Pfennig das Stück famos. »Wo ist Elias?«

»Auf'm Klo.« Christian schlüpfte in die Sandalen und hakte sie zu.

»So lange?« Sie klopfte an die Badtür. »Alles in Ordnung da drin?« Anstelle einer Antwort hörte sie die Spülung. »Habt ihr die Deutschhausaufgabe gemacht?« Die hatte sie gestern Abend vor lauter Schaufenster und verspäteter Kundschaft vergessen zu kontrollieren. Christian nickte. Trotzdem zog Luise das Schreibheft aus seinem Schulranzen, versuchte, die Eselsohren zu glätten, und schlug die letzte Seite auf. Ein wenig krakelig waren die Buchstaben und nicht ganz auf der Zeile. Dazu zierten ein Schokofleck und ein paar undefinierbare Sprenkel den Heftrand, aber das kleine L gelang ihm, der zwanzig Minuten älter als sein Bruder war, schon ganz gut.

Endlich tappte Elias barfuß aus dem Bad, in der gleichen kniekurzen Jeans wie sein Bruder, nur dass er ein lila-weiß gestreiftes Shirt trug, kein grünweißes wie Christian.

»Oh, grüß Gott, Herr Dahlmann, Sie sind aber heute schick.« Luise unterdrückte ein Schmunzeln. Anders als sein Bruder glänzte Elias frisch gewaschen. Sein Haar stand ihm nach reichlich Benutzung von Hans' Pomade wie ein Hahnenkamm zu Berge. Am liebsten hätte sie ihn geknuddelt. Zusätzlich duftete er nach Pitralon.

»Das ist wegen der Andrea Schummer aus der Parramelklass«, platzte Christian heraus, »in die ist er nämlich verknallt.«

»Gar nicht wahr.« Elias funkelte seinen Bruder an und boxte ihm auf den Oberarm.

»Doch, ich musste ausspionieren, wann sie aus dem Haus kommt, damit wir sie treffen. Aber mich mag sie sowieso lieber, weil ich stärker bin und vierzehn Sommersprossen mehr habe.« Elias warf sich auf Christian, und sie fingen zu raufen an.

Luise ging dazwischen. »Schluss jetzt.« Maulend rieb sich Elias die Seite, schlüpfte in seine Sandalen, und Luise half beiden mit den Schulranzen. »Moment, was ist mit deiner Schreibhausaufgabe? Hast du die gemacht?«

»Klaro.« Elias nickte, schon halb aus der Tür.

»Zeig her.«

»Aber wir kommen zu spät, Mama.« Christian zog ihn nach draußen, von Zanken keine Spur mehr, sie hielten schon wieder zusammen.

»Ich muss auch weg, aber ich will dein Heft trotzdem noch sehen.«

»Warum müssen wir überhaupt Hausaufgaben machen? Das

ist voll ätzend.« Elias murrte, machte keine Anstalten, den Schulranzen noch mal abzusetzen.

»Damit eure Lehrerin sieht, was ihr das Jahr über gelernt habt, bevor sie das Zeugnis schreibt«, erklärte Luise.

»Aber …« Elias sträubte sich weiterhin. Christian flüsterte seinem Bruder etwas ins Ohr. Schließlich warf Elias den Ranzen auf den Flurteppich, hakte den Schnappverschluss auf, wühlte zwischen den Büchern und losen Stiften. »Kann ich auch noch ein Sunkist Zitrone, Mama? Der Christian durfte.«

»Von mir aus.« Sie holte ihm eins aus dem Laden. Als sie zurückkam, hatte er bereits das Schreibheft aufgeschlagen und hielt es mit ausgestreckten Armen zu ihr hoch. Sie betrachtete es »Fein, wirklich, das wird. Du drückst schon viel weniger mit dem Füller auf.« Vorher hatte Elias die Buchstaben mehr eingraviert als flüssig geschrieben und ständig über Schmerzen im Handgelenk geklagt. »Na, siehst du, geht doch.« Auch seine L-Schwünge hatten sich deutlich verbessert. Er kringelte kaum noch aus der Zeile wie vorher. Das Heft war zwar genauso schmuddelig wie das von Christian, aber darüber sah sie hinweg. Ihre Buben konnten eben nicht gleichzeitig schönschreiben, auf die Heftecken achten und den Füller korrekt halten, wie sie es von Josie in dem Alter schon gewohnt gewesen war. »Ich bin sehr stolz auf euch.« Schon stopfte Elias das Heft zurück in den Ranzen, schlürfte seine Limo aus und gab ihr die leere Packung. Sie küsste beide und wollte sie kurz an sich drücken, doch sie entschlüpften ihr, erlaubten ihr aber, sie noch bis zum Gartentor zu begleiten. »Gebt auf der Straße acht, besonders wenn Lastwagen oder Porsche kommen.«

»Was ist mit einem Ferrari, Mama? Den überholen wir.« Elias stürmte den Gehsteig entlang und ahmte das Brausen eines Rennwagens nach. Luise wartete, bis die Zwillinge sicher die Straße überquert hatten, wo sie auf die anderen Kinder aus dem Viertel trafen. Auch Andrea Schummer, die Bäckerstochter aus der Zwei B war dabei. Vergeblich hoffte Luise, dass sich ihre Söhne noch mal umdrehten und ihr vielleicht winkten, wie sie das noch in der ersten Klasse getan hatten. Sie lachten und kreischten bereits mit den anderen und stürmten den Kirchplatz hoch. Schmunzelnd kehrte sie ins Haus zurück. Sie musste aufbrechen. Helga wartete sicher schon am Bahnhof. Ihre Buben, zusammen mit Josie, waren für sie das große Glück. Moment mal, sie hielt inne. Der Kabafleck, Elias hatte absichtlich den Daumen drübergehalten. Das konnte doch kein Zufall sein. Diese Lausbuben hatten ihr glatt zweimal dasselbe Heft gezeigt, und sie war drauf reingefallen. Na wartet, dachte sie, bis zum Nachmittag, wenn sie zurück war, würde sie sich eine Strafe überlegen. Jetzt aber auf zum Bahnhof. Handtasche, Geldbeutel und noch eine Packung von den Erfrischungstüchern. Taschentuch nicht vergessen. Laut Radio sollte es der heißeste Tag des Jahres werden. Noch wärmer als gestern. Und das auf einer Beerdigung! In der S-Bahn würde sie bestimmt in ihrem schwarzen, zu engen Hosenanzug zerlaufen. Das letzte Mal hatte sie den vor acht Jahren getragen, damals war sie bereits, noch ohne es zu ahnen, mit den Zwillingen schwanger gewesen. Entweder war der Stoff beim Waschen eingegangen, oder sie hatte zugelegt. Luise öffnete den Hosenknopf und atmete. Schon besser. Solange der Reißverschluss nicht von selbst aufging, würde man unter der lockeren schwarzen Bluse hoffentlich nichts sehen. Jetzt musste sie nur noch auf Frau Satzger warten. Es war schon fünf nach halb acht, dabei hatten sie Viertel nach sieben ausgemacht, um noch das eine oder andere zu besprechen. Sieben Uhr vierzig. Luise tigerte vor dem Laden auf und ab. Sie verpasste die S-Bahn und konnte Helga nicht mal Bescheid geben. Luise blickte erneut auf die Uhr. Zeit, den Laden aufzusperren. Vielleicht hatte Frau Satzger angerufen, um abzusagen, und sie hatte es überhört? Sie ging ins Haus zurück und wählte ihre Nummer in Münsing. Keiner hob ab. Merkwürdig. Was soll's. Sie musste hierbleiben. Annabel würde es verstehen. Luise hatte ohnehin nichts mit von Thaler Senior zu tun gehabt und wollte nur ihrer Freundin zuliebe dort sein. Aber was sollte sie machen, sie konnte ihre Teilzeitkraft nicht den Laden alleine schmeißen lassen, die musste am Mittag nach Hause. Erleichtert, aus dem engen Hosenanzug herauszukommen, lief sie schnell nach oben und zog sich um. Kaum sprintete sie die Treppe wieder hinunter, rüttelte die erste Kundin an der Tür.

»Morgen, Frau Dahlmann, ich dachte, Sie sind bei der Beerdigung?« Und auch Frau Ehlers trudelte ein. Obwohl sie vier Kinder im schulpflichtigen Alter hatte und nur stundenweise aushalf, war auf sie wenigstens Verlass.

»Das erkläre ich Ihnen später. Grüß Gott, die Damen und hereinspaziert.« Luise begrüßte zwei weitere Kundinnen.

Als sie um halb zehn die Einkaufswagen zusammenschob und die Drahtkörbe stapelte, kam Frau Satzger das Trottoir entlanggeschlendert. Eine Handtasche in der Armbeuge und eine Zigarette im Mund.

»Morgen.« Sie blies den Rauch in die Luft, schnippte die Kippe vor Luises Füße und drückte sie mit der Korksandale aus. »Ich hab den Bus verpasst.« Besonders abgehetzt wirkte sie nicht.

»Warum haben Sie nicht einen früheren genommen, ich habe fest mit Ihnen gerechnet. Wegen Ihnen kann ich jetzt nicht bei der Beisetzung von Professor von Thaler sein.« Wie

Luise diese Raucherei hasste, ihr reichte das ewige Paffen von ihrem Mann.

»Ach, Jessas, ist das etwa heute? Ich dachte, erst am Montag, da hab ich mich wohl vertan.« Die tiefe Stimme der Satzger hörte sich stets heiser an, als wollte sie sich gleich räuspern. »Sie können jetzt noch fahren, wenn Sie wollen.«

Wie großzügig, dachte Luise, noch schnell ans Grab rennen und hallo sagen, nein. »Heben Sie sofort den Stummel auf, am besten kehren Sie gleich den gesamten Vorplatz, hier liegen noch mehr.«

»Ich bin nicht zum Putzen angestellt, Frau Dahlmann, das habe ich Ihnen bereits mehrmals erklärt.« Sie rümpfte die Nase, schob die Kippe in den Gully und stolzierte in den Laden.

»Ich hoffe, Sie holen den Besen, Frau Satzger, ich bestehe darauf.« Dass Chefsein schwer war, hatte Luise geahnt, aber dass es so schwer war, nicht. Was die Angestellten, die Kundschaft und überhaupt den Laden betraf, war Luise mit den Jahren dünnhäutiger geworden. Anstatt mit Mitte vierzig endlich souverän zu sein, fühlte sie sich viel öfter angegriffen oder berührt von dem, was sie hörte und erlebte. Manchmal hatte sie auch einfach keinen Kopf für all die Befindlichkeiten, die die Leute an sie herantrugen. Auch ihr Ladenkunde-Album, wo sie ebendiese Geschichten sonst immer eingetragen hatte, vernachlässigte sie. Meist war sie abends zu müde, um noch mal einen Stift in die Hand zu nehmen und die Erlebnisse und ihre Gedanken dazu in das Notizbuch zu schreiben. Selbst die Zeitungsausschnitte, die sie nach wie vor sammelte – Werbeanzeigen für Dahlmanns Gemischtwaren, Fotos rund um den Laden, mit und ohne Familie, und alles, was sie sonst noch beschäftigte –, lagen lose im Album, das sie aus mehreren Heften mit Gummibändern zu einem Buch gebunden hatte. Dabei freute sie sich jedes Mal, wenn sie beim Abstauben oder Aufräumen in den Heften der vergangenen Jahre blätterte und sich festlas. Wenn sie etwas Bemerkenswertes erlebte und es nicht festhielt, entglitt es ihr, egal wie sehr sie versuchte, es sich zu merken. Besonders die lustigen, netten Sachen waren nach dem nächsten Gespräch, oder spätestens am nächsten Tag, vergessen und von neuen Erlebnissen abgelöst. Gleich heute nach Feierabend, nahm sie sich vor, würde sie das ändern.

ANNABEL

Im festlichen Saal des Hotels *Vier Jahreszeiten* wurde viel getuschelt, aber konkret wusste niemand, wer der Frevler gewesen war, der Richard von Thaler derart verteufelt hatte. »Hat man ihn festgenommen?«, fragte Annabel ihren Mann bei Gang fünf des Siebengängemenüs. Friedrich hatte sich schon nach dem Fischgang verabschiedet. Er musste zum Rudertraining, jeder Tag zählte.

»Soviel ich weiß, nicht.« Konstantin hatte nach dem Ciabatta mit Kräuterbutter und dem Lachs mit Linsen, gefolgt von Fenchelgemüse mit Sternanis und Pasta mit Trüffeln anscheinend schon genug. Lieblos hackte er auf den Spargel ein, schob das zarte Lammfilet an den Tellerrand. »Außerdem ist so eine Beschimpfung noch kein Haftgrund, zumindest in der Bundesrepublik nicht. Bei uns herrscht Gott sei Dank wieder Meinungsfreiheit.« Wenigstens berief er sich noch auf Gott, wenn auch nur beiläufig, stellte Annabel mit Genugtuung fest. Sie hatte großen Appetit und genoss die Speisen. Besonders Nummer sechs, Limettensoufflé mit Parmesan auf Rigatoni. Köstlich! Auf einer Staffelei stand ein gerahmtes Porträtfoto mit Trauerflor. Es zeigte Richard mit Krawatte und im Arztkittel, den er wegen seiner Leibesfülle nie geschlossen hatte. Er saß in einem Lehnsessel, das ergraute, leicht gewellte Haar über den großen Ohren straff zurückgekämmt. Ein selbstgefälliger Zug umspielte seine Mundwinkel, als ob er meinte, jeden im Saal zu durchschauen.

»Das war doch eindeutig Verleumdung oder üble Nachrede oder wie man das juristisch nennt.« Die Kellner wollten schon den letzten Gang servieren, Polenta mit Amaretto. Für Marlene bestellte Annabel ein Dessert ohne Alkohol.

»Ach, das war bloß irgendein Spinner. Wir Ärzte werden ständig beschimpft.« Konstantin schob den Nachtisch zur Seite, rückte ein wenig vom Tisch weg und schlug die Beine übereinander.

»Im Ernst?« Das war Annabel neu. Mmh, die Polenta war mit Zitroneneis vermischt, wie raffiniert. Sie musste Luise davon erzählen, ob sie das Rezept kannte? »Ich dachte, ihr seid für eure Patienten Götter in Weiß.«

»In Romanen vielleicht, Bella. Aber im echten Leben macht man sich als Arzt zwangsläufig nicht nur Freunde. Wir bewegen uns auf einem schmalen Grat, müssen ständig zwischen Leben und Tod hoffentlich richtige Entscheidungen treffen, aber auch mit den Angehörigen unserer Patienten zurechtkommen und so manche Anschuldigung aushalten, wenn jemand stirbt zum Beispiel.«

»Wieso, wurdest du auch schon mal bedroht?« Selbst damals, als die erschütternden Nebenwirkungen von Contergan aufgedeckt worden waren, war Konstantin, soweit Annabel wusste, nicht beschimpft worden. Von Journalisten belagert, das ja, aber anders als befürchtet kreidete ihm niemand an, dass er die Tabletten verschrieben hatte. Woher hätte er auch wissen sollen, dass sie schädlich waren.

»Nicht direkt, aber ob ich, falls ich auf der Stelle tot umfiele, eine glorreiche Grabrede bekäme, bezweifle ich.«

»Papa, du fällst nicht tot um«, sagte Marlene, der ein Kellner ein mit bunten Streuseln und einer Zuckerstange verziertes Puddingschälchen brachte.

»Rede nicht so, vor allem vor dem Kind nicht«, zischte Annabel. Marlene schnappte sich mit den Zähnen den kleinen Löffel, klemmte ihn sich zwischen die Zehen und aß den Vanillepudding geschickt mit dem Fuß. »Also, du meinst, dass es um etwas Medizinisches ging, nicht etwas Privates?« Annabel wandte sich wieder an ihren Mann.

Er zuckte die Achseln, wühlte in seinen Sakkotaschen und stand auf. »Du, ich hab meine Zigarillos vergessen, ich frag unten an der Bar, ob die welche verkaufen.« Marlene warf den Löffel auf den Tisch und bat, aufstehen zu dürfen. »Na, komm, wir gehen zusammen.« Konstantin nahm sie mit, lenkte sie an den Tischen vorbei, wo es überall Hindernisse gab. Annabel sah ihnen nach, und wieder überschwemmte sie ein warmes Gefühl für ihren Mann. Sie würde ihn ewig lieben. Beim Kuchenbuffet entdeckte Marlene einen Jungen, der mit einem Jo-Jo jede Menge Tricks beherrschte, und sie blieb bei ihm stehen, während Konstantin weiterging. Unschlüssig, ob sie ihre Tochter dort allein lassen konnte, überlegte sie aufzustehen und zu ihr zu gehen.

»Sitzt du absichtlich allein hier, oder brauchst du Gesellschaft?« Bevor Annabel etwas erwidern konnte, hatte sich Helga neben ihr niedergelassen. »Puh, wenigstens haben die in dem Schuppen eine gute Klimaanlage.« Sie wischte sich über ihr üppiges Dekolleté. Wahrscheinlich hätte Annabel, wäre sie einen Kopf kleiner, auch so eine Sanduhrfigur. Bei ihr streckte sich eben alles, woher sonst, wenn nicht von ihr, hatte ihr Sohn seine athletische Figur geerbt.

»Herr Ober, einen Mokka bitte.« Helga winkte dem Kellner. »Magst du auch einen?«

»Gern.« Annabel wusste noch immer nicht, ob sie wirklich Freundinnen waren, eher Bekannte, na ja, gute Bekannte oder vielleicht sogar sehr gute, nach dem, was sie gemeinsam erlebt und ausgestanden hatten. Dennoch, sie hätte nicht sagen können, warum, misstraute sie ihr immer noch. Helga war die Hilfsbereitschaft in Person, eine kompetente Ärztin, dazu ausgesprochen nett und freundlich. Annabel sollte endlich über ihren Schatten springen und sie einfach bedingungslos mögen, so wie alle es taten. Oder vielleicht musste sie das auch nicht. Wozu etwas erzwingen. Sie konnte ja so tun, als ob. Die Gedanken waren frei, man musste sie bloß für sich behalten, sagte Luise immer, die Annabel von Herzen gern hatte.

»Danke, dass du vorhin meiner Schwiegermutter so schnell geholfen hast«, rang sie sich ab. »Die anderen Ärzte waren wohl alle außer Dienst auf dem Friedhof.«

»Das war doch selbstverständlich.« Helga rührte sich Zucker in den Mokka, als er gebracht wurde. »Wie es aussieht, hat sie sich von dem Schock ganz gut erholt.« Am Tisch gegenüber hörten sie Irmela kichern, als ihr der Chauffeur, ein zwanzig Jahre jüngerer Kroate, etwas ins Ohr flüsterte. Sie trank Champagner und wirkte beschwipst. Ein angemessenes Verhalten für eine Trauerfeier war das nicht, noch dazu vor der ganzen Verwandtschaft, das würde für reichlich Getuschel sorgen.

Annabel nahm das bunte Tuch vom Hals und fächelte sich Luft zu. Fast ein wenig zu gewagt, hatte sie sich am Morgen noch gedacht, sich dann aber doch für diesen Farbtupfer entschieden.

»Einen sehr schönen Schal hast du da«, sagte Helga. »Aus Seide?«

»Ja, den hat mir Friedrich geschenkt – handgenäht, beziehungsweise rolliert, hat er mir erklärt.« Annabel gab ihn ihr.

Helga zog ihn durch die Hand und betrachtete das Muster

und die feinen Stiche am Rand. »Sehr hübsch, wirklich. Dann näht Fritz noch? Trotz seines Sports?«

Dass alle außer ihr seinen schönen Vornamen abkürzten, gefiel Annabel nach wie vor nicht. »Momentan nicht, Friedrich trainiert sehr hart. Am liebsten würde er das mit dem Schneidern beruflich machen, das Medizinstudium macht ihm so gar keinen Spaß, hat er mir anvertraut. Aber bitte sag Konstantin nichts davon.« Das war Annabel jetzt einfach so rausgerutscht, dabei hatte sie ihrem Sohn versprechen müssen, es für sich zu behalten. Eigentlich hatte Annabel das Gespräch mit ihm gesucht, um ihn zu fragen, warum er nie eine Freundin mit nach Hause brachte. Aber er war gleich damit rausgeplatzt, dass er lieber Mode als Medizin studieren wollte. Und jetzt diese Helga wieder, mit ihrem herzförmigen Gesicht und dem Blondschopf. Kaum sah sie einen an, schon plapperte man wie ein Wasserfall und verriet Geheimnisse. »Die Ärztedynastie der von Thalers muss einfach weitergehen. Besonders jetzt, wo mein Schwiegervater nicht mehr lebt. Friedrich soll in seine Fußstapfen treten und die Kinderklinik übernehmen.«

»Da wird ihm ganz schön viel abverlangt, wenn er eigentlich etwas ganz anderes machen will.« Helga gab ihr das Tuch zurück. »Bei mir war es genau umgekehrt. Ich wollte Medizin studieren, aber meine Eltern trauten es mir nicht zu.«

»Na ja, du bist ja auch eine Frau.«

»Was soll das denn heißen?« Helga schob ihre runde Brille mit den getönten Gläsern auf die Nasenspitze und schaute sie über den Rand hinweg an.

Hastig trank Annabel ihren Mokka, er schmeckte gallenbitter, und ihr Puls war sowieso schon auf hundertachtzig. Sie musste aufpassen, dass sie sich nicht weiter um Kopf und Kragen redete. »Bei Mädchen geht man immer noch davon aus, dass sie später heiraten und Kinder kriegen, dass eine Frau eine Karriere anstrebt wie du, ist doch eher selten.«

»Leider, ich finde, dass sich diese Einstellung dringend ändern sollte, wir brauchen eine Bildungsreform. Vor dem Gesetz mögen wir gleichberechtigt sein, in der Wirklichkeit ist das noch lange nicht der Fall.«

»Du meinst, Frauen in Männerberufen?«

»*Den Männerberuf* gibt es doch gar nicht. Frauen sollten alle Berufe offenstehen.«

»Alle? Auch Werftarbeiter und Möbelpacker?«

Helga nickte. »Aber eben auch Bundeskanzlerin, Pilotin, Automechanikerin, so Gott will eines Tages sogar Pfarrerin und am Ende noch Papst.«

»Das ist aber kein Beruf, sondern eine Berufung.« Bei so etwas hörte für Annabel der Spaß auf.

»Tut mir leid, Bella, ich wollte dir nicht zu nahe treten. Sag mal, kennst du den Mann, der deinen Schwiegervater so beschimpft hat?« Zurückhaltung schien ein Fremdwort für sie zu sein. Ein Blatt vor den Mund genommen, oder wenigstens eine Serviette, hatte Helga wohl noch nie.

»Nein.« Und sie erzählte ihr, was Konstantin gesagt hatte. »Stimmt das, ich meine, sind das auch deine Erfahrungen mit Patientinnen? Oder sind dir alle wohlgesonnen?«

»Keineswegs. Anfeindungen, ich nenne es lieber harsche Kritik, gehören zum Alltag. Nicht jeder will sich helfen lassen oder ist mit den Methoden, die wir anbieten, zufrieden. Ich sag mir immer, dass ich das Beste für meine Patientinnen tue, was ich im Moment tun kann. Ob es am Ende das Richtige ist, stellt sich vielleicht erst später heraus. Was ich allerdings nicht brauche, ist die Anerkennung meiner Patientinnen. Wenn sie zufrieden sind, freu ich mich und nehme es als Geschenk. Wenn nicht, auch gut.«

Darüber musste Annabel nachdenken. »Du machst das also nicht, damit die Menschen, die du rettest, dir dankbar sind?«

Helga lachte. »Dann wäre ja mein Glück von anderen abhängig. Außerdem kann ich als Ärztin nicht ständig darauf warten, gelobt zu werden. Ich hab Wichtigeres zu tun.« Weise Worte, das musste sie ihr zugestehen. Nicht zu hoffen, dass andere das Glück für sie bauen. Vielleicht sollte Annabel sich diese innere Stärke als Vorbild nehmen.

Marlene kam an den Tisch zurück, das Gesicht an ihre linke Schulter gepresst, und Annabel wusste sofort, dass sie sich Tränen abwischte. Ihr schlanker Körper in dem feinen schwarzen Spitzenkleid bebte. »Was ist passiert?«

»Der Junge … das Jo-Jo … ich …« Mehr brachte Marlene nicht heraus. Annabel drückte sie an sich und küsste sie ins dichte schwarze Haar. Sie konnte sich vorstellen, wie das Spiel ausgegangen war. Zum Jo-Jo-Werfen brauchte man Arme. »Sei nicht traurig, meine Kleine. »Wir fahren doch nachher zu den Brandstetters.«

»Wirklich? Ich dachte, weil der Großvater tot ist, geht das heute nicht?« Sie sah mit glänzenden Augen zu ihr auf.

MARIE

Nach der Turnstunde führte Marie Paulchen auf die Weide, wo er stürmisch auf die anderen zulief, als ob er jede Menge zu berichten hätte. Alma radelte nach Starnberg, zu einer Verabredung. Die Kleineren kletterten in den Bäumen, spielten irgendeinen Film nach, unermüdlich wie sie waren. »Ongaad«, hörte sie Xaver rufen, was immer das bedeutete. Marie trug Longe und Voltigiergurt zurück auf den Hof, von wo Stimmen zu hören waren.

»Pass auf, du tust dir noch weh.« Es war Annabel, die Marlene aus dem Auto heben wollte.

»Lass das, Mama.« Marlene schubste ihre Mutter fort und kletterte allein vom Rücksitz. Sie schwankte, fing sich an einer Schubkarre ab, die neben dem Misthaufen stand.

»Oje, jetzt hättest du dir fast die Zähne ausgeschlagen.«

»Hätte ich nicht.« Marlene richtete sich den roten Haarreif, der ihren schwarzen Haarschopf bändigte. »Ich bin kein Baby mehr, das du ständig herumtragen musst, wie oft soll ich dir das noch sagen.«

»Hallo, ihr zwei.« Marie umrundete den Haufen aus losen Holzstangen. Während sie oben auf der Koppel trainierten, war offenbar die Lieferung eingetroffen, um die Gatter zu erneuern. Sie musste Herrn Pradler, ihren Pferdewirt, bitten, die Stangen möglichst schnell wegzuräumen, nicht dass einer ihrer Reitgäste stolperte. Sie hängte die Voltigiersachen in die Stallkammer und begrüßte die von Thalers. Annabel hatte mittlerweile grau melierte Haare, aber dass die beiden Mutter und Tochter waren, war unverkennbar. »Wie geht's euch? Mein Beileid noch mal!« Marie drückte Annabel die Hand. Sie duzten sich erst, seit Marlene Reitstunden bei ihr nahm. Dass Annabels Schwiegervater, ein weltweit anerkannter Professor für Kinderheilkunde, unerwartet gestorben war, hatte sie von Luise erfahren.

»Danke dir«, sagte Annabel knapp, sonst war sie gesprächiger. Sie wirkte bedrückt.

Marie konnte es ihr nicht verdenken. Wahrscheinlich hatte sie ihren Schwiegervater gern gehabt. »Leni, schau mal, der Manni hat dir Zimtstern gesattelt.« Übers ganze Gesicht grinsend führte Manni den graubraunen Falben mit markantem Aalstrich, dunkler Mähne und Schweif aus dem Stall. Ein rührender Anblick, wie Manni sich kümmerte, als wollte er ihr ohne Worte die Arme ersetzen. Und anders als bei Annabel, die sich ständig sorgte, dass sich ihre Tochter verletzen könnte, nahm Marlene Mannis Hilfe gern an. Sie schaute den beiden gern zu. Als Dritte im Bunde Zimtstern, das Konik-Pony. Die robuste Rasse hatten sie in ihrer schlesischen Heimat auf dem Gut ihrer Eltern in der Landwirtschaft eingesetzt, und als Marie die Gelegenheit erhielt, ein Konik zu kaufen, hatte sie sich sofort auf den Weg gemacht. Annabel hatte ein edleres Pferd für ihre Tochter ausgesucht, doch Marlene verliebte sich von Anfang an in das stämmige Tier und die Stute offenbar auch in sie. Zimtstern machte freiwillig bei allem mit, was die beiden unternahmen. Fasziniert hatte Marie beobachtet, wie Manni das anstellte. Das Pony zeigte mit seinen Bewegungen, was es wollte, und Manni genauso. Jetzt beugte er sich vor und senkte den Kopf, und Zimtstern stand still, damit Marlene in Ruhe aufsteigen konnte. Das war das Ziel von Maries Bemühungen auf ihrem Reiterhof, Manni machte es Tag für Tag vor: Ein sanfter, gewaltloser Umgang miteinander. Tier und Mensch lernten voneinander. Man musste ein Pferd nicht zwingen und letztendlich auch nicht bitten, es reiten zu dürfen. Wenn es Vertrauen fasste, ließ es das aus freien Stücken zu. Ob Manni das von Marie abgeschaut hatte, oder ob das einfach seine Gabe war, wusste sie nicht. Jedenfalls verstand er mehr von Tieren, als man vermuten mochte, wenn man ihn noch nicht kannte und allein nach seinem Aussehen und den zwei Worten, die ihm zur Verfügung standen, beurteilte. Neben Herrn Pradler und den Stallburschen, die sie sich dank regelmäßiger Einnahmen inzwischen leisten konnte, war er ihre wichtigste Stütze auf dem Hof. Die Zeiten, in denen sie sich bis zum Umfallen abgerackert hatte, waren seit Jahren vorbei. Nach Martins Unfall lag es nahe, die meisten Tiere wegzugeben, ein bisschen vom Land dazu, um zur Ruhe zu kommen. Doch dann hatte sie es einfach gewagt, irgendwie musste es weitergehen. Inzwischen beschäftigte sie sich meistens mit Dingen, die sie liebte. Trotzdem war es, als gäbe es zwei Maries in ihr, eine, die funktionierte, sich um ihre Kinder, den Hof, die Tante und Manni kümmerte, sofern der ihre Hilfe brauchte. Die aber auch selbst viel Zeit mit den Pferden verbrachte, sie ausbildete und von ihnen lernte. Das war die helle Marie in ihr, dann gab es noch eine dunkle Marie, die die helle am liebsten in ihren Abgrund ziehen wollte, in die große Leere, die jede Freude erstickte und sie zu verschlingen drohte.

Manni stellte Marlene ein Podest ans Pferd, das er extra für sie geschreinert hatte und das wie ein Siegertreppchen aussah. Er hielt ihre Hand, um ihr hinaufzuhelfen. Als Marlene auf Platz eins gestiegen war, hob sie ein Bein, um in den Steigbügel zu gelangen, als ihr das geglückt war, schwang sie sich in den Sattel. Manni unterstützte sie mit seinen kräftigen Armen und lupfte sie auf Zimtstern, gab ihr die Zügel in die Hände und hakte eine zweite Leine des Zaumzeugs an ihren Steigbügeln fest, denn zusätzlich lenkte Marlene das Pony nämlich mit den Füßen, das gab ihr zusätzlichen Halt.

»Du kannst heimfahren, Mama, bis später!« Offenbar wollte sie Annabel loswerden, die noch neben Marie stand. Wie ein geübter Jockey wendete sie das Pferd, um den Hof zu verlassen, und ritt in Richtung der Koppeln, die sich bis über den Karlsberg erstreckten. Manni lief nebenher, ohne die Kleine von Thaler einen Moment aus den Augen zu lassen. Sie schnalzte, wendete noch einmal und drückte ihre Stiefel in Zimtsterns Seite. Plötzlich galoppierte sie genau auf sie zu. Was hatte sie vor?

»Ach, Gott, was machst du?«, kreischte Annabel. »Nicht, so halte doch jemand das Tier auf!« Ging Zimtstern durch? Marlenes Gesichtsausdruck nach war das nicht der Fall. Sie hatte es eher auf eine Vorführung angelegt. Manni geriet ins Schnaufen, er versuchte, die Zügel zu erreichen. Vergeblich. Keuchend blieb er stehen und stützte sich auf die Knie. »Marie, so tu doch endlich was.« Annabel war außer sich. Marie wollte losstürzen und eingreifen, doch dazu kam sie nicht mehr. Kurz vor dem Holzhaufen setzte Marlene zum Sprung an, das Pony stieg, wieherte über ihnen mit erhobenen Hufen in der Luft. Noch hielt sich das Mädchen auf dem Pferderücken, dann kippte sie nach hinten weg.

HELGA

Diesmal zierte eine kunstvolle Stoffblume ihren Lenker. Sie wirkte handgenäht. Ihr Verehrer wieder. Sie kannten sich doch, hatten sich am Vormittag noch die Hand gegeben. Jedenfalls wenn sie auf den Richtigen tippte. Was war das für ein merkwürdiges Spiel? Dass er zu schüchtern war, um sie anzusprechen, hätte sie nicht gedacht. Vielleicht genügte es ihm, ihr bloß etwas zu schenken. Was kam als Nächstes, wenn sie es nicht beendete? Schön war die Rose allerdings, jedes Blütenblatt in einem anderen Blauton, perfekt aufeinander abgestimmt, schillerte sie ins Türkise. Grünblau war ihre Lieblingsfarbe, und er wusste das offensichtlich. Sie löste die Rose vom Lenker, legte sie in ihre Tasche und radelte zum Nachtdienst. Nach der Übergabe verabschiedete sich Dr. Hauck ohne ein persönliches Wort in den Feierabend.

»Wollen wir am Samstag kegeln gehen?«, fragte ihn Otto noch.

»Geht nicht, Familie.« Anscheinend hatte Hauck es immer noch nicht verkraftet, dass nicht er, sondern Otto Kettler zum Professor berufen worden war. Hauck konnte sich auf eine Zukunft als ewiger Stellvertreter des Klinikleiters von Thaler einrichten.

Otto wartete, bis auch die anderen Ärzte und die Oberschwester draußen waren, schlüpfte aus seinem Kittel, nahm seine Aktentasche vom Stuhl und wandte sich an Helga. »Wie ist es mit uns zweien, sehen wir uns morgen?«

»Zum Kegeln?«, scherzte sie.

Er zuckte mit den Schultern. »Wenn du magst.«

Helga lachte. »Ich glaub, ich muss mal wieder früher ins Bett.« Bevor sie mit der ersten Abendrunde durch die Zimmer begann, wollte sie die Medikationsliste durchgehen.

»Da bin ich dabei.« Sanft strich er ihr über die Wange und grinste sie an.

Sie hielt im Schreiben inne. »Ist der von dir?«

»Was meinst du?«

»Na, der Kugelschreiber, hast du mir den ans Fahrrad gebunden?«

»Wer macht denn so etwas?« Er nahm ihn ihr weg und drehte ihn in der Hand. »Der ist hübsch, ich habe ihn schon in deiner Brusttasche bewundert, leider nein, von mir ist der nicht. Ich bin offensichtlich weniger einfallsreich als die Konkurrenz.«

»Du starrst mir also auf die Brust?«

»*Brusttasche* hab ich gesagt, doch den Inhalt stelle ich mir natürlich auch vor.« Er gab ihr den Stift zurück, beugte sich zu ihr und küsste sie sanft auf die Lippen. Sie schloss die Augen und genoss diese Zärtlichkeit, schöpfte Kraft. Man wusste nie, wie viele Geburten es gleichzeitig geben würde. Noch war alles ruhig, hatte es geheißen, auch wenn die Hebammen bereits mehrfach gerufen worden waren.

»Ausgemacht?«, fragte er, als er sich wieder von ihr löste.

»Was?«

»Samstagabend, wir zwei, bei was auch immer?«

»Mal sehen. Ich will erst die Nachtschicht hinter mich bringen.«

Außerdem hatte sie erst vorgestern bei Otto übernachtet, weil David bei einem Freund in München geblieben war. Mit achtzehn ging ihr Sohn zwar mehr und mehr seine eigenen Wege und brauchte sie nicht mehr groß, aber die gemeinsamen Abendessen waren ihr nach wie vor heilig. Sonst verloren sie sich noch ganz aus den Augen, jetzt, wo er nächstes Jahr Abitur machte und danach zum Wehrdienst musste. Hinterher, wenn sie gegessen, sich von ihrem Tag erzählt hatten oder davon, was sie beschäftigte, konnte jeder tun, was er wollte. Meistens ging David danach zu Dahlmanns, um Josie zu besuchen oder abzuholen. Seit der Grundschule waren sie unzertrennlich und inzwischen auch ein Liebespaar. So genau wollte sie das nicht wissen. Hauptsache, ihr Sohn war glücklich, und so wirkte er auch. Allerdings erlaubte Luise nicht, dass David über Nacht bei Josie blieb. Als ob das irgendetwas verhinderte. Liebe ließ sich nicht verbieten, dachte Helga, wenn sie die beiden in Davids Zimmer hörte. Oder wenn im Morgengrauen das Türschloss klickte und ihr Sohn zurück in die Wohnung kam.

»Wir könnten ins Arri-Kino gehen«, schlug Otto vor.

»Was läuft?«

»*Der große Blonde mit dem schwarzen Schuh.*«

»Oh, ich wusste gar nicht, dass der Herr Professor nebenbei noch schauspielert?« Helga zog ihn zu sich her.

»Tja, ich bin eben ein T-Tausendsassa.« Grinsend schüttelte er seine rotblonden Locken, die sich über der Stirn bereits lichteten, und erwiderte ihren Kuss. Nur wenn man es wusste, hörte man noch, dass Otto über manche Buchstaben stolperte oder an einem Wort hängen blieb. Er sprach bedächtiger als andere, hatte mit eiserner Disziplin das Stottern abgelegt, wofür sie ihn bewunderte. Als sie sich vor zehn Jahren, bei ihrem Einstand als Ärztin in der Klinik, kennenlernten, hatte er kaum einen Satz herausgebracht.

Er zuckte zurück, als Oberschwester Silvia hereinkam. Dabei wusste bestimmt jeder hier, dass sie beide mehr als nur Kollegen waren. Silvias stets sauertöpfische Miene hellte sich auf. Vermutlich weil sie jetzt etwas hatte, das sie im Schwesternzimmer breittratschen konnte.

»Einen schönen Abend noch, Dr. Kettler.« Zum Abschied schenkte Helga ihm ein Lächeln, zu mehr konnte sie sich gerade nicht durchringen. Als er fort war, wandte sie sich an Silvia. »Haben wir momentan eine Patientin in den Wehen?«

»Gerade ist eine im Kreißsaal eins, mit Frau Boesner. Scheint gleich so weit zu sein.« Frau Boesner war eine ihrer erfahrensten Hebammen.

»In Ordnung. Hol mich, wenn was ist.« Helga raffte die Papiere zusammen und klemmte sich den Kugelschreiber zurück in die Brusttasche. »Ich bin in meinem Büro.« Solange eine Geburt normal verlief, hielt sie sich als Ärztin zurück und störte nicht.

»Ach so, warte. Im Flur sitzt noch eine Schwangere.« Silvia zog eine Haarnadel aus ihrem Schwesternhäubchen, das in exakt sieben Falten gelegt war, und fixierte es neu auf dem Dutt. Das tat sie bei jeder Gelegenheit, schließlich war sie die ranghöchste examinierte Oberschwester, und es wäre doch schade, wenn das nicht jeder mitkriegte. Helga hatte es damals gerade mal zur Lernschwester gebracht, die Ausbildung vorzeitig abgebrochen, als sie mit David schwanger wurde. Nach seiner Geburt hatte sie auf dem zweiten Bildungsweg Medizin studiert. »Ich bin noch nicht dazu gekommen, sie aufzunehmen. Vielleicht kannst du sie dir kurz anschauen, bis Frau Boesner wieder Zeit hat?«

»Was ist mit Frau Breitenbacher?« Laut Plan waren zwei Hebammen für die Nacht eingeteilt, was ohnehin knapp bemessen war. Manchmal riefen sie externe Hausgeburtshebammen dazu, die in der Seeklinik ihre Belegbetten hatten.

»Die hat sich krankgemeldet. Ihre Kinder haben die Windpocken und sie jetzt offenbar auch.«

»Dann haben wir nur eine Hebamme für heute Nacht?«

Silvia nickte. Na, das konnte heiter werden, noch dazu wo heute Vollmond war. Helga hielt das zwar für einen Aberglauben, und statistisch bewiesen war bisher auch nicht, dass in einer klaren Vollmondnacht mehr Kinder auf die Welt kamen, aber aus Erfahrung wusste sie, dass Geburten ihren ganz eigenen Regeln folgten, ob die sich einem nun erschlossen oder nicht. Sie folgte Silvia in den Flur, dort saß niemand. Auch der nächstgelegene Untersuchungsraum und das Wartezimmer waren leer. Unterwegs hob sie ein gelb gemustertes Tuch mit kleinen Quasten auf, das auf dem Boden lag.

»Das gehört ihr.« Silvia öffnete einen Schrank, nahm Helga das Tuch ab und legte es in eine Schublade, in der sich schon allerhand andere Fundsachen befanden. »Wahrscheinlich waren es bloß Senkwehen, und sie ist wieder gegangen. Sie sagte, sie sei in der sechsunddreißigsten Woche.«

»Eine Erstgebärende?« Die konnten die Stärke des Schmerzes noch nicht abschätzen und hielten das Einspielen der Gebärmutter oft für Geburtswehen.

Sie zuckte mit den Schultern.

»Hast du sie abgehört?«.

»Ich?« Silvia schaute wie ein Huhn, wenn's donnert. Dann reckte sie die Nase. »Ich habe sie angewiesen, im Flur zu warten, bis ich die Hebamme hole, aber die war bereits in der Geburt, darum habe ich dich gebeten.« Silvia machte meistens Dienst nach Vorschrift, das kannte Helga von ihr, dennoch kamen sie nach anfänglichen Schwierigkeiten gut miteinander aus. Im Gegensatz zu manch anderer Krankenschwester, die mit Feuereifer anfing, doch bald unter dem Druck der Anforderungen zusammenbrach, war auf Oberschwester Silvia Verlass. Freundinnen wie zu Zeiten der Ausbildung würden sie vermutlich nie mehr werden, aber das musste auch nicht sein.

»Wie hieß die Frau?«

»Keine Ahnung.« Erneut hatte sich eine Strähne aus Silvias Dutt gelöst, sie schob sie zurück und steckte das Häubchen fest.

»Aber ihre Personalien hast du aufgenommen, oder?«

»Das habe ich dir doch erklärt, dazu war noch keine Zeit.« Es piepte in Silvias Tasche, sie wirkte fast erleichtert, dass eine Patientin sie brauchte.

»Warte noch kurz.« Helga trat ans Fenster. Die Einfahrt zur Klinik war hell erleuchtet. Vom Mond war nichts zu sehen. Der Nachthimmel hatte sich zugezogen. Es regnete. Eine Wohltat, diese Abkühlung. Außer dem Pförtner bei der Schranke, der dem Wetter trotzte, entdeckte sie niemanden. »War die Schwangere ohne Begleitung hier?«

»Als ich mit ihr gesprochen habe, schon.« Nach wie vor durften Männer bei der Geburt nicht dabei sein. Auch wenn mittlerweile manche den Wunsch äußerten, sträubten sich die Mediziner. Erfolglos hatte Helga das Thema bereits in mehreren Sitzungen angesprochen und sich immer wieder dem Willen der Klinikleitung beugen müssen.

Erneut piepte es in Silvias Kitteltasche. Sie schaute nach. »Du, ich muss. Das ist die Vier, Lernschwester Agnes sollte die Leibbinde bei einer Patientin wechseln und braucht anscheinend Hilfe.« Sie trennten sich im Gang, und Helga ging in ihr Büro. Abgesehen von Husten, Wispern und Schnäuzen, das durch eine der Türen drang, war es still im Haus. Die Patientinnen, ob frisch entbunden oder im Wochenbett, schliefen, erholten sich ohne ihre Babys. Die wurden ihnen erst um sieben Uhr wieder zum ersten Stillen gebracht. Dass Mutter und Kind gleich nach der Geburt getrennt wurden, missfiel Helga auch. Wer in der Klinik geboren wurde, hieß es, musste sich deren Rhythmus fügen. Und später beklagten sich alle über eine fehlende Bindung und brauchten eine Psychoanalyse. Wie wunderbar war Davids Geburt im Vergleich dazu gewesen, welch ein Glück die Geborgenheit im Dahlmannhaus, bei Luise.

In ihrem Büro angekommen, knipste Helga das Licht an. Endlich hatte sie Gelegenheit, den längst überfälligen Papierkram zu erledigen. Seit sie ihre Facharztprüfung für Gynäkologie und Geburtsmedizin abgelegt hatte und zur Stationsärztin von beiden Abteilungen ernannt worden war, sammelte sich allerhand an. Sie schaltete das Radio ein, suchte nach einem Musiksender, der etwas Annehmbares spielte, und freute sich über *Wild World* von Cat Stevens. Das war ein Song vom Album *Tea for the Tillerman*, das sie zu Hause hatte. Leider kam sie viel zu selten dazu, es im Ganzen zu hören. Sie drehte »*oh, baby, baby, it's a wild world*« lauter und gähnte. Sie brauchte dringend einen Kaffee. Der Regen prasselte ans Fenster. Sie stellte den Wasserkocher an, brühte sich einen löslichen Eduscho auf, den sie bei Luise gekauft hatte, und vertiefte sich in einen Befund. Eine Stunde später hatte es zu regnen aufgehört, und der Kaffee war in der Tasse kalt geworden. Nur kurz hatte Helga daran genippt und ihn dann vergessen, dafür aber alle Überweisungen und Entlassungsschreiben vorbereitet. Als Nächstes nahm sie sich den Therapieplan einer Krebspatientin vor, die kaum älter als sie selbst war, gerade dreiundvierzig geworden. Die Kinder aus dem Haus, wollte sie beruflich durchstarten, als sie die Diagnose erhielt.

Plötzlich stand Silvia neben ihr. »Helga? Ich habe mehrmals geklopft, aber du hast mich nicht gehört.« Sie rief gegen *A Horse With No Name* an. Rasch sah Helga auf ihren Pieper und schüttelte ihn. Funktionierte er nicht, oder hatte sie ihn überhört? »Ich bin gleich hergelaufen. Es geht um die Frau von vorhin. Eine Patientin hat sie in der Gemeinschaftstoilette gefunden, dort hatte sie sich offenbar verschanzt.«

»Und wie geht's ihr?« Helga stand auf und drehte das Radio aus.

»Richtige Wehen sind das nicht, so mein Eindruck. Jedenfalls macht sie die ganze Station rebellisch, weckt alle auf, behauptet, dass irgendwas nicht stimmt. Frau Boesner hat sie sich bereits angeschaut, musste aber zur nächsten Geburt.«

Die Frau lag seitlich auf einer Besucherbank, gleich neben der Toilette. Silvia schickte als Erstes die andere Patientin weg, die sie zu ihrer Bewachung abgestellt hatte. Sie kämen nun allein zurecht, versicherte sie ihr. Aus sämtlichen Türen lugten Neugierige. »Husch, husch, hier gibt's nichts zu sehen, ab in die Betten, meine Damen.«

»Hallo, ich bin Dr. Knaup. Können Sie mich hören?« Helga beugte sich über die Frau, der das lange braune Haar strähnig übers Gesicht hing. Die Augen geschlossen, keuchte sie. Ein Schuh hatte sich von ihrem Fuß gelöst und war in die Pfütze Erbrochenes gefallen. Sie nickte schwach, hielt ihren dicken Bauch umklammert, der sich über dem Minirock wölbte. Helga glaubte, Alkohol zu riechen, das war nichts Ungewöhnliches. Manchmal verabreichte man den Frauen einen Sektcocktail, um die Geburt einzuleiten. »Hast du ihr was gegeben?« Helga wandte sich an Silvia.

»Ein Glas Wasser, mehr nicht.«

Die Frau versuchte, sich mit Helgas Hilfe aufzusetzen, stützte sich auf den Ellbogen, wischte sich über den Mund. Helga strich ihr sanft über den Rücken. »Müssen Sie noch mal spucken?«

»Ich glaube, es ist alles draußen. Das ganze schöne Abendessen zu unserem dritten Hochzeitstag.«

»Herzlichen Glückwunsch, und wo ist Ihr Mann?«

»Der sitzt seit Stunden draußen im Auto und wartet. Er hasst Krankenhäuser, seit sie ihm als Kind die Mandeln rausgenommen haben.« Wo eher Flüstern angebracht war, sprach die Frau ungewöhnlich laut. Ihre Stimme hallte im Gang.

»Na, kommen Sie, wir gehen nach nebenan, wo wir uns besser unterhalten können«, schlug Helga vor. »Dort schaue ich nach, wie es dem Kind geht.«

»Das kann ich Ihnen auch so sagen. Schlecht geht's ihm«, die Frau war noch lauter geworden. »Das sage ich ja die ganze Zeit, aber niemand hört mir zu.« Sie schluchzte auf. »Ich spüre mein Kleines nicht mehr. Es ist tot, es ist tot!« Wieder öffneten sich Türen. In Pantoffeln und Bademänteln lugten die Patientinnen zu ihnen heraus.

»Seien Sie still und nehmen Sie Rücksicht, Sie sind nicht alleine hier.« Silvia griff die Frau beim Arm. Die dachte wohl, sie sollte aus der Klinik geführt werden, und schlug um sich, strampelte und schrie weiterhin. Das klang noch nicht nach Wehen, die sie wegatmete, eher nach Schmerz oder Erschöpfung.

»So helfen Sie mir doch endlich. In was für einem Saftladen bin ich gelandet? Warum glaubt mir denn keiner? Und wer, verdammt nochmal, ist diese Gefängniswärterin?«

»Mäßigen Sie sich.« Silvia fasste an ihr Häubchen.

Mit ihrem Schlüsselbund am Gürtel und der straffen Frisur,

war das gar keine schlechte Beschreibung für Silvia, fand Helga. »Ich bin Dr. Knaup«, ging sie dazwischen und stellte sich noch mal vor, »und das ist Oberschwester Silvia. Und wie heißen Sie?«

»Johanna Quadflieg.«

»Also, Johanna, wenn wir Ihnen helfen sollen, dann müssen Sie auch mittun.« Endlich stemmte sich die Frau, von ihnen beiden gestützt, hoch und setzte sich in Bewegung. Im Vorbeigehen schickte Silvia die Neugierigen mit einem Zischen zurück ins Bett. Als sie das Untersuchungszimmer erreicht hatten, bat Helga Johanna, sich auszuziehen und es sich auf der Liege bequem zu machen. »Ist Ihnen kalt?« Silvia sammelte die verschmutzte Kleidung auf und legte sie in eine Tüte.

»Ich schwitze eher.«

»In welcher Woche sind Sie?« Ihr Nabel hatte sich bereits nach außen gestülpt, und die Umrisse des Kindes waren deutlich erkennbar.

»Ab Montag in der sechsunddreißigsten.« Wenigstens konnte man sich jetzt normal mit ihr unterhalten. Gut, dass Silvia draußen war, ihr fehlte es manchmal an Feingefühl.

Helga rollte einen Hocker heran, setzte sich zu ihr und tastete den Bauch ab. Auf den ersten Blick war sie deutlich weiter. Rote Schwangerschaftsstreifen hatten sich auf der Haut gebildet. Eigentlich müsste das Kind schon ins Becken gerutscht sein, das war aber nicht der Fall. Mit beiden Handkanten tastete sie ihr vom Nabel aufwärts bis unter die Brust, um den Stand der Gebärmutter festzustellen. Unter dem Rippenbogen waren drei Zentimeter Platz, und das Kind ließ sich noch leicht wegschieben. Ja, es hatte sich noch nicht im Becken verankert. Aber es lag quer, als hätte es sich gerade gedreht. »Müssen Sie sich oft übergeben?«

»Am Anfang der Schwangerschaft schon, aber das vorhin, war das erste Mal seit langem.« Helga nickte. Vermutlich hatte das Kind gegen den Magen der Frau getreten, und sie hatte sich deshalb erbrochen. Außerdem fiel ihr auf, dass die Knöchel der Frau stark geschwollen waren und ihre Venen erweitert. »Machen Ihnen Ihre Beine und Handgelenke Beschwerden?« Sie tastete die Gelenke ab, Dellen blieben zurück und verrieten, dass sich Wasser eingelagert hatte.

»Und ob. Manchmal spüre ich meine Arme nicht mehr, hab fast das Champagnerglas fallen lassen vorhin. Dazu noch die ewigen Wadenkrämpfe.«

»Nehmen Sie Vitamin B oder sonst irgendwelche Medikamente?«

»Gott bewahre, nein. So etwas würde ich nie tun.« Der Contergan-Skandal saß vielen auch noch zehn Jahre danach in den Knochen. Häufig kostete es Helga große Überredungskunst, ihre Patientinnen zu überzeugen, dass Vitamine und Mineralstoffe in der Schwangerschaft wichtig für ihre Gesundheit waren und damit auch dem Kind zugutekamen.

»Welcher Arzt hat Sie denn bisher betreut?«

»Dr. Leopold in Gilching, ich war heute Vormittag bei ihm, da war noch alles in Ordnung.« Den kannte Helga nur von ein paar Telefonaten. Frau Quadflieg war nicht die erste Patientin, die er trotz offensichtlicher Probleme als beschwerdefrei durchwinkte. »Er hat nicht mal meinen Bauch abgetastet, so wie Sie jetzt.« Ihr Kinn bebte, sie fing erneut zu weinen an.

»Jetzt sind Sie hier, Frau Quadflieg, wir passen auf Sie auf.« Mit dem Stethoskop suchte sie nach den Herztönen des Kindes. Doch anstelle des deutlichen Doppelschlags vernahm sie nach einigem Suchen nur die Schläge der Bauchaorta der werdenden Mutter.

Die vaginale Untersuchung ergab, dass der Gebärmutterhals verkürzt war, der Muttermund noch verschlossen. Sie hängte die Frau an den Kardiotokografen, den Silvia hereinrollte. Mit lautem Surren sprang das Gerät an und suchte den Herzschlag des Fötus. Inzwischen maß Helga den Blutdruck und auch Johannas Temperatur. Fieber hatte sie keines, aber der Blutdruck war niedrig. Auch der Wehenschreiber malte zwar, hatte aber kaum Ausschläge. Irgendetwas stimmte nicht, das spürte Helga. Vielleicht half Ruhe nach der ganzen Aufregung. Aber sicher war sie nicht, sie würde die nächsten Stunden am Bett von Frau Quadflieg verbringen, das stand fest. »Ich schlage vor, wir nehmen Sie stationär auf, dann schlafen Sie sich die Nacht über aus, und morgen früh machen wir weitere Untersuchungen, einverstanden?«

»Wo sind meine Sachen? Wenn Sie mir nicht helfen, kann ich auch nach Hause gehen und da schlafen.« Sie riss sich die Sonde vom Bauch, stand auf, schwankte.

»Bitte beruhigen Sie sich, denken Sie an Ihr Kind. Kommen Sie, setzen Sie sich wieder. Ist das Ihres?« Helga holte das Quastentuch aus der Schublade.

»Oh ja, das habe ich schon vermisst.« Sie schmiegte ihr Gesicht hinein. »Herbert hat es mir vorhin beim Essen geschenkt, das ist aus einem sauteuren Trachtenladen vom Tegernsee.« Sie lächelte zum ersten Mal.

Helga beschloss, ihr die Wahrheit zu sagen. »Die Herztöne Ihres Kindes sind schwach, aber das kann sich schnell ändern. Darum müssen wir Sie hierbehalten.«

»Ich hab's gewusst, ich hab's gewusst.« Nun zeterte sie wieder. »Es stirbt, ist vielleicht schon längst tot. Und Sie drehen Däumchen. Bei Milan fing es genauso an, und dann … und dann …«

»Sie haben bereits ein Kind verloren?«

»Ja, vor zwei Jahren.«

»Das tut mir sehr leid.« Helga suchte nach einem Taschentuch, fand keines, reichte ihr eine Stoffwindel. Frau Quadflieg hatte sich aber bereits in ihr gelbes Tuch geschnäuzt.

Allmählich kam Helga ins Schwitzen. »Wir holen jetzt erst mal den Vater dazu. Ich hab eine Idee. Silvia, sei doch so nett.«

»Ich?« Die Oberschwester fühlte sich erneut unter ihrer Würde beauftragt.

»In der Ecke ist ein Schirm, falls es noch regnet, und beeil dich«, sagte Helga bestimmt. Womöglich konnte jede Stunde, die sie warteten, für das Kind zu spät sein. Sie wandte sich wieder an die Patientin. »Was für einen Wagen haben Sie denn?«

»Einen Audi.«

»Woher soll ich wissen, wie der aussieht?«, sagte Silvia. »Ich kenne mich mit Autos nicht aus.«

»Grün ist der, und Herbert parkt gleich neben der Schranke«, erklärte Frau Quadflieg. Der Gedanke, dass ihr Mann zu ihr durfte, schien sie etwas zu beruhigen. Als Silvia fort war, schlüpfte sie, obwohl sie fand, es sehe aus wie ein Totenhemd, sogar in das Kliniknachthemd und legte sich hin. »Aber ich will trotzdem sofort wissen, wie es meinem Kind geht.«

Helga nickte. »Dazu brauche ich Ihren Mann.«

»Wieso, was kann Herbert denn da machen? Er ist doch bloß Spengler.«

»Oh, perfekt. Vielleicht kann er etwas geradebiegen, falls wir anecken.« Johanna schaute sie aus großen Augen an. »Warten Sie einen Moment, ich erkläre Ihnen gleich alles.« Helga räumte das Nachtkästchen und den Stuhl weg, um Platz zu schaffen, und sah kurz aus dem Fenster. Es nieselte wieder. Sollte sie besser Wittgenstein, den Hausmeister, wecken? Ach, die mit dem Schirm, das war Silvia doch, sie entdeckte sie auf dem Parkplatz in der Allee, in ein Autofenster gebeugt. Endlich öffnete sich die Wagentür, und ein Mann stieg aus.

»Haben Sie denn einen Namen für das Baby?«

»Elsa oder Severin, je nachdem, so hießen meine Großeltern, die vor dem Zweiten Weltkrieg nach Arizona emigriert sind. Das liegt in Amerika.«

»Arizona?« Der Klang dieses Wortes versetzte Helga einen Stich. Jack Miller, Davids Vater, kam von dort. Zumindest hatte er das behauptet. Damals hatte er ihr viel versprochen und nichts davon gehalten, vielleicht war auch seine Herkunft gelogen gewesen. Rasch versuchte sie, den Gedanken an den GI zu verdrängen.

»Ach, Sie kennen den Bundesstaat? Die meisten denken, das sind Kekse oder was zu trinken. Waren Sie schon mal in den USA?«

»Bisher nicht«, sagte Helga. Was sie eigentlich meinte, war: Keine zehn Pferde kriegen mich dahin. »Elsa und Severin, das sind selten gewordene Namen«, wechselte sie das Thema. »Allein in der letzten Woche haben bei uns zwei Michaels und drei Nicoles das Licht der Welt erblickt. So, ich lass Sie ganz kurz allein, bin gleich wieder hier.« Sie konnte nicht länger warten, hastete zum Besprechungsraum, flehte innerlich, dass der Vidoson noch nicht abgeholt worden war. Vorigen Monat hatte sie an einer Vorführung teilgenommen. Das Gerät, ein Sonograph, war zur Diagnostik von Brustkrebs entwickelt worden. Durch das automatische Abtasten der Haut bauten sich fünfzehn bis sechzehn Bilder pro Sekunde auf. Für die Forschung war das eine Sensation, für die Probandin eher unangenehm. Mit freiem Oberkörper musste sie auf einem Stuhl sitzen, während der vorführende Arzt ihren Busen von allen

Seiten zusammenquetschte. Die Ergebnisse hatten keinen von der Belegschaft der Seeklinik überzeugt, die Qualität war viel zu gering, um mögliche Myome oder Tumore auf dem kleinen Bildschirm zu erkennen.

»Da sieht man ja nach Sendeschluss im Fernsehen noch mehr«, lautete Dr. von Thalers Urteil. Besonders er hatte sich mehr erhofft und das Gerät eigentlich kaufen wollen.

Als Helga später mit Otto Kettler im Bett lag, hatten sie über das Für und Wider diskutiert. Die Echtzeitübertragung sei bahnbrechend, waren sie übereingekommen, auch wenn die technische Umsetzung noch zu wünschen übrig ließ. Hoffentlich stand der Koloss noch irgendwo. Helga suchte eine Weile, bis sie ihn unter einer Plane in der Kammer fand. Als sie Stimmen hörte, fing sie Herrn Quadflieg ab, der mit Silvia die Treppe heraufkam. Als Handwerker war er ein kräftiger Kerl, wie erhofft.

»Grüß Gott, ich bin Dr. Knaup, ich brauche Sie, kommen Sie.« Sie gab ihm die Hand, schob ihre Brille hoch, auch er trug eine, seine hatte quadratische Gläser voller Regentropfen. »Silvia, schaust du solange nach Frau Quadflieg?« Die Oberschwester nickte und lief auf quietschenden Gummisohlen los.

»Wieso, was ist mit meiner Frau?«, fragte er. »Ich warte seit Stunden.«

»Ihr geht's gut, wir gehen gleich zu ihr. Ich brauche kurz Ihre Hilfe mit diesem Apparat.« Sie versuchte, ihm die Angst zu nehmen, indem sie ihn beschäftigte. Gemeinsam rollten sie den Vidoson, der mit seinem hohen Schwenkarm auf einem Gestell stand, das an einen Rasenmäher erinnerte, durch den Flur. »Vorsicht. Ein Stück nach links, halt, ein Stück rechts. Stopp, noch mal rückwärts rangieren.« Helga ging voraus und wies Herrn Quadflieg wie eine Fahrlehrerin an, achtete darauf, dass sie nirgends anstießen. Dieser Prototyp kostete bestimmt ein Vermögen oder war sogar unersetzbar, falls er beschädigt wurde. Ein Kraftakt, der jedoch erst der Anfang war. Als sie das kranähnliche Gerät endlich neben der Liege von Frau Quadflieg platziert und von der Haube befreit hatten, musste Helga noch begreifen, wie das Ding anzuschalten und zu bedienen war.

»Was haben Sie vor?« Nachdem der Spengler seine Frau mit einem raschen Kuss begrüßt hatte, stellte er sich schützend vor sie.

»Keine Sorge, vertrauen Sie mir. Wenn es klappt, können wir gleich Ihr Kind sehen«, sagte Helga. Das war vielleicht etwas hochgegriffen und verlangte eine Menge Phantasie, aber sie musste es versuchen.

Der Gesichtsausdruck des Paares verriet, dass sie ihr kein Wort glaubten. »Babyfernsehen? Davon haben wir noch nie gehört«, sagte der Spengler. »Aber solide schaut das Gerät wenigstens aus.« Das fasste Helga als Zustimmung auf, fragte sich nur, wo anfangen. Ein Wust aus Kabeln war um die Säule geschlungen. Eines musste das Netzteil sein, aber der Rest?

»Warte, hier steht's. Du musst den Parabolspiegel mit dem Wasserbehälter koppeln.« Silvia hatte eine Bedienungsanleitung entdeckt, die neben dem Monitor klemmte. Geschickt verband sie die zwei großen Kästen mit einem dicken Kabel, verknüpfte ein dünneres mit dem Schwenkarm, wickelte ein drittes ab, schloss die beweglichen Röhren an und steckte das Ganze ruckzuck ans Stromnetz. »Bereit?«

»Bereit!« Helga drückte den Schalter. Mit einem Klicken sprang der Visodon an.

»Klasse, Silvia.« Die Oberschwester war zwar bei der Vorführung dabei gewesen, hatte jedoch kein erkennbares Interesse an der modernen Technik gezeigt.

»Wir Schwestern müssen schließlich für das, was ihr Ärzte den Patienten zumutet, geradestehen«, erwiderte sie, und Helga wusste zum ersten Mal nicht, ob sie das ironisch meinte oder nicht. »So, jetzt brauchen wir noch ein Kontaktmittel.« Sie tippte auf das Heft. »Steht auch hier, Frau Doktor.«

Helga holte ein Gel aus dem Schrank und bestrich den schwangeren Bauch damit. Sie bat Herrn Quadflieg zurückzutreten und senkte den Schallkopf millimeterweise herab. Am Kopfende vor die Wand gezwängt, umklammerte er die Hand seiner Frau, als ginge schon die Geburt los. Der Bildschirm flackerte. Helga drückte den Schallkopf sanft auf den Bauch. Ein Bild baute sich auf. Graue Schlieren, Punkte und Streifen in Schwarz. Es dauerte, bis sie etwas erkennen und zuordnen konnte. Silvia stand so dicht neben ihr, dass sie ihren Atem hörte. »Das da muss die Gebärmutterwand sein.« Helga zeigte auf den Monitor, ihr Finger verband die Punkte und Schatten zu Linien und Formen. Auch die Plazenta war zwar in Grauwerten aber einigermaßen klar zu erkennen, ebenso die Nabelschnur. »Und dieses Oval ist der Kopf des Fötus, hier die Wirbelsäule und das …« Sie stockte, auch Silvia hielt den Atem an. »Herr Quadflieg, kommen Sie kurz herüber, schauen Sie mal.« Sie sahen das winzige Herz, es schlug und dann, das Kind bewegte sich. Wenn das kein Wunder war! Silvia schlug die Hand vor den Mund, und Herr Quadflieg schniefte.

Nur die Schwangere selbst kriegte nichts mit. »Was ist, sagen Sie schon!« Johanna rutschte unter dem Apparat weg und versuchte, sich aufzurichten. Sofort verschwand das Bild.

»Es lebt, Hanni, es lebt.« Ihr Mann war außer sich. »Ich hab den Herzschlag gesehen.«

»Ja, es lebt, Frau Quadflieg, allerdings …«, Helga hatte den Grund für die schwachen Herztöne entdeckt. »Ich fürchte, wir müssen Ihr Kind früher als gedacht holen. Am besten sofort. Sie hatten recht mit Ihrer Vermutung, dass etwas nicht stimmt. Die Nabelschnur hat sich um den Hals des Kindes gewickelt und droht, es zu ersticken.« Eigentlich verlangte das Klinikprozedere eine zweite Meinung eines Kollegen. Sollte sie Dr. Hauck anrufen oder den Chef? Doch bis die Herren hier waren, konnte es zu spät sein. Sie bat Silvia, die Hebamme zu verständigen und alles für eine Not-Sectio vorzubereiten.

Jedes Mal war es aufs Neue ergreifend, wenn sie als Ärztin das Ungeborene nach Durchtrennung der Hautschichten in seiner perfekten Hülle erblickte. Fünfzehn Minuten später konnten sie Herrn Quadflieg seinen Sohn in die Arme legen. Sorgfältig vernähte Helga Johannas Bauchschnitt, was die längste Zeit der OP in Anspruch nahm. Anschließend untersuchte sie den kleinen Severin. Er zeigte gute Reflexe und erholte sich rasch. Bald quäkte er durchdringend schrill durch die gesamte Neugeborenenstation, fast so laut wie seine Mutter vorhin, als sie noch um ihn gebangt hatte.

Bayerisch – Deutsch:
a moi – ein Mal
auf gor koan Foi – auf gar keinen Fall
des woas eh koana – das weiß sowieso keiner
Fuchzgerl – Fünfzigpfennigmünze
gem – gegeben
gsegn – gesehen
gsogt is gsogt – gesagt ist gesagt
kaafa – kaufen
ghert – gehört
Gmoa – Gemeinde
ned kenna – nicht können oder jemanden nicht kennen
nixdoa – nichts tun
Quetschn – Akkordeon
schaugt's olle – schaut doch alle
schnoi – schnell
so gänga die Gang – so nimmt das Leben seinen Lauf.
(Tante-Polli-Weisheit)
sogn – sagen
sora – so eine
varrodn – verraten
zammschneckln – sich hübsch machen
Zotzn – Haarsträhnen

Auszug aus meinem Aushang am Schwarzen Brett im Laden für alle Zuagroasten

Nachtrag, weil ich erst jetzt dazu gekommen bin:
Im Bundestag hat es noch 1970 Aufschreie der Empörung gegeben, als die Abgeordnete Lenelotte von Bothmer im Plenum im zweiteiligen Hosenanzug sprach. Ein SPD-Politiker glaubte die Würde des hohen Hauses verletzt, der Bundestagsvizepräsident die Würde der Frau.
(Männer wollen uns also weiterhin vorschreiben, was wir anziehen

sollen. Ich mag meinen selbst genähten Hosenanzug, auch wenn er zwickt, und jetzt erst recht!)

§ 218 im Strafgesetzbuch:
Das Recht auf die Selbstbestimmung über den eigenen Körper hat vorletztes Jahr zu einer Aktion im Stern geführt, die auch mich erschüttert hat. Die Zeitschrift habe ich aufgehoben. »Wir haben abgetrieben!« 374 Frauen, darunter viele Prominente, erklärten, eine Schwangerschaft abgebrochen zu haben, und riskierten damit eine Strafanzeige. Anders als in der DDR, die seit kurzem Abtreibung innerhalb der ersten zwölf Wochen unter Einhaltung bestimmter Vorgehensweisen erlaubt, ist in der Bundesrepublik Abtreibung illegal. (Helga hat mir erzählt, dass die Deutschen die Aktion von Französinnen übernommen haben. Letztes Jahr haben sich neben anderen Simone de Beauvoir, Catherine Deneuve und Jeanne Moreau öffentlich dazu bekannt.)

Aus: Luises Ladenkunde-Album

LUISE

Als um kurz nach zehn der erste Schwung Kunden fürs Wochenende eingekauft hatte, rief Luise ihre zwei Verkäuferinnen zu sich. »Ich möchte etwas mit Ihnen besprechen.«

Frau Satzger verdrehte sofort die Augen. »Laut Arbeitsrecht steht mir eine Pause zu, Frau Dahlmann, und die nehme ich mir jetzt.« Dabei war sie vor nicht mal einer Stunde erst erschienen.

»Wenn Zeit dafür ist, kriegen Sie Ihre Rauchpause, jetzt bitte ich Sie beide kurz um Ihre Aufmerksamkeit.« Luise wartete noch, bis Frau Ehlers das Käsemesser geputzt hatte, dann fing sie an. »Wie Sie wissen, beginnt am sechsundzwanzigsten August die Olympiade, und alle fiebern auf die Eröffnung hin. Das wollen wir auch weiterhin im Laden befeuern, um den Umsatz zu steigern. Die Preisliste für unsere Extraartikel und auch die leeren Sammelalben liegen unter der Kasse. Heute habe ich aber noch etwas Besonderes für Sie.« Feierlich zog sie die gestreiften Schürzen in den Olympiafarben hervor, die sie genäht hatte, und überreichte sie den beiden Damen.

»Oh, die sind aber hübsch geworden.« Frau Ehlers tauschte die alte gleich gegen die neue aus.

»Mit diesen Rüschen an der Kante, das sieht affig aus.« Wie nicht anders zu erwarten, murrte Frau Satzger.

»Ob's Ihnen gefällt oder nicht, auch Sie werden sie tragen«, bestimmte Luise. »Dazu noch diese Anstecker, die uns Frau von Thaler geschenkt hat. Auf diese Weise bekennen wir uns zur Rudermannschaft mit unserem Starnberger Athleten.« Als sie die Schürzen umgebunden hatten, steckte Luise ihnen die kleinen Broschen mit den olympischen Ringen und dem Achterboot an und kam sich wie bei einer Ordensverleihung vor. »Sehr schön, meine Damen.« An Frau Ehlers' Brusttasche hingen noch ein paar lose Fäden, die sie vergessen hatte, das behob Luise schnell mit einer Schere. Auch sie hatte ihre Schürze gewechselt. »So. Jetzt gehen wir noch kurz zusammen die Abteilungen durch. Wir haben überall Produkte rund um die Sommerspiele, und ich bitte Sie, die Kunden auf die Sachen, die nicht an der Kasse stehen, hinzuweisen. Die Schokomedaillen, die wegen der Hitze in der Kühlung liegen, werden leicht übersehen.«

»Wo sind eigentlich diese elenden Sammelbilder, die die Schulkinder ständig verlangen?«, fragte Frau Satzger.

»Die Sammelbilder liegen bei den Schreibwaren. Dort steht auch noch der Karton mit den Olympiamalbüchern, die wir ganz neu reingekriegt haben. Sind Sie doch so nett, Frau Ehlers, und zeichnen Sie alles aus, dann geht es auch beim Kassieren schneller. Wenn eine Mutter nach Gewinnspielpreisen für Kindergeburtstage fragt, empfehlen Sie das Sammelalbum mit den Bilderpäckchen, aber auch unsere Gesundheitsprodukte am Sondertisch. Da sind viele Kleinigkeiten dabei, die sich als Preise eignen. Gibt es noch Fragen?« Ihre Angestellten verneinten einstimmig. »Dann los, machen Sie Ihre zehn Minuten Pause, Frau Satzger, und Frau Ehlers, tauschen Sie doch bitte nachher die Käsebretter aus, solange noch keine neuen Kunden da sind.« Die Damen wandten sich zum Gehen. »Ach und noch etwas. Wenn keine Kundschaft im Laden ist, räumen Sie bitte die Kartons aus, die im Durchgang auf der Treppe stehen. Denken Sie dran, die Regale müssen immer voll sein, auch wenn es nur die erste Reihe ist. Der Kunde soll stets aus dem Vollen schöpfen und ein Gefühl von größtmöglicher Auswahl haben.« Alles, was die Supermärkte, die seit Jahren aus dem Boden schossen, praktizierten, hatte Luise genauestens studiert. Einzig mit den niedrigen Preisen konnte sie nicht mithalten, das musste der Service, den sie und ihre Mitarbeiterinnen boten, ausgleichen.

»Was fällt der eigentlich noch alles ein, und das für diesen mickrigen Stundenlohn«, hörte sie die Satzgerin zu Frau Ehlers im Rausgehen sagen. »Beim Tengelmann muss man für das Gleiche viel weniger schuften.« Obwohl sie mehr als genervt war, beschloss sie, so zu tun, als ob sie nichts gehört hatte. Immerhin wusste sie nun, dass der Supermarkt am Stadtrand auch nicht besser zahlte. In Bezug auf Frau Satzger war Luise chancenlos. Zu Beginn hatte sie sie öfter angesprochen und sie gebeten, ihr einfach mitzuteilen, wenn etwas sie störte oder sie gern etwas verändert hätte, doch sie wollte nicht mitentscheiden, sie wollte meckern. Trotz allem war sie als Verkäuferin beliebt. Manche verlangten sogar extra nach ihr. Luise war es ein Rätsel. Frau Ehlers dagegen verhielt sich stets zuvorkommend, wollte alles richtig machen. Sie war mit ihrer Familie in Starnberg in sämtlichen Vereinen vertreten, und so kamen oft die Mitglieder und wollten von ihr beraten werden. In ihrem Übereifer neigte sie zur Schusseligkeit, verschüttete gelegentlich etwas oder zerbrach eine Schüssel mit einem frisch angemachten Fleischsalat. Darüber sah Luise hinweg, solange sie zu den Kunden freundlich blieb. Jede von ihnen deckte mit ihren Qualitäten eine Käuferschicht ab. Was elementar in diesen Zeiten war, nur so konnte der Laden weiterhin bestehen. Vergeblich hatte Luise versucht, eine verschworene Gemeinschaft mit ihren Angestellten aufzubauen, gelungen war es ihr – trotz Weihnachtsfeier, Aufmerksamkeiten zu den Geburtstagen, zu

Ostern, Fasching und auch mal zwischendurch – ganz offensichtlich nicht. Für ihre Verkäuferinnen blieb die Arbeit bloß eine Tätigkeit, für die sie bezahlt wurden, Einsatz zeigten sie kaum. Selten brachte sich eine der Damen von sich aus ein oder schlug etwas vor. Darum war Luise froh, dass Josie ihr an den Nachmittagen und manchmal auch am Samstag aushalf. Das war schon von klein auf so gewesen, trotzdem hatte ihre Tochter beruflich andere Pläne, wollte am liebsten Kunst studieren und Malerin sein. Dass Josie noch umschwenkte und eines Tages den Laden übernahm, war unwahrscheinlich. Aber wer wusste schon, wie das Leben spielte. An den Gedanken klammerte sie sich, wenn sie sich wie jetzt zum wiederholten Mal fragte, für wen sie sich eigentlich so abrackerte. Irgendwann würde ihr die Kraft ausgehen. Und dann? Luise begleitete eine Stammkundin zur Tür und half ihr, die Waren in den Kofferraum ihres Fiat Panda zu laden. Auf dem Rückweg öffnete sie einen Flügel der Glastür, um für Durchzug zu sorgen. Sie suchte den Holzkeil als Feststeller, fand ihn, schob ihn mit der Pantolette zurecht und schaute kurz in den wolkenlosen Himmel, das Blau vom Morgen, als sie im See geschwommen war, war einem bleichen Türkis gewichen. Am liebsten wäre sie sofort wieder ins Wasser eingetaucht. Die Sonne brannte mit großer Kraft auf den Teer. Dabei war es noch nicht mal Mittag. Luise kurbelte die Markise herab, entschied sich, das Obst aus den Körben vorm Laden lieber drinnen in der Kühlung aufzubewahren, und hörte das markante Husten. Es kam vom Café Hauberling, das im letzten Jahr schräg gegenüber eröffnet hatte. Zusätzlich zum großen Tengelmann und den Bäckereifilialen überall war das Café nun eine weitere Konkurrenz. Immer mehr Geschäfte teilten sich weniger Kunden. Früher hatte Luise für ihre Torten, Kuchen und die Krapfen regelmäßige Abnehmer gehabt, sie war sogar für besondere Anlässe gebeten worden zu backen. Das war vorbei. Obwohl die Betreiberin des Cafés das Vierfache für ein Stück Kuchen verlangte, blieb Luise häufig auf ihrer Ware sitzen, egal wie sehr sie sich um Qualität und Auswahl bemühte. Noch war die Terrasse spärlich besetzt. Ganz rechts saß – Luise hatte ihn an seinem Raucherhusten erkannt – ihr Mann. Was tat er um diese Uhrzeit schon dort? Dem Weißbier nach zu urteilen, das vor ihm stand, war das keine Farbfernseherberatung. Petra Hauberling, die dürre Cafèwirtin, bei der sich Luise fragte, wie ihre Organe in ihrem Leib Platz fanden, klappte den Sonnenschirm über Hans auf und setzte sich zu ihm, als wäre er der einzige Gast. Sie stammte aus Wien, war kaum dreißig, auf ihren schmalen Schultern hockte wie ein ausgestopfter Pudel eine schwarz gefärbte Dauerwelle. Jetzt lachte sie auch noch übertrieben laut, worüber konnte Luise nicht verstehen. Vermutlich über einen seiner Witze, die ihr selbst nur noch ein müdes Gähnen entlockten. Luise hob die Ananaskiste hoch, wollte sie hineintragen und sah, wie Hans der Hauberling über die Wange strich, fehlte nur noch, dass er sie vor den Augen des ganzen Viertels küsste. Sie wusste gar nicht recht, was sie bei diesem Anblick empfand. Eine Mischung aus Groll und Mitleid am ehesten. Sein Benehmen war lächerlich. Diese anbiedernde und zugleich wichtigtuerische Art, wie er sich mit seinen knapp fünfzig an die junge Frau ranschmiss, war zum Kotzen. *Du alter Depp*, dachte sie. Niemals hätte sie es für möglich gehalten, dass es in ihrer Ehe so weit kommen würde. Was hatte sie in den letzten Jahren von ihm erduldet und einfach verdrängt, so gut es ging. Hören und Überhören, ihr Ladenmotto benutzte sie seit längerem in ihrer Ehe. Die Hauberling war nicht die Erste, an die sich Hans ranwanzte. Sollte Luise rübergehen und ihn zur Rede stellen? Oder sie? Was brachte das denn? Auf keinen Fall wollte sie als eifersüchtige Ehefrau dastehen. Das war sie nämlich nicht. Schon lange nicht mehr. Am Ende entschuldigte sie sich noch bei der Hauberling für ihren Mann, das wäre das Letzte, was sie wollte. Trotzdem brachte Hans sie ständig in ein moralisches Dilemma. Sie war schließlich kaum besser als er. Noch immer trieb sie das schlechte Gewissen wegen ihrer Untreue um, und wahrscheinlich war sein Benehmen die Strafe dafür. Zur Rede stellen konnte sie ihn nicht. Auslachen würde er sie. Was war schon passiert? Was hatte sie denn gesehen?

»Frau Dahlmann, zahlen bitte.« Eine Kundin drängte, und die Kasse war unbesetzt. Wo steckte die Satzgerin? Bei ihren langen Fingernägeln fragte Luise sich oft, wie sie überhaupt die Tasten traf. Einmal hatte sie gesehen, wie sie die Radiergummiseite eines Bleistifts zum Tippen benutzte. Luise stellte die Ananas ab und tippte neununddreißig Pfennig für ein Päckchen Vanillinzucker ein. Mal wieder Großeinkauf, dachte sie und zählte Frau Polonius das Wechselgeld in die Hand.

»Mei, so schwül wie das heute schon ist. Seien wir froh, wenn die verfluchten Hundstage ein Ende haben. Allerdings, was die Hundstage gießen, muss die Traube büßen. Überm See braut sich ein Gewitter zusammen, Frau Dahlmann.« Scheinbar hatte Frau Polonius plötzlich doch Zeit und wurde gesprächig. »Ach, und wissen's das vom Wachter Fonse schon?«

»Der Wachter Fonse?« Luise war mit den Gedanken ganz woanders.

»Ja, der geht eigentlich gar nicht mehr raus, die Nachbarin bringt ihm seit Monaten das Essen … Obacht, eine Wespe!« Die Kundin schlug mit dem Geldbeutel nach ihr. Luise zuckte zurück. Etwas surrte an ihrer Nase vorbei und flog zur Kuchentheke. Die erste Wespe, obwohl sie noch gar keinen Zwetschgendatschi im Angebot hatte. Besser, sie schloss die Türen wieder, bevor noch ein ganzer Schwarm einflog, dabei sah sie noch mal zur Terrasse. Hans schäkerte weiterhin mit dieser Petra. Jetzt wurde es Luise doch zu bunt. Sie rannte hinaus, wollte die Straße überqueren, sah rasch nach links und rechts, damit sie blind vor Zorn nicht noch überfahren wurde. Die Bedienung kam aus der Cafétür, das voll beladene Tablett zwischen den Tischen balancierend. Es war Josie. In einem schmalen schwarzen Rock und weißer Rüschenschürze. Eigentlich musste sie doch in der Schule sein. Seit wann arbeitete sie dort drüben? Sie hatte gar nichts davon erzählt. Luise stockte, unfähig, einen Schritt vor oder zurück zu tun.

Ein Mercedes bremste knapp vor ihr. »Was ist, du Streifenhörnchen, willst du auf der Straße Wurzeln schlagen?« Verdattert starrte Luise den Fahrer an und machte kehrt. Zurück im Laden strich sie die bunte Schürze glatt. Ihre Hände zitterten, sie bebte am ganzen Leib und hielt sich am Margarine-Aufsteller fest. *Rama, macht das Frühstück gut.* Was wurde hier gespielt? Waren auf einmal alle gegen sie? Luise bezahlte Josie doch für die Stunden, die sie ihr im Laden half. Warum genügte ihr das nicht mehr? Niemand musste umsonst für sie arbeiten, auch die Zwillinge besserten ihr Taschengeld auf, wenn sie ihr beim Abladen und Umräumen der Waren halfen.

»Ist Ihnen schlecht?« Frau Polonius war zu ihr geeilt und tätschelte ihr die Schulter.

»Danke, es geht schon. Ist nur die Hitze.«

»Die fliegende? Sind's froh, dann haben Sie es in spätestens zehn Jahren hinter sich. Was gäbe ich darum, noch mal sechzig zu sein.« Bis dahin hatte Luise noch ein Weilchen, aber wenigstens heiterte die alte Dame sie ein wenig auf. Steigerte sie sich in etwas hinein? Vermutlich gab es eine einfache Erklärung. Möglicherweise war das ein Schulpraktikum in einem Café. Doch als angehende Abiturientin würde man wohl kaum ein Praktikum als Kellnerin machen. Wahrscheinlich hatte Luise in all dem Trubel einfach vergessen, dass Josie es erwähnt hatte. »Was ist mit Herrn Wachter, Frau Polonius?«, fragte sie nach.

»Wieso, was soll mit dem sein?«

»Na, Sie haben doch von ihm erzählt.«

»Ach so, der ist in seiner Wohnung gestürzt, und keiner der Nachbarn hat's bemerkt. Jetzt mussten sie ihm beide Beine abnehmen, weil er Zucker drin hat.« Es gab wirklich Leute, die waren deutlich schlimmer dran als sie, tröstete sich Luise. Sie besaß ihre Beine noch, das mit dem Auto eben war knapp gewesen. Frau Satzger schlenderte, eine Zigarette in die Rosenhecke schnippend, durch die Hintertür herein.

»Frau Dahlmann, ich hätte gern ein Pfund Aufschnitt.« Die nächste Kundin rief nach ihr. Luise stürzte sich in die Arbeit und dachte in den nächsten Stunden kaum noch an das Café Hauberling. Frau Satzger zeichnete die neue Lieferung mit Preisen aus und jammerte, dass ihr vom Kleber der Etikettiermaschine der Nagellack abblätterte. Doch da musste sie durch, die Sachen gehörten nun mal ausgezeichnet. Noch immer führte Luise alles, was das Herz begehrte. Dabei orientierte sie sich an der Reklame in Rundfunk und Fernsehen und versuchte, wenigstens einen Bruchteil der angepriesenen Produkte anzubieten und jede Woche neue Rabattaktionen zu starten. Die Regale waren nicht nur mit Lebensmitteln des täglichen Bedarfs gefüllt, Kartoffeln, Reis, Nudeln, sie bot auch Haushaltsartikel an. Schneebesen, Eierschneider, Putzmittel, Staubsaugerbeutel und ein Sortiment an Geschirr. Dazu Geschenkpapier und Schleifen, Kosmetikartikel, Zeitschriften und weiterhin Frischware, Käse, Wurst, eine Auswahl an Fleisch. Natürlich gab es nach wie vor Luises Kuchen und selbst gekochte Speisen, küchenfertig zum Mitnehmen. Diese Woche waren es Königsberger Klopse. Dafür hatte sie sich extra mit zwei Dutzend Gläsern Kapern eingedeckt. Der vor neun Jahren um einen ganzen Raum erweiterte Laden hatte Platz für Sondertische, wie jetzt zur Olympiade, und Aufsteller. Ein echter Hingucker im Moment war der lebensgroße Maggimann, den sie als Türsteher zum Durchgang in die Wohnung nutzte. Spiegel hingen über dem Obst und Gemüse, um den Eindruck von Überfluss zu erwecken. Sie hatte viel dazugelernt und bildete sich ständig weiter. Und sei es nur, dass sie zu Zwecken der Konkurrenzbeobachtung in den Supermarkt nach Weilheim fuhr, von wo sie sich Belgische Baisers mitbrachte, ihr Lieblingsgebäck, das sie sich beim Lesen im Bett gönnte.

Dennoch war Luise am Ende des Tages voller Selbstzweifel. Das, was sie gab und tat, schien nie genug zu sein. Manchmal stellte sie sich vor, wie es wäre, alles hinzuschmeißen, was sie in den letzten zwanzig Jahren aufgebaut hatte, und etwas anderes zu machen, etwas Leichteres, Freudvolleres. Auch wenn sie gar kein anderes Leben kannte. Mit elf hatte sie ihrem kleinen Bruder Manni, der mit einem Downsyndrom geboren wurde und heute fünfunddreißig war, die Mutter ersetzt. Dazu den Haushalt geführt und für ihren älteren Bruder Martin und ihren Vater gekocht. »Mit deinem guten Essen kriegst du mal im Leben jeden Wunsch erfüllt.« Ihr Vater hatte sie immer gelobt und auch über dem verkohlten Schmarrn und dem zerfallenen Knödel genießerisch die Augen verdreht. Deshalb hatte sie eine Ausbildung zur Köchin gemacht, und Kochen war trotz aller Plackerei das, was ihr im Leben am meisten Spaß machte. Das Zubereiten von Speisen ging ihr, dank der vielen erlernten Kniffe und Techniken, leicht von der Hand und bot ihr zugleich am meisten Freiheit zur Gestaltung.

»Ach, Frau Satzger, haben Sie das Obst und Gemüse kontrolliert, wie ich es Ihnen aufgetragen habe?«, fragte sie kurz vor Feierabend ihre Festangestellte, die, in der Kasse sitzend, ihre Nägel feilte.

»Ja, ja, alles tipptopp.«

»Und was ist das?« Sie legte ihr die Steige mit schimmligen Bohnen auf das Laufband. »Das kann ich nicht verkaufen, oder wie stellen Sie sich das vor?« Als Reaktion erhielt sie bloß ein Schulterzucken, Frau Satzger wechselte vom Zeigefinger zum Daumen. »Und hören Sie mit dem Nägelpolieren auf, das finde ich an der Kasse unangebracht, machen Sie das gefälligst zu Hause.«

Genervt schob die Verkäuferin die Feile in die Dose zur Schere und den Kugelschreibern. »Manchmal wissen Sie einfach nicht, was Sie wollen, Frau Dahlmann.«

»Ich?« Luise war verblüfft.

»Einerseits sollen wir diese affigen Olympiaschürzen tragen, um irgendwelche Touristen oder sonst wen anzulocken, und zugleich ruiniert mir die Arbeit meine Nägel. *Ich* lege nun mal Wert auf mein Äußeres, und ich glaube auch, dass das meine Beliebtheit ausmacht.« Von ihrer Selbstsicherheit konnte sich Luise noch eine Scheibe abschneiden.

»Bevor Sie gehen, sortieren Sie bitte noch das Gemüse aus«, bestimmte sie, »und zwar sämtliche Steigen!« Ihr reichte es für heute.

»Können wir jetzt gleich essen?«, rief Hans aus der Wohnung in den Laden, kurz nachdem Luise den letzten Kunden verabschiedet hatte. »Ich muss um sieben noch mal weg.« Sie tauchte den Lappen in das heiße Wasser, wrang ihn aus, knallte ihn auf den Boden und fing zu wischen an.

»Luiserl, ich hab dich was gefragt.« Mit einer Zigarette lehnte er im Durchgang und blies den Rauch zu ihr herein. Wie sie das verabscheute! Jeder Kunde hielt sich an das Rauchverbot, nur er nicht. Dabei hing das Schild direkt neben ihm an der Wand.

»Gleich, wenn ich hier fertig bin.« Wohin er wollte, fragte sie schon lange nicht mehr. »Außerdem sind die Buben noch nicht vom Fußball zurück.« Schon schellte es, und Elias stapfte durch die Ladentür. Er war von oben bis unten voller Dreck und hinterließ mit seinen Stollenschuhen Abdrücke auf dem frisch gewischten Boden. Sie wollte gerade zu schimpfen beginnen, da schlurfte Christian herein. Genauso schmutzig. Heute erhielt sie alles doppelt und dreifach.

»Seid ihr alle verrückt geworden? Seht ihr nicht, dass ich grad durchgewischt habe?«, brüllte Luise sie an.

Die Kinder rannten zu Hans, versteckten sich hinter ihm, und der verteidigte sie noch. »So schaut man halt aus, wenn man ein Spiel gewonnen hat, Luiserl.«

»Wir haben zwei Tore geschossen, die Maisinger aber vierzehn. Ist das trotzdem gewonnen, Papa?«, fragte Elias, an Hans geklammert, als könne Luise jeden Moment mit dem Schrubber auf sie losgehen.

»Kommt, Jungs. Die Mama ist grantig, der gehen wir besser aus dem Weg. Dann mach ich halt das Abendessen. Wer mag Spiegeleier?« Er drehte sich weg, und die Zwillinge sprangen in die Luft, dass der Dreck nur so spritzte.

Luise reichte es. »Nix da. Elias und Christian, Klamotten aus, und dann wischt ihr eure Spuren hier weg, und zwar gründlich. Und zu dir, Hans. Es hat sich ausgeluiserlt, ein für alle Mal.«

MARIE

Sie hechtete vor, um die kleine Reiterin aufzufangen. Doch Manni kam ihr zuvor, fing Marlene auf, als wäre gar nichts dabei.

»Nichts passiert, nichts passiert«, sagte die Kleine in seinen Armen, als ob sie sich selbst beruhigen wollte.

»Ist auch wirklich alles in Ordnung mit dir?« Rasch schnappte sich Marie die Zügel von Zimtstern, die immer noch schnaubte, und strich dem Pony mit einem ausatmenden »Hooohhh« sanft über die Nase. Es fing zu kauen an, ein Zeichen der Entspannung, senkte den Kopf und stand. Marie löste Marlenes linkes Bein aus dem Steigbügel.

»War doch spitze, wie ich gesprungen bin, oder?« Die Kleine zeigte keine Spur von Angst, erwartete stattdessen Anerkennung. Doch Marie blieb das Lob im Halse stecken, als sie Annabel ansah.

Die war leichenblass geworden, hatte die Hände vor den Mund gepresst und zitterte. »Reiten … ist viel zu gefährlich … für dich, das habe ich schon immer gesagt.«

»I wo, Mama. Reiten ist kinderleicht. Und außerdem, Manni hat mich gerettet, und er passt bestimmt weiterhin auf mich auf, stimmt's?« Sie umhalste ihn, drückte ihm ein Bussi auf die Wange. Manni grinste verlegen, stellte Marlene auf dem Boden ab, als wäre sie eine äußerst zerbrechliche Vase.

»Du hättest dir fast den Hals gebrochen, Liebes. Und Sie …« Annabel hatte sich wieder gefasst und wandte sich mit fuchtelndem Zeigefinger an Manni. »Können Sie nicht besser aufpassen, Herr Brandstetter? Warum ist das Pony plötzlich durchgegangen?« Mannis Grinsen erstarb, er trottete weg, als hätte ihm jemand eine Ohrfeige verpasst.

»Spinnst du, Mama!« Wutentbrannt stampfte Marlene auf, rollte ihre Hände unter den Achseln ein und reckte sich zu ihrer Mutter hoch. »Der Manni konnte nichts dafür. Das Kunststück war allein meine Idee. Wenn hier eine durchdreht, dann du.«

»Marlene, wie redest du mit mir! Komm, wir gehen. Für heute ist es wirklich mehr als genug.« Annabel packte sie und zerrte sie in Richtung Auto. Ihre Tochter stemmte sich mit aller Kraft gegen sie, fing schließlich zu weinen an.

Marie wusste nicht, wie sie sich verhalten sollte. Einerseits konnte sie Annabels Sorgen nachvollziehen. Das eben war tatsächlich knapp gewesen. Aber wie sollte Marlene das nächste Mal den Zugang wiederfinden, wenn sie die Reitstunde einfach abbrachen? »Wartet. Was ist mit Zimtstern? Sie gehört noch abgesattelt, gestriegelt und auf die Weide gebracht.«

»Das kann Manni doch tun.« Annabel hob Marlene auf den Rücksitz, schlug die Autotür zu. »Herr Brandstetter, kommen Sie zurück.« Manni ignorierte sie. Menschen, die ihn schlecht behandelten, kannte er nicht mehr.

Hinter ihr war Marlene bereits wieder aus dem Auto geklettert. »Nicht, Mama. Du hast mir erklärt, dass ich, wenn ich schon ein Pferd kriege, mich auch richtig kümmern soll. Ich striegele Zimtstern selbst und damit basta. Danach können wir von mir aus heimfahren.« Sie nahm Marie die Zügel aus der Hand und führte das Pony zum Stall, wo Manni schon auf sie wartete.

»Komm, Bella, wir setzen uns solange in den Obstgarten.«

Marie hielt Annabel zurück, bevor diese im Stechschritt ihrer Tochter hinterhereilen konnte. »Manni tut wirklich keiner Fliege etwas zuleide. Wortwörtlich, du kannst dich auf ihn verlassen. Er behütet Leni wie seinen Augapfel.« Nur Annabel nannte ihre Tochter bei ihrem vollen Namen. »Das tust du doch, oder, Manni, du beschützt sie, gell?« Marie wandte sich an ihn, der die Kiste mit den Striegeln und Bürsten aus der Sattelkammer holte.

»Joo«, sagte er nur.

»Na gut, setzen wir uns.« Annabel gab sich geschlagen. »Ich wollte sowieso mit dir reden, Marie.«

»Magst du was trinken?« Sie klappte Annabel einen Stuhl im Schatten eines knorrigen Birnbaums auf, holte einen zweiten für sich. »Ich bin gleich zurück, muss nur kurz nach unserer Tante sehen.«

Wie erwartet schlief Polli noch, als Marie an ihrer Kammer klopfte und eintrat. Sie stupste sie an. Die Tante machte die Augen auf, schmatzte, schloss sie wieder. Marie rüttelte an ihrer Schulter. »Polli, wach auf.« Wenn sie sie nicht weckte, verschlief sie den Nachmittag, geisterte dafür die ganze Nacht herum und machte das Haus rebellisch.

»I kaaf nix, Sie kenna geh.« Sie wischte Maries Hand wie ein Insekt fort und wollte sich zur Wand drehen.

»Ich bin's, Tante, die Marie. Setz dich doch ein bisschen zu uns raus.«

Schlaftrunken wandte sich Polli kurz zu ihr um, drehte sich dann aber wieder zur Wand. »Ja, freili, zum Nixdoa, das a jeda, der vorbeifahrt, sigt, wos i fira fauls Luada bin. Naa, naa.« Faulenzen gab's bei den Brandstetters nicht. Überhaupt bei keinem Bauern, das hatte Marie mit den Jahren gelernt. Dabei half ihr die Tante nach wie vor im Haushalt, spülte ab oder kochte Obst ein, auch wenn es inzwischen deutlich langsamer ging. Ihren Beitrag zur Familie ließ sie sich nicht nehmen.

»Komm, es ist so ein herrlicher Tag.« Marie versuchte es weiter.

»Was für oana?«

»Freitag«, sagte Marie. Das musste man alle paar Stunden tun. Polli verlor mehr und mehr das Zeitgefühl.

»San de Hundsdog scho vorbei?«

»Nein, heute ist erst der achtundzwanzigste Juli.«

»Und wer hockt no draußn, weil du ›uns‹ gsogt host?« Aufgepasst hatte sie. Sie mochte nämlich keine Zusammenkünfte, wo viele durcheinandersprachen. Doch dass sie schwerhörig war, hätte sie niemals zugegeben. Zum Ohrenarzt zu gehen, weigerte sie sich. Womöglich verpasste der ihr noch ein Hörgerät. Nicht mit ihr, so alt war sie noch lange nicht!

»Nur Bella ist da, die kennst du doch.«

»Die Frau Doktor von Thaler?« Endlich sprach sie nicht mehr mit der Tapete und schlug die Bettdecke zurück. »Ja, sog des doch glei. Schnoi, do muass i mi no zammschneckln.« Sie mochte Annabel, die war wenigstens eine, die noch an den Herrgott glaubte, betonte sie stets, mit einem Schwenk zu Marie, die kaum noch in die Kirche ging. Und eine von und zu war die Thaler'sche außerdem, was sie aber überhaupt nicht heraushängen ließ.

Jeder, der Bella kannte, wusste, dass das Gegenteil der Fall war. Aber Tante Polli war Tante Polli. Jetzt setzte sie sich in ihrem Unterkleid auf. Ein Nachthemd zog sie nur zur Nacht an. Ihrer Meinung nach schlief sie tagsüber auch nicht, nannte das, was sie nachmittags tat, bloß eine Andacht. »Leutl, i schaug moi, was die Heilign sogn«, verkündete sie jedes Mal nach dem Mittagessen und zog sich in ihre Kammer zurück.

Jetzt half Marie ihr beim Aufstehen, bevor sie noch der Schwindel packte, und half ihr mit Rock und Bluse. Anschließend nahm Polli auf dem Hocker vor dem Spiegelschränkchen Platz, in dem die Reliquien all ihrer Wallfahrten hausten. Marie löste der Tante die zerzausten Flechten und bürstete ihr das Haar, das ihr bis zur Hüfte fiel. Während sie ihr einen neuen Zopf flocht, betrachtete sich Polli. Ein Staunen im Blick, als würde sie die Frau mit der zerfurchten Haut, dem faltigen Hals und den markanten Wangen, die von Äderchen durchzogen und vom Schlaf gerötet waren, zum ersten Mal sehen. Die tief liegenden Augen waren Martins ähnlich, das Brandstetter-Erbe. »Mei, stoi dir vor, die Zechnerin hod sich ihre Zotzn pechschwarz gfärbt.« Mit der Kaminkehrerswitwe hatte sie Anfang des Jahres zusammen den Achtzigsten gefeiert, Hochwürden in der Mitte, um dessen Gunst und Anerkennung sie zeitlebens wetteiferten.

Polli reichte ihr die Nadeln, als Marie den Zopf zu einer engen Schnecke drehte und am Hinterkopf feststeckte. »Des gefoid ma ned, schaugt künstlich aus.« Marie glaubte zuerst, sie meinte die Frisur, die sie seit Jahr und Tag trug, aber dann sagte sie: »Wann i a moi grau werd, färb i mi auf gor koan Foi!« Dass sie bereits schlohweißes Haar hatte, schien ihr nicht aufzufallen.

Marie führte die Tante ins Freie. Als sie dann mit kaltem Früchtetee und Pollis Wollkorb zu den beiden unter den Baum trat, waren sie schon mitten im Gespräch.

»… der Schwindel, Frau Doktor, den wenn ich noch wegbring, dann könnt ich hundert wern.« Sie spitzte den Mund und sprach betont hochdeutsch.

»Kann man nichts dagegen tun?«, fragte Annabel.

Polli schüttelte den Kopf. »I bin hoit koane Siebzge mehr.«

Geschickt löste sie die fünfte Nadel aus der angefangenen Socke und wickelte sich den Wollfaden um die Finger. »Aber des Wichtigste is, dass es im Hirnkastl no stimmt.« Mit der Stricknadel tippte sie sich an die Stirn. Plötzlich warf sie die Handarbeit zurück in den Korb, beugte sich zu Annabel hinüber und drückte ihre Hand. »Derf i Sie moi wos fragn, Frau Doktor?« Marie, die für den Tee noch Zitronenmelisse aus ihrem Kräuterbeet zupfte, dachte zuerst, die Tante wollte womöglich wirklich einen ärztlichen Rat von Annabel.

»Natürlich.«

Polli druckste ein Weilchen herum und räusperte sich. Marie glaubte schon, sie würde Annabel um ihre Telefonnummer bitten, Telefonieren, war nämlich, seit sie nicht mehr so beweglich war, ihre große Leidenschaft, aber dann fragte sie: »Verraten's mir doch, wiara so is?«

»Wen meinen Sie?«

»Na, der neie Stodtpfarrer?« Polli griff sich ans Kreuzketterl. »Der soi ja hervorragend predigen, hob i ghert.« Marie schenkte allen ein, holte einen dritten Klappstuhl und setzte sich dazu.

»Jung ist er, der Hochwürden Neftinger, Frau Brandstetter, sehr jung.«

»Wos? Jünger ois da Zuckermüller?« Sein Vorgänger war in den Ruhestand versetzt worden, so viel Marie wusste.

»Bedeutend jünger, ich schätze, dass Neftinger noch keine vierzig ist.«

»Geh, hören's auf.« Ungläubig schüttelte Polli den Kopf. »Der muass ja frisch von der Profess runter sei. Und den lassn's glei auf sora große Gmoa wie Starnberg los.« Sie nahm ihren Strickstrumpf wieder in die knotigen Hände und klapperte mit den Nadeln.

»Neftinger bringt, wie soll ich sagen, eine gewisse Frische

mit«, erklärte Annabel, und Marie trank schnell vom kalten Tee, um ihr Schmunzeln zu unterdrücken. »Er macht vieles anders als Zuckermüller. Zum Beispiel teilt er die Hostien erst an uns aus, bevor er selbst was zu sich nimmt.«

»Wooos?« Pollis Entsetzen nahm kein Ende. Bestimmt würde sie nachher gleich die Zechner Liesl anrufen, vorausgesetzt sie vergaß das Gehörte nicht sofort wieder, wie so oft.

»Es kommt noch besser, Frau Brandstetter.« Froh, mit jemanden über geistliche Belange sprechen zu können, kostete Annabel Pollis Sensationslust aus. In Helga, Luise und Marie fand sie, was das Katholische betraf, kaum Gleichgesinnte. »Neftinger hat tausend neue Ideen, da schwirrt einem direkt der Kopf. Einmal im Monat gibt es einen Jugendgottesdienst. Das gefällt mir allerdings. Als Mädchen darf unsere Marlene leider nicht ministrieren, sie täte es nur zu gern. Dafür schlägt sie nun im Jugendorchester die Triangel. Dabei kann sie wunderbar Klavier spielen, Sie sollten sie auf ihrem Kinderklavier hören. Direkt virtuos, aber für einen Konzertflügel bräuchte sie Prothesen, der ist viel zu breit. Jedenfalls spielt und singt die katholische Jugend Starnberg sehr flotte Lieder, sag ich Ihnen, die klingen fast wie im Radio, sogar auf Englisch.«

»Englisch, in da Kirch?« Polli fielen fast die Augen aus den knöchernen Höhlen. »Bei uns is die Mess sogar noch auf Latein, gell, Marie?« Zum ersten Mal bezog die Tante sie mit in das Gespräch ein. »A wenn des nur der Unserne spricht, und ob des überhaupt a richtigs Latein is, woas koana.« Marie brauchte nicht zu antworten, sie saß einfach bloß da, genoss den Tee und hörte zu.

»Ach herrje, da geht es bei uns sehr viel moderner zu.« Annabel schüttelte den Kopf. »Haben Sie Lust, Frau Brandstetter, ich hol Sie am Sonntag um zehn ab? Da singen sie Gospel.

Letzten Monat kam das sehr gut an, die Leute haben sogar applaudiert.«

»Unerhört, naa, naa, da bleib ich liaba beim Latein.« Missmutig zog Polli die Nadeln aus dem Strumpf und trennte alles wieder auf.

»Mir hat's gefallen, muss ich gestehen. Der Rhythmus der Musik verleitet einen direkt, mitzutun. *Oh Happy Day!*« Annabel klatschte.

»Ja, so gänga die Gang.« Polli seufzte und schob den Unterkiefer vor. Auf einmal wirkte sie nicht mehr ganz so begeistert von der Frau Doktor.

Annabel trank ihr Glas aus, stand auf, um nach Manni und Marlene zu sehen. Marie folgte ihr. »Was wolltest du mit mir besprechen, Bella?«

»Ach so, ja.« Etwas abseits von Polli, die mit Wolleaufwickeln beschäftigt war und vor sich hin murmelte, lehnten sie sich an die warme Holzwand des Pferdestalls. Manni hielt Zimtsterns Huf, damit Marlene auskratzen konnte. »Wegen deinem Schwager. Findest du nicht, dass er mal rauskommen sollte, weg vom Hof und was Neues ausprobieren?«

»Manni soll fort?« Marie war aufgefallen, dass Annabel die Beziehung zwischen Marlene und ihm missfiel, aber mit diesem Vorschlag hatte sie nicht gerechnet. »Das kann ich ihm nicht antun. Er ist hier zu Hause, das ist seine Welt.«

»Selbstverständlich soll es auch so bleiben, aber er braucht genauso die Möglichkeit, etwas Neues kennenzulernen.«

Marie blieb skeptisch. »Er kennt doch gar nichts anderes, war immer bloß mit uns, also seiner Familie, zusammen.«

»Eben darum. Du kannst schließlich nicht rund um die Uhr für ihn da sein. Mit der Tante hast du genug zu tun.«

Das stimmte, auch wenn Marie sich darauf eingestellt hatte,

dass sie mit Manni für den Rest ihres Lebens zusammenleben würden, wusste sie nicht, wie er darüber dachte. Außer Jo und Naa, konnte er nichts sagen, darüber hinaus nahm er alles, was da auf ihn zukam, mit einer Zufriedenheit hin, die ihr leider selbst oft fehlte.

»Ich hätte einen Platz in der Behindertenwerkstatt für ihn«, sagte Annabel. »Unter der Woche könnte er in Machtlfing arbeiten und würde sein eigenes Geld verdienen.«

Marie lachte. »Manni und Geld? Damit kann er überhaupt nichts anfangen. Für ihn sind Münzen so etwas wie Murmeln, die er in den Gulli rollt, und Scheine nimmt er als Anzünder her. Ich überweise ihm regelmäßig etwas auf sein Sparbuch, das hat Martin damals eingerichtet. Für den Fall der Fälle, dass mir etwas passiert, ist er abgesichert.«

»Er könnte es ja mal ausprobieren.« Annabel blieb hartnäckig. »In Machtlfing gibt es eine Weberei, eine Holzwerkstatt und eine Verpackungsabteilung, und du wärst für ein paar Stunden entlastet.«

»Er belastet mich nicht. Auf ihn ist oft mehr Verlass als auf meine Angestellten. Es ist sogar noch besser. Manni überlegt nicht lange, sondern packt an, wenn's was zu tun gibt.«

»Das kann auch so bleiben. Es wären nur ein paar Stunden am Tag, von neun bis vier. Er wird mit dem Bus abgeholt und wieder hergebracht, würde dort zu Mittag essen. Ich kenne die Leiterin, brauche sie nur noch mal anrufen, dann könnte er gleich am Montag anfangen.«

»Nächste Woche schon?« Das klang eher nicht nach einem spontanen Einfall. Marie fragte sich, welche Beweggründe Annabel für ihr Angebot haben mochte. Aber vielleicht wollte sie wirklich nur helfen. Dank ihr und einer Elterninitiative gab es mittlerweile ein Fördernetzwerk für Menschen mit

Behinderung im Landkreis, von dem auch ihre Tochter profitierte. Annabel hatte durchgesetzt, dass Marlene in die Starnberger Schlossbergschule ging und nicht auf eine Sonderschule. Sie hatte ihr einen Spezialstuhl und eine dazu passende Bank anfertigen lassen, damit sie leichter am Unterricht teilnehmen konnte. Soviel Marie wusste, wechselte Marlene im Herbst aufs Gymnasium, wo Linda bereits war. Mit zahlreichen Wohltätigkeitsveranstaltungen hatten Annabels Schwiegereltern ihr Engagement finanziell unterstützt, worüber auch die Zeitungen berichteten. Das war Bellas Stärke, wenn sie etwas anpackte, dann klimperte sie nicht bloß, sie trommelte. Trotz allem ahnte Marie, worum es ihr in Wirklichkeit ging. Sie wollte Manni von Marlene trennen. Obwohl sie Annabel durchschaute, brachte der Vorschlag Marie zum Nachdenken. Vielleicht sollte Manni es wirklich ausprobieren? »Na, gut. Ich überleg's mir. In der Weberei, das kennt er von früher, vielleicht würde ihm das gefallen.« Martin hatte sämtliche Teppiche im Haus aus handgesponnener Schafwolle gewebt. Möglicherweise war die Arbeit wirklich eine Chance für Manni, Freunde zu finden und nicht mehr nur an den Hof und damit auch an sie gebunden zu sein. »Einverstanden. Ich rede mit ihm und sag dir bis Sonntag Bescheid.«

»Perfekt.« Annabel wirkte erleichtert.

Der Samstag war für Marie und ihren Reiterhof der wichtigste Tag der Woche. Schon zeitig tummelten sich die großen und kleinen Reitgäste überall auf dem Gelände. Eltern buchten ein Pony für eine Stunde, setzten ihr Kind drauf und führten es zu einem Spaziergang über die Buckelwiesen. Alma und Linda gaben einen Kurs in Pferdepflege, so lernten die zukünftigen Reiter spielerisch den Umgang mit den Tieren. Die wiederum genossen es, gleich mehrfach gestriegelt und verhätschelt zu werden. Auch die Schafe und Ziegen genossen die vermehrte Aufmerksamkeit. Nur mit dem Schmücken und der allzu bunten Verkleidung übertrieben es manche. Ein Pony musste einen Cowboyhut aufsetzen und bunte Stulpen tragen, um vor den Fotoapparaten zu posieren. Schecki, der Islandwallach, drehte immer wieder seinen Hintern in die Kamera, als wollte er damit zeigen, was er von der Aktion hielt. Dabei waren in seinen Schweif rote, gelbe und grüne Bänder eingeflochten. Marie kümmerte sich um die Erwachsenen, die immer öfter Problempferde zu ihr brachten. Meist war nicht das Pferd das Problem, sondern der Umgang mit ihm. In ihrer ganz eigenen Sprache nahmen Pferde sofort eine Verbindung mit den Menschen auf, doch die meisten Leute mussten überhaupt erst mal anfangen, hinzusehen und zuzuhören. Pferde brauchten Klarheit in Geste, Mimik und Geräuschen. Hatten Pferd und Reiter einmal Vertrauen zueinander gefasst, ging alles wie am Schnürchen.

Mit den Fortgeschrittenen sattelte sie am späten Vormittag auf und galoppierte in einer kleinen Gruppe über die Feldwege und durch den Wald. So fühlte sich Freiheit an, dachte Marie und schmiegte sich an Wolke, ihre treue Gefährtin, die ihr Martin zur Hochzeit geschenkt hatte. Achtzehn Jahre war sie schon alt, aber immer noch fit. Sie zu reiten war ein bisschen wie fliegen. Oberhalb der Brandstetterwiesen hielten sie an und blickten über das Moos bis zum Starnberger See und die Alpen, die heute im Dunst lagen. Pures Glück könnte das sein, wäre da nicht dieser alte Schmerz in ihr.

Pünktlich um zwei rumpelte der Dahlmann-Bus die Einfahrt herauf. Neben Luise saß Elias oder Christian und drückte auf die Hupe, Marie wusste nie genau, welcher der Zwillinge es war. Sofort rannten alle Kinder, die gerade noch ein Pferd gestriegelt oder mit einem Lamm gekuschelt hatten, laut johlend zu dem VW-Bus, als reiste ein Jahrmarkt an. Ein bisschen war es auch so. Luises Köstlichkeiten, die sie jeden Samstag ankarrte, rundeten die Reitstunden ab. Das hatte sich auch im Dorf herumgesprochen, die Leutstettener freuten sich, dass sie für Kaffee und Kuchen nicht in die Stadt zu fahren brauchten, und mischten sich unter das Reitervolk auf dem Hof.

Was das Luiserl doch für eine tüchtige Geschäftsfrau in Starnberg drunten geworden war, hörte Marie besonders die ältere Generation schwärmen. Für manche der Alten brachte Luise sogar die Bestellung aus ihrem Laden mit, die sie ihr vorher telefonisch durchgegeben hatten. Luise war einfach ein Schatz. Vom ersten Moment an hatte sich Marie mit ihr verstanden. Anfangs hatten sie sich selten getroffen. Kein Wunder, jede von ihnen hatte eine kinderreiche Familie zu versorgen, Arbeit, die nie endete, und Probleme, die sie in Beschlag nahmen. Obwohl Leutstetten nur wenige Kilometer von Starnberg entfernt lag, schaffte es Marie kaum mal zu einem Ratsch zu Luise in den Laden. Dennoch war ihre Schwägerin in allen Lebenslagen ihre erste Anlaufstelle. Als das mit Martin geschah, Maries geliebtem Ehemann und Luises älterem Bruder, hatte Luise wie selbstverständlich auf dem Hof mit angepackt und ihr beigestanden. Trotz Ladenumbau, trotz Schwangerschaft, noch dazu mit Zwillingen, wie sich herausstellte. Seither war Dahlmanns Gemischtwaren für Marie ein Ruhepol. Nicht nur für sie. Umsorgt von Luises geschäftigem Treiben, fühlten sich auch die Kinder wohl.

Mit Umarmungen hielten sie sich nicht lange auf. Hand in Hand arbeiteten sie, stellten die Tische und Bänke auf, legten karierte Decken drauf, schon wuselte Luise zwischen Bus und

Garten hin und her und bediente die Leute. Unermüdlich schnitt sie den selbst gebackenen Kuchen an, verteilte ihn, schenkte Kaffee und Limo nach. Zugleich schaute sie sich um, ob alle Gäste zufrieden waren. In ihrer bunten Bluse mit den weit flatternden Armaufschlägen, der hellen Trapezhose und den großen Creolen in den Ohren sah sie heute wieder sehr elegant aus. Marie war es nicht entgangen, dass sich Luise jedes Mal in Schale schmiss, wenn sie kam. Sie dagegen fühlte sich in enger Reithose und den kurzen Stiefeln, dazu ein weites kurzärmeliges Hemd, das sie über dem Bauch knotete oder einfach hängen ließ, am wohlsten. Auch Martin hatte ihre natürliche Schönheit gemocht, die langen rotblonden Wimpern und die vielen Sommersprossen. Schon deshalb schminkte sie sich nicht. Wenn sie malte, dann lieber auf Papier und Leinwand. Luise allerdings stand ein wenig Make-up, aber trotz Lippenstift und grünem Lidschatten verriet ihr Gesicht an diesem Tag etwas anderes. Sie, die Unermüdliche, wirkte angeknackst, hatte Schatten unter den Augen.

»Jetzt mach mal Pause, Luise, für einen Moment wenigstens.« Marie nahm ihr die Kaffeekanne aus der Hand und trug sie zu dem Tisch unterm Kirschbaum, wo Tante Polli im Liegestuhl eingenickt war, das Strickzeug auf dem Schoß. Sie trennte ständig auf und strickte von neuem, die Wolle kräuselte sich bereits. »Komm, setz dich, die Leute können sich selbst bedienen. So ist es doch auch gedacht.«

»Na gut, ich hole uns bloß noch ein Stück Käsesahne, bevor die weg ist, oder magst du lieber Aprikosenbiskuit?« Luise sah kurz zu den Zwillingen rüber. Elias war auf der eingezäunten Weide für die Schafe und Ziegen und kuschelte mit Wolli, dem Bergschaf. Christian, sie vermutete, dass es Christian war, striegelte mit Linda das Shetlandpony, das diese sich zum neunten Geburtstag gewünscht hatte. Seither war sie so in die Höhe geschossen, dass ihre Füße beim Reiten auf dem Boden schleiften. Darum stellte sie es lieber den kleineren Kindern zur Verfügung.

»Du bleibst sitzen, das mach ich.« Marie kehrte mit einer Kuchenauswahl zurück und schenkte Luise ein. Sie selbst mochte keinen Kaffee, hatte so schon Herzrasen und brauchte kein Koffein. Lieber trank sie ein Glas von Luises selbst gemachter Himbeerlimonade. »Mmh, ist die lecker. Wie schaffst du das bloß alles? Das frage ich mich jeden Samstag. Die ganze Woche, bis heute Mittag, stehst du im Laden. Dazu die Kinder, dein Haushalt, und außerdem backst du noch für uns und bewirtest alle.« Luise zog eine Grimasse, rieb sich die Seite und lehnte sich an. »Sag mal, hast du Rückenschmerzen?« Dass Luise sich krümmte, war Marie bereits vorhin aufgefallen.

»Ach, das ist nichts Besonderes, es zwickt halt mal hier, mal da. Und seit ich nicht mehr zum Tanzen gehe, fast rund um die Uhr.«

»Und warum tanzt du nicht mehr?«

»Rock 'n' Roll, mit fünfundvierzig?«

»Gibt's dafür eine Altersbegrenzung?«

Luise winkte ab. »Ich wüsste nicht, wann ich das auch noch schaffen sollte.«

»Warst du schon beim Arzt wegen deiner Beschwerden?«

»Das sagt die Richtige. Wann hast du dich denn zum letzten Mal untersuchen lassen?«

»Mir fehlt doch nichts.«

»Mir auch nicht. Da hast du's.« Luise rührte Ziegenmilch in ihren Kaffee, das Einzige, was Marie samstags beisteuerte, trank und stellte die Tasse ab. »Aber wenn du schon fragst, könnte ich einen Rat von dir brauchen. Ich weiß nicht, was ich mit Josie falsch mache. Sie entgleitet mir. Du hast zu ihr einen besseren Zugang.«

»Wieso, was ist los?« Ihre Nichte besuchte sie oft, dann sprachen sie über Malerei, und Josie zeigte ihr die neuesten Skizzen. Auch wenn Marie nur noch selten zeichnete, sah Josie in ihr ein Vorbild. Über anderes als Kunst redeten sie kaum, aber die Skizzen erzählten, was Josie wichtig war: David schlafend, David lesend, David schwimmend. Helgas Sohn war ihr einziges Modell. »Was ist los? Bisher hatte ich den Eindruck, dass ihr euch sehr gut versteht.«

»Das dachte ich eigentlich auch. Aber sie arbeitet seit neuestem nicht mehr bei mir im Laden, sondern gegenüber im Hauberling als Bedienung. Petra Hauberling hat ihr angeboten, ihre Bilder auszustellen, du kannst dir vorstellen, wie begeistert Josie ist.«

»Lass sie doch, als Künstlerin braucht man die Anerkennung von außen, das ist bestimmt nicht gegen dich gerichtet.«

»Du hast recht, ich will ihr nicht im Weg stehen, aber da ist noch was …« Sie zögerte einen Moment, rutschte näher zu Marie. »Ausgerechnet dort, wo Hans mit der Cafébetreiberin flirtet, noch dazu auf der Terrasse, in aller Öffentlichkeit.«

»Er hat was mit der Hauberling?«

Luise nickte. »Das ist so was von peinlich. Dass er ein Pascha ist, weiß ich. Und was er Helga und dir angetan hat, werd ich ihm auch mein Lebtag nicht verzeihen, aber ich muss doch mit ihm leben. Ach, ich weiß gar nicht mehr, was ich fühlen soll. Wut, Ärger, Scham oder unendliche Traurigkeit?« Sie hielt sich die Hände vors Gesicht, und Marie zog sie in ihre Arme. Gern hätte sie etwas Tröstendes gesagt, aber ihr fiel nichts ein. Für Josie und die Zwillinge war es schwierig, dass sich ihre Eltern auseinandergelebt hatten. Nicht dass Marie

Erfahrung in solchen Sachen hatte. Mit Martin wäre sie vermutlich nur noch mehr zusammengewachsen über die Jahre. Besonders jetzt, wo die Kinder aus dem Gröbsten raus waren, hätten sie die Zeit zu zweit genossen. Schnell schob sie jeden Gedanken an ihren Liebsten von sich fort. »Du, etwas anderes, mir ist vorhin etwas eingefallen. Aber jetzt, wo ich merke, wie erschöpft du bist, traue ich mich gar nicht zu fragen.«

»Raus mit der Sprache. Du weißt, ich bin zu allen Schandtaten bereit.« Auch wenn ihre Augen noch tränennass waren, lächelte Luise schon wieder.

»Wie wäre es, wenn wir zusammen eine Mini-Olympiade hier auf dem Hof veranstalten, dann könnten die Kinder ihre Voltigierkunststücke den Eltern zeigen, und auch wir könnten Freunde und Bekannte einladen. Helga mit ihrem aktuellen Liebhaber oder allen zusammen, wenn sie möchte.« Marie grinste. »Und Bella natürlich. Sie hat bestimmt viel von Fritz zu erzählen, vielleicht dürfen wir sogar eine Medaille bestaunen. Leni ist eine begabte Reiterin, das solltest du sehen. Sie will bestimmt auch etwas vorführen.«

»Dein Vorschlag ist toll. Eine eigene Olympiade hier in Leutstetten, mit den Disziplinen Kunstreiten und Voltigieren. Spitze, Marie.«

»Ehrlich?« Sie musterte ihre Schwägerin.

»Ja, lass uns alle gemeinsam ein bisschen feiern. Das Jahr, Fritz, die Olympiade oder …«

»Oder einfach uns«, ergänzte Marie. Erst da wurde ihr bewusst, dass so ein Fest auch deutlich mehr Arbeit für sie alle bedeutete, und sie bereute den Vorschlag schon beinahe.

»Genau, einfach uns.« Luise nahm einen Bissen Käsesahnetorte. »Am besten nach den Münchner Spielen, vorher hat sowieso kaum jemand Zeit. Wahrscheinlich bräuchten wir mehr

Tische und auch Fassbier. Kaffee und Kuchen reichen nicht.« Sie fuchtelte mit der Gabel, war sofort in der Planung. »Und wir müssten uns etwas überlegen, für den Fall, dass es regnet.«

»Zur Not bauen wir einen Unterstand wie bei euch damals bei der Fußballweltmeisterschaft. Wie wäre es Ende September?«

»Perfekt. Abgemacht.«

Marie aß ihren Apfelkuchen zu Ende. »Weißt du was, solange die Kinder noch beschäftigt sind und Polli schläft, könnten wir Martin besuchen?«

»Gern.« Luise stand auf. »Meinst du, er wartet schon auf uns?«

»Immer«, sagte Marie.

HELGA

Erschöpft, aber auch zufrieden, beendete sie um halb sieben den Dienst. Vielleicht traf sie David noch an, bevor er zur Schule musste, das wäre nett. Was gäbe sie jetzt für eine Butterbreze, einen großen Milchkaffee und anschließend ein heißes Schaumbad. Oder am besten gleich in der Badewanne frühstücken. Mit einem »Schönen Tag« verabschiedete sich Helga am Empfang.

»Moment, Frau Dr. Knaup.« Frau Hagenwart hielt sie auf. »Dr. von Thaler bittet Sie noch in sein Büro.« Helga nickte ergeben, machte kehrt. Vermutlich bekam sie Ärger, weil sie nicht nur ohne Rücksprache einen Kaiserschnitt durchgeführt hatte, sie hatte auch eigenmächtig den Visodon bedient. Auf dem Weg bis zum Ende des Flurs legte sie sich ein paar Argumente zurecht, merkte, dass sie vor Müdigkeit und Hunger kaum noch einen klaren Gedanken fassen konnte. Wie Ultraschallschlieren waberten die Gedanken durch ihren Kopf.

»Da sind Sie ja schon, bitte, nehmen Sie Platz.« Konstantin zeigte auf den einzigen freien Stuhl, auf dem keine Bücher oder Akten lagen. »Möchten Sie eine Tasse Kaffee? Ich hätte aber auch Earl Grey.« Er zeigte auf die zwei silbernen Kannen auf seinem Schreibtisch, eine hohe, schmale und eine bauchige.

»Lieber Kaffee.« Der verband sie mit ihrem Chef, seit sie hier als Schwesternschülerin angefangen hatte. Er zog ein Tablett mit Köstlichkeiten unter der aufgeschlagenen Zeitung auf seinem Schreibtisch hervor. Beim Betreten des Büros hatte sie schon diesen köstlichen Duft wahrgenommen, aber an eine Fata Morgana geglaubt, die der Hunger ihr vorgaukelte. Es duftete nach Semmeln, Croissants, Käse. Helgas Magen knurrte lautstark. »Bitte greifen Sie zu.«

»Danke, gern.« Selbst wenn das hier ihre Henkersmahlzeit werden sollte, sie ließ es sich jetzt einfach schmecken. Er schenkte Kaffee ein. Vom Klinikleiter bedient zu werden, war gar nicht schlecht. »Also, Frau Knaup, ich will es am besten ganz direkt und ohne Umschweife sagen. Ich danke Ihnen herzlich für Ihre langjährige Treue, auf Sie war immer Verlass. Das ist nicht nur meine Meinung, das wurde mir auch vom ganzen Team berichtet. Darüber hinaus waren Sie mir gegenüber stets eine loyale Mitarbeiterin, und das von Anfang an.« Er legte eine Pause ein. Sie wartete, was folgte, aber er musterte sie nur mit diesem Blick, der ihr seit Jahren das Gefühl gab, dass er als einer der wenigen Männer mehr in ihr sah, als ihr Äußeres verriet. Er war der Erste gewesen, der an ihre berufliche Kompetenz geglaubt und sie darin bestärkt hatte. Und jetzt? Warf er sie hinaus, und das war seine Abschiedsrede? Von wegen, ohne Umschweife. Er drückte sich verdammt umständlich aus. Was konnte sie zu ihrer Verteidigung vorbringen, nutzte es überhaupt noch etwas, oder war alles entschieden? So plötzlich die Arbeit zu verlieren, war hart. In einer ähnlichen Lage hatte sie sich schon mal befunden, nur hatte ihr damals Oberschwester Beate, Silvias Vorgängerin, die Kündigung überbracht. Diesmal machte sich der Chef persönlich die Mühe. Andererseits bedeutete es auch, dass Helga früher ins kalte Wasser springen musste, als sie es vorgehabt hatte, um ihren Traum zu verwirklichen.

»Mein eigenmächtiges Handeln heute Nacht tut mir leid, auch dass ich den Sonographen ohne Rücksprache bedient habe, aber Sie hätten es sehen sollen, Herr Doktor, wir konnten direkt in den Mutterleib schauen wie durch ein göttliches Auge, und das in Sekunden, ja, praktisch im selben Moment, als der Sensor die Haut berührte.« Helga hätte nie gedacht, dass sie einmal eine Brandrede für neueste Technik halten würde. »Stellen Sie sich nur die Möglichkeiten vor. Wir könnten vor der Geburt Zwillingsschwangerschaften sicher erkennen und auch die Kindslage.« Kurz dachte sie an Luise, der erst im sechsten Monat nicht zwei, sondern vier Füße den Bauch nach außen gedellt hatten. »Wer weiß, wie es in der frühen Schwangerschaft aussieht, womöglich könnte man schon Lebenszeichen des Fötus erkennen. Oder auch das Fruchtwasser, bestimmt lässt sich die Menge auf diese Weise einschätzen.«

Dr. von Thaler schenkte sich Tee nach und nippte mit abgespreiztem kleinem Finger an seiner Tasse. Das »von« musste sich schließlich irgendwie in seinem Verhalten niederschlagen. Fast hätte sie gekichert.

»Sie klingen wie eine Mitarbeiterin des Schallermanns.« So hatten sie den Internisten genannt, der das Ultraschallgerät vorgestellt hatte. »Dr. Kettler hat mir schon von Ihrer Begeisterung erzählt, ihn haben Sie bereits überzeugt. Allerdings bin ich mir noch nicht sicher, ob sich diese teure Anschaffung für unsere Klinik lohnt. Vielleicht sind Sie und Schwester Silvia noch mal zu einer Vorführung bereit?« Er war also unterrichtet. »Jetzt möchte ich etwas anderes mit Ihnen besprechen. Wie Sie vielleicht gehört haben, will ich nächstes oder spätestens übernächstes Jahr in den Ruhestand gehen.« Sie nickte, gemunkelt wurde das seit längerem. Der Contergan-Skandal vor zehn Jahren, die Behinderung seiner Tochter und nun der plötzliche Tod seines Vaters, das alles hatte ihn sichtlich gezeichnet. Er hatte abgenommen, wirkte älter als Anfang sechzig. Gespannt wartete Helga nach dem nächsten Bissen in ihre Erdbeermarmeladensemmel darauf, was folgte. »Obwohl ich das schon länger erwäge, hat der Herzinfarkt meines Vaters mich in meiner Entscheidung bestätigt. Ich will nicht wie er arbeiten, bis ich eines Tages tot umfalle, sondern die nächsten Jahre mit dem verbringen, was ich außerdem gerne tue. Damit genügend Zeit zur Einarbeitung bleibt, möchte ich meine Nachfolge früh genug klären. Ich spreche aus Erfahrung, ich habe damals auch ein Weilchen gebraucht, um mich zurechtzufinden. Ich weiß nicht, wie viel Sie über die Geschichte der Klinik wissen. Das war in den dreißiger Jahren, mein Gott, waren Sie da überhaupt schon auf der Welt?« Helga war Jahrgang 1932. Inzwischen ahnte sie, worauf er hinauswollte. Von all seinen Mitarbeitern verlangte er stets, dass sie ihm knapp und präzise mitteilten, was sie wollten, ausschweifend durfte nur er werden. Das Privileg eines Chefs. Ihr sollte es recht sein, sie versuchte trotz beträchtlicher Anspannung, das Frühstück zu genießen, das er ihr allein überließ. Er nippte nur hin und wieder am Tee. Mit dem Personal essen ging dann wohl doch zu weit. Egal, Hauptsache, sie bekam etwas in den Magen. Es gab sogar Schokoladencreme, lecker. »Die Tätigkeit umfasst viel Verwaltungskram, ich muss die Klinik in der Öffentlichkeit repräsentieren, darf zugleich den Dienst am Patienten nicht vernachlässigen. Sehr viel Verantwortung, die leicht überfordert. Mir stand damals der beste Freund zur Seite, den man sich nur wünschen kann. Solch ein Glück hat nicht jeder.« Sie wusste, von wem er sprach. Die Seeklinik hatte er zusammen mit einem Dr. Kleefeld gegründet und aufgebaut. Bis Kleefeld als Jude mit seiner Familie Deutschland verlassen musste und auf der Flucht erschossen worden war. Das hatte Annabel herausgefunden, sie war die geborene Detektivin. Den besten Freund auf solch grausame Weise zu verlieren musste schrecklich sein. Und nun würde er selbst Dr. Hauck als Berater und Freund zur Seite stehen, wenn dieser die Klinik übernahm. Das verstand Helga. »Haben Sie einen guten Freund oder, besser gesagt, eine beste Freundin an Ihrer Seite?«

»Äh.« Luise konnte er kaum meinen, oder doch? Worauf zielte diese Frage ab? Etwa auf Oberschwester Silvia? Dass sie Freundinnen gewesen waren, war Jahrzehnte her. Trotzdem hatte Silvia sich heute Nacht als erstaunlich kompetent und zupackend gezeigt. Grübelnd schnitt Helga sich eine Breze in Stücke und strich sich Nutella drauf. Vielleicht sollte sie dem Chef bei einer Überraschungsparty für Hauck helfen oder was auch immer. Wäre ja nicht zum ersten Mal. Von Thaler legte die Fingerspitzen aneinander und blickte an ihr vorbei auf die gerahmte Reproduktion einer Leonardo da Vinci-Zeichnung. In der wie ein Ei geteilten Gebärmutter hockte ein Säugling, umgeben von Zeilen in Spiegelschrift und weiteren Skizzen. Soviel Helga wusste, hatte der Renaissancekünstler dafür keine Schwangere, sondern eine Kuh seziert. »Und, was sagen Sie dazu, Frau Dr. Knaup?«

Irritiert blickte sie ihn an. Hatte Sie etwas überhört. »Wozu, Herr Doktor?«

»Na, könnten Sie sich das vorstellen? Sie, als meine Nachfolgerin?«

»Wie bitte?« Helga verschluckte sich, hustete, spuckte einen Schwall Schokobrösel aus, wollte einen Schluck trinken, aber ihre Tasse war leer.

Konstantin stand auf, ging um den Schreibtisch herum und streckte die Hand aus, als wollte er ihr auf die Brust klopfen, reichte stattdessen ein Glas Wasser. »Geht's wieder?«

»Ja-ch. Ch. Ch.« Sie krächzte noch, nippte bloß an dem Wasser, um sich nicht erneut zu verschlucken, und drückte sich auf die Kehle. Ein verfluchter Krümel steckte noch darin.

»Das freut mich sehr. Ich bin richtig erleichtert. Wunderbar, Frau Dr. Knaup, ach, ich glaube, es ist an der Zeit, dass wir uns endlich duzen, mit Bella tun Sie, tust du, das schon längst. Ich bin der Konsti. Und unter deiner Ägide wird die Seeklinik florieren, da bin ich mir sicher. Jetzt mach aber erst mal Feierabend beziehungsweise Feiermorgen.« Er gluckste über seinen Witz. »Und erhol dich gut. Für den Rest, also deine Zukunft, haben wir in den nächsten Tagen noch genügend Zeit.«

Endlich zu Hause, drehte sie den Hahn über der Badewanne auf. Solange das Wasser einlief, räumte sie ihre Lederfransentasche aus, in die sie die Woche über alles hineinwarf, was sie unterwegs zu brauchen meinte. Schließlich fand sie das kleine Adressbuch, und auch die Stoffblume fiel ihr wieder in die Hände. Sie wusste längst, wer ihr heimlicher Verehrer war, nahm das Telefon mit ins Bad und stellte es auf den Wannenrand. Dann schenkte sie sich Orangensaft ein, stieg ins warme, duftende Wasser und wählte seine Nummer. Erst redete sie, weil er kaum ein Wort herausbrachte. »Kannst du dir vorstellen, wie das ist, wenn ein Fremder, jedenfalls dachte ich das anfangs, einem auflauert? Selbst wenn die Geschenke noch so nett gemeint sind? Wir haben uns gestern bei der Beerdigung gegenübergestanden … und all die Jahre davor, warum hast du denn nie was gesagt?«

»Tut mir leid. Aber was hätte ich denn sagen sollen? Hallo, Helga, ich liebe dich. Vermutlich hättest du mich ausgelacht.« Da mochte er recht haben. »Bist du noch dran?«, fragte er. »Sitzt du an einem Steg, ich höre es plätschern.«

»Ich sag dir besser nicht, was ich gerade mache, es hat aber mit Wasser zu tun, da hast du richtig geraten.«

Nach einer halben Stunde fingen ihre Fingerkuppen an, schrumpelig zu werden. Helga schlug ein Treffen vor. Es musste nicht gleich sein, in ein paar Wochen vielleicht. Sie legte auf. So, das war geschafft, und was die Klinikleitung betraf, Konstantins Vertrauen ehrte sie, aber sie hatte andere Pläne. Helga stellte den Boiler auf die höchste Temperatur, rutschte tiefer in die Wanne und drehte den Hahn noch mal mit den Zehen auf, musste aufpassen, dass sie sich nicht verbrühte, als das Wasser herausschoss. Wohlig lehnte sie sich zurück und genoss, wie das Bad wieder wärmer wurde. Wenn sie sich nicht bewegte, würde sie die Hitze aushalten. Sie atmete tief ein und aus und versuchte, sich zu entspannen. Die gesamte Seeklinik sollte sie leiten. Manchmal glaubte sie selbst nicht, dass sie das war, die das alles erreicht hatte. Im Großen und Ganzen war sie glücklich und zufrieden. Sie hatte diesen wunderbaren Beruf und ein erfülltes Liebesleben mit wechselnden Männern. Ihr größter Schatz war aber ihr Sohn, und auch für ihn erhoffte sie sich, dass er glücklich war. David hatte es nicht immer leicht gehabt, als einziger Schwarzer unter lauten Weißen, aber sie glaubte, dass er sich ganz gut behauptete. Er hatte nette Freunde und war ein begabter Schlagzeuger. Wenn er den Wehrdienst hinter sich gebracht hatte, wollte er Tiermedizin studieren. Mit Josie zusammen fuhr er heute nach München. Sie besichtigten die Uni und auch die Kunstakademie, wo eine Jahresausstellung der Studenten stattfand. Der Boiler zischte, Helga stellte ihn aus. Jetzt, wo sie sich bewegte, merkte sie, dass das Wasser ungesund heiß war, aber herrlich. Sie strich sich über den Körper, spürte etwas an der rechten Brust, dachte zuerst, ein Seifenrest klebte dort, aber es war wohl eine Druckstelle. Entweder war ihr Busen gewachsen oder der Büstenhalter geschrumpft. Mistdinger, wann erfanden sie endlich etwas Bequemes, das bezahlbar war und nicht schon nach dem ersten Waschen wie ein Putzlappen aussah. Sie betastete die Stelle genauer und spürte einen Knoten unter der Haut. Das war bestimmt harmlos und bedeutete nichts, würde genauso schnell weggehen, wie es gekommen war. Zeit zu schlafen. Sie schleppte sich aus der Wanne, schnappte sich ein Handtuch und war schon im Liebeträumeland, kaum dass sie das Bett berührte.

Als sie gegen Abend einigermaßen ausgeschlafen war, kochte sie sich eine Tasse Kaffee und setzte sich mit ein paar Zeitschriften in die Küche. Ein Wohnzimmer hatten sie noch nicht, aber das würde vielleicht bald anders werden. Sie hörte das Türschloss, David kam heim. »Ich bin schon so gespannt, wie's bei euch war. Soll ich was kochen, und wir essen zusammen?« Eingekauft hatte sie zwar noch nicht. Es war halb sechs, wenn sie sich beeilte, konnte sie es noch tun. »Auf was hättest du Lust?« Doch ihr Sohn verschwand erst im Bad, dann in seinem Zimmer und kam gar nicht in die Küche. »Willst du noch mal fort?« Sie schaute nach ihm.

»Eigentlich ja. Wir wollen für den Abschlussball proben.«

»Dann warte ich, bis du zurückkommst. Willst du lieber was Warmes oder einfach Brotzeit? Ich könnte uns Melone und in Olivenöl eingelegte Sachen kaufen, was meinst du?« In der Hanfelder Straße gab es einen Türken, der machte zwar Luises Laden Konkurrenz, aber diese exotischen Spezialitäten gab es nun mal nur dort.

David suchte ein paar Sachen zusammen, roch an einem T-Shirt, befand es für annehmbar und stopfte es in die Armeetasche, die gerade bei den jungen Leuten angesagt war.

»Wie lief's denn in München?«, versuchte sie, ihn festzuhalten. »Hattet ihr eine Führung durch die Uni?«

Er nickte. So wortkarg war er selten.

»Erzähl doch kurz ein bisschen, warum pressiert's denn so? Seid ihr in den Hörsälen und auch in der Anatomie gewesen? Wie hat es Josie in der Kunstakademie gefallen? War die Jahresausstellung interessant?«

David holte Luft und verdrehte die Augen.

»Was ist los? Bedrückt dich was? Raus mit der Sprache.«

»Flipp bitte nicht aus, Mama, aber wir waren bei Oma und Opa.«

»Wie, heute? Heißt das, du hast meine Eltern getroffen?«

»Ja, zufällig, auf dem Unigelände. Wir haben kurz geredet, und dann haben sie Josie und mich zu sich eingeladen.« David ging an ihr vorbei in die Küche, holte sich eine Fanta aus dem Kühlschrank und setzte sich sogar, die Füße auf dem zweiten Stuhl. Auf einmal schien er Zeit zu haben. »Deine Mutter, also Oma, und Josie kennen sich ja schon, aber Opa haben wir beide heute erst kennengelernt. Das Haus am Nymphenburger Park ist schon besonders, allein der Treppenaufgang, wie in einem Königshaus. Und die Dachterrasse mit Blick über halb München. Und da bist du aufgewachsen? Nicht schlecht. Oma und Opa haben einen Chauffeur. Bis vor kurzem ist Opa noch selbst gefahren, aber er hat irgendwas an den Füßen, kann kaum noch laufen. Na ja, sie sind beide steinalt, aber in dem Mercedes gibt es sogar einen Fernseher.«

Helga hörte zu und musste sich beherrschen, ihn nicht anzuschreien, so sehr ließ die Wut sie beben. »Und du glaubst, dass das ein Zufall war?«, platzte sie heraus. »So etwas gibt es bei den Knaups nicht.« Sie wusste sofort, was los war. Wieder einmal hatten sie David aufgelauert, was kein Kunststück war. Sie wussten bestimmt, dass ihr Enkel nächstes Frühjahr Abitur machte, und der Termin für die Besichtigung der Uni war auch kein Geheimnis. Die letzte Begegnung mit ihrer Mutter hatte vor Jahren stattgefunden, als David noch in der Grundschule gewesen war. Heimlich hatte Heidrun Knaup ihn am See abgefangen, als er mit Josie dort spielte, und hatte ihn mit allem möglichen bezirzt. Danach hatte Helga ihr verboten, ihn jemals wieder zu treffen. Auch David hatte sie eingeschärft, ihren Eltern aus dem Weg zu gehen.

»Ich wusste, dass du so reagierst. Du und Tante Dalli, ihr seid euch verdammt ähnlich. Josies Mutter rastet auch bei allem aus. Erlaubt ihr fast nichts, vor allem nicht, dass sie selbst herausfindet, was für sie richtig ist.«

Dass sie und Luise sich ähnelten, hörte Helga zum ersten Mal. Waren sie tatsächlich zu streng mit ihren Kindern? Gerade Luise war aus Helgas Sicht die Milde in Person. »War Josie auch dabei, bei dem Besuch im Weißen Pfau?« Dass sie den Namen des Hauses jemals wieder aussprach, hätte sie nicht gedacht. In den letzten Jahren hatte sie kaum noch an ihre Kindheit und Jugend in dem protzigen Haus am Nymphenburger Park gedacht, höchstens noch an Weihnachten oder zu den Geburtstagen oder wenn sie andere Familien mit Großeltern sah.

»Ach, wegen dem großen Pfau auf der Fassade nennt ihr die Villa so? Die Oma hat davon gesprochen, und ich dachte zuerst, sie laden uns in eine Wirtschaft ein. Und ja, Josie war die ganze Zeit dabei, das hab ich vorhin schon gesagt. Du müsstest halt auch mal zuhören.« Er war mindestens so geladen wie sie. »Oma und sie kennen sich noch von damals, vom Spielplatz. Das Mädchen mit den Bürstenzöpfen ist aber groß geworden, hat Oma gleich gesagt.«

Helga versuchte, sich zusammenzureißen, sonst würde sie nichts mehr erfahren. Sie stellte sich vor die Anrichte. Immerhin war er geblieben und ließ vielleicht gerade die Bandprobe sausen, vielleicht war die Probe auch bloß ein Vorwand gewesen, um nicht mit ihr reden zu müssen. »Und was wollten sie von dir?«

»Nichts, wir haben uns einfach unterhalten.«

So etwas gab es im Pfauenhaus nicht. Von klein auf waren ihre Schwester Lore und sie getriezt worden. Seid anständig, benehmt euch, sagt nichts Überflüssiges, Vati hat ein wichtiges Geschäftsessen, ihr haltet euch im Hintergrund, aber der Eindruck zählt. Das konnte nicht sein, ihre Eltern führten etwas im Schilde, das spürte sie. Ganz ohne Grund hätten sie nie im Leben Kontakt mit David aufgenommen. »Was haben sie dich gefragt?«

»Mama, du musst mich nicht ausquetschen. Sie wollten bloß wissen, was ich studieren will. Veterinärmedizin, habe ich gesagt. Außerdem haben sie sich für Josies Kunst interessiert. Opa hat ihr sogar ein Vorstellungsgespräch vermittelt, bei den Löw-Werken, die Heftchen vom gestiefelten Löwen, die gibt's immer noch. Sie soll sich nächste Woche mit ihren Zeichnungen in der Firma vorstellen. Das wäre ihr allererster Illustrationsauftrag, stell dir vor.«

Also über seine Freundin köderten sie ihn, raffiniert. »Was Opa von Schuhen versteht, ist unglaublich«, erzählte er weiter. »Wusstest du, dass die meisten Menschen zwei unterschiedliche Füße haben? Und den Durchschnittsfuß gibt es sowieso nicht. Das ist die große Herausforderung. Eigentlich müsste man einzelne Schuhe herstellen, nicht nur Einzelpaare, nein, jeweils für den linken und für den rechten Fuß.« David lachte, und Helga begann zu frieren. David hörte sich wie ihr Vater an. Genauso hatte er seine Begeisterung mit ihr geteilt, als sie noch klein gewesen war, und sie hatte alles aufgesaugt, nur um ihm zu gefallen. Allerdings waren diese innigen Momente rar gesät gewesen. Hugo Knaup verlor schnell das Interesse an allem, was ihm hörig war.

»Opa hat mir ein Praktikum in der Firma angeboten, ich fände das megaspannend. Die Löw-Werke haben sogar eigene Klebstoffe entwickelt, um die Produktion zu beschleunigen.«

Helga holte das Telefon aus dem Flur. »Was tust du?«, fragte David.

»Ich ruf sie an.« Ihr Herz klopfte zum Zerspringen, sie zitterte.

»Warum? Willst du ihnen noch mal den Kontakt mit mir verbieten? Ich bin achtzehn, schon vergessen?«

»Und erst in drei Jahren volljährig, also bestimme ich, mit wem du dich triffst.« Sie klang wie ihre Mutter damals, stellte sie mit Erschrecken fest und legte den Hörer wieder auf, und David klang genauso wie sie, als sie Hals über Kopf ausgezogen war, um nie mehr zurückzukehren.

»Und ausgerechnet du redest ständig von Recht und Unrecht, und dabei unterdrückst du mich die ganze Zeit. Aber ruf sie ruhig an, los! Ich mach einfach trotzdem, was ich will.« Er zielte mit der leeren Fantaflasche in den Träger unter der Spüle und versenkte sie. »Dasselbe gilt übrigens für meinen Vater, den will ich auch kennenlernen. Und vielleicht helfen Oma und Opa mir dabei.«

»Sie haben Jack erwähnt?« Helga stellte das Telefon ab.

David sagte nichts mehr, schlüpfte nur in seine Jeansjacke, schnappte sich den Schlüssel seiner Honda und knallte die Haustür hinter sich zu.

Mit der Hand auf dem orangefarbenen Telefon saß sie da und

wusste nicht weiter. Wenn sie tatsächlich ihre Eltern anrief und ihnen erneut den Umgang mit ihrem Sohn verbot, würde er sich widersetzen und sie heimlich treffen. Dann verlor sie ihn. Vielleicht sollte sie mit Luise darüber reden. Sie war die beste Zuhörerin und wusste immer einen Rat. Anrufen wollte sie nicht bei ihr, am besten sie besuchte sie im Laden und fragte, ob sie abends Lust auf ein Treffen hätte. Dann musste Otto eben noch eine Nacht länger warten. Als sie das Telefon in den Flur zurücktrug, fiel ihr Blick auf Davids Umhängetasche, die aus einem Schwabinger Militärladen stammte. Sie war in Tarnfarben, mit einer Friedenstaube als Anstecker drauf. Helga zog ein dickes Buch heraus. *Schuhe fürs Leben. Die Löw-Werke im Lauf der Zeit*. Was war das denn? Sie setzte sich auf Davids Stuhl und blätterte in dem reich illustrierten Prachtband. Hatten ihre Eltern tatsächlich die dunkle Vergangenheit des Schuhkonzerns aufgearbeitet? Laut Biographie auf der Rückseite schien der Autor ein ernst zu nehmender Historiker zu sein, wenn auch mit einem kuriosen Nachnamen. Leopold Sprengeis. Einen Verlag hatten sie nicht für das Werk gefunden, jedenfalls war keiner im Impressum genannt, nur eine Münchner Druckerei. Doch so, wie die ganze Aufmachung wirkte, eingangs mehrere Grußadressen, bevor der eigentliche Text losging, war es wohl eher als Präsent für die Mitarbeiter und als Selbstbeweihräucherung gedacht. Unter den Lobrednern war die Leiterin des Wohltätigkeitsvereins, dem ihre Mutter, seit Helga denken konnte, angehörte. Sie fing an zu lesen, und schon Minuten später war sie eingetaucht in die Firmengeschichte. Ganz hinten waren sogar Lebensläufe der Hauptakteure abgedruckt, auch der ihres Vaters war natürlich dabei. Auffällig war, dass die Darstellung die Zeit von 1939 bis Anfang der fünfziger Jahre aussparte. Dabei war die Firma kurz vor dem Krieg arisiert worden, die einstigen Gründer und zahlreiche Arbeiter wurden verdrängt, emigrierten oder wurden ermordet. Die Hintergründe und inwieweit ihre Eltern in die Entlassung oder gar Verfolgung der jüdischen Mitarbeiter verwickelt waren, wusste sie hauptsächlich von Annabel, die ihr damals im unpassendsten Moment die Augen geöffnet hatte. Für so etwas gab es wohl keinen geeigneten Zeitpunkt. Seither war sie froh, dass sie nie mehr etwas mit ihren Eltern zu tun gehabt hatte. Und nun hatten sie sich ihren Jungen geschnappt. Sollte sie David einfach lassen und hoffen, dass er sich selbst ein Bild machte und erkannte, was für widerwärtige Menschen sie waren? Stimmte das überhaupt? Nur weil sie als Anfang-Zwanzigjährige nicht mit ihnen ausgekommen war, verdammte sie sie in alle Ewigkeit? Vati und krank, dachte sie, ein Schuhhersteller, der etwas an den Füßen hatte, wenn das keine gerechte Strafe war. Und Mutti? Ob sie sich geändert hatte? Helga merkte, wie sie sich von ihren kindlichen Wunschträumen einlullen ließ. Denn eins war klar: Heidrun und Hugo Knaup änderten sich nicht, niemals.

ANNABEL

Fein, dass es gleich klappt.« In einem schwarzen Chanelkostüm mit weißen Bordüren ließ ihre Schwiegermutter sie rein, klackerte mit ihrem Stock voraus durch die große Halle. Auf der Trauerfeier hatte sie Irmela ihre Hilfe angeboten, was man der Witwe halt so sagte, aber Irmela hatte sofort etwas für sie zu tun gewusst. Hier war Annabel nun, gleich am Montag nach Richards Beerdigung. Über das knarrende, auf Hochglanz polierte Eichenparkett, das mit kostbaren Teppichen ausgelegt war, führte Irmela sie in den hinteren Teil der Residenz, den Annabel bisher kaum betreten hatte. Vor der Wendeltreppe, die zum Turm führte, blieb sie stehen. »Ich dachte mir, in der Bibliothek hast du am meisten Ruhe und kannst dich ausbreiten. Fühl dich wie zu Hause. Wenn du Hunger und Durst hast, ruf die Elf an und bestell dir in der Küche, was du magst. Für alle anderen Belange erreichst du Frau Schneeweiß auf der Dreizehn. Im Notfall natürlich auch mich, auf der Zwei.« Das waren völlig neue Töne. Annabel hatte sich in den vierunddreißig Jahren ihrer Ehe bei ihren Schwiegereltern nie besonders wohlgefühlt. In das Haustelefon eingeweiht zu werden, glich einem Ritterschlag.

»Du hast freie Hand, wie gesagt, halte mich möglichst außen vor.«

»Selbstverständlich und danke.« Absurd, sie bedankte sich, dass sie helfen durfte. »Ich kann leider nur bis vier bleiben, dann muss ich Marlene abholen.« Ihre Tochter ging heute gleich nach der Schule zu einer Mitschülerin zum Spielen. Nach dem Schock am Freitag mit Zimtstern war Annabel froh, dass sie nicht sofort wieder reiten wollte. »Aber ich würde im Laufe der Woche weitermachen, je nachdem wie lange ich brauche.«

»Wie du magst, bring das Lenchen ruhig mit her. Mir fällt auch für sie eine Beschäftigung ein.« Irmela hob den Stock, als wollte sie damit tatsächlich Annabels Schulter berühren, stattdessen zeigte sie die Wendeltreppe hoch und gluckste. War sie beschwipst? »Als Richie noch gelebt hat, war ich selten in seinem Schlupfloch unter der Kuppel. Hicks.« Seit wann nannte sie ihren Mann Richie? Nun hatte sie auch noch einen Schluckauf. »Dafür war ich in meinem Bereich genauso ungestört. Jetzt kann endlich ich bestimmen, wo's langgeht, und er kann nicht mehr widersprechen. Wir haben freie Hand, mal sehen, was du zutage förderst.« Wie war denn das gemeint? Annabel sollte sich doch bloß um harmlose Kondolenzschreiben kümmern. »Die Briefe, hicks, liegen schon oben, erschrick nicht, sind eine Menge. Und ich hab dir zu danken, dass du das im Namen der Familie übernimmst. Du hast hoffentlich noch keine Probleme mit den Knien?« Annabel verneinte, sie fühlte sich fit wie nie und hatte Lust auf die Aufgabe. »So, dann lasse ich dich schalten und walten.« Irmela machte kehrt und verschwand im dunklen Flur. Nach hundertsieben Stufen erreichte Annabel Richards Refugium, das sie nur aus Konstantins Erzählungen kannte. Als kleiner Junge hatte er hier alle Strophen von Schillers *Lied von der Glocke* aufsagen müssen. Verhaspelte er sich, musste er auf einem Bein oder mit ausgestreckten Armen, zwei Wassergläser haltend, noch mal von vorne anfangen, so lange, bis er sich selbst wie das Joch fühlte, das die schweren Glocken hielt. Leibesertüchtigung und Literatur waren damals Richards Credo gewesen. Wenn Annabel heute daran dachte, der Vater überlebensgroß hinter diesem Schreibtisch, sein Sohn zitternd davor, tat ihr Konstantin noch nachträglich leid. Zum Glück hatte er diesen Drill nicht an Friedrich weitergegeben, zumindest nicht mit dieser Vehemenz.

Vor ihr lag ein sechseckiger Raum, die hohen Regale waren durch eine Galerie unterteilt, die man über mehrere Leitern erreichen konnte. Bücher, so weit das Auge reichte – bis unter die gewölbte Decke, die mit Sternbildern bemalt war. Für eine leidenschaftliche Leserin wie sie war das ein Paradies. Annabel dachte an ihre Mutter, die Buchhändlerin in Münster gewesen war. Ihr hätte es hier bestimmt gefallen. Die gepolsterten Nischen in den Fenstern erinnerten an ihre Villa in Starnberg. Vielleicht hatte derselbe Architekt hier gewirkt. Noch wagte sie es nicht, eines der uralten Bücher herauszuziehen. Sie betrachtete bloß eine Seite in einem Anatomiebuch, das aufgeschlagen auf einem Stehpult lag. Als Lesezeichen diente eine silberne Klinge. Sie öffnete eine Schachtel, rechnete damit, dass stilecht Tinte und Feder zum Vorschein kamen, aber es war ein historisches Operierbesteck, aus dem die Lesezeichenklinge fehlte. Schaurige Formen, dazu kuriose Messgeräte mit Schiebern. Kurz sah Annabel aus einem Nischenfenster in den Garten drei Stockwerke unter sich, wo Herr Stempel, der unermüdliche Gärtner der von Thalers die Rosenbüsche schnitt. Ehrfürchtig ließ sie sich am Tisch nieder, auf dem sich in einer Hutschachtel die Trauerpost häufte, und fing an. Die meisten Briefe waren noch ungeöffnet. Sie schnappte sich eines der historischen Skalpelle und schlitzte einige auf. Hier saß sie nun, die trotz ihrer Größe von einem Meter achtzig und Schuhgröße dreiundvierzig zu Richards

Lebzeiten stets kleingehaltene Annabel. Im Schlupfloch des renommierten Professors auf seinem Stuhl und las seine private Post. *Tja, Richie, dachte sie, Ruhe in Frieden, jetzt habe ich hier das Sagen*. Sie legte los. Der erste Verfasser hatte eine vorgedruckte Karte verwendet und auf die Innenseite nur seine Unterschrift gesetzt. Irmela hatte sie gebeten, allen, die ihr Beileid zum Ausdruck gebracht hatten, ein paar persönliche Zeilen und ein Sterbebild zu schicken. Die Porträts, dazu Verkleinerungen des großen Fotos vom Leichenschmaus, lagen in einem Karton bereit, außerdem ein Stapel feinstes Briefpapier und Kuverts. Annabel strich über die sepiafarbenen Lettern, hielt einen Briefbogen ins Licht und betrachtete zum wiederholten Male das Wasserzeichen. Um das Thaler'sche T wand sich eine Schlange, wie beim Schlangenstab, dem Symbol für den ärztlichen Stand, nach dem griechischen Gott der Heilkunde. Wie sollte sie vorgehen, um den Postberg effizient zu bewältigen? Hätte Annabel eine Schreibmaschine und Blaupapier zur Verfügung, könnte sie mit drei Durchschlägen tippen, das würde die Sache beschleunigen. Die Antworten sollten eine persönliche Note haben, hatte ihre Schwiegermutter betont, als Annabel ihr sagte, dass sie dreihundert Anschläge pro Minute schaffte. Seinerzeit, auf der Handelsschule.

»Erledige das lieber handschriftlich, deine Schrift ist doch ganz passabel«, hatte Irmela sie gebeten. Ein Stapel Zeitungen lag auch auf dem Schreibtisch, sogar die von heute waren dabei. Annabel schlug die *Münchner Neuesten Nachrichten* auf und überflog auch die anderen. Fast die gesamte Presse hatte über die Beisetzung vom Freitag berichtet. Eines der Blätter hatte einen Nachruf von einem Berliner Kinderarztkollegen abgedruckt. Der Moment, als der Mann ins Grab gespuckt hatte, war von keinem der Fotografen eingefangen worden, oder aber man wollte so ein Bild nicht abdrucken, um das Andenken des Verstorbenen nicht zu beschmutzen, erwähnt worden war die Sache auch nicht. Annabel knipste die Lampe an, in die eine Lupe integriert war, und studierte die schwarz-weißen Aufnahmen, besonders die, auf denen die Trauergemeinde zu erkennen war. Sie hatte den Mann kaum wahrgenommen, es war alles zu schnell gegangen. Alt war er gewesen, das wusste sie noch. Er hatte einen weißen Vollbart getragen, so viel hatte sich ihr dank ihres detektivischen Scharfsinnes eingeprägt. Auch wie seine Nase ausgesehen hatte, wusste sie noch, ja, jetzt sah sie sein Gesicht deutlich vor sich, als hätte jemand die Linse am Diaprojektor scharf gestellt. Wie eine Knolle, eher stumpf, nicht spitz, war die Nase gewesen. Getragen hatte er einen Trachtenanzug: das, was einfache Leute als Sonntagsstaat bezeichneten. Sie nahm sich jede Zeitung vor, die ein Foto gebracht hatte. Meist waren nur Konstantin oder Irmela zu sehen, auf einem auch ein Stück von ihr selbst. Mit der schwarzen Sonnenbrille sah sie wie Jacky Onassis aus, das Foto schmeichelte ihr. Den geschwungenen Pagenkopf sollte sie beibehalten, aber zum Nachfärben musste sie schleunigst wieder gehen. Marlene stand dicht bei ihr und hatte sich so an sie geschmiegt, dass niemand, der es nicht wusste, merkte, dass ihrer Tochter die Arme fehlten. Wenigstens hatten die Fotografen ihre Behinderung nicht in den Vordergrund gestellt. Eine Aufnahme bewegte Annabel besonders, darauf hatte Konstantin die Hände vors Gesicht geschlagen. Hinter der Grabeinfassung war Publikum zu sehen, und da, neben einem Fotografen, das war doch der Alte in seinem Trachtenanzug. Den Hut mit dem Gamsbart in der Hand, blickte er zum Redner, von dem hauptsächlich Richards Anweisungsbuch zu sehen war. Sie schnitt das Bild aus und legte es in ihr *Gotteslob*, das sie immer bei sich trug. In den ledernen Schutzumschlag hatte sie ein leeres Oktavheft gelegt, die gab es bei Luise, sechs Stück zu achtzig Pfennig, um sich jederzeit schnell etwas aufschreiben zu können. Man wusste nie, wann einen eine Erkenntnis überfiel oder Ermittlungen anstanden. Ob bei der Messe, beim Zahnarzt oder auf der Toilette. Seit Jahren war das Gebetbuch ihr zweites Hirn geworden. Was sie auslagerte, brauchte sie nicht mehr im Kopf zu behalten, so schuf sie Platz für Neues. Annabel machte sich einen Vermerk, damit sie nicht vergaß, Konstantin zu fragen, ob er den spuckenden Mann kannte. Er hatte es zwar schon verneint, aber jetzt, wo es ein Bild gab, wusste er vielleicht doch, wer das war. Oder sollte sie Irmela fragen? Lieber nicht, sie hatte betont, dass sie nur im Notfall belästigt werden wollte. Außerdem wollte Annabel sie nicht schon wieder aufregen. Sie schob das *Gotteslob* zurück in ihre Tasche, die an Richards Stuhllehne hing, und schraubte den *Montblanc*-Füller mit der Goldfeder auf, der in einer Edelholzschale auf der Schreibtischunterlage wartete. Erst sog sie den Geruch der Tinte ein, glaubte Oktopus und das Meer zu schmecken, und setzte einen Entwurf auf. Dann fing sie an, die Dankesschreiben zu verfassen. Gegen Mittag, als sie sich einen leichten Imbiss herauftelefonierte, tat ihr das Handgelenk weh, obwohl sie sich von Antwort zu Antwort kürzer fasste. In den ersten Schreiben war sie noch auf alles eingegangen, was der Verfasser geschrieben hatte, ab dem zehnten Brief entschied sie sich für eine Kurzformel: *Fam. v. Thaler dankt herzlich für Ihre Anteilnahme.* Ab dem zwanzigsten schrieb sie nur noch: *Es dankt Fam. v. Thaler* – Punkt. Aber auch das schien ihr noch zu lang, angesichts der immer noch fast vollen Hutschachtel. Sie streckte sich, schaute auf die Uhr, kurz vor drei. Langsam wurde es Zeit, Marlene abzuholen. Bevor sie ging, sah sie erneut aus dem Fenster. Der Gärtner mähte mittlerweile den Rasen. Auf einmal fiel ihr ein, wie sie die ganze Schreiberei beschleunigen konnte. Auf dem Weg nach Starnberg machte sie einen Abstecher zur Firma Meierer am Odeonsplatz und gab eine Bestellung auf. Auch wenn diese Sonderanfertigung sie fast so viel kostete wie der Kranz, den sie zur Beerdigung in Auftrag gegeben hatte, war es den Aufwand wert. Vor lauter Freude über ihre Idee schmückte sie den Text sogar noch aus. *Herzlichen Dank für Ihre Anteilnahme zum Ableben von Prof. Richard v. Thaler. Sie sind und waren uns in diesen schweren Stunden Trost und Hilfe zugleich. In Verbundenheit und stiller Trauer, Ihre Familie v. Thaler.*

Exakt in ihrer Handschrift, mit allen Schnörkeln und Schleifen, stempelte sie ein paar Tage lang den Text aufs Briefpapier. Klack und klack, wie bei der Post. In Nullkommanichts war die Korrespondenz erledigt und musste nur noch trocknen. Bloß ihre Unterschrift, ein schwungvolles *A. v. Th.*, setzte sie weiterhin mit der Goldfeder persönlich darunter.

MARIE

In den ersten Jahren ihrer Ehe hatte sie sich ständig um Martin gesorgt. Manchmal war diese Angst so stark gewesen, dass sie ihr fast die Luft nahm. Wenn er morgens aus dem Haus ging, und sei es nur außer Sichtweite, bangte sie um ihn, dass er wiederkäme, und hoffte, dass er sich bei seiner schweren Arbeit nicht verletzte. In der Nacht konnte es passieren, dass sie hochschrak und in die Dunkelheit lauschte, ob er neben ihr noch atmete. Das legte sich auch nicht, als die Kinder auf der Welt waren und Martin im Forstenrieder Park arbeitete. Im Gegenteil, nun konnte sie noch weniger in seiner Nähe sein und auf ihn achtgeben und fürchtete im Grunde ständig um sein Leben. Ohne ihn wäre sie allein auf der Welt. Er hatte ihr eine Heimat gegeben und ihr geholfen, das Erlittene, wenn nicht zu vergessen, dann wenigstens damit zurechtzukommen. Vielleicht war der Grund auch ganz praktischer Natur, und sie hatte einfach nur Angst, dass sie, sollte er sterben, das mit den Kindern und dem Hof – dem Leben überhaupt – nicht schaffte? Er wusste immer einen Rat, arbeitete rund um die Uhr, ohne es zu betonen oder herauszustellen. Sie musste so viele Dinge noch lernen. Allein der Umgang mit den Tieren. Manches, was für ihn selbstverständlich schien, war ihr geradezu ein Rätsel. Unter anderem seine unerschöpfliche Liebe für sie. Mit Angst kam sie besser zurecht als mit Liebe, sie war greifbarer und bekannter für Marie, mit der Angst hatte sie auch schon vor Martin gelebt. Liebe war neu und seltsamerweise einfach da wie das besondere Licht im Frühling, das auch nach dem längsten Winter immer wiederkehrte, so wie Martin selbst. Irgendwann fasste sie Vertrauen, und ihre Angst verschwand, wie und wann, konnte sie im Nachhinein gar nicht sagen. Martin und sie gehörten zusammen und würden es bis an ihr Lebensende bleiben. Darum fühlte es sich unwirklich an, jetzt vor diesem Grab zu stehen. Zwei Namen standen auf dem Stein, seiner und der seiner Mutter, die 1937 kurz nach Mannis Geburt gestorben war. Der Brandstettervater war als Wehrmachtssoldat in Lappland gefallen, und Luises erstes Kind hatte man als Ungetauftes angeblich zu jemand Fremdem in den Sarg gelegt. Für Maries Eltern gab es nur einen vagen Ort des Gedenkens, sie lebten ausschließlich in ihren Erinnerungen weiter. Mit Luise zum Friedhof zu gehen, sich unterwegs zu unterhalten und am Brandstettergrab zu verweilen war mit den Jahren eine Art Ritual geworden. Nur so hielt Marie dem Druck stand, der auf ihr lastete. Sie lebte, und Martin war tot. Mal schwiegen sie und Luise, mal redeten sie, versuchten zusammen, das Unerträgliche zu ertragen.

»Als Kind bin ich oft hierhergegangen.« Luise bückte sich und zupfte das Unkraut unter der Heckenrose aus, die sich am Stein hochrankte. »Ich habe meine Mutter um Rat gefragt, so als würde sie noch leben. Es gab so vieles, das sie mir nicht hatte beibringen können, bevor sie starb, aber von einem Tag auf den anderen wurde es mir abverlangt. Wie ich die Seife aus den Kleidern nach dem Waschen rausbringen soll oder was ich kochen könnte. Manchmal habe ich ihr auch von Problemen in der Schule erzählt, dass ich oft zum Umfallen müde war und mich nicht aufs Lernen konzentrieren konnte. Wenn Manni als Baby nur geschrien hat, mein Vater mit Martin auf dem Feld war und ich einfach nicht mehr wusste, was ich tun sollte, bin ich mit dem Kinderwagen hergefahren. Sie sollte ruhig hören, womit sie mich allein gelassen hat.«

»Und, hat sie dir geantwortet?« Marie flüsterte. Auf dem Friedhof ertrug sie ihre eigene Stimme kaum.

Luise strich Erde und Blätter von der Einfassung. »Nicht wirklich. Die Antwort habe ich mir selbst gegeben, so wie man einer Puppe eine Stimme verleiht. Manchmal hab ich Mama auch bloß angebrüllt. Einmal haben Manni und ich um die Wette geschrien, bis eine Frau kam und mich ermahnte, dass das pietätlos sei. Ich kannte das Wort nicht, dachte, da gäbe es etwas zu gewinnen. Piet-Lose. Die alte Frau Bernhard war das, die war eine Gute, Lose hatte sie nicht dabei, dafür einen Schnuller, und Manni beruhigte sich endlich. Du hast Frau Bernhard wahrscheinlich nicht mehr kennengelernt. Sie starb Anfang der fünfziger Jahre. Mein Vater mochte sie nicht, weil sie so eine Ratschkatl war. Er konnte es aber auch nicht verhindern, dass ich heimlich nach der Schule zu ihr gegangen bin, gefragt habe, wie man Knödel macht oder Blaukraut kocht oder Fleisch.«

Luise und Marie hatten viel gemeinsam, und doch trennte sie einiges. Marie war das einzige Kind ihrer Eltern gewesen, war als Tochter von wohlhabenden Gutsbesitzern aufgewachsen. Der große Bruch in ihrem Leben kam erst mit der Vertreibung aus Schlesien. Existenzangst und Gewalt, der Kampf ums nackte Überleben und auch die Erfahrung, des Letzten beraubt zu werden, was man noch besaß: die eigene Würde. Martin hatte sie gerettet, als sie sich schon völlig verloren glaubte, sich kaum noch spürte und am Verzweifeln war. Durch ihn, seine Liebe und ihre gemeinsamen Kinder war sie wieder gesund geworden.

»Wie viele Pensionspferde hast du jetzt?«, fragte Luise, als sie sich wieder auf den Weg machten.

»Fünf. Ich könnte noch viel mehr unterbringen.« Kaum kehrten sie dem Friedhof den Rücken zu, fand Marie ihre normale Stimme wieder. »Die Nachfrage nach Boxen wächst. Viele Gäste würden auch übernachten, wenn es die Möglichkeit gäbe. Ich könnte das Haus zu einem Gasthof umgestalten, wie fändest du das? Darin bist du doch die Expertin, Luise.«

»Im Moment komme ich mir eher wie eine Dilettantin vor. Der Anbau und die Umgestaltung des Ladens haben sich ziemlich hingezogen. Ich musste viel länger schließen als geplant. Manchmal glaube ich, der Laden hat sich bis heute nicht davon erholt.«

Sie schwiegen zwei Gartenzäune lang, bis eine Nachbarin sie aufhielt und Luise sich in ein Gespräch ziehen ließ. Marie hörte zu und lächelte und nickte, wenn das Wort an sie gerichtet wurde. So locker mit den Leuten zu reden, das lag ihr nicht. Wenn sie durch den Ort ging, grüßte sie bloß nach rechts und links, versuchte aber, jeglichem Geplauder aus dem Weg zu gehen. Was es an Neuem gab, erfuhr sie sowieso von Polli, die, seit sie nicht mehr so viel aus dem Haus kam, das Telefon für sich entdeckt hatte. Kaum legte sie auf, rief sie die Nächste aus ihrem kleinen Büchlein an, in dem sie sich die Nummern notierte. Was Marie auf diese Weise anschließend geballt erfuhr, genügte ihr.

Nachdem die Samstagsgäste gegangen waren und das Geschirr, die Tische und Stühle wieder aufgeräumt, verabschiedete sich Luise mit den Zwillingen, und für Marie war es Zeit, die Tante ins Bett zu bringen, die mit den Kindern vor dem Fernseher bei einer Folge *Daktari* gesessen hatte. Polli sträubte sich, führte sich beim Waschen auf wie Rumpelstilzchen, ans Wasser hatte sie sich zeitlebens nicht gewöhnt. Hinterher war Marie nasser als sie. Das waren die Momente, wo sie sich überlegte, die Tante in ein Altenheim zu geben. Jeder, dem sie davon erzählte, riet ihr dazu. Doch wenn Polli endlich im Bett lag, ihre knotigen Beine hob, damit Marie wie eh und je die Decke darunter einschlagen konnte, sie richtig einmuckelte, wie sie es nannte, brachte sie es einfach nicht übers Herz, sie fortzuschicken. Bevor sie Xaver ebenfalls ins Bett brachte und noch mal nach den Größeren sah, schaute sie zu Manni ins Zimmer. Er schlief schon halb, klappte sein Bett aus dem Schrank aus, sobald sie zu Abend gegessen hatten, dafür stand er bereits im Morgengrauen auf und brachte die Pferde auf die Koppel. Früher hatte er sich ums Geflügel gekümmert, seit sie keins mehr hatten, versorgte er zuverlässig die anderen Tiere. »Kann ich kurz mit dir reden?« Er knurrte, was sie großzügig als Jo deutete. Sie versuchte, ihm Annabels Vorschlag mit der Werkstatt zu erklären. Neue Leute treffen, eine richtige eigene Arbeit. Selbst in ihren Ohren klang das komisch. Im Dämmerlicht, das durch die zugezogenen Vorhänge drang, wartete sie, wie er reagierte. Manni schwieg, drehte sich auf den quietschenden Bettfedern zur Wand, genau wie Polli, wenn ihr was nicht passte. »Am Montag, also übermorgen, geht's los. Du wirst mit dem Bus abgeholt, vielleicht so einer wie Luise hat, oder noch größer, wäre das nicht toll?«

»Ma«, sagte er. Jeden Abend das Gleiche. Anfangs hatte sie geglaubt, er meinte sich, Ma für Manni, dann Ma für Marie. Aber er hörte nicht auf, nach ihm zu fragen.

»Martin ist nicht da«, sagte Marie mit ihrer Friedhofsstimme, die kaum ein Hauch war. »Er ist für immer weg.«

»Ma«, sagte Manni der Wandverkleidung, an der ein kleiner Teppich mit einem Raben hing, den er zusammen mit Martin gewebt hatte. »Ma. Ma. Ma.«

Marie stand auf und strich ihm über den Rücken. »Gute

Nacht, schlaf gut.« Sie wusste, dass er morgen wieder nach Martin fragen würde und übermorgen auch. Vielleicht war Machtlfing wirklich eine Möglichkeit, dass er über den Tod seines Bruders hinwegkam. Ma wie Machtlfing, warum nicht.

Kaum war sie aus der Tür, lief ihr Alma entgegen. Stark geschminkt, die Augen schwarz umrandet, die Lippen pink. »Nacht, Mama, wir fahren dann.«

»Wer ist wir?«

»Die Camilla und ich. In die Disco nach Percha, das hab ich dir doch gesagt.« Vor dem Schuhschrank schlang sich Alma die Bänder der hochhackigen Stoffsandalen bis zu den Waden hoch. Die Fünfzehnjährige trug ein bunt gemustertes Minikleid und hatte ihre Haare auftoupiert. Tagsüber lief sie, ähnlich wie Marie selbst, bloß in Reiterklamotten herum.

»Um elf bist du wieder hier, ja?« Marie begleitete sie nach draußen, wo Camilla mit ihrem Mofa wartete.

»Elf, phh, da kann ich ja gleich zu Hause bleiben. Bitte, bis zwölf.« Alma quetschte sich hinter Camilla auf den Sattel.

»Halb zwölf, und keine Minute länger.«

Alma warf ihr ein Luftküsschen zu.

»Viel Spaß euch!« Marie sah den beiden nach, bis das Rücklicht des Mofas am Schloss in der Kurve verschwand. Dann sperrte sie die Haustür zu und spazierte bis zu dem Feld, auf dem Martin damals für seinen Heiratsantrag die Sonnenblumen ausgesät hatte. Jedes Jahr, seit seinem Tod versuchte sie, das zu wiederholen, aber auch heuer war es nicht gelungen. Nicht ein Kern ging auf. Sie kletterte dcn Hang unter dem Drumlin hinauf bis zu der Stelle, an der sie Martin nach seinem Unfall gefunden hatten, kauerte sich ins Gras und vergrub sich in ihrem Schmerz.

ANNABEL

Dank Konstantins Verbindung zum Internationalen Olympischen Komitee, das nur wenige Kilometer von Starnberg entfernt in der Villa Walberta tagte, erhielten sie Ehrenkarten zur Eröffnung. Zusammen mit achtzigtausend anderen durften sie unter den futuristischen Zeltdächern des Münchner Stadions miterleben, wie Günther Zahn, der Jugendmeister im Tausendfünfhundertmeterlauf das Olympische Feuer überbrachte. Athleten aus aller Welt und auch die Sportler aus der Ostzone waren in die bayerische Hauptstadt gereist und schwenkten die Fahnen ihrer Länder. Über dreitausend Schulkinder tanzten in der Stadionmitte einen Blumenreigen. Mehr als einmal griff Annabel zum Taschentuch, in Wallung gebracht von der riesigen Menge ringsum, wie sie noch nie eine erlebt hatte, und sie mittendrin. Noch dazu als Eltern eines Olympioniken. Obwohl er sie sicher nicht sehen konnte, winkte Annabel Friedrich begeistert zu, der mit der bundesdeutschen Mannschaft einmarschierte. In leuchtend blauer Anzugjacke zur schwarzen Hose die Männer, die Frauen trugen gelbe Miniröcke. Auch Marlene jubelte ihrem großen Bruder ein Fähnchen schwenkend zu.

Irmela, die während der Zeremonie neben ihr saß, hatte sich zufrieden gezeigt mit Annabels Tätigkeit als Privatsekretärin, hatte allerdings kaum hingesehen, als sie ihr bei einem der seltenen Nachmittagstees die Briefe vorgelegt hatte. Die Damen ihres Wohltätigkeitsvereins seien von den besonders schön gestalteten Trauerbriefen sehr angetan gewesen, lobte sie Annabel, während unter ihnen auf dem Rasen Tauben als Symbol für Frieden und Völkerverständigung aufflogen. »Deine Handschrift ist so gestochen scharf wie die von einer Kalligraphin, hat Renate gesagt.«

»Oh, danke.« Das bedeutete ganz sicher etwas. Renate von Bräunling war die Besitzerin einer Münchner Großbrauerei mit Umsätzen in Millionenhöhe und eine von Irmelas ältesten Freundinnen.

»Ich hätte noch mehr Papierkram zu erledigen«, sagte ihre Schwiegermutter nach dem Tusch der Big Band der Bundeswehr, die ein Potpourri aus Volksliedern spielte. »Die Monate vor seinem Tod hat Richard sämtliche Korrespondenz ignoriert. Offenbar hat sie ihn belastet, und mir geht es jetzt genauso. Ich kann mich einfach nicht dazu aufraffen, aber jemanden außerhalb der Familie will ich ungern damit beauftragen. Was meinst du?« Welch ein Vertrauensbeweis. Natürlich sagte Annabel zu. Zumal sie vor lauter Stempeln gar nicht zu Richards Büchern vorgedrungen war, das wollte sie in Ruhe nachholen. Einen Nachmittag auf der Couch zubringen und sich durch seine Regale schmökern, das wär's!

Nachdem die Deutsche Demokratische Republik am Vortag Gold, Neuseeland Silber und die Bundesrepublik Bronze geholt hatten, saß Annabel voller Stolz auf ihren Sohn wieder in Richards Bibliothek in Grünwald. Was für eine Leistung! Und sie war dabei gewesen! Friedrich würde eine olympische Bronzemedaille mit nach Hause bringen, die er seinen Kindern und sie, so Gott wollte, ihren Enkeln zeigen konnte. Bis jetzt hatte er allerdings noch keine Frau mit nach Hause gebracht. Vermutlich wartete er einfach auf die Richtige, und eigentlich gefiel Annabel diese Einstellung, hatte sie ihn doch katholisch erzogen. Dennoch behagte es ihr nicht, dass er so abstinent war, besonders, wenn sie Fotos mit seinen Freunden sah, die an der Pinnwand in seinem Zimmer hingen. Jeder hatte mindestens eine Frau in den Armen, nur ihr Sohn, der Schönste von allen, stand alleine da. Vielleicht täuschte sie sich auch und sollte mehr Geduld mit ihm haben. Sie stand auf und schritt die Buchrücken in Richards Bibliothek ab. Die meisten waren in Leder gebunden und nicht beschriftet, sie zog ein in feines rotes Tuch gebundenes Buch aus einem Fach heraus, das ihr vor einer Reihe farbloser Lederbände ins Auge gestochen war. Es hieß Boccaccio, *Von berühmten Frauen*. Nach welchem System hatte ihr Schwiegervater die Bücher geordnet? Die Regale waren mit jeweils zwei Buchstaben beschriftet. Eher nach Themen und nicht nach Autorennamen geordnet. Der Brockhaus BR stand griffbereit über mehrere Fächer verteilt ganz unten, der Boccaccio bei IT weiter oben. Bestimmt gab es auch eine Abteilung mit medizinischer Fachliteratur, und vielleicht auch etwas über Homosexualität. Doch wollte sie das wirklich lesen?

Schwule und Lesben gingen neuerdings sogar auf die Straße und demonstrierten für ihre Rechte, so wie sie damals versucht hatten, Helga aus dem Gefängnis zu holen. Auch davon hatte sie Friedrich erzählt, um ihn aus der Reserve zu locken, doch er hatte nur mit den Schultern gezuckt und gesagt, dass er das gut finde, Liebe solle frei sein, dafür müsse man kämpfen. Freie Liebe, also dafür war er, aber den Eindruck, dass er sie auch praktizierte, hatte sie nicht. Wie dem auch sei, die Mutter eines Vierundzwanzigjährigen, selbst wenn sie Ermittlerin durch und durch war, musste nicht alles wissen. Schon in der Pubertät hatte er sich ihr gegenüber mehr und mehr verschlossen, und dann die Zeit beim Barras, wo er als Sanitäter gedient hatte, auch die hatte ihn verändert. Die Einzige, die immer einen Zugang zu ihm fand, war Marlene.

Zusammen mit Konstantin, Irmela und Marlene hatte sie nach der Siegerehrung versucht, sich von der Zuschauertribüne zu ihm durchzukämpfen. Die drei Siegermannschaften waren umringt von der Presse, doch am Ende gelang es ihnen, Friedrich wenigstens kurz zu gratulieren. Auch Konstantin war sichtlich ergriffen und überschüttete die ganze Mannschaft reihum mit Lobesworten. Vor lauter Rührung merkte er nicht, dass er auch einem Neuseeländer die Hand schüttelte, was den Jubel befeuerte. Annabel freute sich schon, ihrem Sohn bei seiner Heimkehr einen Empfang zu bereiten. Sie würde Luise als seine Tante Dalli, wie er sie von klein auf genannt hatte, um ein Buffet bitten, mit allem, was er gerne aß.

Marlene fuhr heute wieder nach Hanfeld zu ihrer Freundin Sandra, hoffentlich klappte das Einsteigen im Schulbus. Sandras Mutter würde Marlene am Abend nach Hause bringen, hatten sie vereinbart, wo Fräulein Gusti sich weiter kümmerte, bis Annabel zurück war. Sie hatte also den ganzen Tag, sich um Richards Papierkram zu kümmern. Beschwingt öffnete sie die große stoffbezogene Kiste, die Frau Schneeweiß ihr heraufgebracht hatte, und sortierte den Inhalt in mehrere Stapel. Einladungen zu Konferenzen, Dankesschreiben, allgemeine Anfragen, Rechnungen, Mahnungen. Am frühen Nachmittag ließ sie sich eine Tomatensuppe mit Reis, zwei Amerikaner und eine Kanne Kaffee heraufbringen. Gerade als sie sich in Boccaccios berühmte Frauen vertiefen wollte und die Kiste zur Seite schob, fiel ihr Blick auf ein Anwaltsschreiben, das als Nächstes obenauf lag. *Sehr geehrter Herr Dr. von Thaler, in der*

Sache Kleefeld gegen von Thaler möchte ich Ihnen mitteilen, dass es zu einer Einigung gekommen ist. Annabel legte das Buch weg und staunte. Kleefeld? Was hatte ihr Schwiegervater damit zu tun? Sie nahm das Kuvert dazu und las die Anschrift. Der Brief war gar nicht an Richard adressiert, sondern an Konstantin, allerdings an die Grünwalder Adresse seiner Eltern. Hatte Konstantin das absichtlich so arrangiert, damit sie außen vor blieb? Von wegen, die Angelegenheit mit Noah Kleefeld sei aus der Welt. Also hatte es sehr wohl eine Auseinandersetzung gegeben, nur hatte Konstantin sie wieder einmal nicht davon unterrichtet. *Eine Einigung,* was bedeutete das? Das Schreiben war zwei Jahre alt. Fieberhaft überlegte sie, was im Sommer 1970 gewesen war und wie sich Konstantin verhalten hatte, ob sie ihm etwas anmerken hätte können, wenn sie davon gewusst hätte. Ihr schwirrte der Kopf. Vermutlich gab es noch weitere Briefe, hektisch durchwühlte sie die Kiste. Vielleicht verbarg Konstantin die gesamte Korrespondenz im Haus seiner Eltern?

Irmela kam herein, ließ sich auf das Ledersofa mit den ausladenden Löwenpranken plumpsen, zog ein brüchiges Jugendstil-Magazin aus einem Regal und fächelte sich Luft zu. »Mach schnell das Radio an.« Sie keuchte von den vielen Stufen. Annabel wollte jetzt nicht Musik hören, außerdem gab es hier gar kein Gerät. Ihr Instinkt sagte ihr, dass sie etwas Großem auf der Spur war, etwas, das sie womöglich gegen ihren Mann aufbrachte. Sollte sie die Recherche unter diesen Umständen weiterbetreiben? Eine Detektivin musste objektiv bleiben und im Zweifelsfall auch gegen die eigene Familie und sogar den Ehemann ermitteln. »Hörst du nicht, es geht um Friedrich, er ist im Radio, hast du nicht gesagt, dass er bei seiner Mannschaft im Olympischen Dorf schläft?« Sie deutete mit dem

Stock auf ein Bücherregal. »Da, zieh an dem Nasenring von dem Stier.« Die Stützen der Regale waren mit edlen Schnitzereien versehen. Annabel rüttelte an dem silbernen Ring, der aus einem Stierkopf ragte. Plötzlich öffnete sich die vordere Front mit den Fächern wie eine Tür. Dahinter verbarg sich ein geräumiger Wandschrank, statt Büchern standen hier ein Fernseher, eine Stereoanlage und ein Radio mit Kassettendeck. Auch Richards umfangreiche Schallplattensammlung befand sich in diesem Séparée. Sie schaltete den Radiorekorder ein, zog die Antenne aus und drehte am Regler, bis sich aus dem Rauschen eine Stimme herauskristallisierte.

»Laut Polizei befinden sich noch elf Geiseln in der Gewalt der Terroristen. Zur Stunde tagt der Krisenstab unter Leitung von Bundesinnenminister Hans-Dietrich Genscher mit dem bayerischen Innenminister und dem Münchner Polizeipräsidenten über die weitere Vorgehensweise. Und nun zum Wetter. Dank eines anhaltenden Hochs …«

»Soll das etwa heißen, dass …?« Annabel drehte leiser. Sie hatte mit einem Interview zur Bronzemedaille gerechnet, aber nicht damit.

»Das versuche ich dir doch die ganze Zeit zu erklären. Wahrscheinlich ist Friedrich in der Gewalt von irgendwelchen Irren, es hat auch schon Tote gegeben.«

»Gott bewahre, Tote? Wieder ein RAF-Anschlag?«

»Keine Ahnung. Ich habe zuerst nur mit halbem Ohr hingehört, bis ich begriffen habe, was los ist.«

Warum sollte jemand ihren Sohn entführen? Aber es stimmte, sein Gemeinschaftszimmer lag tatsächlich ganz in der Nähe der Sportler aus Israel. In Annabel machte sich Beklemmung breit. Ihr Puls raste. »Ich fahre zu ihm«, entschied sie, nachdem sie eine Weile auf und ab gegangen war.

»Was, du willst jetzt ins Olympiadorf, mitten in diese Schießerei?«

»Ich kann ihn doch nicht einfach alleine lassen.« Annabel war fest entschlossen, sie schnappte sich ihre Handtasche mit dem Autoschlüssel.

»Du hast recht. Kämpf dich durch und rette ihn. Warte, nimm die hier noch mit.« Schwankend drückte Irmela sich aus den Polstern hoch, ging zu Richards Schreibtisch und beugte sich über den Papierkorb. Annabel dachte schon, ihr wäre vor Sorge schlecht geworden. Doch dann drückte sie auf einen Knopf unter der Tischplatte, und ein Fach schob sich auf. Richards Bibliothek war wirklich voller Geheimverstecke! Eine Pistole lag in der Schublade. »Munition müsste auch noch dabei sein. Weißt du, wie man eine Walther PPK lädt?«

»Was soll ich damit, mir den Weg freischießen?«

»Wenn's sein muss.« Die stets reservierte Irmela zeigte ganz neue Seiten. Hatte sie wieder getrunken?

Annabel starrte sie an. »Nein, auf keinen Fall.« Gewalt lehnte sie grundsätzlich ab. Noch dazu war das Ding womöglich eine Waffe aus dem Zweiten Weltkrieg, die rührte sie nicht an. »Kannst du bitte Konstantin in der Klinik Bescheid sagen, was passiert ist? Ich melde mich von unterwegs.«

Irmela, die schon wieder auf der Couch saß, nickte und griff zum Telefon. »Sei doch so gut und schalte mir den Fernseher an, vielleicht bringen sie was.«

Kaum hatte Annabel mit ihrem Opel Ascona die Innenstadt erreicht, staute sich der Verkehr, nur zentimeterweise ging es vorwärts. Der Verkehrsfunk meldete viertelstündlich, dass der gesamte Mittlere Ring wegen eines Polizeieinsatzes gesperrt war. Sie hoffte auf weitere Nachrichten zur aktuellen Situation, suchte vergebens einen Sender, der außer Musik oder belanglosem Geschwafel etwas dazu brachte.

Ihr fiel ein, was Friedrich erzählt hatte: dass das Olympische Feuer am Abend vor der Eröffnung fast erloschen wäre. Da reiste das Friedenslicht über fünftausend Kilometer bis zum Königsplatz, und als der Läufer es zum Maximilianeum, dem Sitz des Landtags, bringen wollte, ging es aus. Ein Begleitfahrzeug hatte eine Reserveflamme dabei, mit der es erneut entzündet werden konnte. Offiziell hatte natürlich niemand etwas davon verlauten lassen. Abergläubisch war Annabel nicht, das brachte Unglück. Allerdings war das in der Tat ein merkwürdiges Omen gewesen. Je länger sie darüber nachdachte, desto mehr schnürte es ihr das Herz ab. Friedrich, hoffentlich war ihm nichts passiert. Endlich kamen die Sechzehnuhrnachrichten. Sie lauschte und verstand allmählich, was vorgefallen war. Die Olympischen Spiele waren unterbrochen worden. Frühmorgens, noch in der Dunkelheit, waren schwer bewaffnete Mitglieder einer palästinensischen Terrororganisation in das Apartment der israelischen Olympiamannschaft eingedrungen und hatten die Sportler überwältigt und als Geiseln genommen. Als zwei von ihnen zu fliehen versuchten, fielen Schüsse. Einer der Athleten starb sofort, der andere erlag zwei Stunden später seinen Verletzungen. Die Attentäter forderten die sofortige Befreiung von über zweihundert inhaftierten Landsleuten sowie die Freilassung der RAF-Terroristen Andreas Baader und Ulrike Meinhof. Weitere Verletzte wurden nicht erwähnt, doch Annabel würde nicht ruhen, ehe sie sich nicht selbst überzeugt hatte, dass es ihrem Sohn gut ging, und sie ihn da rausgeholt hatte.

26. August 1972: Die 20. Olympischen Sommerspiele sind eröffnet. Der Olympiahügel südlich vom Stadion besteht aus den Trümmern des zerbombten Münchens von 1945. Damals hat man den gesamten Schutt auf das noch freie Oberwiesenfeld gebracht und ihn mit Büschen und Bäumen bepflanzt. Mir gefällt, dass dieser Hügel heute ein Symbol des Friedens und der Völkerverständigung ist.

5. Sept. 1972: Ein Anschlag auf die Olympischen Spiele in München! Mit Schrecken haben wir die Nachrichten erst im Radio und abends im Fernsehen verfolgt. Zumal auch Fritz im Olympiadorf übernachtet. Hoffentlich ist ihm nichts passiert! Leider scheiterte die Befreiung der Geiseln, und auch die Attentäter starben auf dem Flugplatz in Fürstenfeldbruck, wo sie mit bereitgestellten Hubschraubern entkommen wollten.

6. Sept. 1972: The games must go on! Siebzehn Tote, das ist die traurige Bilanz des Olympia-Attentats. Nachdem die Spiele kurz unterbrochen worden waren, ging die Olympiade weiter. Willi Daume, der Präsident des Olympischen Komitees, wohnt in der Villa Walberta in Feldafing, die auf dem Gelände des einstigen Displaced-Persons-Camps steht, wo ich als Köchin gearbeitet habe. Er sagte heute bei der Trauerfeier: »Es ist schon so viel gemordet worden, wir wollten den Terroristen nicht erlauben, auch noch die Spiele zu ermorden.«

Aus: Luises Ladenkunde-Album

LUISE

Am Morgen, nachdem der Befreiungsversuch gescheitert war und alle Geiseln und auch die Attentäter ums Leben gekommen waren, wurden die Olympischen Spiele, als sei nichts gewesen, fortgesetzt. Wie entsetzlich! Luise hatte die ganze Nacht um Fritz gezittert, auf der Couch ausgeharrt und die Nachrichten im Radio verfolgt. Dabei waren auch die Erinnerungen an Martin und den schrecklichen Unfall wieder erwacht. Lange hatte sie gar nicht begreifen können, dass ihr älterer Bruder nicht mehr da war. Erst als das Sterbeglöckchen der kleinen Kirche St. Alto in Leutstetten läutete, war sie in Tränen ausgebrochen. Und Marie, bis heute hatte Luise sie nicht weinen sehen, und doch stand ihr der Schmerz im Gesicht geschrieben.

Gott sei Dank gab es, was Fritz betraf, bald Entwarnung. Vorgestern Nacht hatte er gar nicht in dem Gemeinschaftszimmer übernachtet. Das teilte ihr Annabel mit, die schon um halb acht in den Laden kam, als Luise gerade vom Großmarkt zurückkehrte. »Was bin ich froh, das zu hören.« Sie umarmten sich. »Ist Fritz bei euch zu Hause, geht's ihm gut?«

»Nein, vielmehr, doch, ja, es geht ihm gut. Aber er ist …« Sie wirkte ziemlich aufgelöst, das frisch getönte Haar war nicht so akkurat gekämmt und onduliert wie sonst, und ihre rosa Bluse war zerknittert, als hätte sie sie schon ein paar Tage an. »Du, wir fahren gleich zu der Trauerfeier, die es im Stadion geben soll. Ich wollte nur die Bestellung bei dir absagen. Angesichts dieser schrecklichen Ereignisse möchten wir die Medaille nicht feiern.«

»Schade.« Es ging sie zwar nichts an, aber neugierig war sie doch. So gut kannte sie Annabel inzwischen, sie verbarg etwas. Hinter der Absage steckte mehr als die Anteilnahme am Tod der Athleten.

»Wieso, wo war Friedrich denn, wenn ich fragen darf?«

»Ach, nicht so wichtig.«

»Wie hast du ihn überhaupt gefunden?«, bohrte Luise nach.

Annabel atmete aus, rang mit sich und entschloss sich dann wohl, dass sie auch gleich erzählen konnte, was Luise ja doch früher oder später erfahren würde. Sie griff sich eine Packung Kaugummis aus dem Korb neben der Kasse und knetete sie in der Hand. »Ich bin von Grünwald, von meiner Schwiegermutter, sofort in die Innenstadt gefahren, kam aber nicht durch. Die Polizei hatte alles weiträumig abgesperrt. Nach Stunden im Schneckentempo und immer grauenvolleren Nachrichten im Radio habe ich gegen Abend an einer Telefonzelle gehalten und zu Hause angerufen. Da war Friedrich schon bei uns, er hat auch erst unterwegs von dem Anschlag gehört. Er war …« Sie stockte, schluckte. »Die ganze Zeit schon war er in Starnberg, während ich in der Weltgeschichte herumgegurkt bin, um ihn zu finden.«

»So ist das Leben einer Mutter nun mal, wir sorgen uns, aber zum Glück oft unbegründet.« Luise nahm ihr das zerknautschte Kaugummipäckchen weg und tätschelte ihr die Hand.

»Als Mutter sorgen wir uns vielleicht, aber nicht als Freundin.«

»Wie meinst du das? Meinst du, ich sorge mich nicht genug um Friedrich? Oder dich?« Luise nahm Bella, die reichlich durcheinander wirkte, in den Arm.

»Ich rede nicht von dir.« Bella löste sich von ihr, schob sie fast von sich weg und zupfte an ihrer Bluse. »Es ist nur so, ach, lassen wir das. Du, ich muss weiter, ich wollte nur, dass du die Bestellung streichst. Alles bitte.«

»Meinetwegen.« Luise zog das Buch unter der Kasse hervor und schlug die Seite auf, die bis unten hin vollgeschrieben war. Das wäre eine wichtige Einnahme gewesen. »Vielleicht wollt ihr die Feier irgendwann nachholen?«

»Nein, auf keinen Fall. Stornieren bitte, das geht doch, oder?«

»Natürlich. Ich habe zwar schon einen Teil der Ware hier, die versuche ich, zurückgehen zu lassen oder meinen Kunden anzubieten.« Eine Fischplatte mit Forellentalern, panierte Hähnchenbrüste, verschiedene Frischkäseaufstriche, ein mediterraner Melonensalat, Meeresfrüchte, eine Lachs-Spinat-Rolle, Eier-Eulen und ein Clown aus Obst und Schokolade für die Kinder. Zeile für Zeile strich sie alles durch. Die Blätterteig-Käsestangen hatte sie fertig, sie dufteten bis hierher. Wenigstens die würde sie auch so losbringen, wenn sie sie auf die Angebotstafel draußen schrieb und die Tür aufmachte.

»Oder warte.« Annabel hob den Zeigefinger. »Ich spende das Essen. Rechnest du bitte alles zusammen?« Sie zückte ihren Geldbeutel. »Und die Kaugummis, die zahle ich natürlich auch.«

»Du möchtest das gesamte Buffet mit nach München nehmen? So schnell habe ich die Gerichte nicht fertig, eure Feier war doch erst für das Wochenende geplant.«

»Ja, und genau dafür soll es auch sein, oder besser gesagt für das Wochenende drauf. Für Maries Hoffest. Sie hat mich eingeladen, dann habe ich gleich ein Mitbringsel. Einverstanden?«

So bereitete Luise auf Annabels Kosten ein pompöses Buffet für den Brandstetterhof vor. Während sie kochte, backte und garnierte, half Hans mit den Kindern schon seit gestern in Leutstetten beim Aufbauen und Vorbereiten. Als sie gegen elf mit dem Bus ankam, empfing sie eine Wimpelgirlande, die bis zum Zaun des Schlosses reichte. Sie markierte den Weg zum Reiterhof für Wanderer und Sommerfrischler, die allesamt herzlich zur Mini-Olympiade eingeladen waren. Sogar inseriert hatte Marie. Sie wollte ihre Reitkundschaft erweitern, und Luise hatte extra Visitenkarten mit ihrem von Marie gemalten Logo drucken lassen. Ein Korb, aus dem Obst und Gemüse ragte, umrundet von dem Spruch, der, leicht abgewandelt, auch auf dem VW-Bus prangte. *Freundlich, fachkundig und frisch, hat Dahlmann die Lebensmittel für Ihren Tisch!* Dadurch erhoffte sie sich wieder mehr Andrang im Laden. Das Gewummer von Davids Schulband, die hinterm Schafstall, wo es Strom gab, für ihren Auftritt am Abend probte, war schon von weitem zu hören. Zum Verdruss einiger Leute aus dem Dorf erklang keine bayerische Volksmusik oder wenigstens deutsche Schlager, bei denen man mitsingen und schunkeln konnte. Im Lärm von Bass, Keyboard und Elektrogitarre, die metallisch und ohrenquälend sirrte, war selbst für Luise, die sich offen neuen Musikrichtungen gegenüber wähnte, kaum eine Melodie herauszuhören. Der Frontmann, Davids bester Freund Iltis, der sich bis auf einen Kamm längs des Schädels die Haare stoppelkurz rasiert hatte, kreischte und spuckte hauptsächlich in das Mikrophon, so ihr Eindruck. Das hatte er anscheinend von den Rolling Stones abgeschaut, nur dass die irgendwie doch eingängigere Lieder von sich gaben. Der Einzige, der herausstach, obwohl er im Hintergrund saß, war Helgas Sohn David. Mit geschlossenen Augen, eine ärmellose

Jeansweste über dem freien Oberkörper, verausgabte er sich am Schlagzeug. Seine Begabung und sein Rhythmusgefühl faszinierten Luise und bescherten ihr eine Gänsehaut, zumal Helga ihr erzählt hatte, dass sein Vater ebenfalls Musiker war. David hatte es drauf, kein Wunder dass Josie, Alma und ein paar andere Jugendliche vor *The Must Listeners* ausflippten und sie mit wildem Gezappel und Klatschen anfeuerten. Der Bandname passte zumindest, man war gezwungen zuzuhören, ob man wollte oder nicht. An den großen Lautsprecher gelehnt, stand der alte Edi, der allein in einem Austragshäusl am Ortsende wohnte. Obwohl er schwerhörig war, zuckte er die ganze Zeit, als stünde er unter Strom.

»Kommen's Herr Messner. Setzen Sie sich doch besser in den Schatten, etwas weiter weg«, brüllte Luise Edi ins Ohr und führte ihn in den Obstgarten. Sichtlich erleichtert, nahm er an einem der mit Asternsträußen, Trauben und Hagebutten festlich gedeckten Tische Platz. »Wann gibt's denn deinen Kuchen, Luiserl?« Jeden Samstag kam er extra deswegen her.

»Gleich, ich bring Ihnen was. Bleiben's nur sitzen. Mokkatorte wie immer?« Er leckte sich die Lippen und zupfte sich schon mal eine Weintraube in den Mund. »Und ein Helles, wenn'st hast, Dirndl.« Dass er in ihr immer noch ein junges Mädchen sah, schmeichelte ihr. Vielleicht lag es daran, dass sie ein Dirndl anhatte, ihr neues aus grünschwarzer Wildseide, das ihren Körper formte, ohne ihn allzu sehr einzuengen. Sie mochte die bayerische Tracht und glaubte, dass auch Marie wunderschön darin aussehen würde. Doch leider hatte sie sie bisher nicht überreden können, ein Dirndl anzuziehen. Ihre Schwägerin trug eine Reithose wie sonst auch, dazu eine feine, plissierte Bluse, was allerdings auch sehr elegant und gleichzeitig lässig wirkte. Außerdem war sie so gleich als die Herrin des Hofs zu erkennen. Manni kam mit Marlenes Pferd im Schlepptau vorbei. Für die Feier hatte auch er sich ausstaffiert. An den Waden hatte er Loferl, die Tante Polli ihm vor Jahren gestrickt hatte und die noch so gut wie neu wirkten. Außerdem zierte eine Gänseblümchenkette seinen Hals. Zur Begrüßung grinste er Luise an, wie nur er es konnte. Und genau wie vom Tag seiner Geburt an, ging ihr das Herz dabei auf. Sie schloss ihn in ihre Arme.

»Ja, sag, Manni, magst ned du uns besser was mit deiner Gitarr aufspuin?«, fragte Herr Messner. Sein legendäres Spiel hatte sich in den Köpfen der Leutstettener festgesetzt. Heftig schüttelte ihr Bruder den Kopf. Seit Martins Tod hatte Luise ihn nicht mehr mit der saitenlosen Gitarre gesehen. »Was ist mit dir, Luiserl, du host doch früher so herrlich Quetschn gspuit.«

»Früher, Herr Messner, heute nicht mehr. Hören's, die Bandprobe ist anscheinend beendet.« Die Musik hatte abrupt ausgesetzt.

»Was host gsogt? Ein Bandoneon spielst du jetzt, von mir aus!«

Bald wimmelte es von Leuten auf dem Gelände, viele Familien waren unter den Gästen. Der Himmel war bewölkt, aber die Herbstluft war herrlich lau, noch hielt das Wetter. Obwohl sie auf Selbstbedienung setzten, mussten sie doch dem einen oder anderen den Kuchen servieren und sich auf einen Schwatz dazugesellen. Dann ging das Programm los, von den Kindern ganz alleine erdacht und geplant. Wie es sich für eine Olympiade gehörte, eröffnete ein feierlicher Einmarsch die Veranstaltung. Für ihre Auftritte hatten die Kinder tagelang geübt. Darunter waren auch Elias und Christian, die gestern für die

Generalprobe sogar das Fußballtraining hatten sausen lassen. Vor dem Sandplatz waren mehrere Stuhlreihen für die Zuschauer aufgestellt. Marie, Annabel und Luise nahmen Platz und schauten ihren Kindern zu. Auch Tante Polli saß bei ihnen. Diesmal kam die Musik vom Kassettenrekorder, den David an die Bandlautsprecher angeschlossen hatte. Alma hatte extra die Original-Olympia-Einmarschmusik vom Fernseher aufgenommen. Den Auftakt des Festzugs machte Linda. Mit gespitztem, purpurrot bemaltem Mund und einem Schirmchen saß sie in ihrem Prinzessinnenkleid, das ihr Luise für den Fasching genäht hatte, auf dem Shetlandpony. Der bauschige Tüllrock hing weit über den Schweif und verdeckte fast das Pferdchen. Dazu hatte sich Linda das rote Haar, das sie von Marie geerbt hatte, zu einem Dutt gedreht und mit Stricknadeln festgesteckt. Sogar ein Schönheitsfleck zierte ihr weiß geschminktes Gesicht. Wie Ihre Majestät, die Kaiserin von China, ritt sie dem Zug voraus, gefolgt von den Zwillingen, die sich als Clowns verkleidet hatten. Elias trug einen Zylinder, der ständig zusammenklappte, was ihm gleich die ersten Lacher einbrachte. Dann stolperte er über das viel zu große Paar Gummistiefel, denen die Kappe fehlte. Seine Aufgabe bestand darin, den Ziegenbock und das Bergschaf mit einem Bündel Karotten in der Spur zu halten. Christian lenkte den Leiterwagen, vor den sie Willi und Koriandi geschirrt hatten. Auf dem Gespann saßen Xaver und ein paar von Maries Reitschülern, alle mit blauen Schärpen aus Krepppapier um die Taille, um sie als Athleten zu kennzeichnen. In der Mitte des Sandplatzes sprangen die Kinder ab und schlugen Purzelbäume. Linda in ihrem Kleid sogar ein Rad.

»Mei, schaugt's olle, wos des Skaverle konn«, rief Tante Polli, als ihr Liebling einen Teller an einem Stock balancierte.

Alle beklatschten die Kinder jubelnd. Die Voltigiervorführung begann. Alma hielt den Haflinger an der Longe, während große und kleine Kinder ihre Kunststücke im Schritt oder Galopp zeigten. Zuletzt stellten sie Kegel auf den Sandplatz, die Marlene auf Zimtstern umrundete. Konrad und Linda hielten ein Seil, das sie nun übersprang. Und schließlich kam auch der Wassergraben zum Einsatz, den die Zwillinge vorhin mit dem Gartenschlauch angelegt hatten. Inzwischen war er nur mehr eine Pfütze. Mühelos übersprang Marlene sämtliche Hindernisse, streng überwacht von Manni, der keuchend neben ihr herrannte, damit ihr nur ja nichts passierte. Annabel hatte sich ans Geländer gestellt und knipste ununterbrochen. Der Beifall war stürmisch. Nun stellten sich alle Kinder fürs Finale auf, versuchten eine Pyramide, doch plötzlich scherte Manni, der unten stand und die Kinder alle halten sollte, aus, stürmte aus der Arena und auf eine junge Frau zu, die gerade eingetroffen war und wie er das Downsyndrom hatte.

»Schau an, da ist ja seine Freundin mit ihrer Mutter. Grüß Gott, Frau Raketseder, hallo Andrea.« Marie winkte die beiden heran, lud sie ein, bei den Zuschauern Platz zu nehmen.

»Er hat eine Freundin?« Luise staunte. Ganz Kavalier, führte Manni Andrea zu einem Stuhl in der ersten Reihe und gab ihr einen Kuss auf die Wange, bevor er zurück in die Reihe der Kinder lief, die nun mit der Pyramide starten konnten. Am Schluss trat jedes Kind noch einmal vor, manche verneigten sich nur, manche schlugen einen Purzelbaum oder einen Salto, Linda wiederholte ihr Rad und faltete die Hände vor der Brust, ganz kaiserlich chinesisch. Auch Manni verbeugte sich, und Luise sah, dass Andrea ein Armband aus Gänseblümchen trug.

»Dann gefällt es Manni in seiner neuen Arbeit?« Luise folgte

Marie und Annabel in die Küche, um die nächste Ladung Geschirr zu spülen.

»Ja, ihr glaubt nicht, wie erleichtert ich bin, und ich freue mich so für ihn, dass er Andrea kennengelernt hat«, sagte Marie. »Ihr hättet ihn die Wochen davor sehen sollen: Jeden Morgen hingen ihm die Mundwinkel fast bis zu den Füßen. Tag für Tag habe ich ihn überredet, damit er überhaupt zum Bus geht. Noch dazu muss ich ihn für die Werkstatt in einen Pullover und Schuhe zwängen. Mit freiem Oberkörper und barfuß, das geht in der Arbeit nicht, hab ich ihm erklärt. Wir haben uns schließlich auf die Wadenstrümpfe geeinigt, und in Machtlfing trägt er wie ein Monteur eine Arbeitsjacke über der Lederhose, das gefällt ihm sogar, hat mir die Leiterin erzählt. Ach, da ist Helga.« Mit einem tropfenden Teller in der Hand zeigte Marie aus dem Fenster, wo gerade ein blaugrüner Käfer parkte. Ein Mann saß auf dem Beifahrersitz, und Luise glaubte anfangs, es sei dieser Otto, Helgas Kollege und Liebhaber. Doch es war Fritz. Ein paar Gäste klatschten, als sie den Ruderchampion erkannten. Helga sah jung und strahlend aus, in einer kurzen Jeanslatzhose und mit einer grobmaschig gehäkelten Mütze auf dem Blondschopf. Erst glaubte Luise, sie hätte Annabels Sohn unterwegs aufgegabelt und mit hergebracht, aber als sie Annabel seufzen hörte und sah, wie sich die beiden an den Händen hielten, begriff sie endlich, wo er den Abend und vielleicht auch die Nacht des Olympia-Attentats verbracht hatte.

HELGA

Kaum hielten sie auf dem Brandstetterhof, verlor sie Fritz an die Männerrunde um Hans, die ihren Olympiahelden aufforderte, mit ihnen Fußball zu spielen. Was war das für ein seltsames Rendezvous gewesen? Helga konnte es selbst kaum glauben. Sie traf sich mit einem Jungen, den sie schon kannte, seit er ein Dreikäsehoch gewesen war. Eigentlich hatte sie ihm bei einer Pizza erklären wollen, dass das mit ihnen nichts werden würde, ihm klarmachen, dass er sich in ein Hirngespinst verliebt habe, nicht in sie.

»Woher willst du das wissen?«, hatte er auf seine sanfte Art gefragt, die wegen seines muskulösen Körperbaus und seiner Größe von eins neunzig umso berührender war. Rosario, der italienische Wirt am See tischte auf, was Küche und Keller hergaben. Vorspeise, Hauptspeise, Weinkarte und Tiramisu, alles auf Kosten des Hauses. Zum Schluss wollte er noch ein Foto mit dem Starnberger Starathleten machen, das er neben Franz Beckenbauer, Blacky Fuchsberger, Heidi Brühl und Cornelia Froboess, die alle schon bei ihm zu Gast gewesen waren, an den Kamin hängen würde. Fritz sollte noch mal zum Signieren vorbeikommen. Reichlich verlegen bedankte er sich, und Helga ging das Herz auf. Sie hatte ihn schon immer gerngehabt, aber nicht auf diese Weise. Derart im Rampenlicht zu stehen gefiel ihm offenbar nicht. In der Mannschaft könne er die Fans und ihre Begeisterung genießen, gestand er ihr später, als sie in ihrem Bett lagen, aber nicht wenn er allein war. Nur der gemeinsame Sieg zählte. Das drahtige Äußere, auch das dunkle feine Haar, hatte er von seiner Mutter, das Wesen eher von seinem Vater, Helgas Chef. Wobei Helga Annabel nicht unrecht tun wollte, feinsinnig war sie ebenfalls, nur weniger zurückhaltend als Mann und Sohn, und das musste ja nichts Schlechtes sein.

Er habe sie schon von klein auf geliebt, gestand er ihr, als er nackt auf dem Rücken lag und sie noch halb angezogen neben ihm kniete, seinen Körper betrachtete, das Grübchen am Kinn, die breite Brust, die zarte Haut in der Armbeuge, die muskulösen, behaarten Waden, die sehnigen, wie sie fand, eleganten Füße. Er schaute zu ihr hoch, berührte ihre Brüste, als sie den BH aufhakte, und sagte, wie froh er sei, endlich alt genug für sie zu sein. Trotzdem sei es ihm schwergefallen, sich ihr zu offenbaren. »Ich hatte Angst, dass du mich auslachst, wenn ich auf einmal, nach so vielen Jahren, damit ankomme. Also bitte tu's nicht.«

»Was nicht?«, hatte sie gefragt.

»Na, mich auslachen.« Ihr gefiel das Staunen in seinem Blick, als sie sich Stück für Stück aus ihrer Unterwäsche befreite.

»Dann mach ich eben was anderes.« Sie nahm seine Hand, schob sie sich zwischen die Beine, beugte sich vor und fing an, ihn mit der Zunge zu liebkosen. Er stöhnte, dann setzte sie sich auf ihn.

Sie liebten sich die ganze Nacht und hörten erst am Morgen im Radio von den schrecklichen Ereignissen im Olympiadorf. Fritz eilte sofort zu seiner Familie, die sich bestimmt um ihn sorgte.

»Grüß euch, allerseits!« Nachdem sie eine Weile nach ihnen gesucht hatte, fand Helga ihre Freundinnen in der Küche. Und dann gab es richtig Ärger.

Annabel knallte mit dem Geschirrtuch in der Luft, als wollte sie einen Stier bändigen, und baute sich vor ihr auf. »Was fällt dir ein«, zischte sie. »Weißt du, was ich durchgemacht habe, was für Ängste ich ausgestanden habe? Ich dachte, Friedrich ist eine Geisel der Attentäter oder schlimmer noch, er ist …«

»Tut mir leid, Bella, das konnte ich nicht wissen. Keiner konnte ahnen, dass ausgerechnet an dem Abend, als ich mit Friedrich verabredet war, diese Verbrecher einen Überfall planen.« Helga setzte sich, schlug die Beine übereinander und wippte mit den silbern lackierten Zehen in den vorne ausgeschnittenen Clogs. Sie stibitzte sich einen Krapfen von einer Kuchenplatte. Wenn sie mit Fritz zusammen war, kam sie kaum zum Essen.

»Du kriegst einfach nie den Hals voll.«

»Wer kann da schon widerstehen?« Sie lutschte die Aprikosenmarmelade aus dem Krapfen, mmh, lecker.

»Hör auf. Du weißt genau, was ich meine«, wetterte Annabel. »Du und mein Sohn, er ist fünfzehn Jahre jünger.«

»Sechzehn.« Helga bemerkte, wie Luise und Marie ihren Schlagabtausch gebannt verfolgten. »Ich war einundzwanzig und er fünf, hat er mir gesagt, als er sich in mich verliebt hat. Er hat's dir auch erzählt, Bella.«

»Mir? Dass er die Turnlehrerin später mal heiratet, das sagen viele Buben in dem Alter, das ist doch nichts weiter als eine Schwärmerei. Aber jetzt … das gehört sich einfach nicht.«

»Wer sagt das, dein Papst?« Helga wischte sich den Puderzucker von der Nase, stand auf und stellte sich dicht vor Annabel, die einen Kopf größer war, aber zu der sie, dank ihrer zehn Zentimeter Absätze kaum aufsehen musste. »Jetzt krieg dich bitte wieder ein.«

»Nein, das tue ich nicht. Du spielst doch nur mit ihm. Friedrich ist bloß eine weitere Trophäe in deiner Sammlung.« Annabel schaute kurz zu Marie, als erwarte sie Zuspruch von ihr, bestimmt wegen Theo, Maries Jugendfreund aus Schlesien, mit dem sich Helga auch gelegentlich traf. Doch Marie reagierte nicht, schüttete, als wäre nichts, das schmutzige Besteck ins Spülwasser und bearbeitete die Kuchengabeln und Kaffeelöffel mit der Bürste. Seit dem Tod ihres Mannes, und das war nun auch schon neun Jahre her, hatte sie sich fast ganz in ihr Inneres zurückgezogen, hielt sich vor allem aus Liebesdingen heraus. Auch zu Luises Ehedilemma schwieg Marie meist. Wobei einfach zuzuhören vielleicht sowieso das Beste war. Jeder Rat in Bezug auf Hans und die ganze verfahrene Situation mit dem Laden wäre einer zu viel. »Was würdest du machen, falls ich und dein Sohn David, wenn ich …«, verhaspelte Annabel sich. »Gott bewahre, nein, ich hege derlei Gefühle nicht, ich sag das nur, damit du dich in meine Lage versetzen kannst.«

»Keiner, mit dem ich zusammen bin, ist eine Trophäe, merk dir das. Bella, hör auf, so abfällig zu reden, das passt nicht zu dir. Nur weil ich lebe, wie es mir gefällt, fühlst du dich gestört? Was geht's dich an? Dein Sohn ist volljährig, und ich bin es auch. Also? Am einfachsten wäre es, du freust dich für ihn.«

»Freuen?« Annabel spuckte das Wort fast aus, trat zurück, griff sich ein Bündel Teelöffel vom Abtropfblech und fing wie wild zu polieren an. Eine Zeitlang war außer Geschirrklappern und Wasserplätschern in der Küche nichts zu hören. Von draußen drang der Lärm des Festes herein.

»Wollt ihr nicht einfach Frieden schließen und den Tag genießen?« Luise nahm Bella das Geschirrtuch weg. »Bitte, uns zuliebe. Wir haben uns so auf das Fest und euch gefreut, stimmt's Marie?« Ihre Schwägerin spülte weiter. Eine rotblonde Locke hing ihr ins Gesicht, so dass Helga nicht erkennen konnte, ob sie ihr zustimmte. »Ich dachte, wir vier sind Freundinnen. Nach all dem, was wir schon zusammen erlebt und durchgemacht haben.«

»Von mir aus.« Annabel hielt Helga die Hand hin.

Helga, von diesem Umschwung erstaunt, lächelte und sagte: »Liebe ist doch nur ein Missverständnis zwischen zwei Narren, oder etwa nicht?«

»Hört auf, hört einfach auf.« Marie warf die Spülbürste ins Wasser, Tränen rannen ihr über die Wangen, sie bebte und sank auf die Eckbank.

MARIE

Sie wusste auch nicht, was mit ihr los war, konnte das Gezanke nicht mehr ertragen. Annabel war beunruhigt wegen der Liebschaft zwischen ihrem Sohn und Helga? Helga nahm sich die Männer, wie sie wollte. Na und, sollte sie doch. Das war ihr alles gleich. Was sie störte, war, dass alle um sie herum die Möglichkeit dazu hatten. Sie hatten ihre Liebsten noch bei sich. Auch wenn Annabel um ihren Sohn gebangt hatte, so war er unversehrt und noch dazu verliebt heimgekehrt. Aber sie, Marie? Für sie gab es nichts mehr zu fühlen, für sie gab es keine Freude. Alles, was ihr blieb, war, für ihre Kinder da zu sein und den nächsten Tag zu überstehen. Sofort nach ihrem Zusammenbruch umringten die Freundinnen sie. Luise setzte sich zu ihr, legte den Arm um sie. Seit dem schrecklichen Unfall waren sie alle für sie da, nahmen ihr hin und wieder die Kinder ab, halfen auf dem Hof aus, und trotzdem konnte keine von ihnen nachempfinden, wie es ihr wirklich ging. Sie wusste es selbst nicht. »Geht schon wieder, lasst mich.« Marie holte Luft. »Kommt, gehen wir raus in den Obstgarten, zu Tante Polli. Langsam sollten wir uns was zu essen sichern, bevor der beste Teil vom Buffet aufgefuttert ist. Danke, Bella, für die Köstlichkeiten, die du spendiert hast, und danke sehr, Luise, dass du das alles gezaubert hast.« Sie straffte sich und schnappte sich den Wasserkocher. »Wer mag frischen Tee?«

Tatsächlich saßen sie kurz darauf draußen und unterhielten sich über alles Mögliche, immer wieder gab es kleine Unterbrechungen, wenn eines der Kinder etwas wollte oder ein Gast nach Marie verlangte. Am Nachbartisch saß Tante Polli mit der Zechner Liesl, die eine häkelte, die andere strickte, beide nippten synchron an ihren Kaffeetassen, das war's. Zu reden gab es offenbar nichts. Neuerdings halfen sich die Tochter der Zechner Liesl und Marie gegenseitig aus, falls eine von ihnen länger wegmusste oder mal durchschnaufen wollte. Ganz ohne Betreuung konnten die alten Damen nicht mehr sein. Alma kam und bat Marie um Hilfe mit dem Einspänner. Maries älteste Tochter schirrte Paulchen vor den gummibereiften Wagen und bot für eine Mark fünfzig eine Runde durchs Leutstettener Moos an, was sogleich großen Zulauf fand.

Sie sahen zu Manni, der sich von Andrea mit Häppchen füttern ließ. »Sag, Marie, wie hast du Manni überredet, zum Bus zu gehen?«, fragte Luise. »Am Anfang wusste er ja nichts von Andrea. Ich weiß, wie störrisch er sein kann, und das jeden Morgen durchzustehen muss ein Kraftakt gewesen sein.«

»Los, aufstehen, die Arbeit wartet, hab ich gesagt.« Marie rührte sich Ziegenmilch in den Tee. »Arbeit geht den Brandstetters über alles, weißt du ja selbst am besten, deshalb war das gar kein Problem.«

»Stimmt.« Luise lachte und zupfte an der Schleife ihrer Dirndlschürze. »Rumsitzen gab's bei uns zu Hause nicht. Man musste immer seine Hände in Bewegung haben, selbst wenn man abends oder bei schlechtem Wetter in der Stube saß. Stricken, spinnen, einkochen.«

»Das ist aber bei den Dahlmanns nicht anders«, sagte Helga. »Daran hältst du dich bis heute, Luise. Wann hast du überhaupt je Urlaub gemacht?«

»Jetzt zum Beispiel, gerade eben. Doch ihr habt recht, Nichtstun, also *wirklich nichts,* fällt mir schwer. Und sogar nachts hat der Laden mich fest im Griff. Als würde mir ein kleiner Troll mit Peitsche auf der Schulter hocken. Mach dies, tu das und dies noch und jenes. Darum genieße ich die Abwechslung am Samstag bei Marie. Keine Angestellten, die gegen mich statt für mich arbeiten, keine schwierigen Kunden. Oder noch schlimmer, ein leerer Laden, und ich bleib auf den Waren sitzen. Einmal in der Woche meiner Lieblingsbeschäftigung nachgehen: kochen und backen, mehr nicht. Das macht mich glücklich.«

Warum sich Luise zusätzlich zu allem die Wochenenden bei ihr auch noch aufhalste, hatte Marie sich schon lange gefragt, jetzt wusste sie es. »Du bist die Chefin für deine Angestellten, du bestimmst, wo's langgeht«, sagte sie und Helga nickte. »Ich hab das Gefühl, du arbeitest für deine Angestellten, dabei sollte es doch umgekehrt sein.«

»Ich sollte mir dich als Vorbild nehmen, Marie. Wenn's eine geschafft hat, dann du. Schau dich doch um. Hier war früher ein Chaos aus Holzhaufen und altem Werkzeug, da stand über Jahre der kaputte Mistbreiter, die Einfahrt war noch nicht gepflastert, man musste durch Pfützen waten. Und jetzt, alles hat seinen Platz, jeder, der dir zuarbeitet, fühlt sich auch wohl. Ich frag mich, wie du die vielen neuen Reitstunden managen willst, die sich nach diesem Wochenende bei dir ansammeln werden. Ich hab schon zwei kleine Mädchen gehört, die ihr Taschengeld sparen wollen, um Voltigierstunden zusammenzukriegen.«

»Ja, Marie«, sagte Annabel, »das würde mich auch interessieren. Mein Personal wechselt ständig. Dabei gebe ich mir wirklich die größte Mühe, es zu halten. Jedes Mal muss ich mir wieder die neuen Namen und Eigenheiten einprägen. Abgesehen von den Anweisungen, die ich immer wieder von neuem zu geben habe wie ein Papagei, wäre es für Marlene wichtig, eine verlässliche Bezugsperson zu haben …«

»Ihr redet bloß über die Arbeit, selbst wenn wir doch eigentlich Freizeit haben, merkt ihr das?«, sagte Helga.

»Ich hab tatsächlich was anderes, es gibt großartige Neuigkeiten.« Immerhin bezog Annabel auch Helga wieder mit ein. »Stellt euch vor. Marlene könnte bald Arme bekommen. Es gibt endlich Prothesen, eine französische Firma hat welche entwickelt, und die sollen wirklich funktionieren. Ich habe einen Bericht darüber gelesen. Ist euch eigentlich bewusst, was wir mit den Armen den ganzen Tag machen? Heben, reißen, drücken und ziehen. Und halten, etwas aufheben und …«, ihre Augen glitzerten, »Klavier spielen.«

»Das ist ja großartig.« Helga tätschelte ihr den Rücken, und auch Marie und Luise waren begeistert.

»Ich will mich lieber nicht zu früh freuen«, ergänzte Annabel, »die Warteliste ist lang. Experten haben diese Prothesen für Unfallgeschädigte entwickelt, seit Contergan ist der Bedarf weltweit groß. Doch ihr wisst ja, wie hartnäckig ich sein kann.«

»Wisst ihr was.« Helga richtete den Träger ihrer Latzhose und haute auf den Tisch. »Jede von uns hat in den letzten Jahren einiges durchgemacht, und so manche hat noch daran zu knabbern.« Sie legte eine Pause ein und schob ihre Brille die Nase hoch. »Wie wäre es, wenn wir zusammen eine Reise machen, damit wir alle mal ausspannen und den Kopf frei kriegen.« Sie grinste in die Runde. »Wie heißt es so schön: Tapetenwechsel.«

Was war das? Marie glaubte, Martins Porsche zu hören, genauso, wie sie manchmal noch seine Stimme im Ohr hatte. Wie er nach ihr rief. Und jedes Mal versetzte es ihr einen Stich, wenn ihr aufging, dass es bloß Einbildung war. Doch nein, dieses Mal nicht. Das Scheunentor flog auf und knallte gegen die Holzwand. Die Leute, die davorgesessen hatten, sprangen zur Seite. Die Bierbänke kippten. Heu stob auf. Eine Traktornase schob sich heraus, der Porsche tuckerte vorwärts, in Richtung Kuchentisch. Die Zwillinge – einer stand, einer saß – fuhren ruckelnd durch die Menge.

Luise schrie: »Halt! Nehmt den Fuß vom Gas!« Hans warf den Fußball weg, sprintete zum Traktor, sprang auf und brachte ihn zum Stehen.

»Was fällt euch ein! Seid ihr wahnsinnig? Ihr spinnt doch.« Marie war außer sich. »Wie könnt ihr das bloß tun.«

»Beruhig dich«, sagte Hans. »Die sind putzmunter.« Luise war herbeigeeilt und hob ihre Kinder herab.

Doch Marie sorgte sich nicht um die Zwillinge. »Keiner hat euch das erlaubt. Der Traktor geht euch nichts an, er geht euch einfach nichts an, versteht ihr?« Sie stauchte die beiden zusammen, bis sie heiser war. Die Buben fingen zu weinen an und drückten sich an Luise. »Der Porsche soll einfach bloß in der Scheune bleiben und verrosten, auf ewig!« Auf dem Fahrersitz klebte noch Blut, Martins Blut.

2. Teil

Winter 1972/1973

Winterbratäpfel
Aus dem Apfel das Kerngehäuse ausstechen und ihn mit einer Mischung aus Rosinen, gehackten Haselnüssen, Mandeln, Zimt, Honig oder der Lieblingsmarmelade füllen. Auf ein gefettetes Backblech setzen und ca. eine halbe Stunde backen. (Allein der Duft, der die Küche dabei erfüllt, weckt sofort Weihnachtsgefühle!)

Heiße Maroni selbst gemacht
Die Schale der rohen Maronen mit einem Messer auf der flachen Unterseite kreuzweise einschneiden. (Achtung, das bedarf etwas Kraft und eines scharfen Messers, und die Maroni sollten unter der Schale dennoch nicht verletzt werden.)
Sonst warne ich die Kinder ständig vor der heißen Herdplatte, an Weihnachten dürfen sie ausnahmsweise mit mir Esskastanien auf die Herdplatte setzen, was in den Zwillingen eine gewisse Ehrfurcht und in mir ein Entzücken hervorruft.

ÄNDERUNGEN FÜR DEN LADEN:
Unerhört! Chemische Zusätze in Lebensmitteln: Antibiotika in Fleisch- und Wurstwaren, hoher Schwefelgehalt in Wein und Sekt, stark gespritztes Obst und Gemüse – immer mehr Verbraucher fragen nach den gesundheitlichen Auswirkungen dieser Zusätze in unseren Nahrungsmitteln. Erste Firmen reagieren mit einem »naturreinen« Sortiment. Ich werde im neuen Jahr auch eine Ecke im Kühlregal dazu einrichten.

Die Schlankheitswelle schwappt wie jedes Jahr im Rahmen der guten Vorsätze wieder hoch. Neue Produkte für die Theke:
- *Zupavitin (Suppe, die aus kaum mehr als Wasser besteht)*
- *Limmits (Diätkekse)*
- *Kalorienreduzierte Getränke*

Auch hier sind die gesundheitlichen Auswirkungen noch unbekannt, denn diese Mittel enthalten umstrittene Quell- und Füllstoffe.

Mein Vorsatz für 1973 ist eine Nouvelle Cuisine in Starnberg: Für neue Rezeptideen (inspiriert aus Frankreich) werde ich nicht nur frische, hochwertige Zutaten verwenden, die leicht bekömmlich und kalorienarm sind, sondern auch noch eine Augenweide auf dem Teller.

Aus: Luises Ladenkunde-Album

LUISE

Mit der Schaufel in der Hand blieb sie kurz stehen und streckte ihr Gesicht in den Himmel, um ein bisschen von der Wintersonne abzukriegen, die gedämpftes Licht durch das Schneetreiben schickte. Luise streckte die Zunge raus, schmeckte Schnee, und die Flocken kitzelten auf der Nase. Nachdem der Bürgersteig frei geräumt war, kehrte sie die Markise über dem Schaufenster ab. Nicht dass der Stoff unter der Last einriss. Nun war der Bürgersteig wieder voll Schnee, und sie musste erneut kehren. Nachdenken, Luise! Wenn das Frau Satzger gewesen wäre, hätte sie sich über die Gedankenlosigkeit nicht gewundert, aber sie selbst ... Rasch warf sie noch einen Blick auf ihre Weihnachtsdekoration. Aus waagrecht übereinandergebundenen Ästen hatte sie eine Leiter geknüpft, die nach oben schmäler wurde und an einen Tannenbaum erinnern sollte, dazwischen hingen Wattebäusche, Sterne und eine Lichtergirlande, die sie auch nachts anließ, obwohl Hans das für Stromverschwendung hielt. Unten stapelten sich Geschenkschachteln, gefüllt mit ihren Angeboten und exklusiven Artikeln, die sich gut verschenken ließen. Wie so oft in letzter Zeit war es am Nachmittag ruhig im Laden, so dass sie nach draußen gehen konnte, um erneut zu räumen und zu streuen, damit niemand ausrutschte. Die wenigen Stammkunden erledigten ihre Einkäufe in der Adventszeit am Vormittag, besonders beliebt war die Zeit um halb zehn, wenn die Handwerker Pause machten. Da herrschte Gedränge vor der Wursttheke. Darum war Luise auch froh um Frau Ehlers, ihre zweite Kraft, die ihr hoffentlich noch blieb. Schließlich konnte sie nicht gleichzeitig bedienen und kassieren. Als nächsten Schritt würde sie im neuen Jahr die Ladenfläche aufteilen und den frei werdenden Platz vermieten. Das bedeutete, dass sie ihr Sortiment verkleinern musste. Bei dem Gedanken blutete ihr das Herz. Der Laden war ihr Traum gewesen, und nun sah es aus, als würde er bald sterben. Es schneite unaufhörlich, auch wenn die weiße Pracht bis Weihnachten bestimmt wieder weg war, machte es heute keinen Sinn, Aufsteller draußen vor dem Schaufenster zu platzieren, die vielleicht ein paar versprengte Skitouristen anlockten. Alles würde im Nu zugeweht sein. Im Frühling sah es hoffentlich wieder anders aus. Hielt sie solange durch? Luise arbeitete sich weiter voran, kratzte die Rampe frei und auch die Eingangstür. Frau Satzger saß gelangweilt an der Kasse, blätterte in einer Illustrierten, die sie später zurücklegen würde, und klebte sich den überlangen lackierten Zeigefingernagel mit Tesafilm ab. Zum letzten Mal vermutlich. Jedenfalls in ihrer Gegenwart. Dabei hatte Luise ihr vorhin noch gesagt, dass sie bitte die Einkaufswagen zusammenschieben und die Drahtkörbe, die die Kunden gern überall im Laden verteilt stehen ließen, einsammeln sollte. Obwohl gerade kein Kunde in Sicht war, gab es etwas zu tun. Aber egal, das Verhalten der Frau bestärkte Luise bloß. Ihre Entscheidung war gefallen, und Frau Satzger hatte sie ohne Erwiderung hingenommen. Sie zeigte sich nicht einmal überrascht, als sie es ihr so freundlich wie möglich beibrachte, rümpfte nur die Nase. Dabei hing ihre Kündigung nicht allein mit ihrem mangelnden Einsatz für den Laden zusammen, und das hatte Luise ihr auch zu erklären versucht und um Verständnis gebeten. Ganze Nächte hatte sie mit Rechnen, Überschlagen, Abwägen, Durchkalkulieren verbracht. Es half nichts, sie musste diesen Schritt zurück tun, um möglicherweise irgendwann zwei Schritte vorwärts gehen zu können. Allein vom Brotzeitverkauf und dem bisschen Weihnachtsgebäck konnte sie leider nicht leben, geschweige denn zwei Verkäuferinnen bezahlen. Seit mehr und mehr Kunden wegblieben, und das sogar in der normalerweise umsatzstarken Adventszeit, hatte sie kaum noch gewusst, wie sie beide beschäftigen sollte. Auch wenn Luise ihre Besorgungen nun wieder auf die Vormittage verlegen musste, reichte ihr eine Aushilfe, die stundenweise Regale abstaubte und Waren nachfüllte. Die Zeiten, als sie kaum zu dritt dem Ansturm Herr wurden, waren offensichtlich vorbei. So schwer es ihr fiel, es musste sein. Sie sah auf ihre Armbanduhr: kurz vor halb sechs. Bei dem Schneetreiben kam sowieso keiner mehr. Weiße Weihnachten vielleicht, als ob das ein Trost war. Sie wollte Frau Satzger die letzte halbe Stunde schenken und sie erlösen. Luise gab sich einen Ruck, stellte die Schneeschaufel in den Schuppen, klopfte sich die Schuhe ab und hängte die Winterjacke an die Garderobe. In der Küche holte sie den Korb und trug ihn nach vorne. Frau Satzger sah kaum auf, als Luise bei ihr war, erhob sich aus der Kasse, band die Schürze ab und warf sie aufs Laufband.

»Nun ja, Frau Satzger, ich dan…« Luise brach ab, ein Kloß steckte in ihrem Hals. Eigentlich hatte sie eine kleine Rede vorbereitet. Auf einmal wusste sie nicht mehr, was sie überhaupt sagen wollte. Auch in der Grußkarte hatte sie um Worte gerungen, ewig überlegt und dann bloß *Ein herzliches Dankeschön für alles* geschrieben, in der Hoffnung, dass Frau Satzger schon verstehen würde, wie es gemeint war. Sie holte Luft. »Alles Gute für Sie.« Rasch drückte sie ihr zum Abschied die Hand und überreichte ihr den üppig gefüllten Präsentkorb.

Luise hoffte, dass sie ihren Geschmack getroffen hatte. Exquisite Pralinen, Seidenstrumpfhosen ohne Naht und Zwickel, Trockenfrüchte und Speck, Preiselbeermarmelade, gemahlener Kaffee, mehrere Tafeln Schweizer Schokolade, ein Flasche Williams Christ und ein Prosecco und eine Stange Lord mit Filter, Frau Satzgers Lieblingssorte, nicht zu vergessen. Unter dem Gewicht des Korbes ging die zigarettenschlanke Frau beinahe in die Knie, blieb aber ernst. Ihre Mundwinkel zuckten, als wollte sie etwas sagen, offenbar rang auch sie mit sich. Luise schluckte und räusperte sich. »Ich gäbe viel dafür, dass Sie bleiben könnten, das müssen Sie mir glauben.« Vielleicht konnten sie sich trotzdem weiterhin freundlich begegnen, wenigstens das.

»So? Diesen Eindruck habe ich nicht, ganz und gar nicht.« In gewohnt schnippischem Tonfall und ohne Luise eines Blickes zu würdigen, legte sie los. »Ich sag Ihnen was, bevor ich für immer fort bin, nämlich die Wahrheit. Kein Wunder, dass es mit Ihrem Geschäft zu Ende geht, Frau Dahlmann. Wann wollen Sie es endlich begreifen und Ihr letztes bisschen Würde zusammenraffen und zusperren?«

»Wie bitte? Was meinen Sie?« Luise sah sie entgeistert an.

»Na, genauso, wie ich es sage. Die meisten kaufen doch bloß noch aus Mitleid bei Ihnen ein. Und wenn ich Ihnen noch einen gut gemeinten Rat geben darf. Ordnen Sie Ihr Familienleben endlich. Das ist doch kein Zustand, die Streiterei und der Lärm ständig. Ich frag mich ja schon lange, wie Ihr Mann es bloß mit Ihnen aushält.«

»Was erlauben Sie sich.« Luise war entsetzt. »So eine Unverschämtheit. Was geht Sie meine Familie an?«

»Familie, von wegen, pah, dass ich nicht lache. Die Tochter strawanzt mit diesem, diesem Schwarzen herum, und Ihre

Buben machen das gesamte Stadtviertel unsicher. Ich will gar nicht wissen, wo die in zehn Jahren einsitzen.«

»Wie bitte?« Luise rang um Fassung. Die Frau ließ scheinbar alles raus, was sich in den letzten Jahren angestaut hatte. »Jetzt mäßigen Sie sich aber gefälligst.«

»Sie können mir nichts mehr verbieten. Und noch was …« Die Satzgerin stellte den Korb auf dem Kassenhocker ab, riss das Zellophan auf, fischte eine Schokoladentafel heraus und warf sie zu der Schürze auf das Laufband. »Ich hasse Traube-Nuss mit Rosinen, zumindest das müssten Sie über mich wissen. Aber an Einfühlungsvermögen hat es Ihnen ja schon immer gemangelt.« Beim Hinausgehen schnappte sie sich eine kleine Flasche Eierlikör. »Ich nehme mir die dafür, okay?« Sie wartete Luises Einverständnis gar nicht ab, sondern holte sich ihren Lodenmantel und die Handtasche aus dem Durchgang zur Wohnung und ging. Einfach so, ohne Gruß und Dank. Alles in Luise verkrampfte sich. Von wegen, ihre Angestellten wären blind, sie war es. Taub, blind und noch dazu viel zu nett. Ihr fehlten schlichtweg die Worte, um die Frau zu beschimpfen oder zurechtzuweisen. Genau im richtigen Moment erschien Hans am Eingang, und nun trieb es Luise doch noch die Tränen in die Augen. Er würde ihr hoffentlich beistehen oder sie wenigstens trösten.

Erst mal hielt er Walburga Satzger die Tür auf und half ihr, den schweren Korb hinauszubugsieren. Perfekt, so war sie schneller fort. »Ach, ist es jetzt so weit, Walli?« Ihr Mann und sie kannten sich schon seit der Kindheit. »Und das vier Tage vor Heiligabend. Auch wenn dir der Abschied versüßt werden soll, Rausschmiss ist Rausschmiss«, hörte Luise ihn zu ihrer Verblüffung sagen.

»Danke, Hansi.« Die Satzgerin lächelte. »Wer hätte das damals in der Schulzeit gedacht, dass ich mich eines Tages unter der Fuchtel deiner Frau schinden würde, doch du warst mir stets ein sehr angenehmer Chef.«

»Danke, ich hoffe, dass du bald etwas Neues findest.« Luise traute ihren Ohren nicht. Sie allein hatte die Frau eingestellt und nun auch entlassen. Hans hatte damit überhaupt nichts zu tun. Sie hatte den Laden, er seine Fernsehreparaturen.

»Komm, wir rauchen noch eine. Magst du eine *Ernte*?« Hans bot Frau Satzger eine Zigarette an und paffte mit ihr an den zugeschneiten Gartenzaun gelehnt. Luise konnte nicht mehr hören, was sie sagten, sah nur, wie die beiden scherzten und lachten. Das durfte doch nicht wahr sein! Ihr eigener Mann fiel ihr in den Rücken. Sie griff sich ans Ohrläppchen und murmelte »Wuusssaa«, wie es Helga tat, um sich abzuregen. Aber selbst festes Kneifen und Ziehen halfen nichts, um ihren Zorn zu dämpfen.

ANNABEL

Friedrich traf sich weiterhin mit Helga. Die Beziehung dauerte nun schon länger als gedacht. So sehr das Annabel missfiel, hatte es doch auch positive Auswirkungen. Neuerdings interessierte ihn das Medizinstudium, jedenfalls diskutierte er manchmal lebhaft mit Konstantin über Makroskopie und Mikroskopie und den Präparierkurs in Anatomie. Anscheinend hatte Helga ihm den Arztberuf schmackhafter gemacht, als es die eigene Medizinerfamilie jemals könnte. Wusste er, dass er nicht ihr einziger Liebhaber war? Auch wenn Annabel die Weihnachtsstimmung verdarb und eine Auseinandersetzung heraufbeschwor, hatte sie sich vorgenommen, Friedrich in einer ruhigen Minute darauf anzusprechen und ihn zu warnen. Er hatte verdient zu wissen, worauf er sich einließ. Der heutige Heimweg von der Kindermette bis zur Villa schien ihr eine gute Möglichkeit zu sein, sich mit ihm unter vier Augen zu unterhalten. Konstantin und Marlene fuhren mit dem Auto zurück, und sie schlug ihrem Sohn trotz Schneegestöber vor zu laufen, damit sie richtig Appetit auf das üppige Mahl bekamen.

»Aber die Bescherung, Mama!«, erinnerte Marlene sie, bevor sie einstieg. »Ihr kommt noch zu spät.«

»Ich denke, das Christkind wartet brav, bis alle da sind.« Annabel half ihr mit der Autotür. Marlene glaubte zwar nicht mehr ans Christkind, doch zugeben würde sie das nie. »Außerdem sind wir sogar schneller als ihr, wetten?« Annabel hakte sich bei Friedrich unter, und sie stapften los. Es waren nur ein paar Meter, die Straße vor und um die Ecke. Das Ein- und Ausparken dauerte länger. Konstantin war direkt von der Arbeit gekommen, wie immer hatte er bis zur letzten Minute in der Klinik zu tun gehabt. »Und wie verbringt Helga Weihnachten?«, fragte sie Friedrich, verlangsamte den Schritt, als Konstantins Wagen sie überholte.

»Bei Luise, glaube ich. Wir wollen uns später noch treffen.«

Ach so war das. Nicht mal am Heiligen Abend blieb er zu Hause. »Sag mal, willst du dir nicht eine Jüngere suchen?« Eigentlich hatte sie sich behutsam herantasten wollen, nicht direkt vorpreschen, nun war es zu spät. »Mit Helga kannst du doch gar keine Familie mehr gründen.«

»Wer sagt das? Steht das in deinem Gebetbuch?« Dicke Flocken umwehten sie. Neuerdings hackte auch Friedrich auf ihrem Glauben herum. Fast könnte man meinen, Richard sei auferstanden. Einen Abend lang hatten sie über die Wandlung im Gottesdienst gestritten, bei der Brot und Wein zu Leib und Blut Christi werden, sogar Konstantin hatte sich eingemischt. Fakten hatte ihr am Ende keiner von beiden auf den Tisch gelegt. »Ich glaube einfach, dass es Gott gibt, und das tröstet mich«, sagte Annabel abschließend, bevor sie zu Bett ging. Noch lange hörte sie Vater und Sohn im Salon weiterreden. Über Nietzsche, Wittgenstein und Schopenhauer. Sie hatte sich bloß gefragt, was der Hausmeister dabei schon wieder mitmischte.

Nur Annabel zuliebe war Friedrich heute in den Weihnachtsgottesdienst mitgegangen. Das freute sie sehr. Normalerweise fand er nicht mal Zeit, wenn seine Schwester einen Auftritt hatte. Die Triangel hörte er zu Hause schon zu Genüge, wenn Marlene übte, sagte er.

»Stammen solche Sticheleien auch von Helga? Was ist nur mit dir los, du bist doch so gerne Ministrant gewesen.«

»Mama, hör auf. Ich weiß, was du vorhast. Du kannst es probieren, aber du wirst mich nicht von ihr abbringen. Ich liebe sie, seit ich sie zum ersten Mal gesehen habe. Und außerdem, bist du nicht mit vierzig noch mal schwanger gewesen?« Dagegen wusste sie nichts zu erwidern. Friedrich war inzwischen selbstbewusster und erwachsener, als sie bisher angenommen hatte. Sollte sie Konstantin bitten, mit ihm zu reden? Ihren Mann schien die ungleiche Beziehung nicht zu stören. »Heißt das, ihr plant schon Nachwuchs?«

»Kann man das planen, Mama?«

Nun, da sie sich schon so weit vorgewagt hatte und sie auch schon fast an der Haustür standen, konnte sie gleich alles aussprechen, was sie beschäftigte. »Ich weiß, dass es mich nichts angeht, aber du bist mein Sohn, und ich will das Beste für dich, und vor allem will ich, dass du glücklich bist, darum sage ich es dir.« Sie wandte sich ihm zu, zupfte an seinem Mantelkragen und strich den Schnee weg. »Du weißt schon, dass du nicht der einzige Mann in Helgas Leben bist?«

»Und du, Mama, weißt hoffentlich, dass ich dich auch sehr, sehr gern habe, und falls es etwas Wichtiges gibt, was du über mich und Helga wissen solltest, dann sage ich es dir, einverstanden?« Er sperrte auf und ging in die Villa.

Kaum waren sie mit dem Essen fertig und Marlene inmitten der Geschenke versunken, klingelte es. Friedrich eilte noch vor Frau Gusti an die Tür und kehrte mit Helga in den Salon zurück. Sie hatte die Wollmütze und den Teddymantel noch voller Schnee. Konstantin stellte sein Weinglas ab und stand von der Couch auf.

»Grüß euch allerseits. Ich wollte euch nur kurz frohe Weihnachten wünschen. Und das ist für dich.« Sie reichte Marlene ein Paket mit einer großen roten Schleife. »Fritz meinte, dass das ein Wunsch von dir sei.«

»Wenn es das ist, was ich im Katalog angekreuzt habe, aber was noch fehlt, dann danke.« Marlene ließ sich auf dem Geschenkeberg fallen und riss die Schleife auf. Das Auswickeln bereitete ihr Schwierigkeiten, aber Konstantin half. Trotz der Absage, die Helga ihrem Mann erteilt hatte, war er die Ausgeglichenheit in Person. Das musste man sich mal vorstellen. Helga Knaup als Leiterin der Seeklinik Starnberg. Wer schlug so eine Chance aus? Annabels Laune verschlechterte sich zunehmend. Von wegen, fröhliche Weihnachten. Sie konnte machen, was sie wollte, gegen Helga kam sie einfach nicht an.

»Hurra, ein Walkie-Talkie!« Marlene brach in Begeisterung aus. »Fritz, hier, nimm, probieren wir es gleich aus.« Sie hielt ihrem Bruder ein Funkgerät an der Antenne entgegen.

»Morgen, versprochen. Jetzt bin ich mit Helga verabredet.« Er schlüpfte in den neuen Kaschmirpullover, den Annabel ihm geschenkt hatte, und stand auf.

»Warum setzt ihr euch nicht noch auf ein Glas Wein zu uns?«, schlug Konstantin vor und schaute zu ihr. »Was meinst du, Bella, wäre doch nett.«

Eigentlich hätte sie Helga lieber loswerden wollen, aber als sie die Blicke sah, die ihr Sohn dieser Frau zuwarf, entschied sie sich dagegen. »Ja, klar, warum nicht.« Der Abend war sowieso verdorben. »Weißwein, Rotwein, Rosé, was trinkst du, Helga?«

»Wasser ohne Kohlensäure, einfach aus der Leitung, bitte.« Helga legte ihren Plüschpelz ab, darunter trug sie ein Hauch von Glitzer, mit Balkon.

Konstantin stieß mit Helga an. »Wie läuft es mit deiner Praxisplanung, hast du schon ein Objekt im Visier?« Bald saßen sie zu dritt am Kamin. »*Over and Out*«, schallte es durch die Villa. Friedrich und Marlene testeten das Walkie-Talkie durch alle Zimmer und Stockwerke.

Helga erzählte Konstantin und Annabel von ihren Hausbesichtigungen – bis das Telefon klingelte, Konstantin den Raum verließ und Annabel und Helga allein im Salon zurückblieben.

Helga, ihr gegenüber, neben dem Kamin, schlug die Beine in der grünen Strumpfhose übereinander. »Ich bin froh, dass wir eine Minute für uns haben, Annabel, kann ich dich um einen Gefallen bitten?« Was kam jetzt? Hatte ihr Friedrich brühwarm berichtet, was sie gesagt hatte?

»Um was geht's?« Annabel wappnete sich.

»Das, worum ich dich bitten möchte, ist ein ziemlich großer Gefallen oder vielmehr ein Auftrag, gegen Bezahlung, versteht sich.« Sie druckste herum, schenkte sich noch mal Wasser ein. »Das ist mir eingefallen, als ich gehört habe, dass du dich um die Papiere von deinem Schwiegervater kümmerst. Wie läuft es damit?«

»Ganz gut, es ist mehr als gedacht, viel, viel mehr.« Annabel setzte sich auf. »Ich glaube, wenn ich das ordentlich mache, bin ich noch Jahre beschäftigt.«

»Ach so, du bist ausgelastet, verstehe, dann hat sich meine Frage erledigt.«

»Jetzt mach's nicht so spannend und sag schon.« Annabel rückte auf dem Sofa ein Stück näher an Helgas Sessel.

»Es geht um meine Eltern, du hast doch damals so viel über den Löw-Konzern herausgefunden. Ich glaube, dass da noch mehr ist, und ich wüsste gern alles über ihre Machenschaften in der Nazizeit.«

»Woher kommt der Wunsch denn jetzt plötzlich? Hast du wieder Kontakt mit ihnen?« Ihre Schwiegermutter hatte die Knaups nie mehr erwähnt, obwohl sie mit Heidrun Knaup immer noch im selben Wohltätigkeitsverein wirkte.

»Ich nicht, aber David, und er ist ganz begeistert von meinen Eltern. Ich weiß nicht, was sie vorhaben. Es fällt mir schwer, von einem normalen Großeltern-Enkel-Verhältnis auszugehen. Ich wäre gern vorbereitet, darum dachte ich …«

»Ich mach's«, unterbrach Annabel. »Gibt es irgendwelche Unterlagen, oder weißt du, wo ich beginnen könnte?« So oder so würde sie einen Weg finden. Dass die Knaups Dreck am Stecken hatte, sagte ihr der Ermittlerinstinkt.

Erste Hilfe bei Unfällen:

- *Der erste Verband entscheidet über das Schicksal einer Wunde, sagt Dr. Schneidt, Kinderarzt der Zwillinge.*
- *Nicht jede Blutung ist lebensgefährlich! Ein Erwachsener kann den Verlust eines halben Liters Blut verkraften. Bei Bisswunden von krankheitsverdächtigen Tieren (Tollwut!) oder bei Verletzungen durch stark beschmutzte oder verrostete Gegenstände verstärke man daher eine mäßige Blutung durch Schleudern des verletzten Körperteils. Das aus der Wunde hervorquellende Blut ist die beste Wundreinigung. Dies gilt nicht für die Schlagader. Obacht!*
- *Schlagaderblut erkennt man an der hellroten Farbe, es spritzt stoßweise aus der Wunde, Blut aus Adern ist dunkelrot und fließt eher.*
- *Schlagaderverletzungen drückt man am besten sofort zu und bindet den verletzten Körperteil oberhalb der Wunde mit einem Gurt oder Hosenträger ab, bis die Blutung aufhört. Geschieht das nicht, fester abbinden. Der Arzt sollte innerhalb von zwei Stunden eintreffen, um die Weiterversorgung zu übernehmen.*
- *Grundsätzlich gilt bei allen Unfällen: Vermeide jede Äußerung des Entsetzens und dulde solches auch nicht von deiner Umgebung. Verwende lieber Worte der Aufmunterung für den Verletzten, das weckt Vertrauen.*

Aus: Luises Ladenkunde-Album

LUISE

Kurz nach Ostern nahm sich Luise einen Abend frei, um sich mit Helga zu treffen. Pünktlich um sieben hupte ihre beste Freundin draußen. Luise gab den Buben einen Gutenachtkuss und ermahnte sie, brav zu sein. Josie hatte sich bereit erklärt, auf ihre Brüder aufzupassen. Alle drei saßen im Schlafanzug auf dem Sofa vor dem Fernseher. Es lief *Black Beauty*. Christian häkelte an einem Schal für seinen Affen. Elias mühte sich mit der Strickliesel ab. »Danke, dass du aufpasst, Josielein.« Sie gab auch ihr ein Bussi. »Lass sie nicht zu lange fernsehen, ja?« Hans war noch wo auch immer unterwegs. Luise fragte nicht mehr. »Ich bin spätestens um elf zurück, falls du dich noch mit David treffen willst?« Zu gern hätte sie aus ihrer Tochter etwas herausgekitzelt, aber die hielt sich weiterhin bedeckt.

»Kannst ruhig länger bleiben, ich bin hier und arbeite an den Illustrationen weiter.« Der Löw-Konzern hatte ihr tatsächlich einen Auftrag erteilt. *Der gestiefelte Löwe bei den Piraten,* wofür ihr die Zwillinge jede Menge Tipps gaben und sogar mitentwarfen.

Luise schlüpfte in ihren neuen blauen, fast bodenlangen Cordmantel, entschied sich aber gegen eine Mütze, da sie vermutlich gar nicht lange draußen sein würde. Sie und Helga nahmen sich bei ihren Abenden jeweils ein neues Restaurant vor. Manchmal dauerte die Fahrt länger als der Aufenthalt, aber das war es wert. Sie unterhielten sich auch unterwegs schon über alles Mögliche. Heute war Helga mit Fahren dran. Der Schnee, der sich bis weit in den April gehalten hatte, war endlich geschmolzen. Es nieselte. Luise schnappte sich noch rasch einen Schirm, ging raus, stieg in Helgas Käfer und umarmte ihre beste Freundin. »Wohin geht's?«

»Eigentlich könnten wir zu Fuß gehen, aber ich dachte mir, fahren ist bequemer bei dem Wetter.«

»Hat in Starnberg ein neues Lokal aufgemacht, von dem ich noch nichts weiß?«

»Wart's ab. Es gibt was Großes zu feiern.« Helga zog die Augenbrauen hoch und grinste sie an. Sie fuhren tatsächlich nur über die Kreuzung am Tutzinger-Hof-Platz und den Hanfelder Berg hoch. Schon blinkte Helga und hielt vor einem weißen Haus, das etwas zurückgesetzt von der stark befahrenen Straße lag. Dichte Büsche und Bäume umgaben den Vorgarten und hielten den Verkehrslärm vom Grundstück ab. Sie stiegen aus.

»Aber das ist doch die Praxis von Dr. Goldmann-Seltenlach«, sagte Luise.

»Nicht mehr.« Helga wedelte mit einem Schlüsselbund und sperrte die Eingangstür auf.

»Sag bloß, das wird deine neue Praxis?«

Sie nickte. »Ich hab bereits unterschrieben, fürs ganze Haus, wir ziehen oben ein, vorausgesetzt David wohnt weiterhin bei mir.«

»Aber das ist ja ein Traum.« Luise staunte. Auch wenn ihr letzter Besuch hier eher schmerzhaft gewesen war, hatte ihr das Haus mit der überdachten Veranda im ersten Stock schon damals gefallen. Helga zeigte ihr zuerst die Praxisräume im Erdgeschoss. Überall roch es nach Farbe. Die Wände waren bereits in zartem Lindgrün gestrichen. In einem Raum stand noch der Zahnarztstuhl, auf dem Luise bange Minuten verbracht hatte. Wegen einer anhaltenden Zahnfleischentzündung, die sich in einen vereiterten Kiefer verwandelte, hatte die Hebamme sie zum Chirurgen überwiesen, um eine Infektion bei der Geburt zu vermeiden. Dr. Goldmann-Seltenlach wollte Luise sofort wieder heimschicken, als er ihren schwangeren Kugelbauch sah.

Aber als er hörte, wer sie schickte, nickte er. »Frau Hirschkäfer weiß, was sie tut«, und er nahm die Operation vor und zog Luise zwei Backenzähne.

»Der Stuhl wird noch abgeholt und durch meinen nigelnagelneuen und gynäkologischen ersetzt«, erklärte Helga.

»Brauchst du so ein schreckliches Ding überhaupt?«, wandte Luise ein. Die Kniekehlen in Schalen, die Füße in Beinauflagen, die sogar noch Gurte hatten, damit man nicht abhauen konnte, hatte sich Luise bei ihren Frauenarztbesuchen stets ausgeliefert gefühlt.

»Das muss leider sein, wie soll ich sonst arbeiten? Ich habe mich aber für eine moderne Version entschieden, mehr eine Art bequem gepolsterte Liege, höhenverstellbar, auf Rollen, mit runden Seitenlehnen. Wer weiß, vielleicht machst du deine nächste Untersuchung bei mir.« Dazu konnte sich Luise trotz aller Freundschaft noch nicht durchringen. Sie stiegen in den ersten Stock, und Helga schaltete das Licht ein. Das Parkett knarrte, als sie durch den Flur gingen und in die Zimmer lugten, in manchen standen schon Umzugskisten. »Hier gibt's zwei Schlafzimmer, siehst du, und das größte ist mit Balkon und könnte das Wohnzimmer werden, Annabel würde ja Salon dazu sagen.« Ihr Lachen hallte durch das ganze Stockwerk. »Unterm Dach sind noch mal zwei Zimmer, etwas kleiner, wegen der Schräge, dafür mit eigenem Bad und einer Küche.

Willst du sie sehen?« Luise nickte. Über eine verschnörkelte Treppe stiegen sie hinauf. Oben standen dicht an dicht Möbel. »Das wird noch ausgeräumt, und das Bad wird neu gemacht, hat man mir versprochen. Hier haben wir jede Menge Platz. Unten, in der überdachten Veranda, könnten wir uns ein gemütliches Handarbeitszimmer einrichten.« Sie sagte ständig *wir*, aber David handarbeitete gar nicht, so viel Luise wusste. Wollte sie mit Fritz hier einziehen? »Stell dir vor, wenn wir da abends oder am Wochenende sitzen, und draußen schneit es. Oder wir öffnen im Sommer einfach die Tür zum Garten. Und am Abend grillen wir.« Sie stiegen wieder hinunter.

»Sehr schön, endlich kannst du dich ausbreiten und dich einrichten, wie du willst.«

»Was hältst du von einem großen Woll- und Stoffschrank in dieser Ecke? Und eine Nähmaschine, eine elektrische vielleicht? So schön deine alte Singer auch ist, aber es gibt schon welche mit Zierstichen, ich habe mich erkundigt.«

»Das klingt toll, aber hast du überhaupt noch Zeit zum Nähen und Stricken?«

»Mit dir zusammen sehr gerne, so wie früher, nach Feierabend zur Entspannung. Ich habe mir gedacht, du und die Zwillinge, ihr könntet doch zu mir ziehen. Oben hättet ihr euren eigenen Bereich. Josie natürlich auch, sie und David sind sowieso unzertrennlich. Du könntest als Sprechstundenhilfe bei mir anfangen. Du und ich, wir würden wieder zusammenarbeiten. Wie klingt das für dich?«

Luise schaute sie verblüfft an. Tausend Gedanken schwirrten ihr durch den Kopf. Gewiss, sie hatte mit Helga über die Schwierigkeiten in ihrer Ehe gesprochen, aber von ausziehen und den Laden aufgeben war nicht die Rede gewesen. Noch nicht. »Ich hab doch gar keine medizinischen Kenntnisse.«

»Ich glaub, dass du mehr weißt als manche andere. Und du könntest Fortbildungen machen, während du schon bei mir arbeitest.« Sie tätschelte ihr die Schulter. »Ich merk schon, ich hab dich überrumpelt, tut mir leid. Überleg's dir in Ruhe, mein Angebot gilt. Und jetzt lass uns feiern.« Helga öffnete eine weitere Tür. »Schau, hier kommt das Wartezimmer rein.« Darin war ein Tisch mit einem bunt karierten Tuch gedeckt. Orangensaft, Wasser, Gläser und eine noch zugedeckte silberne Platte standen bereit. Sofort drang der köstliche Duft nach Fladenbrot in Luises Nase. Helga zündete zwei Kerzen in hohen Leuchtern an. Eine Wand war mit einer Bank ausgefüllt, die von links nach rechts höher wurde. Eine hölzerne schiefe Ebene, da hatte der Schreiner wohl mehr als einen Schnaps intus gehabt.

»Woher stammt die denn?«, fragte Luise, noch ganz benommen von Helgas Vorschlag.

»Die Bank habe ich im Keller hinter lauter Gerümpel entdeckt. Der frühere Eigentümer hat angeboten, sie zusammen mit dem anderen Zeug zu Brennholz hacken zu lassen, aber ich dachte mir, so eine Generationenbank ist etwas Besonderes, was meinst du?«

»Auf alle Fälle. Ach, jetzt kapiere ich, warum sie links niedriger ist als rechts.«

Helga nickte. »Damit auch Kinder mit den Füßen auf den Boden kommen. Bitte setz dich doch.« Sie wies auf den Tisch und nahm das Geschirrtuch ab, darunter verbargen sich lauter türkische Köstlichkeiten. Da Helga keinen Alkohol trank, stießen sie mit Orangenschorle auf die neue Praxis an und schlemmten sich durch den Abend. Luise bot an, bei der Einrichtung zu helfen, und bald zeichneten sie Möbel auf Papier, um sie über den Grundriss des Hauses zu schieben. Genauso wie sie es vor zwanzig Jahren gemacht hatte, als sie ihren Laden plante. »Du, kann ich dich auch was fragen?« Das brannte Luise schon lange auf der Seele.

»Klar.« Helga hatte eine Schere aus dem Sprechzimmer geholt.

»Wirst du Hans eigentlich anzeigen für das, was er dir angetan hat? Ich habe in der Zeitung gelesen, dass das Strafrecht, was Vergewaltigung betrifft, geändert werden soll.«

»Ich weiß, einige meiner Patientinnen wären froh, wenn das auch für Vergewaltigung in der Ehe zuträfe, aber die gilt nach wie vor nur als Nötigung. Doch was Hans betrifft, nein, das ist leider verjährt.«

MARIE

Sobald die Monate mit R hinter ihm lagen, weigerte sich Manni, einen Pullover, geschweige denn ein Hemd, anzuziehen. Obwohl es morgens noch kühl war, schlenderte er Anfang Mai nur in seinem dünnen Montagemantel über der Lederhose und den Loferln an den Waden zum Bus, und wenn er nachmittags heimkehrte, arbeitete er nur in der Lederhose und barfuß.

»Der Manni leits Fruahjohr ei«, stellte Tante Polli bei seinem Anblick fest, »nach meim Neffn konn si da Herrgott d' Armbanduhr stoin.« Bald wurde es tatsächlich wärmer. Die Obstbäume blühten. Die Vögel weckten Marie mit ihrem Gezwitscher, lange bevor es hell wurde. Endlich konnten sie wieder draußen trainieren, und zur Freude aller kehrte samstags der Dahlmannbus mit Kuchen- und Kaffeeverkauf zurück, der den Winter über pausiert hatte. Glöckchen, das Walliser Schaf, das bereits viele gesunde Lämmer geboren hatte, brachte ein weiteres zur Welt. Das Kleine stand aber nicht auf, um bei seiner Mutter zu trinken. Keuchend lag es im Heu. Langsam wurden seine großen Ohren kalt. Marie schaltete die Wärmelampe ein, melkte seine Mutter, um es mit der nährstoffreichen Milch zu füttern. Sie massierte ihm Kehle und Bauch, damit es schlucken lernte, probierte es mit Ziegenmilch und ihrer Spezialmischung, Ei und Leinöl, weiter. Trotzdem wurde es immer schwächer und starb nach ein paar Stunden, und Marie fragte sich, ob sie sein Leiden unnötig verlängert hatte, weil sie sich so sehr um das Tier bemüht hatte. Eine Weile hielt sie das Lamm im Arm, das noch nicht mal einen Namen hatte, dann trug sie es nach draußen. In der Nacht hörte sie Glöckchen schreien. Unermüdlich und quälend laut blökte das Mutterschaf nach seinem Kind. Marie stand auf und legte den kleinen Leichnam zu ihr. Am Morgen lief Glöckchen wie gewohnt mit den anderen auf die Weide. Sie hatte erst begreifen müssen, dass ihr Junges nicht mehr lebte. Auch Marie verstand, dass Martin fort war, aber seinen Tod hatte sie noch nicht überwunden.

Eine Woche später, als Marie morgens aus dem Stall kam, war Polli nicht aus dem Bett zu bewegen. Marie war nahe dran, den Doktor zu holen.

»Ruaf liaba den Herr Pfarrer, zwengs da letztn Ölung«, krächzte die Tante.

Immerhin sprach sie noch, Marie atmete auf. »Was ist los, geht's dir so schlecht?«

»Naa, no ned, aber lang geht's nimma, heit steht's scho drin.«

»Was steht wo drin?«

»Schaug selber nach, auf Seite dreizehn.« Bei der Unglückszahl bekreuzigte sich Polli rasch und wirkte schon wieder halbwegs fidel. Marie ging in die Küche, wo der Starnberger Teil der Tageszeitung aufgeschlagen auf dem Tisch lag. Unter dem Wetterbericht, den Wetterregeln und dem Kulturkalender war eine Todesanzeige angestrichen.

Im Alter von 108 Jahren, aber dennoch viel zu früh, verließ uns friedlich unsere geliebte Mutter, Schwiegermutter, Großmutter, Urgroßmutter, Tante, Cousine, Schwägerin und Nichte Apollonia Binder, geb. Hörmann.

»Hast du diese Apollonia Binder etwa gekannt?« Marie trat mit der Zeitung an Pollis Bett.

»Ja, freili, i bins, wer denn sunst.«

»Ach Schmarrn, du heißt doch Brandstetter, und bis du hundertacht bist, hast du noch viele schöne Jahre vor dir.«

»Was, so oid scho? Ja, ja, aber der Tod kommt näher.« Die Tante war schwer zu überzeugen.

»Doch heute noch nicht. Also hopp, raus aus den Federn, ich brauch dich beim Wollesortieren.« Notnagel, der Schreiner für alle Fälle und Felle, der selbst eine kleine Schafherde in Pöcking besaß, war zum Scheren und Klauenschneiden eingetroffen.

»Moment, Moment, a oide Frau is koa S-Bahn!« Arbeit zog immer, und auch jetzt raffte Polli sich hurtig auf.

Abends, nachdem sie die Tante ins Bett gebracht hatte, hörte sie Alma mit Iltis, dem Frontmann der *Must Listeners* in der Stube. Seit Weihnachten »ging« das Mädchen mit ihm, und gerade klang es, als würde sie Gesangsstunden bei ihm nehmen. Marie freute sich für ihre Tochter, die glücklich wirkte. Die anderen waren oben in ihren Zimmern, und Marie, von einer inneren Unruhe erfasst, beschloss, noch mal nach den Tieren zu schauen. Im Stall war alles friedlich. Die von ihrem Wintermantel befreiten Schafe ruhten neben den Ziegen, blinzelten und fingen an wiederzukäuen, als wäre mit dem Lichtschalter auch eine Maschine in ihren Mägen angesprungen. Anders bei den Pferdeboxen. Seit zehn Tagen bangte Marie um die dreijährige Leutstettener Stute Tammi. Laut Kalendereintrag vor elf Monaten müsste sie etwa um diese Zeit ihr erstes Fohlen gebären. Dass sich die Geburt um einige Tage oder sogar Wochen verschob, war natürlich, dennoch hing viel von diesem Ereignis ab. Tammi war Wolkes Tochter, ihre letzte kostbare Leutstettener und Martins Hochzeitsgeschenk. Für Marie wäre es ein großer Erfolg, der Anfang ihrer eigenen Zucht mit dem ungarischen Hengst Furioso, den sie auf Vermittlung der königlichen Familie – ihrer Nachbarn vom Schloss – gekauft hatte. Die Wittelsbacher freuten sich, dass Marie die seltene Pferderasse, die sie einst begründet und über den Krieg gerettet hatten, in Deutschland weiterführen wollte. Sie unterstützten Marie, indem sie ihr Weideflächen aus ihrem Besitz verpachteten und ihr die Reithalle vermieteten. Dadurch hatte Marie weder ein Stückchen Land noch den Drumlin verkaufen müssen, um den Martin bis zu seinem Tod so hart gekämpft hatte. Über den Winter hatte sie drei neue Pferde in Pension genommen und nahm weitere Reitschüler an, stellte sogar eine Reitlehrerin ein. Sybille Niemann arbeitete mit Maries gewaltfreier Methode und unterstützte Marie. Den Zulauf an Reitschülern hatte sie hauptsächlich dem Hoffest zu verdanken. Trotzdem dachte sie ungern an den Tag. Noch immer schämte sie sich, dass sie die Zwillinge so zur Schnecke gemacht hatte, als sie, ohne zu fragen, Martins Porsche angeworfen hatten und einfach losgefahren waren. Es hätte sonst was passieren können. Wie sich rausstellte, hatten diese Schlawiner sämtliche Schlüssel vom Brett neben dem Telefon stibitzt und einfach alle durchprobiert, bis der richtige zündete, und ehe sie sich versahen, rumpelten sie durch das Scheunentor. Zum Glück war niemand verletzt worden. Warum hatte Marie den Traktorschlüssel nicht woanders aufbewahrt?

Gleich nach dem Hoffest übergab sie den Porsche schweren Herzens einem Händler für Landmaschinen, der ihn verkaufte. Auch wenn der Bulldog, wie Martin ihn liebevoll genannt hatte, nun aus ihren Augen war, so steckte der Unfall noch in ihrem Sinn.

Tammi stand im Stall und schnaubte. Ihr Euter war geschwollen, und an den Zitzen hatten sich Harztropfen gebildet. Die lebenswichtige Kolostralmilch, die Martin Biestmilli genannt hatte und die Glöckchens Lamm vermutlich gefehlt hatte. Kündigte sich die erste Wehe an? Sie strich Tammi über den trächtigen Bauch, der sich im Becken gesenkt hatte, und spürte die Bewegung des Fohlens. Marie brachte der Stute Futter und frisches Wasser, doch sie rührte nichts an. Was war mit ihr? Sollte sie den Tierarzt anrufen? Der konnte auch nichts anderes tun als warten. Marie dachte an die Geburten ihrer Kinder. Ihr hatte es geholfen, sich bis zum Schluss zu bewegen.

»Sollen wir ein Stück spazieren gehen?« Sie führte sie nach draußen. Die Nacht war lau, das unbeständige Wetter schien sich ausgetobt zu haben. Im Abendlicht leuchtete das Gras grellgrün, Bienen summten noch an den Blüten des Birnbaumspaliers. Auf der Wiese hinter dem Hof, wo der Karlsberg begann, ließ Marie Tammi los, damit die Stute das Tempo bestimmen konnte. Weiter und weiter stiegen sie hinauf, mittlerweile umfing Dunkelheit sie, und über ihnen funkelten Sterne. Zu ihren Füßen lagen die Dächer des Dorfes, dahinter waren das Leutstettener Moos und der Starnberger See zu erahnen. Ein Rabe hockte auf dem Gatter zur Koppel, ein zweiter flog auf. Als Marie sich wieder zu Tammi umwandte, war sie fort. Sie rief nach ihr, blieb stehen und lauschte, ob sie ein Schnauben oder ihre Hufe im Gras hörte, versuchte, die Umrisse in der Ferne zu unterscheiden. Baum oder Pferd? Dort, am Waldrand, bewegte sich etwas, das konnte sie sein. »Tammi, komm her!« Langsam fröstelte Marie in ihrem Pullover, und eine Taschenlampe hatte sie auch nicht dabei. Sie hatte geglaubt, sie würden bloß ein Stück vom Haus weggehen und gleich wieder umkehren. Das, was sie für ein Pferd gehalten hatte, entpuppte sich beim Näherkommen als Haselnussstrauch. Sie suchte weiter, glaubte, im Wald ein Geräusch vernommen zu haben. Zweige streiften ihr Gesicht, Äste knackten unter ihren Stiefeln. Auf einmal war sie von lauter Geräuschen umgeben, überall raschelte es, wie sollte sie da Tammi heraushören? Marie lehnte sich an einen Baumstamm. »Ach, Martin«, sagte sie laut in den Wald hinein und erschrak über ihre eigene Stimme. Dicht über ihr flatterte ein Vogel auf. Eine Eule? Weiter vorne schnaubte etwas. »Tammi?« Sie stieß sich von dem Baum ab und hastete darauf zu. Das Tier huschte weg, der Größe nach war es eher ein Reh. Marie rannte weiter, brach in ein Loch ein, versuchte, ihren Fuß herauszuzerren, stürzte und landete in einem Geflecht aus Dornen, die sie durch die Hose stachen und ihr die Hände zerkratzten. Wütend rappelte sie sich hoch, doch ihr Fuß steckte fest. Sie zerrte und zog, fing an, mit sich selbst zu sprechen. »Ja, genau, genau. Mach nur so weiter, Marie. Siehst du, das kommt davon, du allein wolltest alles stemmen. Ha! Jetzt sitzt du fest und kannst nichts dagegen tun. Kann ich doch!« Ungeachtet der Dornen versuchte sie, die Erde um den Stiefel zu lockern und sich freizubuddeln, hieb vor Wut mit einem Stock auf den Boden ein und traf ihren Stiefel, stieß einen Schmerzensschrei aus. Ihre Hände brannten, ihr Fuß schmerzte. Erst als es ihr mit viel Ächzen und Gezerre gelungen war, aus dem Stiefel zu schlüpfen, war sie frei. Gebückt, der rechte Fuß bloß im Socken und eine blutende Schramme am Knöchel, stolperte sie weiter. Inzwischen war es stockfinster, sie tastete sich von Baum zu Baum, den Ellbogen zum Schutz vorm Gesicht. Stimmte die Richtung überhaupt? War sie am Anfang des Waldes oder mittendrin? Wo war der Lichtstreifen, der die Felder angekündigt hatte? Irgendwann konnte sie nicht mehr, gab sich geschlagen, ließ sich einfach niedersinken, spürte Laub und Moos unter sich, vergrub ihre Hände darin. Hätte sie Martin damals mehr unterstützt, würde er vielleicht noch leben. Stattdessen hatte sie ihn zu einer Entscheidung gedrängt. Mit jeder Faser ihres Seins sehnte sie sich nach ihm. Hier bin ich jetzt, dachte sie, und hier bleibe ich. Tot sein war leicht im Vergleich zum Leben. Marie wusste, wie sich Sterben anfühlte, bei der Geburt von Xaver wäre sie fast gestorben. So leicht und frei hatte sie sich seither nie mehr gefühlt. Woher sollte sie die Kraft nehmen, durchzuhalten und alles allein zu schaffen? Wenn sie ihren Liebsten doch nur noch einmal, ein einziges Mal berühren dürfte.

Kurz vor dem Unfall hatten sie sich versöhnt und Pläne für die Zukunft geschmiedet. Martin wollte die Trinkerei aufgeben und die Brandstetterwiese mit dem Drumlin verkaufen, die Landwirtschaft verkleinern, damit Marie mehr zum Malen und zum Reiten käme und überhaupt entlastet würde. Zusammengekauert in Nässe und Kälte, umhüllt von der Nacht, dachte sie an ihre letzten gemeinsamen Stunden, als sie nach dem Unfall im Krankenhaus bei ihm wachte. Dabei stellte sie fest, dass sie sich nicht mehr an alle Einzelheiten erinnerte, nur noch wenige Momente blitzten in ihr auf. Helga, Luise, Manni und sie hatten ihn am Hang gefunden, der Traktor musste ihn überrollt haben. Es war zu spät, um von zu Hause aus den Notruf zu verständigen, also fuhren sie Martin mit Annabels Auto selbst ins Krankenhaus. Als Ärztin übernahm Helga das Kommando, leitete sie an, wie sie ihn auf die Decke heben und dann ins Auto tragen sollten. Dank Mannis Bärenkräften, der seinen schwer verletzten Bruder fast alleine hielt, betteten sie ihn auf der Rückbank des Wagens. Da wachte Martin kurz auf und stöhnte. Er lebte, war Maries einziger Gedanke, Hauptsache das. Die Verletzungen würden heilen, und ihr Allerliebster würde wieder gesund werden. Das gab ihr die Kraft, überhaupt loszufahren, auch wenn ihre Hand zitterte, als sie den Schlüssel im Zündschloss drehte. Damals war sie noch die Einzige von ihnen gewesen, die den Führerschein hatte. Manni schickten sie zu Fuß nach Hause, für ihn wäre nicht auch noch Platz gewesen. Außerdem musste jemand bei den Tieren sein. Im Rückspiegel sah sie, dass er einfach mit ausgebreiteten Armen auf dem Weg stehen blieb. Luise saß auf dem Beifahrersitz, half Marie, auf die Straße zu achten, ständig glitt ihr das Lenkrad aus. Tu es für ihn und reiß dich zusammen, redete sie sich selbst gut zu, als das Getriebe beim Gangeinlegen knirschte. Bitte nicht noch ein Schlagloch, flehte sie. Er blutete so stark und hatte große Schmerzen. Eigentlich war es nur ein kurzes Stück über die Landstraße bis ins Starnberger Krankenhaus, doch nun dehnte sich die Strecke endlos. Am liebsten hätte sie alle paar Meter gefragt, wie es ihm ging. Helga kniete vor der Rückbank und überwachte Martin. In der Notaufnahme angekommen, sorgte sie dafür, dass sofort Sanitäter mit einer fahrbaren Trage herbeieilten, um Martin aus dem Auto zu heben. Stundenlang wurde er operiert. Anfangs warteten Luise und Helga mit ihr, doch dann beschlossen sie, dass sich jemand um die Kinder kümmern musste, die alle noch bei Annabel waren. Marie hörte es, nickte, wenn sie etwas fragten oder vorschlugen, wusste kaum, wozu sie ihr Einverständnis gab oder worüber sie redeten.

Noch heute wachte sie oft auf und glaubte, bloß schlecht geträumt zu haben, einen furchtbaren Albtraum, der niemals wahr werden durfte. Jetzt in der Dunkelheit bebte Marie, schlotterte am ganzen Leib. Der nächtliche Wald zog sie in seine Umarmung, umrauschte und umtoste sie. Sie atmete ein und aus, ein und aus, griff sich mit gekreuzten Armen an beide Ohrläppchen, und sagte: »Wuuuuussssaaaa«, und dann lauter »Wuuuuussssaaaa.« Das hatte ihr damals Helga gezeigt, als sie im Wartezimmer eine Panikattacke gehabt hatte. »Was, wenn er stirbt? Was, wenn Martin stirbt?« Sie hatte geschrien und getobt.

»Marie, schau mich an. Marie, bitte, schau mich an.« Helgas Worte klangen ihr noch im Ohr. »Martin ist in den besten Händen, die Ärzte werden alles für ihn tun, vertrau ihnen, ich tue es und Luise auch.« Luise, die unablässig weinte, während Marie keine einzige Träne fand, schniefte und nickte.

Seine Kopfverletzungen stuften sie als harmloser ein, als sie aussahen. Martins Kiefer war gebrochen und auch seine Nase. Das würde heilen, versicherte man ihr. Ernster sei es mit seinem Bein. Man wollte versuchen, es zu retten, die Nacht abwarten und am nächsten Tag entscheiden. Marie sollte am Morgen wiederkommen, doch sie weigerte sich zu gehen. Schließlich erbarmte sich der Arzt und erlaubte ihr, auf einem Stuhl neben Martin zu wachen. Am Morgen brachte ihr Luise frische Sachen und etwas zu essen und löste sie für ein paar Minuten ab, damit sie sich waschen und umziehen konnte. Erneut wurde Martin untersucht, und sie erfuhren, dass er noch mal operiert werden sollte. Wie durch ein Wunder brauchte sein Bein nicht amputiert zu werden. Nicht nur Marie, alle atmeten auf. Jetzt mussten nur noch seine Wunden heilen, die Quetschungen und Brüche, dann durfte er nach Hause. Auch Martin selbst war zuversichtlich. Als er aufwachte, konnte er kaum sprechen, dann tat Marie das eben für ihn, las ihm von den rissigen Lippen und zugeschwollenen Augen ab, was er sagen wollte, und hielt seine Hand. Wenn die Schmerzen wieder stärker wurden und es dauerte, bis die Wirkung der Infusion einsetzte, fing sie an, ihm die Geschichten zu erzählen, die, die er den Kindern immer zur guten Nacht erzählt hatte, sofern sie sie noch wusste. Vom Thomas, der mit bloßen Händen einen Bären fing, vom Zauberer Schnurr und dem Drachen Fire. Sie stockte oft, wusste nicht weiter, bis Martin mit rauer Stimme zu flüstern anfing. Ganz nah legte sie ihr Ohr an seinen Mund und lauschte, holte Papier und Stift, schrieb alles auf, damit sie es nicht noch mal vergaß. Damit eines Tages, wenn sie groß waren, ihre Kinder diese Geschichten ihren eigenen Kindern vorlesen konnten, und Marie würde sie illustrieren. Wenn Martin schlief, machte sie Skizzen dafür. So verging eine Woche, in der sie, ohne dass sie es recht merkte, kaum trank und aß. Mit dem Brandstetter-Märchenbuch überbrückten sie gemeinsam diese schlimme Zeit. Zwischendurch überfiel sie die Angst, wenn Martin plötzlich kaum noch Luft bekam oder die Schmerzmittel nicht wirkten, wenn er schrie oder phantasierte. Doch dann war das Schlimmste überstanden. Marie sollte heimfahren, sich ausschlafen. Auch Martin bestand darauf. Offenbar brauchte er mehr Ruhe, als sie ihm gönnte.

Kaum war sie zu Hause, klingelte das Telefon. Die kleine Linda lief zum Apparat und gab ihr den Hörer. Der Doktor wollte Marie sprechen. Bei ihrem Mann sei es zu unerwarteten Komplikationen gekommen, kaum dass sie weggewesen wäre. Sie hätten alles versucht, aber er wäre soeben gestorben. Eine unentdeckte innere Blutung, eine Hirnverletzung, man wisse es nicht. Marie hörte es und hörte es doch nicht. »Wir sind die Brandstetters, Brandstetter mit E und Doppel T, soll ich es Ihnen buchstabieren? Martin Brandstetter ist mein Mann, und er lebt, ich war doch gerade noch bei ihm.«

»Tut mir leid, Frau Brandstetter.« Was genau tat ihm dabei

leid, hätte sie am liebsten gebrüllt. Dass er versagt hatte, dass sie alle Versager waren, dass sie ihr das Liebste und Beste genommen hatten, was es in ihrem Leben gegeben hatte? Wie sollte sie jetzt die Kraft finden weiterzuleben? Wie das alles aushalten, ohne ihn?

Sie rutschte über den Waldboden, bis sie etwas fand, an das sie sich klammern konnte. Dann brach sie in Tränen aus und schluchzte laut in die Finsternis.

Als sie erwachte, stieg ihr Blumenduft in die Nase. Sonnenlicht drang durch ihre geschlossenen Lider, und ein warmer Luftzug umhüllte sie. Sie schlug die Augen auf und blickte in ein dichtes Blätterdach, in dem sich zwei Eichelhäher zankten. Ihre Bluse fühlte sich klamm an, doch sie fror nicht mehr. Winzige Mücken umschwirrten sie. Eine Amsel wühlte im Laub dicht neben ihr und schien sie nicht zu bemerken. Marie war zwischen den glatten Wurzeln einer Buche eingeschlafen. Die Baumarten zu unterscheiden hatte ihr Martin beigebracht. Eibe, Wildkirsche, Kastanie. Anfangs war sie froh gewesen, einen Nadelbaum von einem Laubbaum unterscheiden zu können, schon bei einer Lärche musste sie passen. Mit Martin war jeder Spaziergang eine Lehrstunde. Einfach so zur Entspannung durch den Wald zu schlendern, gab es bei ihm nicht. Er inspizierte die Natur. Wenn er einmal draußen war, dann mit allen Sinnen. Martin erklärte ihr, dass eine Wiese nicht nur eine Ansammlung grüner Halme war. Es gab unzählige Blattformen und Grassorten. Eine Menge Getier wuselte darin. Jeder Zentimeter war ein Universum, das es zu erforschen galt. Pflanzen gaben zuverlässig Auskunft über die Bodenbeschaffenheit. Wuchsen auf einer Wiese keine Blumen, war sie überdüngt. Nur Ausgewogenheit brachte Vielfalt hervor. Durch Martins

Augen lernte Marie die Natur neu betrachten, und auch für ihre Kunst und den Umgang mit den Pferden lernte sie viel. Dabei hatte sie gedacht, als Künstlerin bereits genauer hinzuschauen als andere, aber zum Sehen gehörte auch Verstehen, ein Teil von dem werden, was man ausdrücken wollte, es ganz und gar durchdringen. Martin, bist du das? Auf einmal glaubte sie, ihn zu spüren und seinen Atem auf ihrer Haut zu fühlen. Sie streckte weit die Arme aus, atmete tief ein und ließ sich von seiner Wärme und Weichheit umfangen. Er stupste sie an und schnaubte. Sie kicherte, weinte Freudentränen. Es war Tammi mit ihrer weichen, warmen Pferdeschnauze, die sich zu ihr beugte, und unter ihrem Bauch stand ihr Fohlen und trank.

Als sie auf den Hof zurückkehrten, herrschte große Aufregung. Die Kinder umringten sie, bestaunten das Fohlen, das wie Tammi eine schwarze Mähne und einen schwarzen Schweif zum braunen Fell hatte.

Luise kam ihr entgegen, mit Xaver an der Hand, der sich die Tränen abwischte und Marie in die Arme sprang. »Mama!« Sie hatten ihre Tante Dalli angerufen, als sie feststellten, dass Marie fort war.

»Es tut mir so leid«, sagte sie, nachdem sie erklärt hatte, dass sie sich bei ihrer Suche nach Tammi verlaufen hatte. Was ihr sonst noch widerfahren war, konnte sie nicht erklären und wollte das auch nicht. Doch Luise stellte sowieso keine Fragen. Sie drückte sie und Xaver und alle anderen an sich. »Das kommt bestimmt nie wieder vor, versprochen.« Marie spürte, dass es nicht gelogen war. Martin war fort und zugleich untrennbar mit ihr verbunden. Sie holte tief Luft. »Wer von euch weiß einen Namen für Tammis Fohlen, es ist ein kleiner Hengst.«

»Zack«, schlug Konrad vor, so hieß das neue Comicheft, das Luise ihm mitgebracht hatte. Das passte, die Ankunft des kleinen Leutstetteners hatte Marie, »zack«, verpasst.

Als sie gerade die Tiere in den Stall brachten, knallte es. Tante Polli schrie. Es klang wie eine Explosion. Sie rannten zur Küche, blieben in der Tür stehen. Die Wand, der Vorhang, bis unter die Decke triefte es blutrot.

Quietschfidel wackelte ihnen die Tante entgegen. Von ihren rot gefärbten Händen tropfte es, auch ihre Kittelschürze war besudelt. »Mareiundsepperl, hod des an Schepperer do! Hobt'ses gherd? Guad, dass i mein neien Trachtenhuat aufghabt hob.« Polli langte sich an die Krempe und zupfte ein purpurfarbenes Bröckchen ab, schob es in den Mund und kaute. »Der Sicomatic is hie, den hod's zerrissn, fiarcht i. Und dabei wollt i doch heid für euch olle kocha.« Marie entdeckte die Teile des Schnellkochtopfs auf dem Boden, überall klebte Rote Bete, die außer Polli sowieso kaum einer mochte.

»Des kleine Glück verlässt dich nie«, ergänzte Polli Stunden später, als sie noch immer putzten. »Guad, dass ihr olle draußen wards.« In den nächsten Tagen mussten sie zweimal weißeln, und trotzdem blieb ein Hauch von Rosa in den Küchenwänden.

HELGA

Der erste Monat in der neuen Praxis ging zu Ende. Die Sprechstunden füllten sich, fast jede Woche kamen neue Patientinnen dazu. Erstaunlich schnell hatte es sich herumgesprochen, dass sich eine Gynäkologin im Stadtzentrum niedergelassen hatte, eine Frau die Frauen behandelte, das gab es in Starnberg noch nicht. Befeuert hatten das Ganze ein Artikel in der Regionalzeitung und die Werbeanzeigen, die Helga weiterhin schaltete. Auch ehemalige Patientinnen fanden zu ihr, die sie in der Seeklinik im Wochenbett betreut hatte oder die mit allerlei sonstigen Beschwerden in der Klinik gelegen hatten. Überraschend schnell gewöhnte Helga sich an die neuen Arbeitsabläufe. Kein Schichtdienst mehr, weder Dienstbesprechungen noch Visite, keine Not-OPs und schnellen Eingriffe bei komplizierten Geburten. Dafür konnte sie sich für eine Patientin länger Zeit nehmen, arbeitete in ihrem eigenen Rhythmus, bestimmte selbst die Sprechzeiten und auch, wann und wie lange sie Urlaub machte. Dennoch wurde sie gelegentlich vom Telefon aus dem Schlaf gerissen. Dann wusste sie, dass es dringend war, sie schnell wach werden, losfahren und entscheiden musste. Hatte sie eine Brustentzündung diagnostiziert, eine Frau zur Entbindung ins Krankenhaus begleitet oder eine Tetanusimpfung nach einer Verletzung verabreicht, fiel es ihr schwer, wieder einzuschlafen. Hellwach lag sie hinterher im Bett in ihrem Schlafzimmer im ersten Stock und versuchte, die Konzentration, die ihr Beruf gerade noch verlangt hatte, wieder abzuschütteln. Meist holte sie in solchen Nächten ihre Familiengeschichte ein, an die sie am allerwenigsten denken wollte. All das Schreckliche, was Annabel mit ihren Recherchen womöglich zutage fördern würde. Wie sollte sie David davon erzählen? Manchmal wünschte sie sich in diesem Zustand zwischen Wachen und Schlaf einen Partner an ihrer Seite, der Freud und Leid mit ihr teilte und sie bei sämtlichen Entscheidungen unterstützte. Otto oder Friedrich waren dafür nicht geeignet, eher noch Theo. Er, der in seiner schlesischen Heimat dem Tod nur knapp entronnen war und danach die Hungerjahre in einem russischen Schweigelager in Russland überlebt hatte, war wohl der Mann für sie, dem sie vielleicht am meisten Einblick in ihr Innerstes gegeben hatte. Allerdings hatten sie sich im neuen Jahr noch gar nicht getroffen. Und jetzt war immerhin schon Mai. Längere Pausen in ihrer Beziehung waren nichts Ungewöhnliches. Theo war viel auf Reisen, lernte auch andere Frauen kennen, aber irgendwie fanden sie trotzdem wieder zusammen. Doch neuerdings schien er Helga regelrecht zu meiden. Zuletzt waren sie kurz vor Silvester essen gegangen, und sie hatte ihm anvertraut, dass ihre Eltern es auf David abgesehen hatten. Helga war derart aufgewühlt, dass sie den ganzen Abend redete. Theo hörte aufmerksam zu, trotzdem hatte sie den Verdacht, dass ihm ihr Monolog vielleicht zu viel gewesen war. Er verabschiedete sich schon gegen elf, drückte sie fast väterlich an sich und sagte, alles werde wieder in Ordnung kommen. Ab da wollte er sie nicht mehr treffen, jeweils mit der Begründung, er sei beruflich stark eingespannt. Sie spürte, dass das eine Ausrede war, und fragte ihn ganz direkt am Telefon, ob er eine feste Bindung mit einer anderen eingegangen war, die ihre Art von Zuneigung nicht mehr duldete. Er verneinte. »Du kannst es ruhig zugeben, ich akzeptiere das, ist doch so vereinbart.« Theo widersprach erneut. So abgedroschen es klinge, er stecke gerade in einem sehr komplizierten Fall, der sich hoffentlich bald klären werde, danach könnten sie sich wieder öfter sehen. Ausgehen wie früher und Männer kennenlernen wollte sie nicht mehr. Neuerdings war es ihr wichtiger, am Morgen frisch und ausgeruht zu sein.

Auch wenn Helga versuchte, es nicht zu tun, dachte sie in letzter Zeit wieder häufiger an Jack, kaute alles, was sie mit ihm erlebt hatte, wieder und wieder durch und fragte sich, wann seine Liebe zu ihr aufgehört haben mochte. Die Erinnerung an ihn war eine Mischung aus Zorn und Liebe, Verklärung und Enttäuschung. Um diesem nächtlichen Gedankenkarussell zu entkommen und doch noch ein paar Stunden Schlaf zu finden, konzentrierte sie sich auf das, was vor ihr lag, und das, was sie erreicht hatte. Selbständig sein, mit eigener Praxis. Dank dem Schreiner Notnagel, der umsetzte, was sie ihm aufmalte, füllten sich die privaten und die Praxisräume mit lauter Schmuckstücken aus Holz. David genoss es, dass er nicht mehr im Schulkeller Schlagzeug üben musste, weil das in der kleinen Wohnung am Schlossberg die Nachbarn gestört hatte. Und Helga konnte sich endlich an Einrichtung das leisten, was ihr gefiel, hatte als angesehene Ärztin mühelos einen Kredit für das Haus bekommen. Die Generationenbank im Wartezimmer hatte sie mit modischen weißen Schalenstühlen kombiniert, deren farbige Schaumstoffpolster einen Seufzer von sich gaben, wenn man sich draufsetzte. Dazu eine Spielecke mit Bauklötzen von David, dem Puppenhaus von Josie und eine Auswahl an Zeitschriften.

Nachdem sie die letzte Patientin verabschiedet hatte, ergänzte Helga das Krankenblatt und ordnete es im Hängeschrank ein.

Sie glaubte schon, Feierabend machen zu können, da hörte sie die Haustür und Stimmen. Hoffentlich waren es nicht mehr als zwei, es war schon halb sieben, und heute wollte sie mit Otto in *Papillon* gehen, einem Film mit Dustin Hofmann, über einen unschuldig Verurteilten, der von einer Gefängnisinsel floh. Sie räumte das benutzte Besteck weg, legte frisches bereit und reinigte den Untersuchungsstuhl. Noch war alles machbar, aber je nachdem, wie sich Luise entschied, musste sie bald annoncieren. Sie brauchte eine weibliche Kraft, die ihr im Labor, am Empfang und bei der Buchführung half, die Instrumente sterilisierte, Blutdruck maß und so weiter. Auch eine Putzfrau würde sie einstellen. Momentan sah sie es als körperlichen Ausgleich für zwischendurch, wenn das Wartezimmer leer war. Ein letzter Blick durch das Sprechzimmer, ob alles sauber und ordentlich war. Rasch wischte sie noch ihre Brille an einem Eck des Arztkittels sauber, setzte sie wieder auf und strich sich das Haar, das sie wieder lang trug, hinters Ohr.

»Der Nächste bit…«, rief sie ins Wartezimmer und stockte. Auf den modernen Stühlen saßen ihre Eltern.

Hefeteig-Grundrezept für Osterfladen, Apfel-Zimtschnecken, Rohrnudeln u. v. m.

600 g Mehl
150 g Zucker
2 Eier
250 g Wasser oder Milch
1 Würfel frische Hefe
1 EL Honig
1 TL Salz
1 Handvoll Rosinen

(Evtl. etwas Milch oder Wasser und Mehl zusätzlich, um dem Teig die richtige Konsistenz zu verleihen)
Puderzucker und Zitronensaft für den Guss

Den Hefewürfel in einer Tasse mit lauwarmer Milch zerbröseln, mit dem Honig verrühren und an einem warmen Ort gehen lassen. Solange das Mehl abwiegen und einer großen Schüssel eine Vertiefung hineindrücken. Achtung, das Salz nur an den Rand streuen. Hefe mag kein Salz! Die aufgegangene Hefe in die Kuhle schütten, mit etwas Mehl verkleppern und noch mal zehn Minuten gehen lassen. Dann die Eier, die Milch und den Zucker dazugeben und alles verkneten. Dabei mit der einen Hand die Schüssel nach rechts drehen und den Hefekloß in Herzrichtung nach links. (So hat es meine Mama immer gemacht: »Geh, Luiserl, derma wieder herzen, hat sie jeden Samstagnachmittag gesagt, und am Abend duftete es im ganzen Haus nach dem Sonntagshefezopf.)
Den Teig ca. 1 Stunde mit einem Tuch abgedeckt in der Wärme (keine Hitze!) gehen lassen, bis er sich verdoppelt hat. Dann den Backofen vorheizen und ein Backblech einfetten.
Die Rosinen unterkneten und den Teig zu einem Fladen formen und ein Rautenmuster schneiden.

Für einen Hefezopf teilt man den Teig in drei Bänder und flechtet ihn. An Ostern verbinde ich die Enden, so dass in die Mitte gefärbte Ostereier passen.

Zimtschnecken oder Obstnudeln: Den Teig auswalken, die Fläche mit Sauerrahm bestreichen, mit geschnittenen Äpfeln oder Obst der Wahl belegen und mit Zimtzucker bestreuen. Anschließend den Teig wieder zusammenrollen und in zwei Zentimeter dicke Stücke schneiden.
Je nach Ofenart ungefähr 30 Minuten backen. Das noch heiße Gebäck mit dem Puderzucker-Zitronengemisch bestreichen.

Nach Ida Brandstetters Rezept mit Varianten von mir, ihrer Tochter Luise

Aus: Luises Ladenkunde-Album

LUISE

Die Entlassung ihrer Festangestellten war der Anfang vom Ende. Mittlerweile wiesen die Regale Lücken auf, die Leere machte ihr zu schaffen. Luise glaubte kaum, dass sie noch einen Ausweg aus der Misere fand. Auch im neuen Jahr änderte sich wenig. Nur noch selten machte jemand seinen Großeinkauf bei ihr, und daran änderte auch keine halbseitige Anzeige im Wochenblatt etwas. Höchstens Kleinigkeiten, die man im Supermarkt vergessen hatte, holten die Leute noch bei ihr, oder wenn man auf etwas Exquisites Gelüste verspürte. Der nächste Schritt würde die Verkleinerung der Ladenfläche sein. Als Untermieter käme ein Teeladen in Frage. Tee passte zu ihrem Sortiment und würde nicht allzu große Umbaukosten verursachen. Die Wand, die sie für den Anbau eingerissen hatte, würde sie als Abtrennung wieder hochziehen müssen. Das musste sie bloß noch Hans verklickern, der sowieso schon von allem genervt war. Wegen jeder Kleinigkeit stritten sie. Nachts lag Luise auf der Klappcouch im Wohnzimmer, wo sie seit vielen Jahren schlief, und grübelte. Wann hatte es angefangen, mit dem Laden bergab zu gehen? Wann ihre Ehe in die Brüche gegangen war, konnte sie ziemlich genau sagen. Martins Unfall hatte den Ausschlag gegeben, zu der Zeit hatte sie endlich begriffen, dass Hans Helga vergewaltigt hatte. Sie hatte Marie auf dem Hof und mit den Kindern geholfen, fühlte sich schon fast wieder als Bäuerin in ihrem Element. Als sie heimkehrte und der Alltag in Starnberg sie wieder in Beschlag nahm, zog sie auf die Klappcouch um. Wie sollte sie Lust empfinden, wenn ihr bei jeder seiner Berührungen vor Augen stand, was er ihrer Freundin angetan hatte? Nach der ersten Nacht fragte Hans, wie es ihr ginge und ob er etwas für sie tun könne. Er brachte ein Tablett mit Frühstück – Honigbrote und Tee, aber auch Zwieback, Salzstangen, Cola und Kaffee – und wirkte ehrlich besorgt um sie. Seltsamerweise wurde ihr sofort schlecht, als sie das Essen roch. Sie presste die Hand unter der Decke auf den Bauch und zog die Beine an. »Ich schlafe ab jetzt hier«, erklärte sie.

»Wie eh und je vor dem Fernseher, oder auch wenn er ausgeschaltet ist?« Hans scherzte, setzte sich neben sie, biss in eine Scheibe Brot und trank seinen Tee. »Na gut«, sagte er, als er merkte, dass es ihr ernst war, »dann tauschen wir die Möbel, machen das Wohnzimmer zum Schlafzimmer. Warum nicht.«

»Nein, es geht um dich.« Luise fehlte die Kraft, weiter um den heißen Brei zu reden. »Ich will nicht mehr neben dir und mit dir schlafen.«

»Ach so? Ist es, weil du wieder schwanger bist?«

»Woher weißt du das?« Sie hatte gerade erst entschieden, dass sie das Kind bekommen würde.

»Mei, Luiserl, wie lange kennen wir uns nun schon und sind verheiratet? Deine Speiberei, deine Unruhe und die Stimmungsschwankungen. Ich hab schließlich auch schon zwei Schwangerschaften mitgemacht, ganz bescheuert bin ich nicht.« Er umarmte sie. Sie wehrte ihn ab, drückte sich in die Couchecke. »Ich freu mich so, was für ein Glück. Das mit dem neuen Schlafzimmer ist eine gute Idee, wir müssen sowieso überlegen, wo wir ein weiteres Kinderzimmer unterbringen. Und was wir machen, wenn noch ein drittes und viertes Kind kommt. Was hältst du davon, wenn wir den Speicher ausbauen?«

»Der Ladenanbau ist kaum fertig, und du willst das Dach ausbauen?«

»Nicht sofort natürlich, das Wichtigste ist, dass du dich schonst. Ruh dich aus. Ich kümmere mich um Josie, ist sowieso Zeit, sie zu wecken. Wann sollen wir ihr sagen, dass sie ein Geschwisterchen kriegt?«

»Hurra, ich krieg eine Schwester, darf ich den Namen aussuchen?« Josie hatte schon wer weiß wie lange in der Tür gestanden und gelauscht, nun rannte sie herein und sprang in ihre Mitte. Eigentlich hatte Luise Hans auch noch sagen wollen, dass das Kind gar nicht von ihm war. Sie hatte die Geheimniskrämerei satt. Aber wenigstens für diesen Tag verschob sie es und dann auch für den nächsten. Und dann noch einen und noch einen, und bald hatten die alten Verpflichtungen sie wieder fest im Griff. Und als Frau Hirschkäfer mit ihrem Hörrohr nicht einen, sondern zwei Herztöne in ihrem Bauch vernahm, wagte sie es nicht mehr. Dann würde sie Hans eben Kuckuckszwillinge unterjubeln. Mit Ferdl Bellarabi traf sich Luise nicht mehr. Er drückte lediglich sein Beileid aus, als sie sich kurz nach Martins Beerdigung auf der Straße wiederbegegneten, das war's. Fortan taten sie so, als wären sie bloß Bekannte, grüßten sich und gingen sich aus dem Weg. Zumal ihre Schwangerschaft längst nicht mehr zu verbergen war. Bis heute fragte sie sich oft, ob Ferdl ahnte, dass er der Vater der Buben war. Wohl eher nicht. Er und seine Frau hatten sich immer Nachwuchs gewünscht, hatte er ihr an einem ihrer Tanzabende gestanden, aber da er als Kind Mumps gehabt habe, sei er unfruchtbar. Luise wusste es besser.

Nach einer dieser durchwachten Nächte schleppte sie sich müde durch den Tag, stand wie gewohnt im Laden und nach dem Mittagessen noch in der Küche, um die Rohrnudeln für den nächsten Tag vorzubereiten, bevor sie aufsperrte. Die Buben spielten draußen, Josie arbeitete im Dachgeschoss an dem Löwen-Heft für den Schuhkonzern. Einerseits freute sich Luise, dass es mit dem allerersten Auftrag für sie als Künstlerin geklappt hatte, andererseits verstand sie auch Helga, die aufgebracht war, weil ihr Sohn und damit auch Josie mit ihren Eltern wieder Kontakt hatte. Wie sollte sie sich verhalten? Sie saß mal wieder zwischen allen Stühlen. Zumal Josie sowieso meistens zu Hans hielt, wenn sie stritten. Luise knetete mit der rechten Hand den Hefeteig in Herzrichtung, mit der linken drehte sie die Schüssel dagegen, gab solange Mehl dazu, bis der Hefeteig sich vom Rand löste und nicht mehr klebte. Jemand klopfte lautstark an der Ladentür. Es war doch erst kurz vor zwei, wem pressierte es da? Zu den Öffnungszeiten war es so gut wie leer, aber dann gönnte man ihr nicht mal die Mittagspause. Sie schnappte sich ein Geschirrtuch und eilte mit teigverklebten Fingern durch den Flur in den Laden. Draußen stand Wachtmeister Klein, rechts und links von ihm die Zwillinge. In Decken gewickelt, mit glänzend feuerroten Gesichtern, nassen Haaren und barfuß in ihren Winterstiefeln. Und dies bei den Minusgraden, weil die Eisheiligen ihrem Namen mal wieder alle Ehre machten.

»Schnell, kommt rein. Was ist passiert? Sind sie in den See eingebrochen?« Der war nur noch an den Rändern gefroren. Den ganzen Winter lang hatte sie den Buben verboten, aufs Eis zu gehen. Vermutlich hätte sie sich das sparen können, die Verlockung war einfach zu groß. Sie musste ihnen etwas erlauben, damit sie es mieden.

»Sie waren nur am Ufer, haben Dämme gebaut. Dafür hat's mich reingesetzt, als ich sie einfangen wollte.« Luise bemerkte erst jetzt, dass auch Kleins Uniform nass war. Luise bedankte sich vielmals, packte dem Wachtmeister rasch ein paar Kuchenstücke ein und richtete Grüße an seine Frau aus. Anschließend brachte sie die Buben ins Bad, setzte Elias auf den Klodeckel, Christian auf die Waschmaschine neben der Heizung und ließ die Wanne einlaufen. »Was soll das, seid ihr verrückt? Nackert am See rumlaufen, ihr erfriert doch.« Schlotternd, mit blauen Lippen, antworteten sie nicht. Ihre Gesichter, Hände und Füße glänzten, hoffentlich bekamen sie kein Fieber. Ihre Haare aber waren gar nicht nass, stellte sie fest, sondern fettig. Was hatten sie bloß angestellt? »Schnell, ab in die Wanne.« Sie nahm ihnen die grauen Polizeidecken ab. Bunte Federn, Tannennadeln – alles Mögliche klebte auf ihrer Haut. Verletzt schienen sie nicht zu sein, doch das konnte sie erst abschließend feststellen, wenn sie sie gebadet und sauber gekriegt hatte. Schweigend ließen sie alles über sich ergehen, hoben nicht mal den Blick. Als Luise erst einen, dann den anderen in die Arme nahm und in die Wanne hob, glitschten sie ihr weg, und auch sie bekam jede Menge Fettflecken ab. Sie duschte beide ab, ließ das Wasser noch mal raus. Der Abfluss verstopfte. »Sind das Federn von eurem Indianerkostüm?«

»Von Christians, Mama«, erklärte Elias, der endlich auftaute. »Ich bin doch Cowboy, aber wir haben gerecht geteilt.«

»Na, das sehe ich.« Luise reinigte das Sieb und ließ frisches Wasser ein. Solange kletterte Christian aus der Wanne und schnappte sich die Arieltonne aus dem Regal, in der sie das Badespielzeug sammelten. Mit den zweien war es vertrackt, einer entkam immer.

»Wann erfahre ich, was los war?«

»Das war doch deine Idee, Mama.« Elias leerte die Tonne über ihren Köpfen aus. Bald schwammen Trichter, Dampfer und Propellerflugzeuge im Schaum.

»Genau, Mama, du bist schuld«, pflichtete Christian seinem Bruder bei. Am Wannenrand klebte ein Schmutzfilm, die Wasseroberfläche hatte Fettaugen wie eine Hühnerbrühe. Als Luise den Kleinen die Haare schamponierte, schäumte es vor lauter Fett erst beim dritten Mal. »Du hast uns doch gestern Abend erklärt, warum Enten und Schwäne im Winter nicht frieren. Und das haben wir heute ausprobiert.« Ach, darum fehlte die ganze Butter aus dem Kühlschrank, sie hatte sich schon beim Backen gewundert.

ANNABEL

Wie vorausgesehen, zog sich das Ordnen von Richards Papieren bis weit ins Frühjahr. Zwei- bis dreimal in der Woche fuhr Annabel zu Irmela und widmete sich den Unterlagen. Weitere Briefe an Konstantin, die er an seine Eltern hatte adressieren lassen, fand sie nicht.

Zusätzlich vertiefte sie sich in die Firmengeschichte des Löw-Konzerns. Helga hatte ihr das Buch *Schuhe fürs Leben* vorbeigebracht und ihre Bedenken dazu geäußert. Allein der Titel sei schon ein Hohn. Nach der Lektüre ging es Annabel ähnlich, diese Firmengeschichte wies umfangreiche Lücken auf. Noch dazu klang sie viel zu harmonisch. Salopp gesprochen, da war was faul. All die Gerüchte und Schlagzeilen, die sie aus der Nachkriegszeit über die Löw-Werke noch in Erinnerung hatte, blieben auf diesen Seiten unerwähnt. Das Unternehmen hatte die Zeit des Dritten Reichs wie viele deutsche Firmen überstanden, erst die Entnazifizierungsbestrebungen brachten es ins Schlingern. Wie hatte ihr Schwiegervater damals gesagt, als sie ihn nach den Knaups gefragt hatte? Schuhe wurden immer gebraucht. Ob Soldatenstiefel oder Tanzslipper.

Das Buch war reich bebildert. Schritt für Schritt konnte man darin die Herstellung eines Schuhs nachvollziehen. Von den Leisten, dem jeweiligen Fuß nachgebildeten Holzformen, bis zu den Maßen. Knöchel, Ferse, Spann, Vorspann und Ballenumfang. Sie merkte, wie sie sich einlullen ließ. Allein der Aufbau eines rahmengenähten Schuhs, wie auch ihr Mann sie meistens trug, war faszinierend. Auf den Absatz kamen die geteilte Laufsohle, die Ausballmasse und der Keder. Im Rahmen war noch ein Gelenkstück, darüber die Brandsohle und die Vorder- und Hinterkappe mit dem Schaft. Ihr fiel ein, wie Richard, der sonst wenig von den USA hielt, vom *American Style* geschwärmt hatte, als Konstantin sich in neuen Schuhen Blasen gelaufen hatte. Die würden zwar ein kleines Vermögen kosten, trügen sich dafür wie eine zweite Haut und seien passgenau. Anders als die Deutschen setzten die Amerikaner nämlich auf halbe Größen. Die Löw-Werke fertigten schon in den 1920er-Jahren auf amerikanischen Maschinen, engagierten sich in der Forschung, um Leder, das in Kriegszeiten rar war, durch andere Materialien wie Kunststoffe und Papier zu ersetzen. Im Buch war sogar ein Schuh aus Fischleder abgebildet.

Ein Kapitel widmete der Historiker, der als Autor auf der letzten Seite kurz vorgestellt wurde, den Werbebroschüren für Kinder. Als Kind hatte Friedrich, und bis vor kurzem auch Marlene, die Abenteuer vom gestiefelten Löwen geliebt. Annabel war Stammkundin in den Löw-Schuhgeschäften von Friedrichs erstem Laufschuh an. Das geschulte Personal in den Fachgeschäften hatte von Anfang darauf geachtet, dass ihre Kinder passgenaue Schuhe erhielten. Die Illustrationen in den Heften, die dafür sorgten, dass die kleinen Kunden beim Anprobieren stillhielten, veränderten sich mit den Jahren, verschiedene Zeichner aus unterschiedlichen Jahrzehnten verliehen dem Löwen und seinen Erlebnissen ihren eigenen Strich. Hinten waren Dankesbriefe aus aller Welt von Kunden und Verkäufern abgedruckt. Einer berichtete im Tagebuchstil von seinen Erlebnissen in einer Berliner Filiale. Das war's. Keine Zeittafel, keine chronologische Auflistung der Ereignisse seit der Firmengründung. Sie klappte das Buch zu und dachte nach. Nun hatte sie sich um zwei Familiengeschichten zu kümmern, aber wie bei den von Thalers weitermachen und wo bei den Knaups anfangen? Sie holte die Zeitungsausschnitte über die Löw-Werke, die sie in einer Mappe mit der Aufschrift H. K. verwahrte. Akribisch hatte sie vor Jahren alles gesammelt, um ihren Mann von Helga Knaup abzubringen. Eine Weile blätterte sie in ihren kriminalistischen Aufzeichnungen, hielt inne, wo sie wichtige Ermittlungsschritte markiert hatte. Obwohl sie ihr Repertoire um den Franzosen Simenon erweitert hatte, konnte sie vieles, so aus dem Zusammenhang gerissen, nicht mehr nachvollziehen, und festlesen wollte sie sich jetzt nicht. Zudem hatte sie das Gefühl, echte Erfahrungen zu brauchen, kein Happy End nach dem Motto, der Mörder ist hinter Gittern, der Kommissar heiratet im nächsten Band die trauernde Witwe.

Wer könnte ihr in dieser heiklen Angelegenheit weiterhelfen? Einer vom Fach, und dafür kam momentan nur eine Person in Frage. Über die Auskunft ließ sie sich mit Sprengeis verbinden, dem Historiker, der das Buch über die Löw-Werke verfasst hatte, sagte, wer sie war, und vereinbarte ein Treffen mit ihm.

Am darauffolgenden Montagnachmittag, nachdem sie Marlene samt Walkie-Talkie zu ihrer Freundin Sandra gebracht hatte, fuhr sie nach Maisach. Ein Hund bellte durch die Gegensprechanlage. Es surrte. Als sie im dritten Stock ankam, hielt Sprengeis einen braun-weiß gefleckten Cockerspaniel mit wuscheligen Schlappohren auf dem Arm. Zum Glück war Marlene nicht dabei, sie wären bestimmt nicht ohne diesen Hund oder das feste Versprechen, einen ähnlichen zu kaufen, nach Hause gegangen. Als Annabel die Hand ausstreckte, um ihn zu streicheln, knurrte er und wollte nach ihr schnappen.

»Nicht, Peppino, aus.« Der Historiker war ein schlanker Mann in ihrer Größe, mit Halstuch statt Krawatte, wie sie das eigentlich nur von deutlich älteren Männern kannte. Er trug breite Koteletten, die in einen Schnurrbart übergingen. Dadurch wirkte sein Gesicht mit dem glatten Kinn zweigeteilt in eine untere sprechende Hälfte und eine schauende und riechende obere. »Bitte, kommen Sie herein. Die Schuhe können Sie anlassen.« Annabel hatte nicht vorgehabt, ihre eleganten Pumps auszuziehen. Sollte sie etwa auf Seidenstrümpfen über den mit Hundehaaren verseuchten Teppich trippeln? Sprengeis bot ihr Tee an und bat sie ins Wohnzimmer. Sie gingen durch einen mit Bücherregalen und Zeitschriftenstapeln vollgestellten düsteren Flur, in dessen Zwielicht auch ein paar Grünpflanzen mit schaufelartigen Blättern vor sich hin vegetierten, und erreichten ein helles Zimmer, das bis auf einen wadenhohen Tisch und vier grob genähte Lederpolster keine Möbel enthielt. Auch die Wände waren kahl. »So geht es jedem, der hier hereinkommt«, sagte er, als er ihr Staunen bemerkte. »Eine Vereinbarung zwischen meiner Frau und mir, ich darf alle übrigen Zimmer mit meinen Sachen belegen, wenn es dafür einen Erholungsraum, ganz ohne Bücher und Krimskrams, gibt. Jeder, der etwas hereinträgt, muss es auch wieder mit hinausnehmen.«

»Was ist Ihre Frau von Beruf?« Annabel wusste nicht, ob sie sich aufs Parkett setzen und ein Polster als Rückenlehne nehmen sollte oder ob das Polster zum Sitzen gedacht war, und blieb zur Sicherheit stehen.

»Bademeisterin im Müllerschen Volksbad. So haben wir uns auch vor vier Jahren kennengelernt, über unseren gemeinsamen Schatz Peppino. Damals war ich noch Nichtschwimmer, habe mich kaum ins tiefe Becken getraut. Dafür bin ich mit ihm regelmäßig ins Hundebecken gegangen.« Wie gerufen, tappte der Cockerspaniel herein und sprang auf ein Polster, Annabel fest im Blick. Sprengeis stellte ein Tablett mit Geschirr auf dem niedrigen Tisch ab und schenkte ihr ein. »Ich hoffe, Sie mögen Schafgarbe? Selbstgepflückt und getrocknet.« Diesen Tee kannte Annabel nicht, nickte aber. »Kann ich empfehlen, ist sehr magenfreundlich«, ergänzte er. Er unterrichte Geschichte und Sozialkunde in einem Münchner Gymnasium, hatte sie gelesen. Wie war er denn zu diesem besonderen Auftrag gekommen, für die Knaups zu schreiben? Annabel suchte sich das Sitzkissen gegenüber vom Hund aus und setzte sich, wusste nicht recht, wo sie ihre Beine verstauen sollte, und streckte sie gerade von sich. Reichlich unbequem, das Ganze, fand sie, aber Ermitteln war nun mal kein Spaziergang.

»Mein herzliches Beileid Ihnen und Ihrer Familie.« Sprengeis pflanzte sich im Schneidersitz auf den Lederwürfel.

»Danke, haben Sie meinen Schwiegervater gekannt?«

»Den Herrn Professor? Selbstverständlich. Ich durfte ein- oder zweimal seinen Vorträgen lauschen. Einmal hat er eine Rede über Kinderlähmung gehalten, die ich sehr beeindruckend fand.« Die Bekämpfung von Polio war Richards größte Errungenschaft. War nicht Helgas Schwester an Kinderlähmung gestorben? »Meine eigenen Forschungen berühren immer wieder dieses Thema. Seuchen, Epidemien, Volkskrankheiten stellen die Gesellschaft auf die Probe und die Welt auf den Kopf. Die Magisterarbeit habe ich über die Heilung der Welt geschrieben.« Offenbar fühlte er sich zu Höherem als zum Unterrichten berufen. »Aber ich rede und rede, bitte verzeihen

Sie, Frau von Thaler, ich dachte mir, ich gebe Ihnen einen Überblick über mein Schaffen, bevor wir beginnen.«

»Äh, womit?« Annabel verschluckte sich fast an dem gallebitteren Tee.

»Mit Ihrer Familienchronik. Ich sag es vorab, es wäre mir eine große Ehre.«

»Da haben Sie mich leider missverstanden.«

»Ach so?« Er richtete sich auf, als sei er überrascht. »Sie sagten am Telefon, es geht um das Buch, das ich über den Löw-Konzern verfasst habe. Darum dachte ich, dass Ihnen für Ihre Familie etwas Ähnliches vorschwebt?«

»Lassen Sie mich offen sprechen.« Diesen Satz hatte sie sich aus Simenon gemerkt. Kommissar Maigret weckte den Anschein, viel von sich preiszugeben, um das Vertrauen des Gegenübers zu gewinnen. »Helga Knaup hat mich beauftragt, mehr über ihre Eltern herauszufinden.«

»Die abtrünnige Tochter, die Ärztin geworden ist und mit einem GI liiert war?«

»War das wirklich alles, was es über den Löw-Konzern zu berichten gibt?« Sie legte ihm ihre Sammlung aus Zeitungsausschnitten vor. »Allein ich habe in kurzer Zeit mehr gefunden, als in Ihrem Buch erwähnt wird.«

Er rutschte auf seinem Sitzkissen herum. »Sagen wir so, das ist alles, was ich verwenden durfte. Ich sollte ein Erinnerungsbuch schreiben, keine kritisch Analyse.« Es hatte zu regnen angefangen. Dicke Tropfen prasselten an die große Scheibe des Wohnzimmerfensters.

»Und wer hat Ihnen den Auftrag vermittelt?«, fragte sie nun ganz direkt.

»Sagen Sie's mir, wie haben Sie mich gefunden?« Nun lächelte er, noch immer die Gelassenheit in Person.

»Über Ihr Buch *Schuhe fürs Leben.*«

»Da haben Sie's. Und ich würde es auch nicht als *mein* Buch bezeichnen, auch wenn es mir schmeichelt, Frau von Thaler. Ich sehe mich eher als Dienstleister und wirke im Hintergrund.« Plötzlich sprang er auf, holte einen Stapel Bücher mit glänzenden Einbänden aus dem Flur und legte sie ihr vor. *Mensch, Maschine, Feuerwache. Die Geschichte der Münchner Berufsfeuerwehr, Die Kraft des Wassers. Das Walchenseekraftwerk von 1918 – heute* und *Wo es mundet. Die Brauerei Stangl durch die Jahrhunderte.* »Sehen Sie, ich schreibe, was mir aufgetragen wird, und zwar so, dass der Kunde zufrieden ist. Der Rest, also das, was ich darüber hinaus erfahre, interessiert im Normalfall keinen.« Er setzte sich wieder, faltete seine Beine auf dem Polster.

»Machen Sie es sich damit nicht zu einfach? Wie können Sie ruhig schlafen, wenn Sie wissen, was Sie alles verschleiern mussten?«

»Verschleiern? Übertreiben Sie bitte nicht. Mein Job ist es, ein Buch als Geschenk für die Mitarbeiter zu verfassen, das Buch über die Löw-Werke gibt es nicht im Buchhandel. Ein rein privates Schmuckbändchen sozusagen.«

»Ach ja? Hunderte Angestellte, Verkäuferinnen, Schuhfabrikarbeiter, Lieferanten sind kein privates Publikum. Das sind Leute, die dieses geschönte Geschichtsbild weiterverbreiten. Finden Sie nicht, dass wir es der nächsten Generation schuldig sind, alles so wahrhaftig wie möglich aufzudecken?« Darüber schien er eine Weile nachzudenken, zwei Teetassen lang. Sie lehnte ab, als er ihr nachschenken wollte. Als sie schon dachte, das war's, stand sie auf, doch er bat sie sitzen zu bleiben.

»Moment, ich zeig Ihnen noch etwas.« Er ging zu einem hohen Schrank aus Bast gleich hinter der Wohnzimmertür, dessen Fächer sich unter Aktenordnern durchbogen. »Hier, das ist alles, was ich herausgefunden habe.« Annabel stemmte sich hoch und folgte ihm. Ihre Füße waren eingeschlafen und kribbelten fürchterlich, vorsichtig wackelte sie mit den Zehen und trat fester auf. Die Ordner waren alle mit L beschriftet und durchnummeriert.

»Die Schuhteststrecke zum Beispiel. Haben Sie davon schon mal gehört?« Er blätterte einen Ordner auf. »Nicht nur Löw war daran beteiligt, andere Firmen auch, praktisch alle großen Schuh- oder Sportmarken, die auch heute noch existieren und weltweit Profit machen. Sich zu Tode laufen oder um sein Leben rennen, sagt man, wenn man von dieser grausamen Methode gelesen hat, nicht mehr leichtfertig. Ich warne Sie, das ist nichts für schwache Nerven, gehört aber unverrückbar zu unserer deutschen Vergangenheit. Und das hier …« Obenauf lag eine dünne Mappe mit dem Löw-Logo. »Das ist das Material, das ich für das Buch verwendet habe.« Er schob alles zurück in den Schrank. Sie glaubte schon, er schicke sie fort. Doch irgendetwas musste sie in ihm losgetreten haben, obgleich seine Miene, weder die Bärtige noch die Schauende verriet, was in ihm vorging. Immerhin hatte ihr Instinkt sie nicht getäuscht, es gab Material, sogar jede Menge. Nun musste sie Sprengeis nur noch überzeugen, dass er es ihr anvertraute.

»Und wie vermitteln Sie Ihren Schülern die deutsche Geschichte, lassen Sie da auch all das Schreckliche weg und machen ein Schmuckbändchen draus?«

Er musterte sie, schwieg aber.

»Wie wäre es, wenn ich mir die Unterlagen ausleihe und Ihnen in ein paar Tagen zurückbringe?«, versuchte sie es und strich über die Ordner.

»Und wer garantiert mir, dass dann kein Zettel fehlt?«

»Ich.«

»Aber ich kenne Sie doch gar nicht.«

»Vorhin haben Sie noch gesagt, dass Sie meinen Schwiegervater gekannt haben, mein Mann ist der Leiter der Starnberger Seeklinik, mein Sohn hat an der Olympiade teilgenommen und eine Bronzemedaille gewonnen. Was brauchen Sie noch?«

»Ich rede nicht von Ihren Angehörigen, ich frage mich, wer Sie sind, Frau von Thaler.« Für einen Moment war Annabel irritiert. Aber es stimmte, sie berief sich auf andere, wenn es um sie selbst ging. »Ich bin die, die der Wahrheit auf den Grund geht«, sagte sie, auch wenn Wahrheitsfinderin oder Auf-den-Grund-Geherin kein anerkannter Beruf war. Das klang eher nach Tiefseetaucherin oder Goldsucherin, ja, vielleicht war sie so etwas in der Art.

»Bitte setzen Sie sich wieder.« Anscheinend wollte er sie von dem Schrank wegbewegen. »Und wofür tun Sie das?« Wieder im Schneidersitz schaute er sie eindringlich an, und Annabel fühlte sie plötzlich wie bei einer Prüfung. »Weil … weil ich die Vergangenheit verstehen will.« Ja, das drückte das aus, was sie auch in der Kleefeld-Sache beschäftigte, sie wollte begreifen, was passiert war, und danach entscheiden, wie sie damit umging.

»Haben Sie eine Kamera dabei?«, fragte er unvermittelt.

Sie verneinte, daran hatte sie nicht gedacht, dabei gehörte das doch zur Grundausstattung einer Detektivin.

»Na, dann machen wir es anders. Peppino muss dringend eine Runde Gassi gehen.« Der Hund, der bei ihrem Gespräch eingeschlafen war, richtete sich auf. Sprengeis schaute nach draußen, es regnete in Strömen. »Eines sage ich Ihnen in aller Deutlichkeit, sobald Sie mit den Unterlagen in ihrem Auto sind, werde ich leugnen, dieses Material je besessen zu haben. Ich will mich mit niemandem anlegen.«

»Selbstverständlich.« Sie nickte mehrmals, um ihre Zustimmung zu unterstreichen. Woher sein Sinneswandel kam, wusste sie nicht. »Und was bin ich Ihnen schuldig für die Stunden, die Sie in Archiven verbracht haben?«

»Nichts, ich wurde bereits üppig entlohnt.«

»Verraten Sie mir noch, womit ich Sie überzeugt habe?«, fragte Annabel unter seinem Schirm, als sie die Akten in ihrem Opel Ascona auf der Rückbank verstaute.

Peppino zerrte an der Leine und bellte einen Volvo an, der schräg gegenüber rückwärts einparkte. »Das Ethos, Frau von Thaler, Sie haben die Pflicht eines Historikers benannt, und neben meiner Tätigkeit als Ghostwriter bin ich eben doch auch Historiker.« Annabel wusste nicht mehr genau, was sie alles gesagt hatte, um ihn zu überzeugen. Hauptsache, sie hatte bekommen, was sie wollte. »Mein persönliches Motto ist aber: Den Lebenden schulden wir Respekt, den Toten die Wahrheit«, ergänzte er, als sie einstieg.

»Stammt das von Ihnen?«

»Nein, von Voltaire.« Den kannte Annabel, *Candid oder die beste der Welten* war eines ihrer Lieblingsbücher.

Kaum saß sie hinterm Lenkrad, hievte sie einen Ordner auf den Beifahrersitz, schaltete das Innenlicht ein und begann zu lesen, um sich einen ersten Überblick zu verschaffen. Sprengeis hatte sehr akribisch recherchiert. Warum schenkte er ihr alles, überließ ihr sein Werk, für das er Ruhm und Ehre verdient hätte, einfach so? Hatte er ein schlechtes Gewissen? Oder war es wirklich so einfach, wie er angedeutet hatte, dass die meisten Menschen die Wahrheit gar nicht interessierte?

Leder war im Krieg Mangelware gewesen, über die Beschaffung von Ersatzstoffen, um weiterhin Schuhe herstellen zu können, gab es auch ein Kapitel in der bereinigten Firmengeschichte, die sie gelesen hatte. Sie suchte nach dieser Schuhteststrecke, die Sprengeis erwähnt hatte, schlug das entsprechende Kapitel auf und erstarrte. Der Regen prasselte aufs Wagendach und rann in Schlieren über die Frontscheibe. Annabel glaubte, draußen etwas aufblitzen zu sehen, und drehte den Zündschlüssel, um die Scheibenwischer einzuschalten. Das Radio sprang an und mit ihm *Morning Has Broken.* Annabel hörte Cat Stevens sehr gerne. *Blackbird has spoken like the first bird, praise for the singing, praise for the morning.*

Vielleicht würde der Glaube ihr helfen, mit all dem Schrecklichen umzugehen, dem sie auf der Spur war. Denn dass es so sein würde, daran hatte sie nun keinen Zweifel mehr.

Besser, sie parkte ein Stück weiter weg. Nicht dass Sprengeis vom Gassigehen zurückkehrte und es sich anders überlegte, wenn sie immer noch hier stand. Wieder glimmte durch den Regen etwas auf. Der Fahrer des Volvo rauchte und schaute zu ihr.

Auf der Heimfahrt war sie sicher, dass ihr der Volvo folgte. Erst als sie von der Garmischer Autobahn runterfuhr, atmete sie auf. Hinter ihr waren nur ein Fiat und danach ein Lkw abgebogen. In Hanfeld holte sie Marlene von ihrer Freundin ab. Ihre Tochter schob zwei Aktenordner vom Rücksitz in den Fußraum.

»Vorsicht, das sind wichtige Unterlagen, ich muss etwas für Helga herausfinden«, erklärte Annabel.

»Wie eine Detektivin, Mama? Ui, super. Darf ich mitmachen? Sandra und ich wollen einen Spürnasenklub gründen …« Marlene plapperte unermüdlich. Beim Blick in den Rückspiegel entdeckte Annabel wieder den Volvo. Der Mann hinterm Steuer kam ihr bekannt vor. Aber das konnte doch nicht sein? Als sie vor der Villa ausstieg, um das Tor zur Auffahrt zu öffnen, fuhr er weiter, ohne sie zu beachten. Sie sah dem Auto nach und prägte sich das Münchner Kennzeichen ein. Sobald sie gegessen hatten und Marlene schlief, rief sie Helga an und erzählte ihr von dem Besuch bei dem Historiker und von ihrem Verdacht.

HELGA

Grüß dich, Kindchen.« Ihre Mutter erhob sich und kam ihr mit ausgestreckter Hand entgegen. Helga reagierte nicht, starrte sie bloß an. Heidrun Knaup trug ein grün kariertes Kostüm und ein lächerlich kleines Hütchen, das nach vorne spitz zulief. In der Kordel steckte eine Fasanenfeder, als ob sie auf der Pirsch sei, fehlte nur noch die Flinte über der Schulter. Ihr Vater blieb sitzen, schaute sie aus wässrigen Augen an. Alt war er geworden, richtig alt, sein Gesicht eingefallen, die Nase größer, als Helga sie in Erinnerung hatte. Insgesamt wirkte er hagerer. Der mit Stolz gepflegte Feinschmeckerbauch war verschwunden, die Anzugjacke schlackerte über seinem Hemd. War er krank? Erfuhr sie gleich, dass er nicht mehr lange zuleben hatte und sie sich doch bitte wieder versöhnen sollten, bevor es zu spät war? Am besten, sie brachte es hinter sich. »Was wollt ihr?«, fragte sie geradeheraus.

»Es geht um David, wir haben ein Angebot für dich.« Die Stimme ihres Vaters besaß noch die alte Festigkeit. David war heute bei der Musterung, und anschließend spielte er mit seiner Band auf einem Stadlfest.

»Ach, ja? Das hört sich an, als ob mein Sohn zum Verkauf stünde. Spinnt ihr? Taucht einfach ohne Anmeldung auf und setzt mich unter Druck?« Etwas raschelte hinter der Tür. Auf der niedrigsten Stelle der verwitterten Bank kauerte Theo. Er legte die Zeitung weg. »Hey, was machst du hier?« So ein Zufall, dachte sie, und auch, wie ungewöhnlich, dass er einfach in ihrer neuen Praxis hereinschneite, aber sie freute sich. Gerade jetzt konnte sie einen Zeugen gebrauchen.

»Hör dir doch bitte kurz an, was deine Eltern wollen«, sagte er, blieb da hocken und streckte die langen Beine aus, bis seine weißen, haarlosen Waden über den Socken sichtbar wurden.

»Ach, so ist das?« Sie begriff. »Ist das der komplizierte Fall, wegen dem du mich ständig versetzt hast? Bist du etwa jetzt ihr Anwalt?« Na klar, er konnte schließlich nicht mit der Gegenseite ins Bett gehen. Zudem hatte er sie vermutlich wer weiß wie lange ausgehorcht. Ihre Mutter ging zurück zu dem Schalenstuhl und drückte sich hinein. Der Stuhl stöhnte, als hätte er etwas gegen Jägerinnen. Helga blieb auf der Schwelle stehen, legte den Unterarm auf die Klinke. Noch nahm sie es locker, betrachtete das Ganze wie ein Schauspiel, eine Inszenierung, aus der sie jederzeit aussteigen konnte.

»Herr Kretschmer unterstützt uns, und bisher macht er seine Sache sehr gut.« Ihr Vater rieb sich die Handgelenke, als ob ihm kalt wäre. »Ich möchte, dass David eines Tages die Firma übernimmt. Wir haben schon mit ihm gesprochen. Statt Veterinärmedizin wird er nach seinem Ersatzdienst Betriebswirtschaft studieren.« Moment mal, Ersatzdienst? Für eine Sekunde war Helga irritiert. Sie hatte angenommen, dass David die achtmonatige Grundausbildung bei der Bundeswehr durchlief. Doch vor ihren Eltern wollte sie sich nichts anmerken lassen, vorausgesetzt, es stimmte überhaupt, was sie behaupteten. Ihr Vater redete weiter: »Parallel würde er eine Ausbildung bei uns durchlaufen. New York, Amsterdam, Tokio und Berlin natürlich. Unsere Standorte weltweit.« Mit ihren Schuhen mochten sie die ganze Welt erobert haben, David bekamen sie nicht.

»Wenn ich das richtig verstehe, braucht ihr ein Feigenblatt

für eure Machenschaften bis 1945 und vielleicht auch darüber hinaus?« Helga bezog ihre Mutter mit ein, auch wenn sie sich angeblich aus den Geschäften ihres Mannes herausgehalten hatte, musste sie davon gewusst haben. Für Helga war sie eine Mittäterin. »Ein Schwarzer an der Spitze des Löw-Konzerns, wer würde da noch einen Zusammenhang mit dem Dritten Reich oder Rassismus vermuten?« Damals, als ihre Mutter ihren Sohn heimlich am Spielplatz abgepasst hatte, war Helga zu wütend für eine Auseinandersetzung gewesen. Jetzt blieb sie ruhig, sagte einfach alles, was ihr auf der Seele brannte. Hier stand sie, fest auf beiden Beinen, in ihrer eigenen Arztpraxis, ihrem Reich, das sie sich geschaffen hatte, und die beiden saßen auf Stühlen, die sie ausgesucht hatte. Macht hatten sie nur über sie, wenn sie es erlaubte. Wie lange arbeitete Theo schon für ihre Eltern? Womöglich hatte er sie damals im Auftrag ihrer Eltern aus dem Gefängnis geholt. An einer Knaup durfte nicht der Verdacht illegaler Abtreibungen kleben. Angesichts dessen, was ihre Eltern bis heute zu vertuschen versuchten und was Annabel über sie herausgefunden hatte, war das damals vermutlich ein Klacks für sie gewesen. Für ihre Tochter genügte ein Provinzadvokat wie Theo, der in seiner Lochhamer Kellerkanzlei für jeden Mandanten dankbar war. Würde er ihr die Wahrheit sagen, wenn sie ihren Verdacht äußerte, oder alles abstreiten? Und selbst wenn, auf einmal war es ihr egal. Helga fiel etwas ein. Sie zog Theo an der Fliege im Hemdkragen, seinem Markenzeichen, zu sich hoch und führte ihn ans Fenster. Er blinzelte in die Helligkeit, als sei er gerade erst aus seinem Keller gestiegen. Sein Rasierwasser mochte sie, auch seine glatte Haut, doch sie durfte sich jetzt nicht einlullen lassen. Sie nahm Friedrichs Kugelschreiber aus ihrer Brusttasche, streckte sich zu Theo, als wollte sie ihn küssen. Stattdessen malte sie ihm in Windeseile eine schwarze Linie über die Wangen und unter der Nase durch, bis übers markante Kinn, rahmte seinen Mund wie bei einem Clown ein, dem das Lustigsein ins Gesicht geschrieben stand.

»Helga, hör auf, was soll das?« Vergeblich rieb er sich über die Haut. Etwas fehlte noch. »Moment, ich hab's gleich.« Sie schnappte sich den Dreizack ihrer Mutter, deren Haare hochwirbelten, als sie ihn ihr entriss, und pflanzte ihn Theo auf den Kopf, drückte das Hütchen fest, bis es einigermaßen hielt. »So, jetzt darfst du gehen, mein Robin Hut, Retter der Reichen und innerlich Armen, und auch ihr beiden …« Sie wandte sich an ihre Eltern, ging voraus und machte die Haustür auf. »Husch, husch, hinaus aus meinem Haus, und zwar auf der Stelle.« Ihr Vater tat sich schwer mit dem Aufstehen, schlurfte mit schmerzverzerrtem Gesicht nach draußen. »Und noch was, ihr könnt die Einschüchterungsversuche bei Annabel von Thaler beenden. Ein Volvo mit dem Kennzeichen HK, wie simpel. Theo, dass du dich für so etwas benutzen lässt! Laufen die Geschäfte so schlecht? Jedenfalls wünsche ich dir ganz viel Spaß mit meiner Familie, und pass auf, dass dir dieser Fall nicht das Genick bricht!«

Als sie weg waren, brauchte sie eine Weile, sich zu fangen. Ihre Gelassenheit war nur vorgetäuscht gewesen. Sie hoffte, dass der Kinoabend mit Otto sie ablenken und wieder in die Spur bringen würde, nahm aber kaum etwas von dem Film wahr, stopfte Popcorn in sich rein und merkte, dass sie der Handlung nur schwer folgen konnte.

Otto bemühte sich, bat sie auf dem Weg in sein Tutzinger Apartment, sich ihm anzuvertrauen. »Geht's um deinen Sohn? Helga, wie lange kennen wir uns jetzt, bitte sag mir, was dich bedrückt.«

»Habt ihr noch den Visodon in der Klinik stehen?«

»Das Nachfolgegerät« Er nickte. »Konstantin hat es gekauft. Es ist handlicher und lässt sich leichter bedienen. Dank dir kommt es fast jeden Tag zum Einsatz. Erst gestern, du glaubst es nicht, habe ich bei einer Frau in der zehnten Woche drei Herzen schlagen sehen, stell dir vor!«

»Dann lass uns bitte kurz in die Klinik fahren, wenn's dir recht ist, ich habe einen Knoten in der Brust. Ich dachte erst, er geht von selbst weg, aber er ist noch da, so groß wie eine Murmel etwa.«

Als sie allein zu Hause in ihrem Bett lag, hatte sie Todesangst, schwebte ohne Zukunft in der Dunkelheit. All das, was sie ihren Patientinnen nach der Diagnose einer schweren Krankheit sagte, hörte sich auf einmal hohl und nach leerem Geschwafel an. *Lassen Sie uns einen Schritt nach dem anderen gehen, wir schaffen das gemeinsam, ich an Ihrer Seite. Schauen Sie nach vorn.* Aber was, wenn es kein Vorn mehr gab und keine Zukunft? Wenn der nächste oder der übernächste Morgen schon der letzte war? Wenn der Krebs sie mitten aus dem Leben riss? Ihr Gehirn entwarf gegen alle Vernunft die furchtbarsten Szenarien. Sie wusste, dass es nur in ihrem Kopf passierte, konnte zugleich nichts dagegen tun. Noch lebte sie, noch atmete sie, noch hielt sich die Krankheit in Grenzen. Aber im nächsten Moment würde es vielleicht anders sein, und was dann? Genau um gegen diese Ohnmacht anzukämpfen, war sie Ärztin geworden.

Otto wollte noch weitere Untersuchungen machen, eine zweite Meinung einholen. Das hatte sie abgelehnt. Ihre Hauptsorge galt David, würde er ohne sie zurechtkommen? Auch wenn er fast erwachsen war, konnte sie ihn nicht völlig allein den Fängen ihrer Eltern überlassen. Sie keuchte, konnte kaum atmen. Du steigerst dich rein, sagte sie sich unentwegt vor, es nützte nichts, die Angst war stärker, breitete sich in ihr aus und umklammerte all ihr Sein. Hatte sie ihrem Sohn genug mitgegeben, genug Stärke, Liebe und Kraft? Unfähig zu planen oder überhaupt einen klaren Gedanken zu fassen, stand sie auf, um einen Schluck zu trinken, ließ den Wasserhahn laufen, ohne ein Glas darunter zu halten, und wusste nicht mehr, warum sie in die Küche gekommen war. Sie setzte sich im Wohnzimmer auf die neue Couch, betrachtete die Stehlampe mit den kugelförmigen Schirmen. Was hatte sie sich nur dabei gedacht, eine eigene Praxis anzufangen? Nichts als Schulden würde sie David hinterlassen. Sie musste ein Testament machen, holte Block und Stift, kam jedoch über die ersten Wörter nicht hinaus. *Im Falle meines Todes* … Totsein, wie würde das sein? Nicht mehr existieren, nichts mehr spüren, sich auflösen im Nichts? Marie fiel ihr ein, die bei der Geburt ihres Jüngsten fast gestorben war. Sollte sie sie fragen? Auch Annabel. Sie hatte ihren katholischen Glauben, für sie gab es ein Paradies oder zumindest das Streben danach und damit Hoffnung auf ein Weiterleben. Und auch Luise, sie würde ihr bestimmt bis zum letzten Moment beistehen, sie begleiten und an ihrer Seite sein. Aber war es das, was Helga wollte? Sie wollte leben, nicht sterben. Und wenn es zu Ende ging, brauchte sie keinen Rat, keine Hilfe und keine Zuversicht. Alles sollte bis zuletzt so sein wie immer. Otto wusste als Einziger davon, und er war an die Schweigepflicht gebunden.

Am nächsten Morgen war alles wie immer. Der Tag brach an, stellte sie vor Herausforderungen, und Helga stürzte sich hinein.

ANNABEL

Sie und Konstantin schliefen seit einigen Jahren getrennt, was sie oft bedauerte, weil ihr dadurch das letzte bisschen Nähe, und wenn es nur sein Schnarchen war, verloren ging. Aber mit der Zeit gewöhnte sie sich daran, und bald bereitete ihr ein gutes Essen mehr Vergnügen als der Austausch von Körpersäften. Ein eigenes Schlafzimmer hatte auch den Vorteil, dass sie nun die Akten auf dem Bett ausbreiten und liegen lassen konnte. Nacht für Nacht studierte sie sie. Was sie erfuhr, erschütterte sie so sehr, dass sie gar nicht wusste, wohin mit ihren Emotionen. Warum hatte bisher niemand davon berichtet? Wie konnte der Löw-Konzern das alles unter Verschluss halten? Natürlich, solange es Leute wie diesen Sprengeis gab, die eine bereinigte Firmenchronik verfassten. Und die Löw-Werke waren nicht die einzigen Schuhhersteller, auch andere Firmen hatten ihre Produkte an KZ-Häftlingen getestet, und zwar auf besonders grausame Weise. Sie zwangen Häftlinge des Konzentrationslagers Sachsenhausen, in den neuen Modellen auf einer siebenhundert Meter langen Strecke mit sieben unterschiedlichen Belägen zu marschieren. Auf Beton, Schlacke, Sand, Lehm, Splitt, Schotter und Pflastersteine – ein Querschnitt durch sämtliche Straßen Europas. Der Historiker hatte sogar eine Zeugenaussage eines Überlebenden in seine Dokumente eingefügt. Darin stand, dass den Häftlingen die Schuhe oft zu groß oder zu klein waren, Socken waren ausdrücklich verboten. Der Marsch auf der Prüfstrecke dauerte von sechs Uhr morgens bis siebzehn Uhr. Erst im Laufschritt, dann militärisches Schreiten. Zu allem Überfluss mussten sie mit Sand oder Ziegelsteinen gefüllte Säcke von zehn bis fünfzehn Kilo mitschleppen. Zum Schluss noch Sport. Liegestütze und Kniebeugen, robben und hüpfen auf der Stelle. Sprengeis hatte ein Foto des KZs beigelegt, auf einer großen Tafel, die an der Wand einer der Baracken hing, stand ein Spruch, mit dem man die Häftlinge verhöhnte: *Es gibt einen Weg zur Freiheit! Seine Meilensteine heißen: Gehorsam, Fleiß, Ehrlichkeit, Ordnung, Sauberkeit, Nüchternheit, Wahrhaftigkeit, Opfersinn und Liebe zum Vaterlande.* Annabel musste beim Lesen immer wieder unterbrechen, weil sie es schlicht nicht aushielt. Wer dachte sich so etwas aus und setzte es dann auch noch in die Tat um? Es bestand kein Zweifel, dass die beteiligten Firmen von Anfang an wussten, unter welchen Bedingungen die Häftlinge eingesetzt wurden. Die Direktoren der Schuhfirma hatten das KZ und die Teststrecke besucht. Ob auch Helgas Vater dabei gewesen war? Darüber fand sie keine Belege in den Akten. Aber da Löw einer der Hauptnutzer der Strecke war, konnte man davon ausgehen, dass Hugo Knaup sich vor Ort überzeugt hatte, wie sein Geld eingesetzt wurde.

Neue Uniformen brauchten neue Militärstiefel, und die Löw-Werke stellten sich nach der Arisierung mit den Machthabern gut, um in die Massenproduktion einzusteigen. Sie fand eine Spendenquittung über zehntausend Reichsmark, was damals eine hohe Summe war. Daran war eine Dankeskarte gehängt. Anscheinend war Hugo Knaup mit seiner Frau zum Tee im Reichssicherheitshauptamt Berlin eingeladen gewesen. Annabel schmeckte gleich ihr eigener Tee nicht mehr, den sie sich von Frau Gusti hatte heraufbringen lassen. Im nächsten Ordner ging es noch weiter. Der Löw-Konzern hatte auch sogenannte Fremdarbeiter beschäftigt. Da Leder Mangelware im Zweiten Weltkrieg war, wurden Kräfte aus dem Ausland Tag für Tag unter widrigsten Bedingungen gezwungen, getragene Schuhe zur Wiederverwertung in ihre Einzelteile zu zerlegen. Der Historiker Sprengeis hatte all jene aufgelistet, die unterm Krieg bei der Löw AG beschäftigt waren. Hauptsächlich Menschen aus Osteuropa, aber auch ein paar aus anderen Ländern. Eine Frau aus Amerika war dabei, zwei aus Holland, und … Annabel stutzte, eine aus der Schweiz. *B. L. K.* stand da, *geb. 06.08. 1903.* Erst wollte sie zu Konstantin in die Bibliothek rübergehen und ihn fragen, wann Barbara Kleefeld Geburtstag gehabt hatte, aber dann fiel ihr das Schreiben vom Roten Kreuz wieder ein, das sie 1963 erhalten hatte. Mit zittrigen Händen suchte sie in der Spanschachtel, die sie auf dem Schlafzimmerschrank verwahrte. Gerade als sie aufgeben wollte und schon glaubte, der Brief sei verloren gegangen, fand sie ihn. Die Daten stimmten überein. B. L. K. Barbara Libi Kleefeld. Hieß das, sie wurde in ein Arbeitslager verschleppt? Das bedeutete, dass die von Thalers und die Knaups verbunden waren. Auch, dass Richard Experte für Kinderlähmung war, an der Helgas Schwester starb, gab ihr zu denken. Bestimmt hatten ihn die Knaups damals konsultiert. Nun wollte sie mehr denn je auch den Kleefeld-Fall aufdecken. Koste es, was es wolle. In den Geheimnissen anderer herumzuwühlen und anschließend auf sie zu zeigen, war eine Sache, aber sich selbst und die eigene Familie anzuklagen, verlangte Mut und Rückrat und war deutlich schwerer zu verkraften. War sie dem gewachsen, was sie da unter Umständen heraufbeschwor?

Am nächsten Tag erhielten sie lang ersehnte Post, die Konstantin ihr beim Frühstück weiterreichte. Ein französischer

Orthopäde von all denen, die sie seit letztem Jahr weltwelt angeschrieben und ihnen ihre Situation geschildert hatte, lud sie für Ende Juli zu einer Anprobe ein. Das klang, als würde ein bekannter Designer ihre Tochter einkleiden wollen. Für Annabel fühlte es sich tatsächlich so an. Die Aussicht, dass Marlene der Alltag erleichtert würde, beflügelte sie, und auch Konstantin freute sich sehr. Nur leider war er um diese Zeit auf einem Gynäkologen-Kongress.

»Versuch, den Termin auf den Herbst zu verschieben. Anfang September, wenn Marlene noch Ferien hat. Da kann ich mir freinehmen«, schlug er vor. Wieder war alles andere wichtiger als Marlene, warum ließ er nicht den Kongress sausen? Es handelte sich doch bloß um einen Tag. Als Marlene in der Schule war, noch bevor Konstantin in die Klinik fuhr, versuchte sie, den Spezialisten zu erreichen. Was nicht so einfach war, wie ihr Mann sich das vorstellte. Sie sprach kein Französisch, und die Frau, die unter der Nummer, die in dem Brief stand, ans Telefon ging, kein Deutsch. Annabel versuchte, auf Englisch zu erklären, was sie wollte, und erhielt als Antwort: *»L'année prochaine, only possible next year, vous me comprenez, do you understand me?«* Das bedeutete, dass Marlene noch mindestens ein weiteres Jahr auf einen neuen Termin warten sollte, und das, ohne zu wissen, ob diese Prothesen ihr überhaupt passten, geschweige denn weiterhalfen.

»No, äh, yes, I understood.« Spontan entschied sie, ohne Konstantin nach Frankreich zu fahren. *»I will come to you with my daughter in July, okay?«*

»D'accord.« Was Annabel als Zustimmung deutete, sie bat allerdings noch um eine Bestätigung per Post, damit sie Marlene so kurz vor den Sommerferien vom Unterricht befreien konnte.

Wie nicht anders zu erwarten, zweifelte ihr Mann sofort an ihrer Kompetenz, als sie ihm von ihrem Entschluss erzählte. »Du möchtest dich allein mit dem Spezialisten unterhalten?« Sie war ihm bis zur Garage nachgelaufen.

»Ja, genau!« Ein wenig außer Atem, verschränkte sie die Arme vor der Brust. »Schließlich war ich es auch, die das Ganze in den letzten Jahren angeleiert hat, du hast nichts dazu beigetragen.« Sie hatte seine Bevormundung ein für alle Mal satt. »Die medizinischen Details kannst du ja später mit Doktor Lebon besprechen«, räumte sie ein, als Konstantin wortlos in den Wagen stieg. Sie wollte ihn nicht völlig gegen sich aufbringen. Das würde früh genug passieren, wenn sie ihn mit ihren Recherchen über die Kleefelds und die Knaups konfrontierte. Hatte er an der Verschleppung von Barbara mitgewirkt? Sie hielt die Autotür zurück, als er sie zuziehen wollte. »Erst mal geht's doch darum, dass Marlene überhaupt die Chance bekommt. Findest du nicht?« Er nickte, und sie atmete erleichtert auf.

An der Einfahrt traf sie Luise, die den Gehsteig vorm Laden kehrte. Sie konnte nicht anders, war noch zu aufgewühlt, und erzählte ihr von der Aussicht auf Prothesen.

Luise freute sich und umarmte sie. »Ihr zwei in Paris, und dann noch zu so einem besonderen Anlass. Die Stadt muss herrlich sein. Marie schwärmt schon lange davon.«

»War sie schon mal dort?«

»Ich glaube nicht, aber sie liebt alles, was mit Malerei zu tun hat, besonders die französischen Künstler.«

»Dann kommt doch mit, wie wäre es – du, ich und Marie? Wir könnten nach dem Besuch beim Orthopäden ein paar Tage dranhängen und Urlaub machen?«

Luise kehrte weiter. »Gut gemeint, Bella, aber mein Geschäft läuft sowieso schon schlecht, ich kann nicht einfach zusperren.«

»Das tut mir leid. Wenn ich irgendwie helfen kann, sag Bescheid.« Vielleicht sollte sie ganz schließen und etwas Neues beginnen, dachte Annabel, sprach es aber nicht aus. »Kann ich dir kurz etwas anderes erzählen? Es geht um die Kleefelds und auch um Helga, vielleicht weißt du es auch schon von ihr?« Es drängte sie, ihrer Freundin all das, was sie herausgefunden hatte, anzuvertrauen. Sie brauchte endlich jemanden, um ihre Gedanken und Eindrücke zu sortieren.

»Dann musst du aber mit rüber in den Laden gehen, ich muss aufsperren, egal, ob Kundschaft kommt oder nicht.« Wie früher half ihr Annabel, kurbelte die Markise herunter und stellte die Angebotsschilder auf. Dabei erzählte sie, was sie herausgefunden hatte.

»Das ist ja schrecklich, Bella. Mitläufer gab es viele. Aber dass es bis heute Firmen gibt, die aktiv an solchen Verbrechen beteiligt waren …« Luise wirkte erschüttert, als Annabel ihren Bericht beendete. »Die armen Kleefelds. Da fällt mir ein, der Schrank mit den Tierkopfmotiven, der hat wohl ihnen gehört. Was soll damit geschehen, jetzt, wo ich den Laden verkleinern will?«

»Wenn möglich lass ihn erst mal bei euch. Ich wüsste jetzt auch nicht gleich, wohin mit so einem Koloss. Aber noch mal wegen Paris, ich meine das ernst mit dem Urlaub. Denk drüber nach.« Sie verabschiedete sich, als Kundschaft kam.

»Dann viel Glück weiterhin, Bella.« Luise umarmte sie erneut. »Ich bin so stolz auf dich, was du alles schaffst. Und wenn du mich brauchst, gib Bescheid.«

»Dasselbe gilt für dich.« Sie drückte Luise an sich und fühlte sich tatsächlich gestärkt.

Kurz vor Mitternacht, nachdem sie den restlichen Tag weiter in den Akten gelesen hatte, schreckte Annabel hoch, als sie in viel zu kleinen Schuhen, dic noch dazu unterschiedlich waren, auf einer nie endenden Straße voller Hindernisse laufen sollte. Von hinten trieb sie ein Cockerspaniel mit triefenden Lefzen an und schnappte nach ihr. Erleichtert, dass das nur ein Albtraum gewesen war, versuchte sie, weiterzuschlafen oder wenigstens an etwas Schönes zu denken. An die Aussicht, dass Marlene eines Tages vielleicht Arme haben würde, die ihr halfen, das Gleichgewicht zu halten und ihre Schulter zu entlasten. Vielleicht würde sie mit Prothesen sogar kochen, sich leichter anziehen und allein zur Toilette gehen können. Und wieder Klavierspielen! Nebenan hörte sie Konstantin telefonieren, mit wem sprach er noch so spät?

Am Morgen dröhnte ihr der Kopf. Sie brauchte dringend frische Luft und Bewegung. Wie sollte sie ihre Arbeit fortsetzen? Am besten sie sprach mit jemandem, der die jüdische Arztfamilie gekannt hatte. Ihr Mann kam nicht in Frage, eigentlich fiel ihr da nur eine Person ein. Sie suchte im Münchner Telefonbuch Oskar und Beate Bodens Nummer in Obermenzing heraus, bekam Herrn Boden an den Apparat, erkundigte sich nach seinem Wohlbefinden, wie sie es von Luise gelernt hatte, als sie noch bei ihr im Laden gearbeitet hatte. Das gehörte zur Kundenpflege, nur dass es bei Annabel eher eine Art Zeugenvernehmung war.

»Danke, es muss«, sagte er, kurz angebunden.

»Fein. Kann ich bitte Ihre Frau sprechen?«

»Die ist im Garten.«

Sie wusste, dass damit nicht der Rasen vorm Haus gemeint war, sondern eine Parzelle im Schrebergartenverein. Kurz bevor Oberschwester Beate in Rente gegangen war, waren sie zu ihrem Dienstjubiläum bei ihr eingeladen gewesen. Annabel erinnerte sich noch an den fettigen Nudelsalat und die merkwürdige Zwergensammlung. Eine Miniaturseeklinik mit Operationssaal und Krankenstation hatte Beate Boden zwischen Holunder- und Johannisbeerbüschen errichtet, sogar die roten Zwergenmützen waren weiß angemalt. Mal sehen, ob nach all den Jahren noch etwas davon übrig war. »Oh, dann würde ich ihr gerne einen Besuch abstatten, wenn Sie nichts dagegen haben.«

»Ich weiß nicht. Meine Frau möchte ihren Ruhestand genießen.«

Annabel hatte sich den Ausflug unkomplizierter vorgestellt. »Aber es geht gar nicht um die Arbeit.« Das war nicht ganz gelogen. Um die Arbeit ging es nicht, um die Seeklinik jedoch schon. »Welche Parzellennummer haben Sie noch mal?« Sie hatte keine Zeit für Sperenzien und außerdem, wenn Frau Boden noch dieselbe wie früher war, konnte man sie unbesorgt befragen. Die Frau hielt was aus. Er nannte ihr die Nummer, Annabel bedankte sich und legte auf.

Gleich am Eingang der Kleingartenanlage fragte sie einen Mann, der bloß mit einer Sonnenbrille bekleidet war, nach der Vierzehn. Nachdem sie ein paar enge Wege zwischen Hecken abgeschritten war, dahinter in sich abgeschlossene Welten mit Maibaum, Strandkorb und sogar einer Windmühle, kam sie wieder bei dem Nudisten an. Der kniete inzwischen in seinem Reich und stutzte das Unkraut, das zwischen den Gehwegplatten hervorspitzte. Mit der Nagelschere zeigte er nach links, dann nach rechts und dann geradeaus, als sie ihn erneut nach der Vierzehn fragte. Annabel hätte schwören können, dass es vorhin umgekehrt gewesen war.

Endlich fand sie das Boden'sche Anwesen. Die ehemalige Oberschwester hatte sie korpulenter in Erinnerung. Anstelle der Schwesternhaube trug sie einen breitkrempigen Strohhut auf dem Dutt. Die Kniestrümpfe über den Pantinen eingerollt, schaufelte sie, erstaunlich rüstig für ihr Alter, Erde von einem Beet in ein anderes. »Sie sind ja aktiv, Frau Boden, Respekt.« Annabel grüßte sie vom Gartentürchen aus. Frau Boden stützte sich auf den Schaufelstiel und schob den Strohhut hoch, um zu erkennen, wer sie ansprach. »Ich bin's, Annabel von Thaler. Ich war in der Gegend …«, das hatte sie auch aus einem ihrer Krimis abgekupfert und schon längst einmal anwenden wollen. »Und da dachte ich mir, ich schaue mal vorbei, wie's Ihnen geht. Eigentlich habe ich erwartet, dass ich Sie im Liegestuhl vorfinde, wie Sie Ihre Pension genießen, stattdessen leisten Sie Schwerstarbeit wie eh und je. Darf ich reinkommen?« Frau Boden gab ein Knurren von sich, was Annabel als Zustimmung deutete, und schon hatte sie das Türchen geöffnet und ging auf sie zu. Keine Spur mehr von Zwergen, mit oder ohne Arztkittel. Das war wirklich seltsam. Die Frau war eine regelrechte Zwergenfanatikerin gewesen. Dafür gab es Gemüsestauden, Bohnenstangen, Wildblumen, sogar ein kleines Gewächshaus stand hinten in der Ecke. Der Garten war gut in Schuss und ein hübscher Anblick dazu.

»Was wollen Sie?« Ungerührt beackerte Frau Boden weiter das Beet. Erdklumpen landeten auf Annabels polierten Burlington.

»Sie haben doch Doktor Kleefeld gekannt?« Sie setzte sich besser unter den Sonnenschirm vor der Hütte.

»Na, und ob. Ein sehr feiner Mensch war das, und seine Frau genauso.« Das hörte sich fast so an, als hätte sie Dr. Kleefeld gegenüber ihrem Mann bevorzugt. »Die meisten von der Belegschaft haben es stark bedauert, dass der falsche Arzt ins Exil musste.«

»Wie bitte? Was meinen Sie mit *der Falsche*?« Frau Boden schwieg, arbeitete weiter. »Wissen Sie eigentlich, dass die Kleefelds auf der Flucht erschossen wurden?«

»Was? Nein.« Sie stieß die Schaufel ins Beet, wischte sich die Hände an der Kittelschürze ab. »Sie sind tot?«

Annabel nickte. Dass sie es schon zehn Jahre wusste, unterschlug sie, und auch das mit Barbara Kleefelds Zwangsarbeit, worauf sie sich selbst noch nicht recht einen Reim machen konnte.

»Das erschüttert mich.« Die ehemalige Oberschwester setzte sich nun doch neben ihr auf die Bank. »Natürlich wusste ich, dass die Kleefelds Juden sind und in der Schweiz sicherer waren, aber ich dachte, und das gab mir auch in der Nachkriegszeit Halt, dass er und seine Familie zu den wenigen gehört hatten, die diesen ganzen Wahnsinn überlebt hatten.« Eine Dunstwolke aus Schweiß umwaberte sie. Annabel rückte etwas von ihr ab. »Noah Kleefeld, der Sohn, hat dank meines Mannes überlebt.« Trotz ihrer mittlerweile erheblichen Zweifel nahm sie ihren Mann nach wie vor in Schutz. Noch war nichts Gegenteiliges bewiesen. Die Unschuldsvermutung sollte gelten. Mit zitternden Händen griff Frau Boden nach einem Wasserglas. »Wie furchtbar«, sagte sie tonlos und starrte vor sich hin.

»Was meinten Sie mit der Andeutung vorhin, dass der falsche Doktor wegmusste?«, bohrte Annabel noch mal nach. »Mein Mann und Kleefeld waren beste Freunde.«

»Wer redet denn von Ihrem Mann? Der stand doch selbst unter seiner Fuchtel.« Ohne noch etwas zu erklären, stand Frau Boden auf, verschwand in ihrem Häuschen und kam mit einer

Flasche Korn heraus. »Mögen's auch ein Stamperl?« Sie goss zwei Gläser randvoll, wartete nicht, bis Annabel zustimmte, sondern kippte ihr Glas auf einen Sitz. »Über Tote soll man nicht schlecht sprechen, aber der hat es verdient. Geben Sie es zu, Sie haben genauso unter Ihrem Schwiegervater gelitten.« Jetzt hatte sie sich wieder gefangen und sah Annabel forschend an. »Ich war dabei, als er Sie runtergeputzt hat, damals waren Sie gerade erst verlobt mit dem Junior, und er kam in die Klinikverwaltung, um die wöchentlichen Listen abzuholen. Ob Sie überhaupt irgendetwas können, hat er sie angepflaumt, als Tippfehler in dem Schreiben an die Reichsärztekammer waren.«

»Moment mal, welche Listen?« In der Reichsärztekammer hatten die Nationalsozialisten alle bestehenden Ärztekammern und -verbände gleichgeschaltet. Nur so konnten sie ihre verheerende Rassenpolitik durchsetzen.

»Sie wissen, von welchen Listen ich rede.« Frau Boden schenkte sich erneut ein. »Was ist, trinken Sie nicht?«

Annabel hatte ihr Gläschen noch nicht angerührt. »Äh, nein, ich muss noch fahren.« Schnaps war ihr generell zu scharf, und außerdem brauchte sie einen klaren Kopf. »Geht es um Geburten von Kindern mit Behinderungen oder Auffälligkeiten?« Damals hatte sie Manni Brandstetter gerettet, indem sie ein Schreiben der Hebamme abfing, die ihn den Behörden melden wollte. Aber dass ganze Listen existierten, entzog sich ihrer Kenntnis.

»Professor von Thaler hat sich um die betroffenen Familien persönlich gekümmert, hat die Kinder in spezielle Fachabteilungen gebracht. Ich dachte ja damals, er hilft den Würmchen. Erst nach dem Krieg, als ich von dem systematischen Morden in den Heimen las, begriff ich, was er veranlasst hatte. Doch wem erzähle ich das, Sie wissen das bestimmt alles. Ist ja schließlich Ihre Familie, nicht meine. Bitte ersparen Sie mir die Einzelheiten. Ich habe lange gebraucht, darüber hinwegzukommen.«

Annabel nippte nun doch am Korn, der verbrannte ihr den Gaumen. Richard war an der Euthanasie beteiligt gewesen. Konstantin musste auch davon wissen. Sie holte den Zeitungsausschnitt aus ihrem *Gotteslob*. »Kennen Sie den da, in der Tracht?« Sie tippte auf den alten Mann mit dem Vollbart, der ins Grab gespuckt hatte.

»Moment, dazu brauch ich meine Brille.« Frau Boden griff in ihre Kittelschürze und setzte eine schwarzumrandete Lesebrille auf, hielt das Bild trotzdem weit weg und wieder näher an ihr Gesicht. »Das könnte Herr Markwart sein, doch ja, genau. Sein Sohn Hubert kam mit einer Hasenscharte auf die Welt und musste operiert werden.«

»Und wissen Sie, ob das Kind überlebt hat?«

Frau Boden zuckte mit den Schultern. »Da bin ich überfragt. Aber dass Herr Markwart auf der Beisetzung war und noch dazu in der ersten Reihe, sagt doch, dass sein Sohn Glück gehabt hat, sonst wäre er wohl kaum auf dem Friedhof gewesen, oder nicht?« Auf einmal hatte Annabel genug gehört, sie musste das alles erst mal verdauen. Sie stand auf und wollte gehen.

»Sie sind doch nicht hergekommen, um mich im Ruhestand zu besuchen, oder?« Frau Boden stand ebenfalls auf und gab ihr die schwielige Hand.

»Nein, ich forsche schon eine Weile über die Kleefelds und hatte gehofft, Sie könnten mir weiterhelfen. Und das haben Sie, vielen Dank.«

Frau Boden schob die Tür zum Gewächshaus auf. »Wollen

Sie ein paar Tomatenpflanzerl für zu Hause mitnehmen? Dieses Jahr habe ich acht verschiedene Sorten.«

Barbara Kleefeld ließ ihr keine Ruhe. Was, wenn sie das Arbeitslager überlebt hatte? Wenn ja, wo? Aber hätte das das Rote Kreuz nicht herausgefunden? Und auch das, was Oberschwester Beate über ihren Schwiegervater gesagt hatte, beschäftigte sie – war er tatsächlich an der systematischen Tötung von Menschen mit Behinderungen beteiligt gewesen?

Als sie wieder nach Grünwald fuhr, um sich um die Korrespondenz zu kümmern, empfing Irmela sie vor gepackten Koffern. »Ich verbringe den Sommer in Sardinien. Hab ich das nicht erwähnt?«

»Doch, natürlich.« Annabel konnte sich zwar nicht erinnern, dass es diesen Monat schon losgehen sollte, sie hatte angenommen, erst im Juli, wie üblich. Aber ihre Schwiegermutter traf auch größere Entscheidungen gern mal spontan. Viel mehr beunruhigte Annabel, dass sie nun nicht mehr herzukommen brauchte und keinen Zugriff auf Richards Dokumente hatte, jetzt wo sie so kurz davor war, die Wahrheit herauszufinden.

Irmela wollte ihr Goldarmband zuhaken, es schnappte ihr immer wieder auf, bis Annabel ihr half. »Danke. Ich glaub, ich werde alt.« Sie lächelte und zog sich vor dem ovalen Spiegel im Eingang mit zittrigen Fingern den Lippenstift nach. Derweil lief Frau Schneeweiß zwischen Mercedes und Villa hin und her und versuchte, sämtliches Gepäck im Kofferraum unterzubringen. Ihre Schwiegermutter schien das halbe Haus in Hutschachteln und Koffern verstaut zu haben. Wenn Annabel nicht gewusst hätte, dass das jedes Mal vor einer Reise so war, sie hätte gemeint, Irmela wollte sich, aus Furcht vor dem, was sie ans Tageslicht beförderte, ins Ausland absetzen. Diesen Gedanken verbot sie sich sogleich. Menschen, die wirklich auf der Flucht waren, trugen meist kaum mehr, als sie am Leib hatten, bei sich. Manche versteckten ihre Wertsachen sogar in den Absätzen der Schuhe, davon hatte sie ebenfalls in den Notizen des Historikers gelesen.

»Was ist mit euch, wollt ihr im August nachkommen, wenn die Kleine Ferien hat?«, fragte Irmela und tupfte sich Puder ins Gesicht.

»Ich fürchte, das wird nicht klappen, ich habe einen Termin beim Orthopäden für Marlene.«

»Ach, ja stimmt, entschuldige, ich hab nicht gleich dran gedacht. Heute Morgen gab es noch so viel zu besprechen. Ich drücke die Daumen, dass es klappt mit den Prothesen.«

»Woher weißt du davon?« Beim letzten Tee hatte Annabel ihr nur von der Aussicht erzählt und der Warterei seit langem, aber noch nichts von der Zusage.

»Konstantin hat mich gestern Nacht noch angerufen und wollte meine Meinung dazu hören.« Anscheinend hatte Irmela Richards Platz eingenommen, früher hatte er keinen Schritt getan, ohne seinen Vater um Rat zu fragen. Dass ihr Mann mit über sechzig, anstatt mit ihr zu reden, seine Mutter in seine Überlegungen einbezog, kränkte sie. »Keine Sorge, mit so etwas stößt mein lieber Herr Sohn bei mir auf Granit. Wir Frauen müssen zusammenhalten.« Sie lächelte sie durch ihr Spiegelbild an. »Ich finde es toll, dass du das übernimmst, Bella. Du kümmerst dich wunderbar um deine Tochter und meisterst das schon. Das hab ich Konsti gesagt.« Das verblüffte und berührte Annabel zugleich. »Brauchst du Geld, warte, Schneeweißchen, wo hast du meine Handtasche hingetan, die lag doch gerade noch hier?« Sichtlich genervt reichte ihr die

Angesprochene die Tasche. Annabel wusste nach wie vor nicht, wie sich der Beruf nannte, den Frau Schneeweiß innehatte. Sie war doch mehr als eine Haushälterin, eine persönliche Sekretärin vielleicht oder eine Art Butlerin.

»Danke dir, an Geld mangelt es mir nicht.« Annabel winkte ab. Doch Irmela wollte sich nicht davon abbringen lassen. Sie drückte ihr etwas in die Hand. »Nimm den hier.« Es war kein Geld, sondern ein Schlüssel. »Damit kannst du ins Haus, wann immer du willst. Schneeweißchen richtet dir auch das Gästezimmer her, wenn du oder Marlene hier übernachten wollt.«

Auf einmal hatte sie unbegrenzten Zugang zu allen Teilen der Residenz, wollte es aber bei Richards Bibliothek belassen und nicht ausreizen, obwohl sie zu gern Irmelas Wohntrakt inspiziert hätte. Und als hätte sie das gespürt, stellte Frau Schneeweiß, kaum dass die Hausherrin unter majestätischem Winken mit dem kroatischen Chauffeur davongebraust war, sich wie die Sicherheitschefin vor die linke Treppe, die zu Irmelas Gemächern führte.

»Ich hätte gerne einen Darjeeling mit Sahne und etwas Gebäck, wenn Sie haben, oder eine Breze mit Butter oder am besten eine Auswahl, sagen wir, ein großes Frühstück, mit Rührei, Obst, frisch gepresstem Orangensaft.« Annabel stieg nach oben, setzte sich wieder an den Schreibtisch in der Bibliothek, auf dem neben den fertig zusammengestellten und beschrifteten Ordnern immer noch ein Stapel unsortierter Quittungen und Briefe lag. Ihr kam es fast so vor, als hätte ihr jemand neue Papiere dazugelegt. Dem Datum nach war es auch so. Anscheinend ersetzte sie Irmelas Buchhalterin oder Assistentin, obwohl sie das nie so vereinbart hatten. Hatte sie ihr deshalb Geld angeboten? Eine Sisyphusarbeit, kaum hatte sie einen Zettel abgeheftet, schienen drei neue nachzuwachsen. Der

Berg wurde nicht kleiner. Annabel musste das nicht tun, mittlerweile fühlte sie sich von Irmela ausgenutzt. Aber vielleicht war das genau der Trick? Sie manipulierte sie, setzte sich selbst ins Paradies ab und ließ sie für sich arbeiten. Bot ihr sogar eine Bleibe an, als ob sie ihr eine Ehekrise unterstellte. So weit waren sie noch lange nicht. Und was die Buchhaltung betraf, sie hatte Wichtigeres zu tun. Sollte Irmela sich doch eine billige Arbeitskraft oder besser gesagt eine teurere holen, denn Annabel verlangte ja nichts für ihre Tätigkeit. Grotesk, da saß sie seit bald einem Dreivierteljahr in einer herrlichen Bibliothek und hatte noch nicht eines der Bücher in der Hand gehalten, um ein wenig zu schmökern. Zeit, das zu ändern. Als Frau Schneeweiß endlich das große Tablett mit dem zweiten Frühstück heraufbrachte, schnappte Annabel sich blind das nächstbeste Buch aus einer willkürlich gewählten Reihe und machte es sich auf dem Löwenprankensofa bequem. Das Buch entpuppte sich als die Autobiographie der allerersten Ärztin und war sehr aufschlussreich. Ob Helga das kannte? Annabel ließ sich das Essen schmecken und dachte über die Verkettung ihrer beiden Familien nach. Die Liebe zwischen ihrem Sohn und Helga, aber auch die unheilvolle Verstrickung von Richard von Thaler mit den Löw-Werken, seine dunklen Machenschaften im Dritten Reich. Falls ihr Schwiegervater wirklich an der Ermordung und Verschleppung der Kleefelds beteiligt war, gab es vielleicht Aufzeichnungen darüber. Vorausgesetzt, er hatte sie vor seinem Tod nicht vernichtet oder jemand anderen damit beauftragt, es zu tun. Aber so, wie sie Richard inzwischen kannte, der offensichtlich jeden noch so unwichtigen Beleg aufgehoben hatte, gab es da etwas. Jetzt, wo sie gestärkt war, erwachte ihr detektivischer Spürsinn. Angenommen, es existierte etwas, wo würde er es aufbewahren? Wo versteckte man in einem Turm voller Bücher Sachen, die von niemandem gefunden werden sollten? Musste Annabel Buch für Buch durchschauen, umdrehen, schütteln und dann auch die Regale abklopfen, falls es noch mehr Geheimverstecke und Tapetentüren gab?

Sie trank einen letzten Schluck Tee, stand auf, ging hinaus und trat noch mal ein, tat so, als wäre sie zum ersten Mal in diesem Raum. Was sah man, wenn man hereinkam, was hatte sie letztes Jahr als Erstes wahrgenommen? Bücher über Bücher in einem sechseckigen Raum. Eine Galerie und mehrere Leitern, um in das oberste Regalfach zu gelangen. Ein Labyrinth. Aber auch ein Irrgarten besaß Anfang und Ende, selbst wenn er Unendlichkeit vorgaukelte.

Die gewölbte Decke war voller Sterne. Friedrich hatte von seinem Vater und seinem Großvater die Begeisterung für Astronomie geerbt. Die Landung von Neil Armstrong auf dem Mond hatten sie sich am 21. Juli 1969 zusammen angeschaut und mit aller Welt gejubelt. Annabel betrachtete noch einmal das historische Operierbesteck und diese merkwürdigen Messgeräte auf dem Stehpult. In einer Art Schraubstock war ein Totenkopf eingespannt. Der Schädelknochen war in Felder unterteilt, die mit Zahlen beschriftet waren. Ihr fiel Richards Notizbuch wieder ein, das der Trauerredner verwendet hatte. Auch das hatte in der Schachtel gelegen, die Irmela ihr zum Sortieren gegeben hatte. Wie vermutet, standen lauter Zitate von Gelehrten der Antike darin. Sie blätterte weiter. Ein Teil war mit *Phrenologie: Erkenne dich selbst* überschrieben. Es folgten lauter Zahlen, denen ihr Schwiegervater Charaktereigenschaften und Fähigkeiten zugeordnet hatte. Demnach lag Feld eins, der Geschlechtstrieb und die Sinnlichkeit, als unterstes

Feld im Genick, gleich unter dem rechten Ohr. Der Glaube, die Nummer zwanzig, in der Schädelmitte, Frohsinn und Witz auf der Schläfe und so weiter. Annabel schlug im Lexikon Phrenologie nach. Es handelte sich um eine veraltete Seelenlehre, die der Arzt und Anatom Gall ab Mitte des achtzehnten Jahrhunderts entwickelt hatte, um über die Hirnareale geistige Eigenschaften und Gemütszustände zu bestimmen. Hatte Richard die Köpfe seiner kleinen Patienten auch vermessen, bevor er sie in die Heime abschieben ließ? »Dokumente (weißer Pfau) siehe KR14«, hatte er auf die letzte Seite geschrieben. Weißer Pfau hieß doch die Villa der Knaups. Das konnte kein Zufall sein. Und KR 14? Könnte das ein Hinweis auf die Sortierung in seiner Bibliothek sein? In Annabel pulsierte es. Boccacio hatte sich bei IT befunden, sie schlug die erste Seite des roten Büchleins auf, dort stand mit Bleistift auf dem Innendeckel IT2. Sie ging noch mal zu dem Regal mit der Beschriftung und zog die Lederbände heraus. In Dante Alighieri stand IT2, in Leonardo da Vinci ein IT3 und in Niccolò Machiavelli IT4. Auf diese Weise hatte auch ihre Mutter die Preise in alten Büchern vermerkt. IT musste Italien bedeuten und die Zahlen waren die Reihenfolge der Anordnung im Regal. Aber wo war das Fach mit KR? Annabel durchforstete erst die unteren Reihen, stieg dann die Leiter nach oben und suchte dort weiter. Vorbei an GR für griechische Werke, JA für Jagd, bis zu KR. Ein schmales Fach hinter einer der Säulen, die die sechseckige Galerie stützten. Sie zog ein Buch in der Reihe heraus und schlug es auf. Peter Camper: *Demonstrationes anatomico-pathologicae*. Ein auf Latein verfasstes Werk mit Zeichnungen von Schädeln. Ihr Herz beschleunigte sich, sie hatte richtig vermutet und Richards System entschlüsselt. Innen im Deckel stand mit Bleistift KR12. Das dreizehnte Buch war von Franz Joseph

Gall: *Die Schädellehre*. Dank Marlene, mit der sie oft Latein für die Schule paukte, wusste Annabel plötzlich was KR bedeutete. *Kraniometrie*, genau, von Cranium, der Schädel. Mit bebenden Händen zog sie KR14 heraus. Es war mit einem Band verschlossen und gar kein Buch, sondern eine Fächermappe. Annabel ging wieder nach unten, setzte sich auf das Sofa und öffnete die Mappe. Darin lag eine Art Sterbeurkunde. *Der Jude Samuel Kleefeld, geboren am 2. 9. 1902, vormals wohnhaft in Starnberg, Maximilianstraße 15, ist am 17. November 1938 um 14 Uhr 16 auf der Flucht über den Grenzübergang bei St. Gallen durch Schüsse tödlich getroffen worden.* In den anderen Fächern fand sie noch mehr. Ein Foto von ihrem Schwiegervater und ein paar anderen Männern. Richard im offen stehenden Kittel wie üblich, darunter trug er einen Anzug. Der Mann in Uniform war Heinrich Himmler, Reichsführer-SS, der die Rassenpolitik der Nationalsozialisten mit besonderer Vehemenz durchgesetzt hatte. Daneben stand noch einer, den Annabel noch nie persönlich getroffen hatte, aber von zahlreichen Zeitungsausschnitten kannte. Sie spürte, wie ihr das Blut in die Füße sackte. Der große, wohlgenährte Mann war kein anderer als Helgas Vater, Hugo Knaup, der Direktor der Löw-Werke. Da waren sie also, die Verbrecher, alle auf einem Foto vereint. Im Hintergrund war ein Haus zu erkennen, das einen großen weißen Pfau als Bemalung hatte. Sie leerte den Inhalt der ganzen Fächer auf dem Tisch aus, fand einen Ordner mit Namenslisten. Dank ihres Gesprächs mit Beate Boden wusste sie genau, worum es sich handelte: die Euthanasielisten, von denen die ehemalige Oberschwester gesprochen hatte. In den ersten drei Spalten standen die Namen, dann das Geburtsdatum und die Krankheit. Bei den meisten hatte Richard Schwachsinn eingetragen. Bei einigen auch Blindheit, Taubheit. Körperliche und geistige Behinderungen vermischt. Bei B fehlte Manfred Brandstetter. Hektisch blätterte sie vor, bis M. und fand einen Markwart, Hubert. Sie lehnte sich zurück, um kurz durchzuatmen und das Unbegreifliche zu verstehen. Als Krankheit war LKG angegeben, was Annabel als Lippen-Kiefer-Gaumen-Spalte deutete. Daneben listete er die Heime auf, in die er die Kinder gebracht hatte. Eglfing-Haar, Günzburg, Klingenmünster, Kaufbeuren, Lohr. In der letzten Spalte war ein Kreuz oder ein Häkchen mit Bleistift gesetzt. Annabel schauderte es bei der Vorstellung, was das bedeutete. Sie fand einen Brief, mit Durchschlag getippt.

Ich, Barbara Libi Kleefeld, geb. 06.08.1903 als Barbara Grüninger, seit 1923 verheiratet mit dem Juden Samuel Kleefeld, habe mich der Rassenschande schuldig gemacht und verpflichte mich zur Sühne, bis an mein Lebensende über die Vorfälle an der Grenze im Zusammenhang mit dem Tode meines Mannes zu schweigen, um die Sicherheit meines Sohnes Noah Kleefeld, geb. 4.4.1925, nicht zu gefährden. Gezeichnet SS Standartenführer A. Müller.

Auch Barbara hatte unterschrieben. Annabel strich über die Tinte mit Barbaras Namen. Welches Leid hatte die ehemalige Geliebte ihres Mannes erfahren. Wie hielt man das aus? Bis an ihr Lebensende, hieß das, man hatte sie tatsächlich verschleppt? Falls sie noch lebte, wo war sie, achtundzwanzig Jahre nach Kriegsende? Wusste ihr Sohn Noah davon? Und Konstantin, wie stand er zu dem Ganzen?

MARIE

Seit dem Erlebnis im Wald verfügte sie über innere Ruhe und Kraft wie noch nie zuvor in ihrem Leben. Sie vermisste Martin zwar noch genauso stark wie vorher, zugleich wusste sie aber, dass er ohnehin bei ihr war, und das verlieh ihr Kraft und Zuversicht. Sie lachte wieder mehr, die Brust war ihr weit, und sie freute sich über ihre Familie und die Menschen, die ihr nahestanden. Tammis Fohlen Zack gedieh und war bald der Stolz ihrer kleinen Leutstettener-Herde. Luise und sie sahen sich öfter und schmiedeten Pläne, die vorläufig noch Träume waren, aber man wusste ja nie.

Als Leni zur nächsten Reitstunde kam, erzählte ihr Annabel von dem Termin beim Orthopäden. Marie freute sich, aber hauptsächlich für Bella, sie hatte nämlich gar nicht den Eindruck, als ob das Mädchen überhaupt Prothesen bräuchte. Die Zwölfjährige machte Fortschritte beim Reiten und war im Umgang mit Pferden ähnlich wie Manni ein Naturtalent. Manchmal glaubte Marie, dass Annabel in ihrer Tochter trotz allen Bemühens ein unvollkommenes Wesen sah, auch wenn sie für ihren Ehrgeiz Verständnis hatte. Wer wünschte sich nicht alles für sein Kind? Sie konnte sie verstehen. »Ich hoffe, ihr bleibt länger und schaut euch die Stadt an?«, fragte sie, als Annabel, die ihre Tochter inzwischen für die Reitstunden in Maries Obhut ließ, in ihren Wagen steigen wollte.

»Notre-Dame, den Louvre, an der Seine entlangspazieren, die Bouquinisten.« Marie geriet ins Schwärmen.

»Du kennst dich besser aus als ich, ich habe mir ehrlich gesagt noch gar keine Gedanken über die Sehenswürdigkeiten gemacht, wollte eigentlich am nächsten Tag zurückfahren, je nachdem wie der Termin verläuft. Sag mal, hättest du nicht Lust, uns zu begleiten? Du könntest uns durch die Stadt führen, wäre doch nett.«

»Aber ich war doch noch nie in Paris. Alles, was ich weiß, stammt aus Büchern und der Zeitung. Ich habe mich lange mit französischer Kunst auseinandergesetzt und würde gern einige der Werke im Original sehen, das ist alles.«

»Ein wunderbarer Anfang, ich kenne mich mit Kunst leider gar nicht aus, darum wäre ich gerne bei deiner Entdeckungstour dabei. Ausgemacht?« Marie staunte. So viel Spontaneität hätte sie Annabel nicht zugetraut. Die Aussicht, dass ihre Tochter bald ein normales Leben mit funktionierenden Armen führen könnte, schien sie zu beflügeln. »Und kein Aber mehr«, ergänzte Annabel. »Ich weiß schon, der Hof, die Kinder, Tante Polli, Manni, deine Reitkundschaft, das Sommergeschäft, es gibt immer Gründe, auf Urlaub zu verzichten. Du solltest mal Luises Ausreden hören. Jedes Aber kann man auch in ein Ja verwandeln.«

»Du hast Luise auch gefragt, ob sie mitfährt?«

»Wäre doch nett, beim Hoffest letztes Jahr habt ihr alle noch große Töne gespuckt, und jetzt, wo's konkret mit dem Verreisen wird, kneift Luise. Ihre Ausrede kennst du.«

Marie nickte. »Der Laden, der Laden, der Laden«, sagten sie wie aus einem Mund und lachten.

»Was ist mit Helga? Sie hat doch eine gemeinsame Reise vorgeschlagen. Wenn schon, dann wir alle vier, findest du nicht?« Das klang doch schon fast nach einer Zusage.

»Du hast recht. Wir sollten sie fragen«, erwiderte Annabel.

»Du, ich muss los. Könntest du bitte Marlene später heimfahren?« Das hatte Marie schon öfter gemacht. Sie verband es meist mit einem Besuch bei Luise.

Als Annabel weg war, sattelten sie das Pony gemeinsam und zäumten es auf. Dabei wollte sie Leni fragen, ob sie sich genauso auf die Prothesen freute wie ihre Mutter, sie unterließ es aber, als sie merkte, dass das Mädchen ganz auf das Pferd konzentriert war.

Nachdem Leni aufgesessen war, führte Marie sie auf Zimtstern zum Reitplatz. Fasziniert beobachtete sie, wie Leni in der Körpermitte zentriert war. Man hätte meinen mögen, sie hätte mangels Arme mehr Probleme mit dem Gleichgewicht. Aber das Gegenteil war der Fall. Leicht und elegant lenkte sie Zimtstern mit den zweifachen Zügeln, die sie mit den Beinen und den Flügelhändchen hielt, durch sämtliche Formen der Seitengänge. Zimtstern schien großes Vergnügen an dieser Zwiesprache zu haben, und bald tanzten Marlene und ihr Pony durch den Sand. Als die Stunde beendet war, Zimtstern wieder bei den anderen auf der Weide, spielte Leni mit Xaver und Linda noch ein paar Stunden, und anschließend brachte Marie sie wie versprochen nach Hause.

»Die gnä' Frau ist noch unterwegs.« Frau Gusti, die Haushälterin, öffnete ihnen.

Marie wollte sich verabschieden, aber Leni drängte sie, doch hereinzukommen. »Ich zeig dir das Bild von Zimtstern, das Josie für mich gemalt hat, komm.« So schlüpfte sie aus den Reitstiefeln und folgte dem Mädchen durch den bilderbehangenen Flur. Zum ersten Mal sah sie die Villa von innen. Die Ziegenmilch, die sie vor Jahren an Annabel ausgeliefert hatte, hatte sie stets an der Tür abgegeben. Hereingebeten worden war sie bisher noch nie. Überall hingen in kleinen und großen Rahmen Gemälde und Zeichnungen. In Wandnischen standen Skulpturen. Sie beneidete Frau Gusti nicht, die das alles abstauben musste. Von wegen, Bella wäre nicht kunstinteressiert. Das hatte Marie nicht geahnt, dabei kannten sie sich schon fast zwanzig Jahre. Die Innenausstattung war sehr fein aufeinander abgestimmt. Jedes Zimmer hatte eine andere Farbgebung, alle Dinge hatten ihren Platz. Bei den Sofakissen angefangen, bis zu den hellen Teppichen und der Deckenbeleuchtung. Überall gab es etwas zu entdecken. Licht fiel durch das vielfach unterteilte Rundbogenfenster in den großen Raum, den sie von der Treppe aus unter sich sah. Marie bevorzugte es praktisch und ohne Schnickschnack, trotzdem gefiel ihr die Gestaltung hier sehr. Mit ihren vielen Nischen wirkte die Villa verwinkelt und einladend. Am liebsten hätte sie sofort den Bleistift gezückt. Sie strich über die Wand im Treppenhaus. Weich und kostbar fühlte sich die Stofftapete an. All die Kunstwerke hätte sie gern ausführlicher betrachtet, aber Marlene war schon oben und rief nach ihr. Sie zeigte ihr den lebensgroßen Schattenriss von Zimtstern quer über der Wand. »Das sieht phantastisch aus, und den hat Josie gemalt?«

»Ja, fast. Ich habe ihr ein bisschen beim Anmalen geholfen.« Marlene hopste auf ihr Himmelbett, das ein mit Hufeisen bedruckter Stoff umhüllte. Ein verstellbarer Schreibtisch und ein besonderer orthopädischer Stuhl standen davor. Wenn Marie daran dachte, dass sich drei ihrer vier Kinder ein Zimmer teilten, lebte die Kleine von Thaler in einem Palast. Kone, Linda und Xaver machten die Hausaufgaben am Küchentisch, das hatte sich so eingebürgert. Als Älteste hatte Alma die ehemalige Stube beziehen dürfen, wo sie sich ausbreiten konnte. Sobald sie ihren Realschulabschluss hatte, wollte sie Stewardess werden. Im Gegensatz zu Marie zog es ihre Tochter in die Welt hinaus.

»Ihr seid schon da?« Annabel kam herein. »Entschuldige, Marie, dass ich mich verspätet habe.«

»Kein Problem. Leni hat mir das Wandbild von Josie gezeigt. Es ist wirklich gelungen.« Marie hatte das Bedürfnis, sich zu rechtfertigen, warum sie ohne Annabels Erlaubnis in ihrem Haus war.

»Ja, deine Nichte ist sehr begabt, das hast du ihr doch alles beigebracht, oder nicht? Luise betont das jedenfalls immer, obwohl sie selbst auch so viel entwirft und handarbeitet. Ich habe leider gar kein Geschick in solchen Dingen.«

»Von wegen.« Marie lachte. »Die Einrichtung hier, die ganze Ausstattung vom Haus ist wirklich sehr geschmackvoll. Besonders die Bilder. An dir ist eine Innenarchitektin verloren gegangen, Bella.«

»Unsinn. Das war schon so, als ich eingezogen bin, ich erhalte das Inventar sozusagen. Nur die Zimmer von Marlene und Friedrich durften wir verändern, aber frag nicht, wie lange ich dafür mit Konstantin verhandelt habe. Wir leben quasi in einem Museum.«

»Wie das?«

»Komm, wir setzen uns unten in den Salon. Magst du eine Tasse Tee oder lieber ein Glas Wein? Und du, Marlene, machst noch die Lateinhausaufgabe, bevor wir zu Abend essen.« Sie wandte sich an ihre Tochter.

»Aber, Mama, ich bin viel zu müde.« Leni rollte sich auf dem Bett ein. Nach der Reitstunde und dem Spielen im Freien konnte ihr Marie das nicht verdenken. »Keine Widerrede. Mach's einfach, dann hast du's schnell geschafft.« Murrend drehte sich Leni, um aufstehen zu können, schwankte, fing sich seitlich mit den Händen am Bettpfosten ab und kletterte auf den Schreibtischstuhl.

»Weißt du, dass Leni inzwischen Pferdisch kann?«, sagte Marie.

»Oh, wirklich?« Annabel gab Leni das Heft, das Federmäppchen und das Lateinbuch aus dem Schulranzen. »Und beim Essen erzählst du mir dann, wie's beim Reiten war.« Annabel küsste ihre Tochter aufs Haar und ging voraus, aber nicht nach unten, sondern eine Treppe hoch. »Komm, ich zeig dir was, Marie. Weil du dich so für die Bilder interessierst, das hier zum Beispiel, diese *Vogelfrau*, hat Barbara Kleefeld gemalt.«

»Sie war Malerin?«

Annabel nickte, zeigte auf ein rot-orangefarbenes Bild, auf dem eine ganz in Schwarz gekleidete maskierte Frau sitzend neben einem leeren Vogelkäfig abgebildet war. Sie erreichten die Bibliothek, den vielleicht beeindruckendsten Raum der Villa.

»Und dies, *Die Lesende,* hat sie auch gemalt. Es ist das Lieblingsbild meines Mannes, darum hängt es auch über seinem Schreibtisch.«

»Eine ganz schöne Bandbreite von Malstilen hat Barbara Kleefeld beherrscht.« Marie streckte sich, um das Porträt über dem hohen Sekretär genauer betrachten zu können. Ein verspielt leichtes Aquarell, das das Licht eines Sommertages einfing, auch wenn der klobig schwarze Rahmen es fast erdrückte. »Warum ist es mit LC und nicht BK signiert? Übrigens sieht dir die Frau mit dem Buch ähnlich, Bella.«

»Findest du?«

Marie nickte.

»Nur bin ich das leider nicht, sondern …« Annabel zögerte, schaute zur Tür, die offenstand, und flüsterte dann: »Es handelt sich um ein Selbstporträt von Barbara, sie war die Geliebte meines Mannes.« Sie zog die Tür zu und atmete auf. »Setz dich, dann erzähl ich dir, was ich herausgefunden habe.« Sie nahmen in der mit gemütlichen Polstern belegten Fensternische Platz. Marie hörte staunend zu. Bella forschte nicht nur in der eigenen Familiengeschichte, sondern auch im Auftrag von Helga über deren Herkunft und hatte inzwischen Zusammenhänge zwischen beiden Familien hergestellt. Immer wieder schaute Marie zu der *Lesenden*, das Bild zog sie in den Bann. Die Farben, die sich von weitem vermischten, das künstlerische Geschick, mit dem das feine Gesicht der lesenden Frau eingefangen war. Eine Hand hielt das Buch, die andere ruhte auf ihrem Bauch. Ein zartes Grinsen umspielte ihren Mund, fast wie bei Leonardo da Vincis Mona Lisa. Sie schaute den Betrachter direkt an, verfolgte ihn mit dem Blick, egal, wo man im Raum stand. Lange hatte Marie die großen Meister studiert, bis auch sie diesen Kunstgriff in ihren Porträts beherrschte. Es war wie ein Klicken, das beim Malen einrastete, durch den Glanzpunkt in den Pupillen und die Ausrichtung der Augen erzeugt. In Paris könnte sie all diese Meister im Original sehen. Das wäre eine solche Freude! Konnte sie ihre Familie und den Hof für ein paar Tage, eine Woche vielleicht sogar, alleine lassen? So kurz vor den Sommerferien? Das verlangte einiges an Organisation, aber darin war sie in den letzten Jahren zur Meisterin geworden. Als Annabel ihr gerade anvertraute, wie schwierig es für sie in ihrer Ehe war, gegen eine Tote zu bestehen, kam Dr. von Thaler herein. »Hier steckst du, Bella. Wollten wir nicht längst essen?«

»Guten Abend, Herr Doktor.« Marie sprang auf.

»Frau Brandstetter, wie schön.« Er gab ihr die Hand.

»Ich wollte mich gerade verabschieden, ich muss noch einkaufen, bevor Luise Dahlmann zusperrt.«

Annabel stand ebenfalls auf und begleitete sie hinunter. »Entschuldige, vor lauter Reden habe ich dir gar nichts angeboten. Das holen wir bald nach, ja?«

»Unbedingt, Bella. Lass dich nicht unterkriegen. Und wegen Paris, ich hab's mir überlegt, ich bin dabei.«

»Wunderbar!« Bella umarmte sie. »Dann gibt's ja beim nächsten Tee ganz viel zu planen.«

»Genau.« Marie hatte das Gefühl, als grinste Martin sich eins und freute sich diebisch, weil er sie zu alldem angestiftet hatte. »Und jetzt geh ich zu Luise und erinnere sie daran, dass wir auf dem Hoffest ausgemacht haben, zusammen zu verreisen. Ohne Wenn und Aber.«

Tante Polli begrüßt uns alle zur Eröffnung der Saison mit folgender Bauernregel:
»Pankrazi, Servazi und Bonifazi sind drei frostige Bazi.
Und zum Schluss fehlt nie die Kalte Sophie.«
Doch Maries Reitgäste trotzen den Eisheiligen, die vom 11. bis 15. Mai dauern, und genießen auch in der Kälte meinen Kuchen und Kaffee jeden Samstag im Brandstetter-Obstgarten.

Hans fährt mit den Zwillingen zum Auftakt der Bundesliga nach München. Er quetscht das kleine Radio in die Herrenhandtasche, die ich ihm vor Jahren zu Weihnachten geschenkt habe. »Wozu braucht ihr denn das Radio im Stadion?«, frage ich.
»Damit wir gleichzeitig hören, wie die anderen Mannschaften spielen«, erklärt er mir und sucht noch nach Batterien.

In letzter Zeit denke ich oft über Freiheit nach. Bin ich wirklich frei?
Freiheit ist gefährlich, weil sie andere erinnert, dass ein anderes Leben denkbar ist.
Wo Menschen zusammenkommen, passieren Wunder,
sagt Hannah Arendt.
Ich muss mich meinen Freundinnen mehr anvertrauen.

Aus: Luises Ladenkunde-Album

LUISE

Josie hatte das Abitur bestanden, und noch dazu mit einer Eins Komma acht! Nun war Luise gespannt, was sie studieren wollte oder was sie vorhatte. Würde ihre Tochter bei dem Berufswunsch Malerin bleiben, oder hatte sie neue Ideen? Als Hans und Luise sie bei der Abiturfeier in der Starnberger Turnhalle fragten, was sie sich von ihnen wünschte, rechneten sie mit allem. Einer Vespa womöglich oder eine Karte zu einem besonderen Open-Air-Konzert ihrer Lieblingsbands, einer Musikanlage oder einer anderen größeren Anschaffung, auf die sie noch gar nicht kamen. Hans hatte vorgeschlagen, Josie einen Farbfernseher fürs Dachgeschoss zu schenken. Demnächst gäbe es welche mit kabelloser Fernbedienung, so dass man nur noch zum An- und Ausschalten aufstehen musste. Luise vermutete, eine Lötstation, weil sie doch nach wie vor ihren Schmuck selbst bastelte, fand aber, dass Josie erst mal selbst etwas vorschlagen sollte. Zu ihrer Überraschung wünschte sie sich eine gemeinsame Bergwanderung.

»Wie, du willst mit uns wandern gehen?« Im Lärm der *Must Listeners*, wo sich David auf der Bühne am Schlagzeug verausgabte, glaubte Luise, sich verhört zu haben.

»Nicht gleich, Mama, vielleicht besser erst in den Pfingstferien, wenn die Zwillinge schulfrei haben, und natürlich an einem Sonntag, damit du auch dabei sein kannst. Wir alle zusammen, als Familie, das ist mein Herzenswunsch.« Josie beugte sich in ihrem bunten Hosenanzug, den Luise ihr nach einem Burdaschnitt genäht hatte, zwischen ihnen durch auf den Elterntisch und schnappte sich ein paar mit Schokolade überzogene Bananenscheiben. Zum Unwillen von Hans ging ihr der Overall gerade mal bis über den Po. Was ihm bei anderen Frauen anerkennende Pfiffe entlockte, missfiel ihm bei der eigenen Tochter. Ihm zuliebe, als Kompromiss, trug Josie eine Strumpfhose darunter, wenn auch keine blickdichte aus Wolle, wie Hans verlangt hatte, sondern eine feine schwarze mit Netz aus Luises Sortiment. Die betonte ihre wohlgeformten Beine noch mehr. An die Glockenärmel, die ab den Ellbogen breiter wurden und bis über die Fingerspitzen reichten, hatten sie gemeinsam in letzter Minute mehrere Reihen Pailletten genäht, um ihrem Galaauftritt mehr Glamour zu verleihen. Künstliche Wimpern und dunkler Lidstrich vergrößerten ihre Augen. Außerdem trug sie zum Farbmix der Bluse Ohrringe wie Speere, die die nackte Haut ihrer schmalen Schultern streiften, und hatte jeden Fingernagel in einer anderen Farbe lackiert, wie Helga es oft tat. Die saß ihnen gegenüber, sichtlich gerührt, dass David nicht nur bestanden, sondern mit seiner Note sogar den Numerus Clausus erreicht hatte, um nach dem Ersatzdienst, den er bei Manni in der Behindertenwerkstatt ableisten wollte, gleich mit dem Medizinstudium beginnen zu können. Nach Luises Ermessen wirkte Josie trotz erster weiblicher Rundungen immer noch kindlich. Der kurze Haarschnitt, den sie sich am Tag vor der Feier zugelegt hatte, unterstrich das noch. Neuerdings glättete sie sich die Locken, die sie von ihr geerbt hatte, scheitelte den langen Pony auf einer Seite und fixierte ihn mit reichlich Haarspray. Josie sah auf jeden Fall wunderschön aus, hübscher als *Twiggy*, die zerbrechliche Britin, die die Titelseiten der Magazine zierte und für die ihre Tochter, wie viele in ihrem Alter, schwärmte. Hoffentlich eiferte sie dem Fotomodell nur in der Mode und nicht auch in der Figur nach, aber diesen Eindruck hatte Luise bisher nicht. Josie aß leidenschaftlich gern, besonders was Luise kochte. Sie mäkelte auch nicht beim Essen, wie sie das von Kundinnen mit Töchtern im gleichen Alter hörte.

»Ihr habt so oft davon geredet, dass wir mal zusammen in die Berge gehen, schließlich wohnen wir fast in den Alpen, aber geklappt hat es nie.« Josie zog sich einen Stuhl heran und quetschte sich zwischen sie, schlug die Beine in den gelben Lackstiefeln übereinander und band die schwarze Schnürung neu. Was führte sie im Schilde? Wollte sie auf diesem Ausflug etwas offenbaren, was sie ihnen sonst nicht sagen konnte? Hatte es mit David zu tun? Sie war doch hoffentlich noch nicht schwanger?

»Als du klein warst, sind wir drei schon mal auf einen Gipfel gestiegen. Welcher das war, weiß ich gar nicht mehr.« Luise brüllte gegen den Tusch von David an, der von der Bühne erklang.

Offenbar wurde gleich der nächste Programmpunkt verkündet.

»Der Herzogstand war das«, rief Hans zurück.

»Kann sein. Jedenfalls hatte dein Vater dich in einer Trage auf dem Rücken und ich dafür den Rucksack mit der Brotzeit.«

»Wie alt war ich da?«, fragte Josie.

»Zwei oder drei.« Hans schüttelte sich eine neue *Ernte* aus der Schachtel und schnippte mit dem Feuerzeug. Es flammte auf, und Luise atmete die nächste Rauchwolke ein.

»Erinnern kann ich mich jedenfalls nicht mehr.« Josie pickte die Smarties von der Tischdekoration. »Oder vielleicht doch, unbewusst, deshalb wünsche ich es mir von euch, auf welchen

Berg ist mir egal, das könnt ihr bestimmen.« Eine Klassenkameradin holte sie für die nächste Ansage auf die Bühne. Josie sprang auf, umhalste Luise und Hans gleichzeitig mit ihren glitzernden Glockenärmeln, als wollte sie sie auf diese Weise wieder zusammenbringen.

Beide hatten sie sich ebenfalls in Schale geschmissen, wenn auch deutlich dezenter. Schließlich sollte ihre Tochter glänzen und nicht sie. Aus diesem Grund waren auch die Zwillinge nicht dabei. Abgesehen davon, dass sie womöglich sonst was anstellten, sollte es heute allein um ihre Tochter gehen, und die Buben übernachteten besser bei Tante Marie. Luise trug ein bodenlanges violettes Abendkleid mit weiten Manschettenärmeln, das sie auf der Höhe des Bauchnabels mit einer Silberspange gerafft hatte. Hans hatte sich einen neuen silbergrauen Anzug mit Schlaghose gekauft, der spitz zulaufende lange Kragen des weißen Rüschenhemdes ragte über das Revers seines Jacketts hinaus. Mit den breiten silbergrauen Koteletten und der schmalzigen Tolle, die er sich gekämmt hatte, konnte er glatt als Schlagersänger durchgehen. »Macht beide bitte unbedingt beim nächsten Spiel mit, ja?«, flehte Josie noch. »Und du, Tante Helga, auch. Von den anderen Müttern und Vätern traut sich bestimmt keiner.«

Luise schüttelte den Kopf. Blinde Kuh vor Publikum, nein, danke.

»Bitte, Mama, mir zuliebe«, drängelte Josie. »Ich hab doch nur einmal im Leben so eine Feier.« Sie ließen sich überreden. Hans drückte den halb gerauchten zwanzigsten Glimmstängel im Aschenbecher aus, nahm Luise bei der Hand und stellte sich mit ihr auf. In der Mitte des Saales hatten die Schüler einen Stuhlkreis errichtet. Helga, die ohne Begleitung hier war, und auch andere Eltern gesellten sich Gott sei Dank bald zu ihnen. Die Band spielte *I want you* etwas schräger und nicht so harmonisch wie Bob Dylan, dafür genauso schwungvoll. Das Um-die-Stühle-Tanzen und Sich-schnell-auf-einen-freien-Platz-Setzen, sobald die Musik aufhörte, war für Luise eine Herausforderung. Sie wollte schnell sein und gleichzeitig nicht auf ihr Kleid treten oder sich im Satin verheddern. Prompt sprang vom vielen Auf und Nieder die Silberspange auf, die Nadel stach ihr in den Bauch. Autsch, das tat weh. Ihr Schrei ging im Jubel von Herrn Braun unter, der sich rasch an ihr vorbeidrückte und den Stuhl an ihrer Stelle ergatterte. Froh, erlöst zu sein, ging sie zum Tisch zurück, wo sie unauffällig die Nadel richtete. Auch Helga schied bald aus, setzte sich lachend und keuchend zu Luise. Hans dagegen war in seinem Element, legte einen Eifer in das Spiel, wie sie es zeitlebens von ihm kannte, wenn er sich mit Kindern, ob eigene oder nicht, beschäftigte. Er war der geborene Alleinunterhalter. Wie Rumpelstilzchen, mit erhobenen Knien und Armen, hopste er zuletzt nur noch mit Frau Lerchentaler, der Friseurin, die Josie den Twiggyschnitt verpasst hatte, um den einzigen Platz. Dabei verrenkte er sich wie ein Junger, schlug Haken, hüpfte und umkreiste den Stuhl, dass ihn bald der ganze Saal anfeuerte. Zu Tanzstunden hatte er sich nicht aufraffen können, vielleicht wäre sonst alles anders gekommen, dachte sie noch, bejubelte ihn aber dann genauso wie alle und klatschte, als er gewann. Ihre gesamte Ehe, und das wären Ende August fünfundzwanzig Jahre, hatte er sie mit seinem Charme zum Lachen gebracht, selbst wenn sie mal sauer auf ihn gewesen war, wusste er, wie er ein Lächeln aus ihr hervorkitzelte. In diesem Moment spürte sie ein warmes Gefühl in der Brust. War sie dabei, sich erneut in ihn zu verlieben, ihm wieder einmal alles zu verzeihen? Die ewige Streiterei hatte sich in den letzten Wochen zur Freude der Kinder etwas gelegt. Es herrschte Burgfrieden im Hause Dahlmann. Oder hatte die Liebe zu ihm sich nun wieder ans Tageslicht gekämpft? Konnte man überhaupt jemanden verabscheuen und lieben zugleich? Herz und Verstand waren offenbar zwei Paar Stiefel. Das eine eher eine leichte Sommersandale und das andere ein schwerer Skischuh. Luise drehte den Ring an ihrem Finger. Nein, Hans und sie, das war abgehakt und würde es auch bleiben. Sie waren bloß noch auf dem Papier ein Paar und wahrten in der Öffentlichkeit den Schein, so gut es ging. Die Liebe zu ihren Kindern war das, was sie noch zusammenhielt.

Zwei Wochen nach der Feier stand Luise wie üblich am Nachmittag allein im Laden und versuchte, die Liste abzuarbeiten, die sie sich jeden Morgen erstellte, um alles in den Griff zu kriegen.

»Die Geschenkkörbe da oben, sind das nur Ausstellungsstücke, oder kann man die auch ohne Zubehör kaufen?« Annelies Bäumerl zeigte auf das oberste Regalfach im alten Kleefeld-Schrank, den Luise nach wie vor für Besonderheiten nutzte. Frau Bäumerl arbeitete in der Esso-Tankstelle kurz vor der Autobahn, und Luise fand es ungewöhnlich, dass sie, obwohl es auch dort inzwischen eine Auswahl an Lebensmitteln und Zeitschriften gab, heute bei ihr einkaufte.

»Selbstverständlich, einen Moment, ich bin sofort bei Ihnen.« Luise war noch an den Gefriertruhen beschäftigt, hatte die neuen Steckerl-Eissorten einsortiert und wischte die Schiebetüren sauber. Hastig legte sie den Lappen weg und eilte zu ihr.

»Der Korb in der Mitte ganz oben, mit dem geflochtenen Griff, gefällt mir, der wäre etwas für meine Nichte zum Geburtstag. Kommen Sie da rauf, Frau Dahlmann, ich bin, glaube ich, mindestens zwanzig Zentimeter zu klein.« Vergeblich reckte sie sich nach oben.

»Ich auch. Warten Sie, ich hole uns die Trittleiter.« Doch Hans, der plötzlich auftauchte, kam ihnen zuvor.

»Hier, bitte.« Mühelos zog er den Korb herab und reichte ihn der Kundin.

»Vielen Dank, Herr Dahlmann, wie nett.« Sie lächelte ihn an.

»Gern geschehen, so einer schönen Frau bin ich jederzeit behilflich.« Er tätschelte ihr den Hintern. Luise stockte der Atem. Tat er das wirklich, ihr eigener Mann, vor ihren Augen?

»Was erlauben Sie sich?« Frau Bäumerl hob den Korb wie ein Schutzschild und wich zurück.

»Bitte entschuldigen Sie, Frau Bäumerl, mein Mann …, ich weiß auch nicht …« Fassungslos angesichts dessen, was sie gerade beobachtet hatte, wandte sie sich ab. Zugleich kam sie sich so dumm vor, dass sie Hans, dieses Aas, verteidigt hatte. Und der feixte auch noch. Es war zum Davonlaufen.

»Entschuldige dich sofort, Hans, sonst …«

»Sonst was, Luiserl?« Er funkelte sie an.

»Sonst ruf ich die Polizei.«

»Mach dich nicht lächerlich.« Hans zog die Zigarettenschachtel aus der Hemdtasche. Aber wenigstens konnte Frau Bäumerl nun hinter ihm vorbeischlüpfen. Sie öffnete den Mund, als wollte sie noch etwas sagen, und sah Luise an. Dann entschloss sie sich offenbar anders, stellte den Korb auf die Eistruhe und verließ den Laden. Seelenruhig zündete sich Hans eine Zigarette an, nahm einen Zug und blies den Rauch in den Laden.

Am Sonntag nach diesem Vorfall raffte sie sich um halb fünf auf. Auch wenn es ihr schwerfiel, musste sie den Ausflug vorbereiten. Die anderen schliefen noch. Dabei hatte Josie großspurig verkündet, sie würde mit ihr aufstehen und helfen. »Du kannst ruhig ausschlafen, Mama, ich weck dich, kurz bevor es losgeht.« Von wegen. Auch oben unterm Dach war es noch mucksmäuschenstill. Hans schnarchte auf der Couch im Wohnzimmer, und die Buben schliefen eine Tür weiter in ihrem Stockbett. Luise lugte kurz ins Kinderzimmer, nicht dass sie schon ausgebüxt waren. Elias' Bein hing von oben über das Geländer, unten lag Christian auf dem Bauch, hielt seinen Plüschaffen fest umklammert. Normalerweise war der Sonntag der einzige Tag in der Woche, an dem auch sie länger schlafen konnte. Meist wachte sie trotzdem wie gewohnt auf, genoss es aber, nicht sofort aufspringen zu müssen, sondern sich noch mal umdrehen zu dürfen, zumal sie neuerdings das Doppelbett ganz für sich hatte. Hans und sie hatten endlich getauscht, damit sie lesen, er aber fernsehen konnte, so verbrachte er nun die Nächte vor dem summenden Testbild.

Heute musste der Roman von Eric Malpass leider warten, so neugierig Luise auch war, wie es eine englische Romanfamilie hinkriegte, dass *morgens um sieben die Welt noch in Ordnung* war, wie der Titel versprach. Falls jemand eines Tages über die Dahlmanns schrieb, müsste der Titel *Rund um die Uhr Remmidemmi* lauten. Außerdem wollten sie heute um sieben längst unterwegs sein. Noch im Nachthemd, polierte sie schon mal die Wanderstiefel, die sie gestern eingefettet hatte. Die für die Zwillinge hatte sie sich von Maries Kindern geliehen, und Josie hatte nagelneue bekommen. Kurz dachte sie an die Reise, zu der Annabel sie alle eingeladen hatte. Paris, das klang verheißungsvoll, und sogar Marie würde sich die Zeit nehmen. Und was war mit ihr? Da schwärmte sie für die *Nouvelle Cuisine* und hätte endlich Gelegenheit, die französische Küche vor Ort zu probieren, aber dann war wieder alles andere wichtiger.

Als der Kaffee durch den Filter lief und die Eier im Wasser brodelten, rührte sich etwas im Haus. Hans trabte mit der Zeitung aufs Klo. Bis er wieder rauskam, hatte Luise einen Stapel Brote geschmiert, Gurken in Scheiben geschnitten und Radieschen vom Grünzeug gefreit. Aus dem Laden holte sie je eine Tafel Vollmilch- und Zartbitterschokolade, dazu eine Tüte Gummibären und Studentenfutter. Gerade als sie eine Thermoskanne mit Kaffee, eine mit Tee füllte und auch die Limoflaschen für die Kinder bereitstellte, kam Josie im Schlafanzug die Treppe heruntergesprungen. »Ach, Menno, Mama, jetzt hast du schon alles gemacht, das wollte ich doch tun.«

»Du kannst die Brotzeit auf die Rucksäcke verteilen.«

»Und wo sind die?«

»Die hängen an der Garderobe, Hans hat sie ausgewischt. Und wenn du rausgehst, kannst du gleich deinen Brüdern sagen, dass wir frühstücken. Sie sind draußen, Wanderstöcke zuschneiden.«

»Ui, ich will auch einen.« Josie rannte in den Garten. Von wegen, helfen. Eine halbe Stunde später hatte Luise den ganzen Proviant in den VW-Bus geräumt.

Freundlich, fachkundig und frisch, liefert Dahlmann Ihre Lebensmittel auf den Tisch! Noch immer erregte Maries Busbeschriftung Aufsehen. Die Samstage bei Marie in Leutstetten trugen zurzeit mehr zum Gesamtumsatz bei als mancher Verkaufstag im Laden. Luise befreite noch die zweiteilige Frontscheibe vom Blütenstaub, und weil sie schon dabei war, putzte sie die elf anderen Scheiben rundum auch. Dann stellte sie Extragetränke in einem Korb unter den Sitzen bereit, kontrollierte den Verbandskasten und packte Geld und Taschentücher ein. Wo Josie auf einmal steckte, wusste sie nicht. Vermutlich war sie damit beschäftigt, sich anzuziehen. Solange stritten die Zwillinge um den zerdrückten grünen Filzhut, den sie in der Faschingstruhe gefunden hatten. Ein zerfranster Gamsbart steckte daran, dazu Anstecker. Innsbruck, Sommeralm, Alpine Skischule Mühlbach, Partnachklamm, Berchtesgaden, Wank und auch die Zugspitze. Erst als Luise vorschlug, dass Elias den Hut beim Raufgehen und Christian beim Runtergehen tragen durfte, vertrugen sie sich wieder und gaben ihn ihr zur Aufbewahrung bis zum Anstieg. Ziemlich erschöpft und durchgeschwitzt kehrte Luise in die Küche zurück, trank den Rest Kaffee, der nicht mehr in die Thermosflasche gepasst hatte. Die Buben sprangen nach ein paar Löffeln Cornflakes schon wieder auf und kämpften draußen mit den Stöcken, über dem frisch angepflanzten Blumenbeet, wie sie beim Blick aus dem Fenster sah. Vermutlich würde sie noch vor der Fahrt ein Donnerwetter loslassen müssen, wenn sie die Pfingstrosen, die gerade erst aufblühten, zertrampelten.

»Packst du das noch ein?« Hans stellte das Fernglas der Buben auf den Tisch.

Sie nickte. »Ich wusste gar nicht, dass dein Vater so viel gewandert ist.«

Er drehte den Hut in der Hand. »Ich auch nicht. Wahrscheinlich hat er die Broschen alle geschenkt bekommen oder samt Hut in einem Souvenirladen gekauft.«

»Ich dachte, das ist so ein Ehrenkodex unter Wanderern, was man aufsteckt, ist man auch abgegangen.«

»Was du alles weißt. Aber schau dir das an.« Er löste einen

kleinen Jagdhorn-Anstecker, in dessen Mitte ein Hakenkreuz prangte, »wo er den herhat, werden wir wohl nie erfahren.« Er warf ihn in den Mülleimer unter der Spüle. Dann holte er sich ein Weißbier aus dem Kühlschrank.

»Willst du das etwa jetzt trinken? Ich dachte, wir wollen aufbrechen.« Luise schob den letzten Bissen ihres Marmeladenbrotes in den Mund und stand auf, um sich rasch noch mal frisch zu machen und umzuziehen.

»Ich kann doch heute nicht nur von Tee leben, der schwappt mich bloß aus.« Kaum eingeschenkt, leerte er in schnellen Zügen das Glas.

Vor ihrem Kleiderschrank traf sie Josie an. Sie trug Luises bundlederne Trachtenhose, die roten Kniestrümpfe und die karierte Bluse, die Luise eigentlich hatte anziehen wollen, und drehte sich vor dem großen Schlafzimmerspiegel.

»Passt perfekt, oder?« Auf der Nasenspitze trug sie die rosa Sonnenbrille mit den blütenförmigen Gläsern. Luise schmunzelte. Noch dazu weil sie trotz Josies kurzen Haaren, die sich schon wieder zu Locken kringelten, und der Hose, die an ihr eher schlackerte, die Ähnlichkeit zwischen sich und ihrer Tochter bemerkte, von der alle immer sprachen. Eine jüngere und sehr eigenwillige Ausgabe von ihr stand vor ihr.

»Und was soll ich anziehen?«, sagte Luise und wühlte im Schrank.

»Wie wäre es mit meinem Abipullover? Oh ja, Mama, dann sehe ich die Namen den ganzen Tag vor mir und freu mich.«

Als sie eine Viertelstunde später endlich alle abfahrbereit waren, holte Luise den Schlüssel vom Schlangenbrett, das die Zwillinge im Werkunterricht ausgesägt und bemalt hatten, warf einen letzten Blick auf das Chaos in der Küche und im

Flur. Am liebsten wäre sie daheimgeblieben, hätte aufgeräumt und den restlichen Tag über die Ruhe genossen.

»Hey, die ganze Samstagspost war noch draußen im Kasten.« Josie trug einen Stapel Briefe in der Hand, schaute ihn durch und steckte ihn hinters Telefon. Nicht mal dazu war Luise gestern gekommen. Bestimmt bloß lauter Rechnungen. Es genügte, wenn sie sich am Abend darum kümmerte. Nachdem sie die Haustür zugesperrt hatte, stiegen auch sie in den Bus, wo der männliche Teil der Familie bereits wartete. Die Zwillinge hopsten vorne beim Lenkrad. Seit dem Desaster bei Marie achtete sie darauf, dass sie den Schlüssel immer bei sich trug.

»Los, rutscht rüber«, forderte sie die Buben auf und blickte zu Hans, der auf der hinteren Bank, die Arme um die Rückenlehne à la James Dean, schon wieder paffte. »Soll ich etwa fahren?«

»Ich bitte darum, dann kann ich noch ein Stünderl schlafen.« Bevor Luise etwas erwidern konnte, hakte er ein Heckfenster auf und schnippte den Zigarettenstummel ins Blumenbeet. Wie sie das hasste! Normalerweise hätte sie das auch sofort gesagt, heute riss sie sich um des lieben Friedens willen zusammen. Schon legte Hans die Füße auf den Sitz und schloss die Augen. Luise schluckte die Wut hinunter und startete den Motor.

»Machst du den Scheibenwerfer an, Mama?« Elias mit dem Trachtenhut hatte schon die Hand am Schalter.

Sie lachte. »Meinst du das Licht oder den Scheibenwischer?«

»Den Regenwegmacher«, erklärte er.

»Es regnet doch nicht, da gehen bloß die Wischblätter kaputt«, sagte sie.

»Dann Radio.« Schwupp, drehte Elias den Radiorekorder auf und richtete die Antenne aus, und schon schubste Elvis Presley sie mit *Heartbreak Hotel* aus Starnberg auf die Garmischer Autobahn.

»Macht leiser«, beschwerte sich Hans von hinten.

»Ich kann dich nicht hören«, rief Luise und grinste die Buben an.

»Ja, Papa, wir können dich nicht hören!« Alle lachten. Bevor sich noch einer der beiden an der Antenne die Augen ausstach, stellte sie den Rekorder lieber nach hinten zu Josie. Die Sieben-Uhr-Nachrichten kamen, laut Wetterbericht blieb der Himmel bewölkt, erst am Mittag sollte es aufklaren. Perfekt zum Wandern. Hoffentlich hatten sie nichts vergessen, dachte Luise und ging in Gedanken den Inhalt der Rucksäcke durch. Als sie in Sindelsdorf die Autobahn verließen, mussten sie anhalten, damit Christian, der den Kopfstand zwanzig Sekunden länger als sein Bruder geschafft hatte, sich übergeben konnte.

Der Forstweg bis zur Benediktenwand zog sich, und an den Rucksack musste man sich auch erst gewöhnen, obwohl Hans den schwereren trug. Auch die Buben trugen ihr Butterbrot selbst. »Wann gibt's endlich Felsen zum Raufklettern?«, fragten sie alle zehn Minuten. Sie stapften mit ihren Wanderstöcken voraus, über den Schotter und um sie herum, liefen die Strecke bestimmt zweimal hinauf und hinunter. Hinter der nächsten Böschung verschwanden sie.

»Passt auf!«, ermahnte Luise sie.

»Lass sie sich doch austoben«, erwiderte Hans und ermunterte sie noch: »Wer ist als Erster bei der nächsten Kurve?« Die Zwillinge stoben los. Na, wenigstens würden sie heute Nacht gut schlafen, dachte sie und erschrak. Rechts von ihnen fiel der Weg auf einmal steil ab.

»Christian, Elias?«, rief sie. Keine Antwort. Unter ihren

Schuhspitzen löste sich ein Stein und schepperte ins Tal. »Wo seid ihr?« Sie kreischte. Auch Josie und Hans schauten sich alarmiert um.

Endlich lugten die Buben hinter einer Fichte hervor und kicherten. »Reingelegt.«

»In den Bergen macht man keine Faxen, das ist lebensgefährlich.« Sie stauchte sie so zusammen, dass es ihr fast schon wieder leidtat. Nachdem sich ihr Puls beruhigt hatte und jeder ein Stück Schokolade gegessen hatte, gingen sie weiter, die Serpentinen hoch. Die Zwillinge stapften brav hinter ihnen her. Hans nahm sie an der Hand und erzählte ihnen die Geschichte vom Sepperl und vom Lieserl, wie die einmal in die Berge gegangen sind. Und prompt ist das Sepperl abgestürzt und hat sich ein Bein gebrochen, und das Lieserl musste ihn auf dem Buckel nach Hause tragen, so groß und stark, wie sie war. Luise lächelte in sich hinein, sie mochte seine Geschichten, auch Josie hatte er früher vor dem Einschlafen welche erzählt. Es nervte sie nur, wie sie sich ständig bei der Erziehung der Kinder gegenseitig ausstachen. Egal, was Luise sagte und tat, Hans machte das Gegenteil. Doch sie verdrängte den Ärger. Heute wollte sie sich über den Ausflug und diesen besonderen Tag freuen. Die Luft roch so gut, das Sonnenlicht warf zwischen dem Laubwerk hindurch glitzernde Muster auf den Boden. Vögel zwitscherten. Huflattich säumte die Wegränder. Tief unter ihnen glitzerte ein Bach.

»Und was hast du nach den Sommerferien vor? Bleibt es beim Malereistudium?«, fragte sie Josie.

»Zumindest das erste Semester will ich freie Malerei studieren. Allein wie das klingt, Mama, freie Malerei! Tante Marie hat gesagt, dass Wichtigste ist das gemeinsame Arbeiten, dass man sieht, wie andere mit Kunst umgehen. Ach, ich freu mich schon so. Vielleicht wechsle ich danach zur Graphik. Illustration gibt es leider nicht als Fach in der Akademie.«

»Das erarbeitest du dir doch schon selbst. Wie soll das neue Büchlein heißen?« Nicht nur Luise, auch die Zwillinge und der ganze Rest der Familie, alle waren von Josies Illustrationen begeistert, der Löw-Konzern hatte ihr sogar einen weiteren Auftrag erteilt.

»*Die Abenteuer des gestiefelten Löwen durch den Himalaja.*«

»Ach, deswegen die Bergwanderung, als Inspiration?«

»Sagen wir, als Einstimmung.«

»Und du und David? Geht ihr jetzt fest miteinander?« Das hatte Luise schon lange wissen wollen.

»Wenn du mit *fest* meinst, ob wir miteinander schlafen, kannst du auch ganz direkt fragen. Mama, du bist wirklich so was von oldschool.« Josie lachte.

Luise blieb ernst und sah sie an. »Wenn du die Pille möchtest, geh ich mit dir gerne zum Arzt.« Solange sie noch nicht volljährig war, brauchte Josie die Zustimmung der Eltern.

»Die hat mir Tante Helga schon längst verschrieben, ich dachte, das wüsstest du. Aber ich habe andere Neuigkeiten, die ich euch unbedingt erzählen will.« Auch Hans drehte sich um.

»Von dem Brief?« Luise war nicht entgangen, dass sie sich ein Kuvert aus dem Poststapel eingesteckt hatte.

Josie nickte. »Ich ahne zwar schon, was drinsteht, aber ich mach ihn erst auf dem Gipfel auf und lese ihn vor, dass es ganz Bayern weiß.«

Die Tutzinger Hütte war geschlossen, als sie sie nach dem steilen Aufstieg erreichten. Zum Glück hatten sie genug Brotzeit dabei und ließen es sich auf einer Bank schmecken. Über ihnen ragte die felsige Steilwand auf, jetzt ging das Bergsteigen erst richtig los. Luise wäre lieber unten geblieben und hätte sich auf der Wiese ausgestreckt und die anderen allein hochsteigen lassen. Einfach in der Sonne liegen und nichts tun, das wär's.

»Komm, Mama, auf geht's. Wer zuerst oben ist!« Josie hakte sie ein. Immer steiler ging es hinauf. Die Buben hatten ihre Gaudi, dass sie jetzt endlich klettern durften und sich an den Stahlseilen, die in die Felsen geschlagen waren, hochzogen. Bald keuchte Luise nur noch, und ihre Füße brannten. Außer Atem und am Rücken nassgeschwitzt erreichte sie als Letzte den Gipfel. Die Aussicht über das gesamte Alpenvorland belohnte sie für die Strapazen. Man sah sogar bis zum Starnberger See, der in seiner Seepferdchenform flach und klein wie ein Regentropfen am Horizont zu erkennen war. Luise schloss die Augen, sog tief die Luft ein. Josie nahm ihre Maltasche ab, und sie und ihre Brüder sprangen auf der Wiese hinter dem Gipfelkreuz herum wie die Steinböcke, die sie weiter unten im Geröll entdeckt hatten. Etwas abseits vom Grat breitete Luise auf einem Felsen das karierte Tuch aus und verteilte die Speisen darauf. Sie freute sich auf eine duftende Tasse Kaffee, ein gekochtes Ei und ihre Apfel-Zimt-Nudeln. Herrlich, sie alle gemeinsam hier oben, was für ein Kraftakt!

Hans wühlte in den Rucksäcken, sie dachte schon, er würde beim Aufdecken helfen. »Hast du das Fernglas eingepackt? Ich will den Buben zeigen, wo wir wohnen.«

»Aber das sieht man doch von hier nicht.« Luise lachte.

»Die Seepromenade schon.« Lieblos knallte er die Sachen ins Gras, drehte den großen Rucksack um und leerte ihn aus.

»Nicht.« Die Thermoskanne rollte davon, den Abhang runter. Luise hechtete ihr nach und erwischte sie, als sie an einer

Wurzel hängen blieb. Das war knapp und dennoch zu spät. Es schepperte, als sie sie schüttelte, sie schraubte den Deckel auf und vergewisserte sich. Im Kaffee schwammen lauter Scherben. »Sag mal, spinnst du? Nur wegen dem Scheißfernglas ist jetzt die teure Kanne hin.«

»Ich hab dich extra noch erinnert, dass du das Fernglas von den Buben mitnehmen sollst, aber du …?!«

»Lass die Buben da raus. Warum kannst du dich nicht selbst um dein Zeug kümmern, ich hab's satt, dich rund um die Uhr zu bedienen. Und wozu müssen wir überhaupt genau sehen, wo wir wohnen, wenn wir mal weg sind? Das ist doch total unwichtig.«

»Schrei mich nicht so an.« Auch er brüllte inzwischen.

»Ich schrei, so viel und solange ich will.« Ihre Kehle brannte schon. Nicht nur die Kinder waren wie versteinert stehen geblieben, auch andere Wanderer schauten zu ihnen. Luise war alles egal, sollte doch die ganze Welt mitkriegen, wie es um sie und ihre Ehe stand. »Mir reicht's. Endgültig. Ich will, dass wir uns trennen.«

»Ha, du willst dich scheiden lassen? Von mir? Wie stellst du dir das vor?«

»Ich hab genug von deinen … deinen … Eskapaden, vor dir ist doch keine Frau sicher. Wie du die Kundin neulich begrapscht hast, das war einfach nur ekelhaft. Und die Hauberling von nebenan, meinst du ernsthaft, die will was von dir? Die macht sich doch bloß über dein albernes Getue lustig. Zwing mich nicht, das vor unseren Kindern genauer auszuführen.«

Hans kam näher und funkelte sie an. »*Unseren* Kindern? Soviel ich weiß, sind die Buben gar nicht von mir. Was hab ich da bloß für eine Schlampe geheiratet. Da ist doch jede andere besser als du.«

Seine Worte verschlugen Luise die Sprache. »Woher …?«

»Dachtest du vielleicht, ich wusste nichts von deinem Techtelmechtel mit dem Uhrmacher? Die vielen langen Abende, die Bäder im Mondschein. Hast du dich nicht gefragt, warum er es einfach so beendet hat und nie wieder im Laden aufgetaucht ist oder versucht hat, dir an die Wäsche zu gehen?«

»Was macht ihr, ihr verderbt doch alles.« Weinend baute sich Josie vor ihnen auf.

Doch Luise konnte jetzt nicht aufhören, das mit Bellarabi war zu wichtig. »Was hast du mit ihm gemacht? Hast du ihm gedroht?«

Hans spuckte aus. »Das brauchte ich gar nicht, der mickrige Sekundenzeiger ist von selbst in die Knie gegangen, als ich ihn bloß angeschaut habe.«

Langsam sickerte es in Luise ein. »Es ist aus. Ich will, dass du gehst.«

»Ich? Du kannst mich nicht aus meinem Elternhaus rausschmeißen. Was bildest du dir ein. Wenn eine geht, dann du, frag doch den Uhrenpfuscher, ob er dich noch mal haben will, aber ich glaube nicht, dass du an seiner Alten vorbeikommst.«

Josie schnappte sich ihre Tasche und hastete den Berg hinunter. Weg war sie.

»Da siehst du, was du anrichtest, du Furie.«

»Und was bist du?« Sie schrien sich weiter an, warfen sich die schlimmsten Gemeinheiten an den Kopf. Luise stoppte erst, als sie die Buben sah. Christian kniete auf der Wiese und hielt sich mit beiden Fäusten die Ohren zu, und Elias kniff die Augen zusammen. Mit angstverzerrten Gesichtern hockten sie beide im Gras. Was tat sie, was hatten sie getan? Den Herzenswunsch ihrer Tochter verdorben und die Buben zu Tode erschreckt. Sie versuchte, sich abzuregen. »Lass uns aufhören,

Hans. Bitte. Es reicht.« Erschöpft ließ sie sich am Wegrand fallen.

»So, auf einmal? Wenn du genug hast, dann soll auch ich Ruhe geben?« Hans war geladen wie nie. »Erst führst du dich auf wie die Allerletzte und dann …? Weißt du, was man mit so einer wie dir früher gemacht hat? Du … Du …« In seinen Augen glühte der Hass. Er hatte einen Stein gepackt und baute sich über ihr auf. Luise duckte sich, wartete auf den Schlag.

»Mama.« Die Zwillinge krochen zu ihr und umklammerten sie, als wollten sie sie schützen und zugleich von ihr gehalten werden. Elias hängte sich an ihren Rücken, Christian kauerte sich vor sie auf ihren Schoß. Luise brach in Tränen aus. Wut und Trauer, alles, was sich in den letzten Monaten in ihr angestaut hatte, überrollte sie. Genauso hatte sie die beiden Kinder in den ersten Wochen nach ihrer Geburt bei sich getragen. Bei der Arbeit im Laden, einer vorn, einer hinten, in einer selbst genähten Zwillingstrage.

Hans senkte den Arm, holte dann doch noch mal aus und schmetterte den Stein auf einen Felsen, wo er zerbrach. Sie konnte aufatmen, schluchzte. Hans wandte sich ab, zog die Zigarettenpackung aus der Brusttasche. Seine Finger zitterten. Luise sah nicht mehr hin. Sie wiegte die Buben, bis sie sich alle einigermaßen beruhigt hatten. Dann stand sie mit ihnen auf und sammelte die Sachen ein, die überall verstreut waren. »Kommt, wir machen Brotzeit«, sagte sie. Brav knieten sich die Zwillinge vor das Tuch und teilten für jeden aus. Anscheinend wollten sie nur ja nichts falsch machen. Zwei Kippen später, die er achtlos in die Natur schnippte, setzte sich auch Hans dazu, und zumindest bei den Kindern löste sich bald die Anspannung. Was eben geschehen war, war ihnen kaum noch anzumerken.

Und als sie sich auf den Rückweg machten und den Berg

hinunterliefen, kehrte die Fröhlichkeit der Buben zurück. Sie juchzten wieder und rannten, und Hans fing sie mit ausgebreiteten Armen auf. Hoffentlich wartete Josie unten am Bus. Kurz bevor sie den Schotterweg erreichten, fing es zu regnen an, schüttete bald so stark, dass ihnen das Wasser in den Schuhen stand. Die Regenjacken hatte Luise auch vergessen, aber keiner sagte etwas. Völlig durchnässt erreichten sie den VW. Von ihrer Tochter fehlte jede Spur. Sie riefen nach ihr, suchten den Parkplatz ab, ob sie sich irgendwo untergestellt hatte. Als sie in den Bus einstiegen, entdeckte Luise den Brief, der unter dem Scheibenwischer klemmte. Er triefte vor Nässe und war an Josie adressiert. Bestimmt war das der, den sie ihnen hatte vorlesen wollen. Auf der Rückbank zog Luise den Buben die Schuhe aus und wickelte sie in die Decken, die sie zur Obstabdeckung für den Großmarkt immer dabeihatte. »Ruht euch aus, wir sind gleich daheim.« Daheim, nach diesem Streit zweifelte sie sogar das Wort an.

»Machst du jetzt den Regenwischwegwerfer an?«, bat Elias und kauerte sich Kopf an Kopf mit seinem Bruder zusammen.

»Sofort.« Sie drückte ihm und auch Christian, den der viel zu große Trachtenhut seines Opas vorm Regen geschützt hatte, einen Kuss auf die Stirn. Hans war auf den Beifahrersitz geklettert und hatte Josies Brief gelesen. Als Luise sich ans Steuer setzte, reichte er ihr das tropfende Blatt. Ein Schreiben der Münchner Kunstakademie. *Zu unserem Bedauern müssen wir Ihnen mitteilen, dass Sie die Aufnahmeprüfung nicht bestanden haben.*

Die Sorge um ihre Tochter einte sie wieder. »Am besten, ich fahr noch mal die Strecke ab, bevor es dunkel wird«, schlug Hans vor, als sie in Starnberg ankamen.

»Vielleicht ist sie ja mit dem Zug gefahren, der Kocheler kommt in zehn Minuten, warte den noch ab«, sagte Luise. Er nickte, zog sich um. Solange steckte sie die Zwillinge in die heiße Badewanne und erlaubte ihnen anschließend, bei Kakao und Streichwurstbrezenschifferln eine Folge *Flipper* anzuschauen. Es regnete noch immer. Hans hielt es nicht mehr aus und fuhr mit seinem Auto los. Kaum war er weg, kam Josie die Treppe hoch.

»Bist du getrampt?« Bei irgendwelchen fremden Männern ins Auto einsteigen erlaubten sie ihr nämlich nicht. Josie tat es dennoch, angeblich nur mit David zusammen. Ohne Luise zu antworten oder sie überhaupt zu beachten, verschwand sie im Dachgeschoss. Luise lief ihr nach, klopfte, wartete, und als keine Reaktion kam, trat sie ein. Josie lag im Bett, die Kopfhörer auf, und starrte an die Decke. Im Gegensatz zu ihnen hatte sie offenbar keinen Regentropfen abgekriegt.

»Es tut mir so leid, Josie«, fing Luise an. »Ich wollte den Ausflug nicht verderben.« Ihre Tochter reagierte nicht, wippte mit dem Kopf, als hörte sie Musik, dabei war das Kabel gar nicht eingesteckt. Luise setzte sich zu ihr, wollte ihre Hand nehmen, doch Josie entzog sie ihr. »Das mit der Kunstakademie tut mir leid. Es gibt doch noch andere Kunstschulen, auch für Graphik-Design, magst du es nicht dort probieren? Komm, wir überlegen uns gemeinsam etwas.«

Endlich nahm sie den Kopfhörer ab und sprang auf. »Dich interessiert doch gar nicht, was ich mache. Ständig geht es nur um dich und den Scheißladen. Und warum hast du mir das nie gesagt?«

»Was?«

»Das mit den Zwillingen, dass sie …, dass du …«

»Dass ihr nur Halbgeschwister seid? Ich wollte, aber irgendwie hat es sich nicht ergeben. Macht das für dich so einen großen Unterschied?«

»Du spinnst, Mama, du bist komplett irre. Ich halte es keine Minute länger in deiner Nähe aus.« Sie riss die frisch gebatikten T-Shirts von der Wäscheleine, die sie quer durchs Zimmer gespannt hatte, und stopfte sie in ihre Armeetage, bis sie überquoll.

»Josie, bleib hier. Wo willst du hin?«

»Weg, bloß weg, so weit wie möglich. Ich geh in einen Ashram.« Sie rannte hinaus, spurtete die zwei Treppen hinunter.

»Wohin?« Luise verstand nicht, hetzte ihr nach, fing sie ab, wie sie in ihre Turnschuhe schlüpfte und die Bänder nach innen stopfte. »Was soll das sein?«

Josie wetzte an ihr vorbei, in die Küche, suchte in der Schublade ihren Reisepass, fand ihn und steckte ihn ein. »Ich hau nach Indien ab.«

»Wie willst du von hier nach Indien kommen?« Spontane Einfälle in allen Ehren, aber das war nicht gerade ein Katzensprung. Sie musste ein Grinsen unterdrückten.

»Ja, mach dich nur lustig.« Josie bemerkte es sofort. »Kein Witz, ich habe das schon lange vor, wollte nur noch die Zusage oder Absage von dieser Scheißakademie abwarten, aber jetzt ist es entschieden. In München vom Odeonsplatz geht ein Doppeldeckerbus direkt nach Goa. Wahrscheinlich siehst du mich nie wieder.« Sie lief in den Garten.

Das wurde ja immer bunter. »Josielein, bitte, beruhige dich, bleib stehen und lass uns reden.« Luise rannte ihr nach, aus dem Garten raus, bis auf den Bürgersteig.

»Hör auf, ich bin nicht mehr dein Josielein. Du hast alles kaputt gemacht, unsere ganze Familie, der arme Papa, was der alles aushalten muss wegen dir.« Vorhin hat *der arme Papa* mich fast erschlagen, dachte Luise. Plötzlich kehrte Josie um, hob einen großen Blumentopf, in dem sie Kräuter angesät hatte, und schwang ihn in ihre Richtung. Instinktiv duckte sich Luise, der Topf flog aber nicht in ihre Richtung. Sie hörte es klirren. Die große Schaufensterscheibe zerbarst, tausend Splitter rieselten auf ihre Sommerdekoration und die Waren.

ANNABEL

Dass Marie sie nach Paris begleiten würde, freute sie sehr, und auch Marlene war ganz begeistert, als sie ihr beim Zubettgehen davon erzählte. Annabel legte ihrer Tochter das Nachthemd so zurecht, dass sie es allein anziehen konnte. Zuerst schlüpfte sie mit dem Kopf hinein, schüttelte und wand sich solange, bis es über die Schultern rutschte und sie mit den Händen in die Armlöcher fand. Beim Zähneputzen hielt Marlene die Zahnbürste mit dem Fuß, und genauso kämmte sie sich auch, das sollte ihr erst mal jemand nachmachen. Sie hatte so viel gelernt, ihre Kleine war eine Kämpferin. Hoffentlich wurde sie bald mit den Armhilfen belohnt. Annabel gab ihr das Lesekissen, in das sie *Der kleine Hobbit* einspannte, damit es Marlene beim Umblättern nicht ins Gesicht fiel. »Aber in einer halben Stunde machst du das Licht aus, versprochen? Papa und ich müssen etwas besprechen, danach schaue ich noch mal nach dir, und du schläfst hoffentlich schon.«

»Ist es wegen der doofen Prothesen?« Marlene schaute sie aus großen ernsten Augen über das Buch hinweg an.

»Nein, Schatz, es geht um etwas anderes.« Annabel setzte sich noch mal zu ihr aufs Bett. »Freust du dich denn kein bisschen, dass dir etwas die fehlenden Arme ersetzen könnte?«

»Wieso sollen mir Arme fehlen, Mama, ich habe doch noch nie welche gehabt?« Das stimmte, auch wenn es Annabel die Tränen in die Augen trieb.

Nachdenklich ging sie zu Konstantin, der wie üblich in der Bibliothek war.

»Was gibt's, Bella?« Er sah vom Schreibtisch auf, die eckige Lesebrille auf der Nasenspitze. »Ich hoffe, es dauert nicht zu lange, ich muss nämlich noch …«

»Erst mal musst du mir zuhören«, unterbrach sie ihn, ihr reichte es, ständig vertröstet zu werden. »Ich weiß schon lange, dass du Noah Kleefeld ausbezahlt hast.« Sie lehnte das Kuvert mit der Grünwalder Anschrift an sein Rotweinglas. »Auch dass du die Adresse deiner Eltern für deine Post benutzt, damit ich nichts davon mitkriege.«

Erstaunt nahm er den Brief und überflog ihn. »Das hat nichts mit dir zu tun. Vater hat die Angelegenheit für mich geregelt, beziehungsweise seine Anwälte. Das Ganze zog sich über Jahre, seit Noah hier aufgetaucht ist. Und wie du weißt, war ich damals nicht stark genug für solche Verhandlungen, der Contergan-Skandal … und dann die Information, dass Sami und Barbara ermordet worden sind … Das hat mich fertiggemacht.« Momentan hielt sich ihr Mitleid in Grenzen.

Sie richtete sich neben ihm auf, wappnete sich, kam sich wie bei einer Beweisaufnahme vor Gericht vor. Ein Stück nach dem anderen würde sie ihm präsentieren und ihn zwingen, sie anzuhören. »Dass Noah Kleefeld überlebt hat, bedeutet dir anscheinend nichts, sonst hättest du ihn nicht bloß mit Geld abgespeist.« Sie zog sich einen Stuhl heran und setzte sich neben ihn. Wenn's sein musste, würde sie ihm den Ausgang versperren.

»Willst du wirklich raus aus der Villa, den ganzen Wohlstand und alles aufgeben? Das Heim unserer Kinder?«, fragte er.

Doch sie ließ sich nicht provozieren. »Wie viel hast du Noah für die Villa und das ganze Inventar bezahlt?«

»Exakt die Summe, die ich Sami damals für Haus und Garten bezahlt habe, umgerechnet von Reichsmark in Deutsche Mark natürlich. Wir haben es absichtlich niedrig gehalten, falls sie zurückkehrten. Dann könnte er mir das Geld wiedergeben, ohne sich allzu hoch zu verschulden.«

»Und damit hatte Noah sich zufriedengegeben?« Sie wusste, wie hoch die Quadratmeterpreise am Starnberger See mittlerweile waren.

»Was geschehen ist, kann nicht mehr rückgängig gemacht werden. Die beiden sind tot, das kann man mit keinem Geld der Welt ändern.« Er musterte sie, durchdrang sie mit seinem Blick. »Warum setzt du dich auf einmal so für die Kleefelds ein? Jahrelang warst du eifersüchtig auf Barbara und jetzt?«

»Ich wusste nichts von ihr, ich dachte, du betrügst mich ständig mit anderen Frauen, und als ich es herausgefunden habe, war sie tot. Gegen eine Tote habe ich keine Chance, du verklärst sie seither, wie soll ich dagegen ankommen?«

»Ach, Bella, was redest du dir bloß ein.«

»Was bleibt mir übrig, wenn du nicht mit mir sprichst, mich bei allem immer außen vor lässt. Jetzt auch schon wieder, warum hast du mir nie gesagt, dass die Kleefeldsache längst geregelt ist? Und was die Villa betrifft, ich halte, was geschehen ist, für Unrecht, und nach dem, was ich herausgefunden habe, umso mehr.« Zeit, ihn mit der Wahrheit zu konfrontieren. »Wusstest du, dass dein Vater die Kleefelds denunziert hat?« Sie holte die Fächermappe und legte ihm die Dokumente vor. Eins nach dem anderen.

Aufmerksam las er alles, betrachtete lange die Fotos, lehnte sich zurück, war leichenblass und griff sich ans Kinn. »Das ist ja ..., das kann nicht ..., Bella, das ist schrecklich, ich hatte keine Ahnung. Das heißt ja, dass ich an ihrem Tod schuld bin.

Ich ..., wir ...« Sie dachte, er würde zum Rotweinglas greifen, stattdessen nahm er Annabels Hände in seine.

Sie schmolz, kämpfte dagegen an. Wie lange schon hatte er nicht mehr ihre Haut berührt, sie gehalten oder geküsst. »Sag nicht, du hast nichts davon gewusst. Und auch nicht, dass dein Vater Kinder mit Behinderungen in Heime abschieben ließ.« Sie löste sich von ihm und zeigte ihm den Ordner mit den Listen. »Sag, warst du als Arzt auch an der Euthanasie beteiligt? Du musstest diese Kinder genauso melden, wenn eines in der Seeklinik geboren wurde. Sind von denen hier vielleicht welche dabei gewesen?« Er blickte auf die Listen, schlug dann den Ordner zu. Sie klappte ihn wieder auf. »Sieh hin, sieh dir die vielen Kreuze und Häkchen an. Hier, abgehakt, hier, gestorben. Da, tot und da, tot. Vorhin, da hast du Marie Brandstetter so freundlich begrüßt, ihren Schwager Manni, auch den hast du gemeldet. Aber ich hab den Brief abgefangen, sonst wäre Manni vielleicht heute nicht mehr am Leben.« Sie wollte sich nicht damit brüsten, es ging ihr ums Prinzip.

»Du bist eine Heldin, ja, wirklich, Bella. Ich wollte, ich hätte deine Stärke. Ich habe mich immer gefügt: meinem Vater, den Behörden, dem System. Damals habe ich das Ausmaß des Grauens, diese systematische Vernichtung der Juden und Andersdenkenden, der Menschen abseits der Norm, die die Nazis damals aufstellten, nicht erfasst. Bei diesen Meldebögen, zu denen jeder Arzt verpflichtet wurde, da dachte ich anfangs, es ginge nur um Statistik, wie wir sie zu allem Möglichen aufstellen. Ich habe gehofft, dass der Staat den Kindern und den Familien helfen will. Das klingt sehr naiv, und das war es auch. Ich hatte meinen Kopf woanders. Ein Jahr zuvor waren die Gesetze gegen Juden verschärft worden. Du und ich, wir hatten uns gerade verlobt ... Ich beratschlagte mit Sami, was wir tun sollten, um die Klinik nicht zu verlieren. Alle Betriebe wurden arisiert, auch die Krankenhäuser. Wer sich nicht fügte, dem sperrte man zu. Aber sollten wir das, was wir gerade mühsam zusammen aufgebaut hatten, einfach aufgeben? Sami hatte in der Schweiz promoviert, dort würde er leicht eine Stelle finden. Doch wenn er ganz offiziell ausreiste, müsste er Reichsfluchtsteuer zahlen.«

»Eine Reichsfluchtsteuer?« Sie hatte sich gründlich auf dieses Gespräch vorbereitet, aber davon hörte sie zum ersten Mal.

»Das sogenannte Großdeutsche Reich vertrieb die Juden, die man nicht in Lager sperren konnte, aus dem Land, wollte aber vorher noch ordentlich abkassieren. Ursprünglich diente diese Fluchtsteuer, in anderen Ländern übrigens auch, dazu, Vermögende von einem Umzug ins Ausland abzuhalten, doch Heinrich Himmler hat das Gesetz geändert.« Konstantin tippte auf das vor der Villa mit dem Pfau aufgenommene Foto und legte es angewidert zur Seite. »Überall gab es Versteigerungen, ganze Haushalte wurden verhökert, damit die Leute das Geld für die Fluchtsteuer aufbringen konnten. Leute, auch viele von denen, die heute behaupten, nichts mit den Nazis zu tun gehabt zu haben, haben sich am Besitz ihrer Nachbarn, die fliehen mussten, bereichert.«

»Woher weißt du das jetzt auf einmal?« Gerade hatte er noch so getan, als ob er von nichts eine Ahnung gehabt hatte.

»Weil ich mich damit befasst habe. Als Sami und Libi fliehen mussten, durften sie bloß zweihundert Mark mitnehmen, stell dir vor. Wie sollte man sich damit ein neues Leben aufbauen?« Dass er seine ehemalige Geliebte weiterhin bei ihrem Kosenamen nannte, versetzte ihr einen Stich. Aus dem Hebräischen übersetzt, bedeutete Libi mein Herz, hatte sie nachgeschlagen. »Ich habe mich für Noah um einen Platz auf dem

Kindertransport gekümmert«, erzählte er weiter. »Und um das Touristenvisum, das die beiden für die Schweiz brauchten. Dann habe ich ihnen die Villa, wie schon gesagt, für eine Summe abgekauft, die sie, falls sie zurückkehrten, mir bezahlen konnten. Aber selbst da gab es Hürden und Fallstricke. Diese Methode wandten ja nicht nur wir an, das versuchten viele.« In Annabels Ohren klang es wie eine Ausrede. War das nicht dasselbe wie bei den Haushaltsauflösungen? Man gelangte günstig an Grundbesitz? »Mein Vater kannte sich in solchen Dingen aus«, fuhr Konstantin fort. »Also haben wir ihn eingeweiht. Er und Sami verstanden sich nicht sonderlich. Einmal zeigte er sich verwundert, dass mein Freund Jude sei, er sehe gar nicht wie einer aus. Was er genau damit meinte, begriff ich erst hinterher. Wie so vieles. Als Kinderarzt war er damals schon eine Koryphäe, hat auch mit Parteigrößen wie diesem Himmler verkehrt. Das gehörte eben dazu, hat er mir erklärt. Aber dass er die Kleefelds wirklich ausgeliefert haben soll, nein, Bella, bei aller Liebe, das hätte Vater nie getan.«

»Doch, das hat er.« Sie zeigte Konstantin die letzten beiden Dokumente aus der Fächermappe. Ihr Mann las, und Annabel betrachtete ihn. Sie dachte an die schaurigen Geräte in Richards Bibliothek. Hatte er auch Konstantin damit vermessen? Zeitlebens störte sich sein Vater daran, dass sein Sohn kein Hüne war, und hat auch Friedrich bis zur Pubertät beäugt. Zu seiner Erleichterung, und auch zu ihrer, das musste Annabel zugeben, denn sie wusste, wie ihr Mann bis zum Studium gehänselt worden war, schoss Friedrich mit dreizehn, vierzehn auf einmal in die Höhe. Mit sechzehn überragte er Annabel und schließlich sogar seinen Großvater. Dass Richards Enkel ein gefeierter Olympionike werden würde, hatte er, Rache des Schicksals, nicht mehr erlebt.

»Oh, Gott, Bella. Aber das ist ja …« Konstantin schaute sie an, in seinen Augen standen Tränen.

»Entsetzlich und unvorstellbar, aber wahr«, beendete sie seinen Satz und nickte. Derselbe SS-Mann A. Müller, der Barbara zur Unterschrift auf der Verpflichtung genötigt hatte, hatte einen Brief an Konstantins Vater verfasst. *Sehr geehrter Herr Prof. von Thaler, dank Ihrer Umsicht und Entschlossenheit dem deutschen Volke gegenüber, wurde das flüchtige Ehepaar Samuel und Barbara Kleefeld an der Grenze zu St. Gallen aufgegriffen und gestellt. Dabei hat sich der Jude Kleefeld seiner Verhaftung widersetzt und wurde erschossen. Die Ehefrau und ehemalige Reichsdeutsche Barbara Libi Kleefeld ist wie gewünscht zur Arbeit in einer Schuhfabrik der Löw AG verpflichtet worden.*

HELGA

Als die letzte Patientin am Montagnachmittag fort war, räumte sie das Spielzeug im Wartezimmer auf, ordnete die Zeitschriften und gab Gießbert, ihrem Lieblingskaktus ein paar Schlucke Wasser. Es klingelte an der Praxistür, Helga sah sich um, ob jemand etwas vergessen hatte, fand aber nichts und öffnete. Völlig aufgelöst stand Luise in der Ladenschürze draußen. Sie bebte, presste sich ein Taschentuch an die Augen und schnaufte, war offenbar von der Ludwigstraße den Hanfelder Berg hochgerannt. »Was ist passiert?« Helga nahm sie in den Arm und führte sie herein, drückte sie in einen der seufzenden Stühle.

»Josie ist weg, für immer.«

»Was soll das heißen, für immer?« Stockend erzählte ihr Luise von der gestrigen Bergwanderung, dem Streit, dass sie die Scheidung gefordert hatte und wie danach alles weiter eskaliert war. »Zuletzt hat Josie sogar die Schaufensterscheibe eingeschlagen.« Ihre Unterlippe zitterte.

Helga legte ihr die Hand auf die Schulter. »Und du glaubst, dass sie das mit Indien durchzieht und wirklich abhauen will?«

Luise nickte. »Als Mutter hab ich so versagt, Helga, ich hab falsch gemacht, was man nur falsch machen kann.«

»Hast du nicht. Wenn ich mich nicht täusche, ist Josie oben bei David in seinem Zimmer.« Sie hatte sie vorhin ins Bad huschen sehen, sich aber nichts dabei gedacht.

»Und ich komme fast um vor Sorge, wollte schon nach München fahren, um sie von dieser ominösen Fahrt abzuhalten. Aber warte, der werd ich's zeigen.« Luise stand auf.

»Bleib hier, das bringt doch nichts.«

»Aber so lass ich mich nicht behandeln.«

»Bitte beruhige dich doch erst mal. Josie ist einfach sauer wegen der Absage von der Kunstakademie und hat überreagiert, dazu noch euer Streit. Schau mich an, mir geht's mit David auch nicht besser. Ich wusste nicht mal, dass er den Wehrdienst verweigern will, das habe ich von meinen Eltern erfahren, als sie da waren.«

»Was? Ich versteh gar nichts mehr. Du hast wieder Kontakt zu ihnen?« Mit dem für sie typischen lauten Trompeten schnäuzte sich Luise. Spätestens jetzt wusste Josie oben, dass ihre Mutter zu Besuch war.

»Ja, sie saßen Ende letzter Woche plötzlich im Wartezimmer und haben versucht, mich einzuschüchtern. Ich weiß nicht genau, was ich davon halten soll.« Kurz nach Weihnachten hatte sie Luise erzählt, dass sie Annabel beauftragt hatte, über die Löw AG nachzuforschen, aber was dabei herausgekommen war, wusste Luise noch nicht. »Theo war mit dabei, er ist jetzt ihr Anwalt.«

»Dein Theo?«

»Es hat sich ausgetheot, der kann mich mal.« Sie sah ihre Freundin an. »Du und Hans, was die Kinder betrifft, also die Zwillinge, da seid ihr euch noch einig, oder?«

»Ich hab's ihm gesagt, als wir gestritten haben. Oben, beim Gipfelkreuz über der Benediktenwand … Also, dass Hans nicht der Vater der Buben ist, das hat Josie mitgekriegt«, sagte sie zerknirscht, »und ist weggelaufen.«

»Und wie hat Hans reagiert?«

»Er wusste es längst, hat Ferdl irgendwie eingeschüchtert,

ich weiß nicht, wie genau. Mir wird angst und bange, wenn ich es mir nur vorstelle. Langsam glaube ich, es gibt gar keine Geheimnisse, man bildet sich das bloß ein, um den Schein zu wahren, warum auch immer.«

»Und wie haben es die Zwillinge aufgenommen?«

»Es ist schlimm für sie, und ich weiß nicht, was da noch alles auf mich zukommt.« Luise schniefte. »Kennst du das, wenn dir alles mit einem Schlag entzogen wird, woran du dich mühsam viele Jahre geklammert hast?«

Ja, hätte Helga am liebsten geantwortet, das kenne ich nur zu gut, aber sie schob die Gedanken an ihre Krankheit beiseite, auch wenn es in ihrer Brust stach, als wollte sich der Tumor selbst zu Wort melden. »Du hast mir doch angeboten, dass du rausfinden könntest, wo Jack lebt? Gilt das noch?«, fragte sie leise. In letzter Zeit, besonders seit sie von ihrer Krankheit wusste, geisterte ihre große Liebe von einst durch ihre Gedanken.

»Klar, gerne. Ich versuche es über meine alten Kontakte. Abgesehen davon, dass David bestimmt wissen will, wer sein Vater ist, verrätst du mir, woher bei dir dieser Sinneswandel auf einmal kommt?«

Sie zögerte. »Ich will meinen Eltern zuvorkommen, nicht dass sie Jack noch aufspüren. Sie bedrängen David ohnehin genug, wollen ihn als Nachfolger für die Firma. Falls du also etwas über Jack herausfindest, dann überlege ich weiter, ob ich überhaupt Kontakt mit ihm aufnehmen will. Ich könnte auch Annabel bitten, wenn es dir zu viel ist. Was die alles ausgräbt, ist unglaublich.« Und sie erzählte Luise von Annabels Recherchen, auch von der Verbindung zwischen ihrer Familie und den Kleefelds.

»Wahnsinn, ich weiß nicht was ich sagen soll, Helga«,

seufzte Luise, als sie geendet hatte. »Angesichts solchen Grauens kommen mir meine Probleme lächerlich vor. Danke, dass du es mir erzählt hast. Doch noch mal zu Jack: Was weißt du über ihn?« Luise schnappte sich den Malblock und einen Stift aus der Spielecke. »Abgesehen von seinem Namen und dass er hier in der Nähe stationiert war. Wie alt ist er in etwa? Und weißt du seinen Dienstgrad?«

Da musste Helga passen. »Darüber habe ich mir damals keine Gedanken gemacht. Er war etwas älter als ich, aber nicht viel, schätze ich, ach, es klingt so bescheuert. Er stammt aus Arizona, hat bis zu seiner Einberufung in North Dakota gelebt und in einer Mine gearbeitet. Seine Familie, also Mutter und Schwester, wohnen immer noch im Südwesten, hat er damals gesagt. Mensch, das ist zwanzig Jahre her.« Als sie sah, wie Luise sich Notizen machte, hielt sie inne. »Warte, ich bin mir nicht mal sicher, ob er mir nicht da schon einen Bären aufgebunden hat. Er hätte mir sonst was erzählen können, ich war einfach …«, sie schluckte und ergänzte leise, »sehr verliebt in ihn. Vielleicht war sogar sein Name falsch, wie der ganze Jack. Er hatte diese Masche drauf, ein dummes *deutsches Frolein* wie mich rumzukriegen. Hat super geklappt. Wenn es David nicht gäbe, hätte ich gar keinen Beweis, dass dieser Jack Miller jemals existiert hat.«

»Siehst du, genauso geht's mir auch. Wenn es die Zwillinge nicht gäbe, wüsste ich gar nicht mehr, dass die Romanze mit Bellarabi stattgefunden hat. Gut, dass ich dich habe, du warst immer für mich da.« Sie nahm Helgas Hand. Nun begann auch Helga zu weinen, ließ sich in Luises Arme sinken, gehalten werden tat gut. Einfach nur gehalten. Der Trost, den sie bei Otto, Friedrich oder früher auch bei Theo fand, ging meist in Sex über. Helga schloss die Augen und schmiegte sich an ihre

Freundin, heulte, bis deren Ladenschürze an den Schultern durchweicht war. Sie liebte Jack noch immer, durchfuhr es sie plötzlich. Oder jedenfalls die Erinnerung an ihn.

3. Teil

Sommer 1973

Das neue Ehe- und Familienrecht lässt hoffen. Die Politik erkennt an, dass Mann und Frau gleichberechtigt sind. Die Hausfrauen-Ehe wird durch Partnerschaft ersetzt. Na, Zeit wird's. Aber wie bringe ich Hans dazu abzuspülen, sich um die Wäsche zu kümmern und das Haus zu putzen?
Das Scheidungsrecht soll auch reformiert werden. Das würde bedeuten, falls Hans der Scheidung zustimmt, müsste er mir und den Kindern Unterhalt zahlen, bis ich eine neue Arbeit und Unterkunft finde. Vorausgesetzt, er erkennt die Zwillinge als seine eigenen Kinder an.

Die Schlagzeilen dieser Tage:

Ölkrise:

Wer Israel unterstützt, dem liefern wir kein Öl mehr, drohen die islamischen Staaten. Wird es bald kein Benzin und Heizöl mehr geben? Plastik wird genauso aus Erdöl hergestellt. Ade Tupperware, zurück zur Natur, zum Fahrradfahren und zu unverpackten Lebensmitteln, wie ich sie bis Anfang der sechziger Jahre vorrätig hatte?

Meine Krise:

Dahlmanns Obst- und Gemischtwaren schließt.
Nach zwanzig Jahren gibt die gelernte Köchin Luise Dahlmann ihren Laden in der Starnberger Ludwigstraße auf. Der Umsatz sei ausgeblieben, das Geschäft lohne sich nicht mehr, gesteht die Inhaberin mit Wehmut im Blick der Redaktion.

(Eingeklebter Zeitungsbericht vom 23. Juli 1973)

Aus: Luises Ladenkunde-Album

LUISE

Leicht würde es nicht sein, Jack Millers Heimatadresse herauszufinden, das hatte sich schon vor zwanzig Jahren gezeigt, als Helga versucht hatte, ihn aufzuspüren, aber irgendwo musste Luise anfangen.

Am nächsten Morgen traf der Glaser Heller mit seinem Gesellen ein, um die Schaufensterscheibe zu ersetzen. Solange hatte Luise eine große Sperrholzplatte vor das Loch geschoben und die Scherben samt zerstörter Dekoration weggeräumt.

»Hoffentlich haben's Ihren Lausbuben ordentlich die Löffel lang gezogen?« Herr Heller ging davon aus, dass das wieder die Zwillinge beim Elfmeterschießen gewesen waren wie beim letzten Mal. Von der Ecke gegenüber, gleich neben dem Friseurgeschäft waren es nämlich exakt elf Meter, hatten ihr die Buben erklärt.

»Für Ihr Geschäft lohnt es sich doch, Herr Heller«, sagte sie ausweichend. »Eigentlich müssten sie dem Täter danken.« Auch Hans gegenüber sagte sie nicht, dass es Josie gewesen war, die Schmach wollte sie sich ersparen, noch dazu hatte er genauso einen Stein gegen sie erhoben. Solange die Glaser beschäftigt waren, nutzte Luise die Gelegenheit und rief in der Dienststelle der Bundeswehr in Fürstenfeldbruck an, dem ehemaligen Fliegerhorst der Air Force. Dabei behielt sie vom Flur aus den Laden im Blick, falls sich doch ein Kunde einfand. Seit die Befreiung der Geiseln während der Olympiade im letzten Jahr gescheitert war, herrschte in allen Instanzen höchste

Sicherheitsstufe. Man verweigerte ihr jegliche Auskunft. »Können Sie mir wenigstens sagen, wohin ich mich wenden soll? Es muss doch eine Möglichkeit geben, diese Vaterschaftsangelegenheit zu klären.«

»Haben Sie es schon in der amerikanischen Botschaft probiert?«, schlug der Diensthabende vor.

»Danke, das hilft mir weiter.« Luise suchte die Nummer heraus, rief in München an und erklärte erneut ihr Anliegen. Diesmal einer Frau.

»Sie müssen verstehen, dass ich Ihnen nicht einfach die Adresse eines US-Bürgers nennen kann. Dazu müsste ich schon sein Einverständnis einholen.« Die Dame sprach fast akzentfrei Deutsch.

»Dann tun Sie das bitte«, sagt Luise.

»Aber ich kann doch nicht alle Jack Millers anschreiben, wie stellen Sie sich das vor? Nein, das geht absolut nicht.« Also war auch das eine Sackgasse, doch so schnell gab sie nicht auf. Nachdem die neue Schaufensterscheibe eingepasst war, versorgte sie die Glaser und auch die anderen Handwerker, die bei ihr noch Brotzeit kauften, und als es wieder ruhig war, holte sie ihr Ladenkunde-Album. Darin hatte sie vor Jahren einen Zeitungsausschnitt eingeklebt. Sie rief die Frau von der Botschaft noch mal an und las den markierten Satz vor. »*1955 wurden allein in Westdeutschland siebenunddreißigtausend uneheliche Besatzungskinder geboren, die einen amerikanischen Vater haben.* Das kann man doch nicht unter den Tisch fallen lassen, besonders jetzt, mit der deutsch-amerikanischen Verständigung, finden Sie nicht?« Damit traf sie offenbar den richtigen Nerv.

»Haben Sie es schon beim NANPRC probiert?« Diesmal sprach sie die Buchstaben Englisch aus. »Das ist ein Zentrum in St. Louis, im Staat Missouri, das alle Akten der entlassenen oder auch verstorbenen US-Soldaten aufbewahrt. Vielleicht werden Sie dort fündig?« Sie nannte Luise die Adresse. »Sammeln Sie alles, was Sie an Informationen über den Gesuchten haben, und senden Sie es dorthin. Am besten auf Englisch, dann geht die Bearbeitung schneller.«

»Großartig, vielen Dank.« Luise notierte sich alles, schrieb die wichtigsten Stichpunkte dazu. Endlich hatte sie einen brauchbaren Hinweis. Gleich nach Feierabend nahm sie sich vor, würde sie dieses Zentrum anschreiben. Am besten tat sie das mit Helga zusammen, vielleicht war ihr inzwischen noch etwas Wichtiges zu Jack eingefallen. Doch zuvor wollte sie das Schaufenster neu dekorieren. Sie holte die Schachtel mit der Dekoration, oder dem, was davon noch übrig war. Der kleine Puppenliegestuhl und die Palme aus Karton, die sie extra gebastelt hatte. Leider hatte der Stamm einen Knick abbekommen. Luise zerknüllte sie ganz und warf sie zum Altpapier. Wozu sollte sie sich überhaupt noch die Mühe machen? Wen interessierte das noch? In der Schachtel lagen auch die Schwimmflügel der Zwillinge, die sie nur kurz gebraucht hatten, da beide Buben schnell schwimmen lernten und den See genauso liebten wie sie selbst. Einem war die Luft ausgegangen, er hatte einen Riss. Als sie ihn wegwarf, fiel ihr ein, was Elias einmal gesagt hatte, als sie ihm die Schwimmflügel überstreifte. »Geh, Mama, mit denen kann man schwimmen und fliegen gleichzeitig.« Sie hörte jemanden auf der Treppe, vermutlich waren die Buben von der Schule zurück. »Fangt schon mal mit den Hausaufgaben an, ich bin gleich bei euch«, rief sie nach oben. Eine Kundin hatte den Laden betreten, wie die Ziegenglocke verkündete. Luise bediente und kassierte und wunderte sich, dass die Zwillinge von draußen in den Laden kamen, ihre Schulranzen über den Boden bis zum Durchgang schlitterten und sie um einen Flutschfinger und einen Braunen Bären anbettelten. »Ich dachte, ihr seid schon da?«

»Sind wir ja auch«, sagte Christian. Seit dem großen Streit fiel es Luise schwer, ihnen etwas zu verbieten oder sie, zum Beispiel wegen der Schulranzen, auszuschimpfen. Na gut, dann gab es heute ausnahmsweise die Nachspeise vor der Hauptspeise. Sie holte ihnen das Steckerleis aus der Truhe.

Als die beiden abends gewaschen und gebadet in ihren Frotteebademänteln mit Kapuze wie zwei Unschuldsengel persönlich vor dem Fernseher saßen und ihre Eibrote mampften, wollte sie Helga anrufen, um sich mit ihr zu verabreden. Erst war lange besetzt, dann hob keiner ab. Luise suchte nach dem Zettel mit der Adresse aus Missouri, den hatte sie doch genau hier neben dem Telefon auf dem obersten Blatt vom Notizblock notiert. Vor lauter Handwerker und Schaufenster war sie sich aber nicht mehr sicher. Sie suchte überall, fragte die Zwillinge und sogar Hans, ob sie das Blatt abgerissen und woanders hingelegt hatten. Alle verneinten. Luise schaute unterm Teppich nach und an der Fußbodenleiste, durchwühlte das Ladenkunde-Album und das Altpapier, ging schließlich sogar vor die Haustür, für den Fall, dass es den Zettel wie ein verfrühtes Herbstblatt hinausgeweht hatte. Vergeblich. Gerade als sie den Abfalleimer ausleeren wollte, klingelte Helga. »Spitze, dass du kommst, ich habe dich schon angerufen, aber nicht erreicht. Ich weiß etwas über Jack, na ja, noch nicht direkt, aber es ist eine Spur, die uns hoffentlich weiterbringt«, platzte sie heraus und zog die Freundin in die Küche. »Ich hab mir eine Adresse notiert, finde bloß das verfluchte Blatt nicht mehr. Wahrscheinlich liegt es vor meiner Nase, und ich sehe es nur nicht.«

Sie setzten sich in die Küche, über ihnen dröhnte *Bonanza*, es klang nach einer wilden Schießerei.

»Deswegen bin ich hier«, sagte Helga. »Josie hat den Zettel David gegeben, die beiden sind schon unterwegs.«

»Wie, unterwegs?« Luise verstand gar nichts mehr.

»Sie tauchten vorhin mit gepackten Rucksäcken in der Praxis auf, um sich zu verabschieden. Ich dachte, ihr hättet euch wieder versöhnt, und du weißt Bescheid. Luise, glaub mir, wenn ich geahnt hätte, dass du nichts davon weißt, hätte ich sie aufgehalten.«

Luise schüttelte ungläubig den Kopf. Dann war Josie das am Mittag gewesen, die sich heimlich die Treppe hinaufgeschlichen hatte, um ihr nur ja nicht noch mal zu begegnen. »Aber das ist doch gar nicht die Adresse von Jack Miller, sondern nur von einer Auskunft oder einer Anlaufstelle in Missouri, die Akten über Soldaten sammelt. Tausend Meilen von North Dakota weg, vorausgesetzt Jack lebt noch dort.«

»Die beiden sind fest entschlossen, sehen das Ganze als großes Abenteuer, lassen wir ihnen doch den Spaß. Vielleicht findet David seinen Vater, und wenn nicht, dann haben sie eine tolle gemeinsame Reise gemacht.«

»Soll das heißen, sie sitzen jetzt in diesem Moment schon im Flugzeug?«

Helga nickte.

»Und wer bezahlt das Ganze, allein der Flug. Josie hat bestimmt ihr Sparbuch geplündert, doch ob das reicht?«

»Ich habe ihnen Geld gegeben«, sagte Helga.

»Du?« Luise kam sich ziemlich überrumpelt vor. Josie hatte es nicht mal für nötig gehalten, sich von ihr zu verabschieden, das tat weh. Anstatt nach Osten war sie nun in den Westen unterwegs, wenigstens nicht allein.

»Wir sollten uns an den Kindern ein Beispiel nehmen und auch auf Reisen gehen.«

»Fang du jetzt nicht auch noch mit Paris an. Bella hat mich schon genug bearbeitet und danach Marie. Als wenn das so einfach wäre. Ich habe Verpflichtungen und du doch auch. Willst du deine neue Praxis einfach zusperren und deine Patientinnen verprellen? Ich jedenfalls kann nicht einfach alles stehen und liegen lassen.«

»Wenn Marie das mit dem Hof und ihren Kindern schafft, wirst du das doch wohl auch hinkriegen. Stell dir vor, wir vier unterwegs. Das wollten wir doch, hast du vergessen, was wir letztes Jahr ausgemacht haben?«

»Na gut. Ein Tapetenwechsel wäre ja wirklich nicht schlecht. Selbst wenn es nur ein paar Tage sind. Allerdings müssten die Zwillinge mitkommen, und ich kann sie nicht einfach aus der Schule nehmen. Ich bin keine Bella von Thaler. Fahrt ihr schon mal vor, ich komme nach.«

Als Helga gegangen war, setzte sie sich an den Küchentisch und stützte ihren Kopf auf die Hände. Was für eine Schnapsidee. Helga konnte sich so etwas leisten, finanzierte sogar den Kindern den Flug. Aber sie? Ihr Blick fiel auf die blaue Porzellankatze. Eine Spardose, die seit Jahrzehnten neben Henriettes Uhr auf der Anrichte stand. Woche für Woche staubte sie sie ab, ohne jemals das Geld nachgezählt zu haben. Noch immer war das Kostgeld darin, das sie von Helga damals für David bekommen hatte. Luise nahm sie herunter und schüttelte sie, sie klang voll und schwer. Mit dem winzigen Schlüssel, den sie hinter dem Besteck in der Schublade vor den Buben verbarg, entriegelte sie den Verschluss, leerte die Katze aus und zählte den Berg an Münzen und Scheinen. Dreitausendeinhundertsiebenunddreißig Mark, das reichte locker für einen Paris-Urlaub.

Alle bis auf Luise selbst hatten es längst bemerkt, die Tage von Dahlmanns Gemischtwaren waren gezählt. In der letzten Juliwoche war es dann so weit. Wenn sie aus Paris zurückkehrte, war der Laden Geschichte. Unter das Schild ZU VERMIETEN schrieb Luise »LIEBE KUNDEN, AUS PRIVATEN GRÜNDEN MÜSSEN WIR UNSER GESCHÄFT ZUM 25. JULI 1973 SCHLIESSEN. WIR DANKEN IHNEN FÜR IHRE LANGJÄHRIGE TRE« Vor den zwei letzten Buchstaben ging ihr die weiße Kreidefarbe aus. Sie tauchte den Pinsel ins Wasser und schaffte das U und das E und auch ein Ausrufezeichen gerade noch so, halb durchsichtig. Hans war mit der Trennung einverstanden. Wenn sie aus dem Urlaub zurück war, würde sie einen Anwalt aufsuchen. Bis zur Scheidung hatte Luise Zeit, für die Buben und sich eine Wohnung zu finden. Als sie den Laden zum letzten Mal an diesem Morgen aufsperrte, fiel ihr Blick auf den Schrank mit den Tierkopfverzierungen, mit dem alles begonnen hatte. Sie dachte an das tragische Schicksal der Kleefelds, von dem ihr Annabel und Helga erzählt hatten. Wenn Luise auszog, würde sie den Schrank zurückgeben, er gehörte weder ihr noch Hans. Sollten die Nachbarn entscheiden, was damit geschah. Nach einem einigermaßen sachlichen Gespräch bot ihr Hans an, dass sie den Laden oder einen Teil davon weiterhin von ihm mieten könnte. Aber das kam nicht in Frage. Vermutlich würde sie sich eine Stelle als Köchin suchen. Seit längerem aß Hans meistens auswärts, wo, war Luise gleich. Die Kinder fragten oft beim Zubettgehen nach ihrem Papa, und manchmal hörte sie ein Zögern in ihrer Stimme, als ob sie anzweifelten, dass er noch ihr Papa war. Das war er, das hatte sie ihnen erklärt. Und Hans verhielt sich ihnen gegenüber auch nicht anders als früher, soweit sie das beurteilen konnte. Wie viele Welten sollten für ihre Kinder noch zusammenbrechen? Josie wusste von all dem noch nichts. Luise hatte es nicht übers Herz gebracht, sie damit zu belasten, als sie endlich bei einem Zwischenstopp in Washington anrief. Sämtliche Zurechtweisungen, die Luise sich bis dahin überlegt hatte, lösten sich in Luft auf, als sie endlich ihre Stimme hörte.

»Mama, sind wir wieder gut?«, fragte Josie nach einer Pause. »Es tut mir leid, was ich gesagt und getan habe.«

»Ja, sind wir.«

»Wirklich? Du bist nicht mehr sauer auf mich?«

»Josie, jetzt hör auf, und erzähl mir lieber, was ihr schon erlebt habt, das Telefonat kostet doch sonst so viel.« Sie hörte es ständig klicken, als ob Josie Kleingeld nachwarf. »Macht nichts, David geht noch mal Scheine wechseln. Es ist alles unglaublich aufregend, Mama. Die Amerikaner sind so nett. Für das, dass hier wahnsinnig viele Menschen leben, sind alle so unglaublich freundlich, jeder sagt ständig *you are welcome*, egal, was man fragt. Ist das nicht toll?« Luise lachte, ihre Einserabiturientin! Englisch in der Praxis war doch etwas anderes als im Unterricht.

Wie Kellerasseln, wenn man einen Stein umdrehte, waren plötzlich wieder die alten Kunden da, die sie schon länger nicht mehr gesehen hatte, und tummelten sich im Ausverkauf. Einer kam sogar mit der Schubkarre und belud sie bis zum Rand. Bis zur letzten Minute war Luise am Rotieren, das lenkte sie davon ab, dass es heute Abend vorbei sein würde. Es musste sein, sagte sie sich bei jedem Regal vor, das sich leerte.

Die Lieferverträge hatte sie bereits gekündigt, sämtliche Außenstände bezahlt. So sachlich wie möglich versuchte sie, das Ganze abzuwickeln. Morgen, in der Zukunft, würde es noch etwas anderes als den Laden geben, auch wenn mit ihm ein Traum erlosch. Als die drei Alten – Herta, Gretel und Irmi – kurz vor sechs hereintrippelten, die eine am Gehstock, die anderen untergehakt, trieb es Luise doch die Tränen in die Augen. Geräuschvoll schnäuzte sie sich und setzte ein Lächeln auf. »Guten Abend, meine Damen. Was kann ich heute für Sie tun?« Zum letzten Mal sagte sie das, begrüßte ihre ersten und ältesten Kundinnen, die ihr über die ganzen Jahre treu geblieben waren.

»Gibt's noch welche von Ihren Pralinen, Frau Dahlmann?« Herta tropften ebenfalls die Augen, wahrscheinlich eher wegen der neuen Brille, die viel zu eng und zu klein auf ihrer knolligen Nase saß.

»Ein paar habe ich bestimmt noch in der Küche, warten Sie, ich bin gleich zurück.« Die Trüffel, Krokant- und Nugatpralinen hatte sie eigentlich nach Paris mitnehmen wollen für sich und ihre Freundinnen, doch vermutlich schmolzen sie auf der Fahrt sowieso. »Genau acht Stück habe ich noch, wenn's recht ist. Und die schenke ich Ihnen.« Sie reichte Herta die Schachtel.

»Ich bezahle meine Sachen, Frau Dahlmann, bitte, was macht das?«

»Eins achtzig das Stück, davon sechzig Prozent Rabatt …«, sie rechnete es schnell aus, »fünf Mark sechsundsiebzig.«

»Und dann hätten wir gern noch einen Eierlikör oder lieber Schokoladenlikör?« Herta schaute zu Irmi.

»Tut mir leid, die Spirituosen sind schon weg, das meiste hat der Lieferant zurückgenommen, die restlichen Flaschen gingen heute Morgen auf einmal über den Ladentisch.« Oder vielmehr in die Schubkarre, dachte Luise. Gretel wankte im Laden herum und schaute über die leer geräumten Tische und zu den freien Regalen. Eine gelbe Gummiente hockte noch auf dem obersten Fach der Säulenvitrine, wo sie bis vor kurzem Pflegeprodukte für Mutter und Kind angeboten hatte. »Diese Ente mit dem Sonnenhut nehmen wir noch und auch das Schaumbad dazu.«

»Ein Kneipp-Badeöl Lavendel ist das, das benutze ich selbst, sehr wohltuend, meine Damen, bitte sehr.« Warum nicht zum allerletzten Mal ihre Stammkundinnen persönlich bedienen. Luise holte beides und legte es aufs Laufband. »Möchten Sie einen Geschenkkorb dazu?« Einen mit farbigem Henkel hatte sie noch, dann war so gut wie alles weg. Die drei nickten einhellig. Luise legte ihnen die Ware hinein, band eine Schleife an den Henkel und ringelte die Enden mit einer Schere. »Dreizehn Mark siebenundvierzig zusammen.« Sie kassierte und bedankte sich, aber die Damen machten keine Anstalten zu gehen.

Ächzend setzte sich Herta auf den Stapel Drahtkörbe vor das Laufband, ob das bequem war? Sie nickte Irmi zu, die Gretels Zustimmung abwartete und dann das Wort ergriff. »Wir möchten uns bei Ihnen für die vielen Jahre der treuen Bedienung bedanken. Wir werden Sie vermissen. Der Korb ist für Sie, Frau Dahlmann. Wir hoffen, Sie mögen Ihre Ladenhüter.«

MARIE

Fritz half ihr mit dem Koffer und hievte ihn in ihrem Sechser-Abteil ins Gepäcknetz. »Paris, die Stadt der Mode, das kann ich mir doch nicht entgehen lassen. Ich hoffe, Sie haben nichts dagegen, Frau Brandstetter, dass ich mitfahre?«

Eigentlich hatte sie geglaubt, dass es, abgesehen von den Kindern, ein reiner Frauenausflug würde, verkniff sich aber eine Bemerkung. »Der Mode wegen? Was ist mit Ihrem Sport?«

»Das Olympiakapitel ist für mich abgeschlossen. Von jetzt an rudere ich nur noch zum Vergnügen. Haute Couture interessiert mich mehr, ich habe schon als Kind gerne genäht. Luise hat es mir beigebracht.« Er war gesprächig wie nie, setzte sich neben Helga und legte den Arm um sie. Sie verschwand fast unter seiner muskulösen Schulter. Heute hatte sie ein lilafarbenes Tuch wie eine Haube um ihre glatten langen Haare gebunden, dazu die große eckige Brille – Helga sah auf jeden Fall schon mal nach Haute Couture aus.

»Ja, Friedrich hat sich bereit erklärt, mit Marlene und den Zwillingen was zu unternehmen, wenn Luise morgen dazustößt«, sagte Annabel. »Damit wir vier auch mal unter uns sind.« Marie fand es trotzdem unmöglich, dass er mitfuhr.

Als der Zug aus dem Münchner Hauptbahnhof rollte, atmete sie auf. Wahrhaftig, sie nach Paris! Sofort holte sie ihr Skizzenbuch und das Federmäppchen aus ihrer Umhängetasche und nahm am Fenster gegenüber von Marlene Platz, die, kaum dass sie saß, sich schon in ein Buch vertiefte.

»Außerdem will ich miterleben, wie meine Schwester ihren ersten Handstand macht«, ergänzte Fritz.

»Jetzt setz ihr bitte keinen Floh ins Ohr«, sagte Annabel, die sich neben ihre Tochter gesetzt hatte. »Selbst wenn wir passende Prothesen finden, wissen wir nicht, ob so etwas jemals möglich ist.«

»Redet nur weiter über mich, als ob ich nicht da wäre.« Marlene glitt das Buch aus der Hand.

Marie hob es auf. Sie hatte einen Pferderoman vermutet, wie Linda sie stapelweise aus der Starnberger Bücherei auslieh. Aber es war *Momo* von Michael Ende, mit Federzeichnungen des Autors illustriert. »Um was geht's in der Geschichte?« Sie legte es Leni wieder auf die Knie.

»Ich bin noch ziemlich am Anfang, ist aber schon spannend. Momo lebt in einem Amphitheater, so eines im Freien, wo man als Zuschauer auf Steinen sitzt, und unten ist die Bühne, wie das Olympiastadion, wo mein Bruder war, aber nicht so groß«, erklärte sie. »Momo hat viele Freunde, aber zwei sind ihre besten. Ein alter Mann, der Beppo Straßenkehrer heißt und auch von Beruf ist, und ein junger, der Gigi Fremdenführer heißt, weil er Fremde durch die Stadt führt. Aber er kann auch die tollsten Spiele erfinden. Momo kann dafür zuhören, so gut, dass sich alle um sie herum viel freier und fröhlicher fühlen. Doch dann tauchen die grauen Herren auf und versuchen, alle dazu zu bringen, Zeit zu sparen.« Sie vertiefte sich wieder in das Buch. Marie fing zu zeichnen an, skizzierte Leni, wie sie auf ihre besondere Art dasaß und las. Das half ihr abzuschalten und die Gedanken an zu Hause loszulassen. Polli war durch die Tochter von Liesl Zechner versorgt, Manni war bei der Familie seiner Freundin. Die Tiere wurden von ihren Angestellten versorgt, die Reitstunden übernahm Sybille. Die Kinder verbrachten ab morgen die Ferien auf der Insel im Staffelsee, wo Alma eine der Gruppen leitete. Trotzdem hatte Luise versprochen, noch mal kurz nach Leutstetten zu fahren, um nachzusehen, ob alles klappte. Marie trat ihre Traumreise an. Wenn das kein Grund war, glücklich zu sein. Es war, als lächelte Martin ihr zu.

»Am besten wir fangen mit Notre-Dame an und arbeiten uns durch die Stadt vor«, sagte Annabel, die einen Reiseführer auf den Knien hatte.

»Arbeiten ist das falsche Wort, liebe Bella. Zehn Tage will ich nichts davon hören.« Helga schlüpfte aus Friedrichs Armbeuge und stellte sich auf den Sitz, um ans Gepäcknetz zu reichen. Nachdem sie ihren Reiseführer aus dem Seitenfach des Koffers gezogen hatte, plumpste sie wieder auf den Platz. »Ich möchte unbedingt das unterirdische Paris sehen. Wartet.« Sie blätterte zu der Seite, die sie eingeknickt hatte.

»Du meinst, die Katakomben?«, fragte Marie. »Die habe ich auch angekreuzt.«

Helga nickte. »Da sollen geheime Treffen der *Kataphilen* stattfinden, so nennen die sich.«

Marie schaute auf Annabels Buch, dann holte sie ihren eigenen Paris-Führer heraus, der voller Einmerker und Unterstreichungen war. »Sagt mal, habt ihr eure Reiseführer etwa auch bei Buch Herzog gekauft?« Sie hielten ihre Bücher hoch, abgesehen von den unterschiedlichen Eselsohren waren sie identisch.

Die Vorfreude hielt an, als sie am Gare de l'Est ankamen. Allein die Sprache bezauberte Marie. Einen Ostbahnhof gab es auch in München, aber noch nie war sie bei dessen Klang ins Schwärmen geraten. Schon als Jugendliche hatte sie von Paris geträumt, als sie die schwarz-weißen Abbildungen in ihrem Kunstbuch studierte und sich dabei die Farben vorstellte. Sie las die Beschreibungen der Ateliers und malte sich die Räume aus und stellte sich vor, wie die Maler des letzten Jahrhunderts gelebt und gearbeitet hatten. Alles, was sie über Gauguin, Monet, Van Gogh, aber auch den Zöllner Rousseau oder die großartige Suzanne Valadon erfahren konnte, saugte sie auf. Sie wusste gar nicht, welcher der französischen Maler oder welche Malerin ihr am besten gefiel. Die Impressionisten oder die Expressionisten, jeder und jede hatte sich auf einzigartige Weise ausgedrückt. Auch die Norddeutsche Paula Modersohn-Becker war nach Paris gezogen, um sich fortzubilden. Marie mochte ihre Kinderporträts ganz besonders, die Ernsthaftigkeit darin. Von all ihren Vorbildern hatte sie sich ein Leben lang inspiriert gefühlt, und nun stand sie mittendrin in ihrer Welt oder in dem, was davon noch übrig war. In ihrer Phantasie hatte es allerdings nicht nach Autoabgasen gerochen, auch hatte sie anstatt Verkehrslärm und Hupen eher verspielte Musik als Untermalung auf dem Weg zum Hotel gehört. »Schaut mal, das schöne Schild.« Sie zeigte auf das verschnörkelte Jugendstilschild Montparnasse-Bienvenüe, als sie von der Métro an die Oberfläche stiegen.

»Bienvenue heißt willkommen, oder?«, fragte Marlene.

»Diesmal nicht, siehst du die Punkte auf dem U, damit ist der Generalinspektor gemeint, der Bienvenüe hieß und die Métro zur Weltausstellung 1900 bauen ließ«, wusste Marie aus dem Reiseführer, den die anderen anscheinend noch nicht so genau studiert hatten wie sie. Ihr fiel auf, dass es überall Selbstbedienungsrestaurants und Supermärkte gab. Aber hin und wieder entdeckten sie auch gemütliche Bistros und kleine Läden, in denen es ähnlich wie bei Dahlmanns alles auf wenigen Quadratmetern gab. Sie dachte an Luise und hoffte, dass sie den letzten Tag im Laden einigermaßen überstand.

Kurz vor dem Hotel winkte sie ein typischer Franzose mit Baskenmütze, Schnauzbart und Schürze in einen Laden und ließ sie alle fünf von seinem Käse probieren. Annabel versuchte, sich mit ihm zu unterhalten, aber mehr als ein Lächeln, Deuten und Nicken brachten beide Parteien nicht zustande. Auch Englisch half nicht weiter. Als sie ihm mit Händen und Füßen zu erklären versuchte, dass ihre Nachbarin »neighbour, äh, voisine«, Annabel blätterte hastig in ihrem Wörterbuch, und Freundin »mon amie« einen ähnlichen Laden in Bayern gehabt hatte, nickte er. Auf diese Weise war Luise schon vor ihrer Ankunft bei ihnen allen präsent.

»Foutu«, sagte der Mann.

»Dahlmanns Gemischtwaren«, sagte Annabel.

Er schwang die Arme und wedelte mit den Händen. »Oui, foutu.«

Marie nahm Annabel das Wörterbuch ab und suchte nach dem Wort, fand es aber nicht. »Klingt so ähnlich wie futsch. Vielleicht will er sagen, dass mit seinem Laden hier auch bald Schluss ist.«

ANNABEL

Die orthopädische Praxis lag im zehnten Arrondissement am rechten Ufer der Seine. Doktor Lebon bat sie ins Sprechzimmer und stellte seine Arzthelferin vor, die auch übersetzen würde. Bei ihrem letzten Telefonat hatte Annabel darum gebeten und war erleichtert, dass es klappte. Nach einem kurzen Vorgespräch legte Lebon Marlene die pneumatische Apparatur um die Schultern und half ihr beim Durchschlüpfen. Die Arme würden mit Druckluft funktionieren, die sich aus einer dicken Rolle, die ihr zwischen den Schulterblättern hing, speiste. Eine komplizierte Mechanik mit vielen Kabeln, die noch dazu einiges wog. Anstelle von Händen endeten die Plastikgelenke in einer Zange. Ihre Tochter würde dem Piraten in Peter Pan ähneln, ob sie das wollte? Noch konnte Annabel an ihrer Miene nicht ablesen, was sie davon hielt. Der Arzt erklärte, und Mademoiselle Blanche übersetzte, dass die Zange später durch eine künstliche Hand ersetzt werden könnte. »Man kann sie leicht unter einem langen Ärmel verstecken, so dass keiner auf den ersten Blick merkt, dass sich ein künstlicher Arm darunter verbirgt«, sagte sie. »Aber vorerst geht es nicht um die Optik, sondern darum, dass Ihre Tochter damit zurechtkommt. So ein Arm ist anatomisch sehr komplex. Muskeln, Sehnen, Knochen, dazu der Ellbogen mit seinem Knick, das muss alles ersetzt werden und gleichzeitig abrufbar sein. Die Steuerung erfolgt vom gegenüberliegenden Schultergelenk, sehen Sie.«

»Et voilà«, sagte Lebon. »Et bandages de traction.«

»Kraftzugbandagen«, erklärte Blanche. War es das wert?, fragte sich Annabel. Nach einer weiteren Stunde voller sorgfältigem Ausmessen und Anpassen forderte der Arzt Marlene auf, ihre Finger zu bewegen, sie hielt den Steuerungsknopf umkrallt, ihre Fingerknöchel traten weiß hervor. Gespannt schaute Annabel ihr zu. Nichts geschah.

»Encore une fois, s'il vous plaît«, sagte Lebon.

»Bitte noch einmal«, übersetzte Blanche.

Marlene presste vor Konzentration die Lippen zusammen, Schweißperlen traten ihr auf die Stirn. Zu gern hätte Annabel ihrer Tochter diese Tortur erspart. Sie wollte schon abbrechen, stand auf.

»Moment.« Lebon hob die Hand, forderte sie auf, sich wieder zu setzen, und drehte an den Kabeln auf Marlenes Rücken. »Maintenant.« Jetzt, das Wunder geschah. Anstatt der rechten Prothese zuckte die linke. Annabel konnte es kaum glauben, sie weinte vor Freude. Der Arm schnellte hoch, und die Greifhand klappte zusammen. Marlene schwankte, drohte, von der Wucht umzufallen. Lebon fing sie auf und hielt sie, bevor Annabel bei ihr war.

»Das muss noch feinjustiert werden«, erklärte Blanche mit einem Lächeln.

»Aber warum der linke Arm, Marlene hat doch den rechten gedrückt?« Doch als sie es aussprach, wusste sie die Antwort schon. Kreuzbandage, Lebon hatte es erklärt, das leuchtete ein. Also auch das müsste Marlene lernen, mit der rechten Hand drücken, um den linken Arm zu lenken. Nach zwei weiteren Stunden war es geschafft und die Bestellung aufgegeben, die so viel wie ein neues Auto kosten würde.

»*Une meilleure qualité de vie*«, sagte Dr. Lebon beim Abschied.« Eine Aussicht auf mehr Lebensqualität.

»Und, glaubst du, dass du damit umgehen lernst?«, fragte sie ihre Tochter, als sie mit einem Taxi zurück zum Hotel fuhren. Marlene hatte brav alles mitgemacht, aber seither geschwiegen. Sie wirkte bedrückt, dabei war Annabel so stolz auf sie. Nun drehte sie sich zu ihr. »Hast du mich auch noch lieb, wenn ich einfach so bleibe, wie ich bin, Mama?«

Das ist der Schlussstrich unter Dahlmanns Gemischtwarenladen und damit auch unter das Ladenkunde-Album. Ab jetzt beginnt mein persönliches Reisetagebuch.

(Um-)Packliste:

- *(Lieblings-)Brotzeit*
- *Getränke*
- *Feuerzeug*
- *Taschenlampe (und Ersatzbatterien)*
- *Radiorekorder (und andere Ersatzbatterien)*
- *Kassetten*
- *Reiseapotheke (Mückenstich- und Wundsalbe, Kopfschmerztabletten, Pflaster)*
- *Personalausweis, Reisepass, Führerschein- und Fahrzeugpapiere*
- *Impfausweis? (nehm ich mal mit, man weiß ja nie …)*
- *Eigene Bettdecke und Kissen (unbedingt!)*
- *Klapphocker*
- *Taschenmesser*
- *Toilettenpapier*
- *Reiseführer Paris mit meinen Notizen*
- *Regenschirm und Regenjacke*
- *Sonnenhut?*
- *Sonnencreme!*
- *~~Schwimmzeug~~ (in der Seine darf man, glaub ich, nicht schwimmen)*
- *1–3 Romane zum Lesen (falls einer nichts ist)*
- *Notizbücher und Stifte*
- *Geld und gute Laune!!!*

Donnerstag, 26. 07. 1973
Auf geht's! Mein erster richtiger Urlaub. Ich bin unterwegs nach Paris! Dennoch begleiten mich gemischte Gefühle, wie soll es nach der Reise weitergehen? Aber ich bin nicht allein, Simon & Garfunkel, Bob Dylan sind bei mir und viele andere, meine gesamte Lieblingsmusik habe ich auf Kassetten dabei. Und am Abend treffe ich Marie, Helga und Annabel. Ich freu mich schon so, sie alle wiederzusehen!

Aus: Luises Reisetagebuch

LUISE

Hans ließ sich kaum mehr blicken. Wenn sie sich in der Küche, im Bad, auf dem Flur oder sonst wo begegneten, versuchten sie, freundlich zueinander zu sein oder das Reden zu vermeiden. Momentan gab es auch nichts mehr zu besprechen. Dass sie ohne ihn verreisten, hatte er hingenommen, fragte bloß: »Bus oder Zug?«

»Zug.« Damit war das Wichtigste gesagt. Mit dem Schweigen zwischen ihnen kamen auch die Zwillinge besser zurecht als mit den Streitereien. Sie hoffte, dass es so blieb. Endlich begannen die Sommerferien, und morgen früh waren sie schon unterwegs nach Paris. Dann konnten alle durchatmen. Als Marie abgereist war, schaute sie wie versprochen mit den Zwillingen auf dem Brandstetterhof nach dem Rechten. Manni durfte die zwei Wochen bei seiner Freundin in Uffing verbringen, und die Tante wurde von der Nachbarin versorgt. Maries Kinder waren auf Selbständigkeit trainiert. Konrad entpuppte sich als Kochtalent, bewirtete Luise und die Zwillinge mit Pfannkuchen. Bevor sie aßen, verglichen alle ihre Zeugnisse miteinander, und Luise lobte sie der Reihe nach. Christians Dritte-Klasse-Zeugnis landete aus Versehen im Pfannkuchenberg, als Kone einen frischen Prachtkerl draufwarf. Zur Gaudi aller streute sich Chrissi Zimtzucker drauf und versuchte, das fettgetränkte Papier in Stücke zu schneiden. Schluss mit Schule, endlich Ferien, wie konnte Luise da schimpfen? Und außerdem hatten sie noch das Zeugnis von Elias, das, bis auf den Vornamen und die Note in Religion, identisch war. Christian hatte eine Drei statt einer Zwei erhalten, weil er in einer Probe schlechter abgeschnitten hatte als sein Bruder. Dabei schrieben sie doch sowieso ständig voneinander ab, hatte Luise geglaubt. Aber anscheinend gerade in Glaubensfragen unterschieden sich die Zwillinge. Jedenfalls hatte Christian das Vaterunser sehr eigenwillig niedergeschrieben.

Unsere tägliche Brotzeit gib uns heute und vergib uns unsere Schulden, wie auch wir vergeben unsere Taten, und führe uns nicht hinters Licht, sondern erlöse uns von den Blöden. Denn dein ist es nicht, in Ewigkeit. Amen

Danach hatte Neftinger, der Religionslehrer, der zugleich der Stadtpfarrer war und von dem Annabel so schwärmte, Luise in die Sprechstunde gebeten. Erst hatte Luise gedacht, geglaubt, er wolle ihr die Leviten lesen, dass es mit ihrer Kindererziehung nicht weit her sei. Aber dann sagte er, er würde die Probe mit ihrer Erlaubnis auf dem nächsten Kirchentag vorlesen, als kreative Auseinandersetzung mit Glaubensfragen, nur leider müsse er sie den anderen Schülern und auch Elias gegenüber gerecht bewerten.

Ab morgen durften die Brandstetterkinder für zwei Wochen ins Ferienlager. Luise half beim Rucksäcke-Packen und lernte von ihrer ältesten Nichte, wie man das Zelt und die Luftmatratzen miniklein faltete.

»Warum dürfen wir nicht mit auf die Insel?« Zum wiederholten Male bettelten die Zwillinge sie an. Zelten ohne elterliche Aufsicht klang verlockender, als mit der Mutter zu verreisen.

»Erstens hat es keinen Platz mehr für euch gegeben«, Luise hatte es wirklich versucht, »und zweitens habe ich euch lieber bei mir. Ihr werdet sehen, Paris wird toll.« Sie hatte selbst noch keine genaue Vorstellung davon, stellte sich eher anstrengend vor, dass die Zwillinge dabei sein würden.

Am Abend war Luise am Backen für die Reise, hakte nebenbei ab oder ergänzte auf einem Zettel, was sie noch alles tun und einpacken musste. Sie rief nach Christian und Elias, die schon im Schlafanzug waren. Alle wollten sie heute früh ins Bett gehen, damit sie morgen für die Reise fit waren.

Als sie in die Küche stürmten, hungrig wie immer, stand auch Hans in der Tür. »Wer von euch will mit mir heute Nacht draußen schlafen?«

»Ich, ich.« Die Buben jubelten, rannten sofort nach draußen.

Luise sah aus dem angelehnten Küchenfenster. Unter einer Lichterkette aus bunten Glühbirnen, die Hans zwischen Walnuss- und Kirschbaum aufgespannt hatte, stand das alte Zelt, das wer weiß wie lange schon in der Garage gelegen hatte.

»Papa, Papa«, hörte sie die Zwillinge rufen, und Luise brannte das Herz. »Wir können ja einen Wassergraben bauen, dann ist das Zelt auch auf einer Insel.« Sofort fing Elias mit einer Schaufel zu buddeln an, und Christian hatte schon den Wasserschlauch parat. In Nullkommanix veranstalteten sie die reinste Schlammschlacht, und das, obwohl sie bereits gebadet waren. Warum tat Hans das? Wie sollte sie die Buben nach dieser Nacht noch überzeugen, morgen mit ihr in den Zug zu steigen?

»Nur damit du es weißt.« Hans kehrte in die Küche zurück. »Ich bin ihr Papa, und ich werde es auch bleiben, nicht nur von Josie, auch von den Zwillingen, und du kannst nichts dagegen machen.« Er holte Würstl und Senf aus dem Kühlschrank. »Setz dich doch zu uns«, sagte er in milderem Ton. »Magst du einen Schluck Wein? Ich will den Spirituskocher ausprobieren.« Das klang versöhnlich, auch wenn es Luise die Luft abschnürte. Sie wägte ab, sollte sie den Kindern zuliebe dabei mitmachen? War das ein Friedensangebot von Hans?

»Verrate mir eines.« Schon lange hatte sie mit sich gerungen, aber sie musste ihn das endlich fragen. »Warum hast du Helga vergewaltigt?«

Hans zog die Augenbrauen hoch, sah sie kurz an, schaute weg. Wahrscheinlich würde er schweigen, sie ignorieren und einfach fortgehen, dachte sie. Doch er blieb, öffnete noch mal den Kühlschrank, holte sich eine Flasche Bier heraus, wühlte in der Schublade, fand den Öffner. Gleich würde er wieder alles abstreiten oder behaupten, dass Helga es auch gewollt hatte. »Was soll dein Zirkus schon wieder, hört das nie auf?« Zirkus nannte er das, interessant. In Luise brodelte es. Sie bräuchte dringend so ein Schepperl, das die Milch im Topf am Überkochen hinderte. Vielleicht gab es das auch für Verzweifelte? Mit der Flasche in der Hand schaute er sie an, schaute mehr durch sie hindurch. Dann wandte er sich ab und sagte im Weggehen leise: »Ich wollte einfach bloß leben.«

Im Bett kam sie nicht zur Ruhe, dachte über das nach, was Hans gesagt hatte. Leben, wer wollte das nicht? Aber nicht auf Kosten anderer! Er nahm sich die Frauen, um sich selbst zu spüren, war es das? Gegen elf hörte sie die Haustür. Erst schlich sich Elias zurück ins Kinderzimmer, dann Christian. »Da waren lauter Ameisen«, sagte Elias und kletterte die Leiter nach oben, als Luise nach ihnen schaute.

»Ja, und der Papa hat so laut geschnarcht«, ergänzte Christian und drückte seinen Affen an sich. Wohl oder übel verbrachte Hans die Nacht alleine im Zelt.

Der Morgen der Abreise ging mit Hektik weiter. Als Luise die Brote, Gurken und Apfelschnecken auf die Rucksäcke der Zwillinge verteilen wollte, stellte sie fest, dass die bereits randvoll waren. »Wozu braucht ihr so viel Lego unterwegs?« Luise leerte die Steine auf dem Tisch aus.

»Weil, Mama.« Elias benutzte ihre Lieblingserklärung, wenn sie nicht mehr weiterwusste. »Und warum, weil?«, fragte sie, wie die Kinder es taten. »Einfach weil, weil, wenn es uns in dem Scheiß-Paris langweilig ist.« Elias maulte schon wieder. Wo steckte Christian überhaupt? Sie fand ihn im Zwickel, dem Schlupf über der Treppe. Er weigerte sich herauszukriechen, gestand ihr nach einigem Drängen seine Angst, dass sie, einmal verreist, vielleicht nie mehr nach Hause zurückkehrten. Von wegen, sie hielten die Kinder aus allem raus. Das ständige Hickhack mit Hans, die Unsicherheit, wohin sie gehen würden, machte sich bei den Buben bemerkbar. Gerade als sie Chrissi mit Engelszungen überredet hatte, sich doch herauszuwagen, rief Josie aus Amerika an. Vierzehn Minuten vor der Abfahrt. Einerseits war Luise froh, dass sie noch mal sprachen, andererseits würden sie gleich rennen müssen, wenn sie den Zug noch erwischen wollten. Ihre Älteste war völlig aufgelöst, und Luise hatte Schwierigkeiten, sie zu verstehen. Im NANPRC in Missouri hatte es einen Brand gegeben, ihnen sei nichts passiert, aber das Zentrum, indem die Akten der ehemaligen Soldaten aufbewahrt wurden, sei betroffen. Genaueres wüssten sie und David aber noch nicht. Wie würde Helga reagieren?

»Kann ich dich heute Abend, wenn ich in Paris bin, noch mal anrufen?«, unterbrach Luise. »Unser Zug geht gleich.« Josie gab ihr die Nummer von dem Hotel, in dem sie übernachten würden. »Passt auf euch auf, bis später.« Sie legte auf, rieb über das zerkratzte Ziffernblatt ihrer Armbanduhr, als könnte sie dadurch die Zeiger besser erkennen oder vielleicht sogar die Zeit stoppen. Noch elf Minuten. Jetzt aber Tempo. Sie trieb die Zwillinge an, die natürlich wissen wollten, was ihre Schwester gesagt hatte. »Das erzähl ich euch unterwegs.« Immerhin hatte sie nun ein Druckmittel.

Vom Bürgersteig aus blickte Luise ins Schaufenster auf das Zu-vermieten-Schild. Wenn sie aus Paris zurückkehrte, bestand der Laden nur mehr aus den Erinnerungen in ihrem Album. Mist, die Hefte hatte sie eigentlich mitnehmen wollen, aber jetzt war es zu spät. »Weiter, weiter.« Sie trieb die Zwillinge an. Gerade als sie über den Zebrastreifen rannten, fuhr der Schnellzug ein. Elias stolperte, schlug sich das Knie auf und weinte.

»Komm, ich trag dich.« Sie hob ihn hoch, schwankte unter der Last. Sein blutiges Knie streifte ihre Bluse. Egal, sie war sowieso schon durchgeschwitzt. Auf einen Fleck mehr kam es jetzt auch nicht an. Hatte sie Pflaster eingepackt? Sie wusste es nicht. »Chrissi, lauf.« Sie musste ihn loslassen, damit sie den Koffer tragen konnte. Wann erfanden sie endlich welche mit Rollen? Schnell durch die Unterführung und die Treppe hoch. Der Schaffner pfiff, lugte aus der letzten offenen Tür. Luise winkte ihm. »Warten bitte, so warten Sie!« Er winkte zurück, was vermutlich eher dem Zugführer galt. Der Zug rollte an. Jetzt weinte auch Christian, und Luise war genauso zum Heulen zumute. Die nächste S-Bahn kam in zehn Minuten, brauchte aber viel zu lange bis zum Hauptbahnhof. Mit der würden sie den Anschlusszug nach Paris verpassen. Sollte sie mit ihrem Bus nach München fahren? Dann stünde er den ganzen Urlaub über am Hauptbahnhof, vorausgesetzt sie fände überhaupt einen Parkplatz. Besser, sie fuhr mit dem Bus direkt bis Paris durch.

»Pfirti, Paris.« Schniefend winkte Christian dem letzten Waggon hinterher, der in der Kurve verschwand. Elias jammerte.

Erschöpft setzten sie sich auf die Bank am Bahnsteig, und Luise suchte im Koffer nach dem Verbandszeug, öffnete die Gurte. Die Sachen, die sie mühsam einsortiert hatte, quollen heraus. Plötzlich war ihr alles zu viel, am liebsten hätte sie die ganze Reise abgesagt. Als sie Elias verpflastert hatte, humpelte er tapfer mit ihr nach Hause zurück. Christian war schon wieder guter Dinge und rannte voraus.

Auf dem Weg kam ihnen Frau Deutsch, die Leiterin vom Kreisjugendring, entgegen. »Guten Morgen, Frau Dahlmann, fein, dass ich Sie treffe, ich hab grad bei Ihnen geklingelt. Es gibt nämlich doch noch zwei Plätze für Ihre Jungs für das Zeltlager. Eine Mutter hat vorhin abgesagt, ihre beiden haben Windpocken. Wie wäre es?«

»Ja, ja, hurra.« Die Zwillinge hüpften vor Freude und umringten sie. Keine Spur vom wehen Knie bei Elias mehr.

»Aber letzte Nacht wolltet ihr doch nicht mal mit Papa draußen schlafen. Traut ihr euch zwei Wochen Zelten zu?«

»Machen Sie sich bitte keine Sorgen, Frau Dahlmann«, mischte sich Frau Deutsch ein. »In der Gruppe mit so vielen Kindern sieht das alles anders aus. Wir haben viel Erfahrung. Und die Cousinen und Cousins sind doch auch dabei. Das wird schon.«

»Meinetwegen.« Luise war noch nicht ganz überzeugt, aber ein Nein konnte sie den Buben nicht antun. Frau Deutsch bot an, die beiden gleich mit nach Tutzing zu nehmen, wo die anderen auf sie warteten. Also packten sie um, und eine Viertelstunde später hatten sich die Zwillinge schon verabschiedet.

Plötzlich allein, saß Luise im Wohnzimmer. Auf dem Boden

der halb geleerte Koffer, auf dem Couchtisch die Reste der aufgeteilten Brotzeit. Hatte sie den Kindern einen Schlafanzug und genügend Sachen zum Umziehen eingepackt? Was, wenn es kalt war, was, wenn es dauernd regnete? Was, wenn sie Heimweh bekamen? Es war still in der Küche, nur Henriettes Uhr tickte. Was sollte sie tun? Die anderen waren schon seit vorgestern in Paris, und was tat sie hier? Zögern und zaudern. Schluss damit. Es war Zeit für Urlaub, und den wollte sie mit ihren drei besten Freundinnen verbringen. Sie schrieb Hans eine Notiz, damit er wusste, wo die Buben waren. Im Notfall konnte er sie am Staffelsee abholen. Dann ging sie ins Bad, duschte, zog sich frische Sachen an und packte erneut den Koffer, legte die Hefte des Ladenkunde-Albums samt Kleber, Stiften und Schere zu ihren Sachen. Wie sie sich den Weg auf der Straßenkarte so betrachtete – über Stuttgart und Straßburg nach Reims, das schon kurz vor Paris lag –, würde sie vermutlich eine Stunde länger brauchen als mit der Bahn, aber Hauptsache, sie kam irgendwann an. Musik, sie brauchte unbedingt Musik für die lange Fahrt. Schnell suchte sie die Kassetten zusammen, auf denen sie ihre Lieblingslieder vom Radio aufgenommen hatte, holte den Rekorder, der bei den Kindern im Zimmer stand, und auch Ersatzbatterien. Der Rest von Dahlmanns Gemischtwaren, den sie sich gesichert hatte. Als sie das Zelt im Garten sah, überlegte sie kurz, ob sie den Schlafsack und die Luftmatratze mitnehmen sollte, dann konnte sie zur Not im Bus schlafen, falls sie eine Panne hatte. Andererseits gab es bestimmt überall Hotels, und sie besaß Geld, das sie für sich ausgeben würde. Außerdem roch der Schlafsack nach Hans, nix da. Wenn, dann lieber das eigene Bettzeug. Also holte sie das noch rasch und verstaute es, dann war sie bereit. Laut Tankanzeige reichte der Sprit mindestens bis Stuttgart, darum beschloss sie, erst mal loszufahren, so konnte sie auch eine Wiederbegegnung mit Frau Bäumerl vermeiden, die sich nicht mehr hatte blicken lassen, nachdem Hans sie betatscht hatte. Sie legte die erste Kassette ein, drehte auf und sang laut *Knockin' On Heaven's Door* mit. Sie öffnete die Seitenfenster und genoss den Fahrtwind. An einer Ampel hielt ein Kleinwagen neben ihr, die ältere Frau auf dem Beifahrersitz starrte erst auf die Busbeschriftung, schüttelte dann den Kopf samt Doppelkinn, als Luise laut *Cecilia* sang und kurbelte ihr Fenster hoch. Luise grinste sie an, drehte den Rekorder bis zum Anschlag auf. Simon & Garfunkel mit Dahlmanns Gemischtwaren on Tour!

Gegen Mittag erreichte sie das Elsass. Um sich die Beine zu vertreten, schlenderte sie durch die Altstadt von Straßburg. Die Fachwerkhäuser, die Türme, dazu der Fluss hatten etwas Märchenhaftes. Ihr fiel das Ladenkunde-Album ein. Zurück am Bus, setzte sie sich in die geöffnete Tür, trank Kaffee aus der Thermoskanne und aß eine Apfelschnecke. Am besten fing sie sofort mit dem Einkleben an, dann ging nichts verloren, und außerdem wollte sie einen Schlussstrich ziehen. Das tat sie als Erstes. Wortwörtlich zog sie einen langen Strich unter die letzte Ladennotiz. Dann schrieb sie das heutige Datum und das Reiseziel darunter und schaute den Stapel Zeitungsausschnitte und Zettel durch, die sie bloß zwischen die Seiten gelegt hatte. Bei manchem wusste sie gar nicht mehr, warum sie sie aufgehoben hatte. Vermutlich war es ihr um die Reklame oder irgendeine tagesaktuelle Meldung gegangen, die sie jetzt nicht mehr nachvollziehen konnte. Als sie eine ausgerissene Seite aus der Süddeutschen schon zerknüllen und wegwerfen wollte, fiel ihr Blick auf ein schwarz-weißes Foto. Das war doch Captain Smith, ihr alter Chef. Seit seinem Ausscheiden aus der US-Armee war er Diplomat und arbeitete in der Botschaft der Vereinigten Staaten in Westberlin. Das musste sie schon einkleben, schließlich hatte das DP-Camp, wo sie bis 1954 als Köchin gearbeitet hatte, sie geprägt. Wo sollte das Foto hin? Vorne im Buch war alles voll, und hinten hatte sie den Schlussstrich gezogen. Dann fing sie eben ein frisches Heft mit Erinnerungen an. Zeit für den Neuanfang.

HELGA

Nach der zweiten Nacht im Hôtel Paradis, das eher einem Auszug aus Ägypten glich und nur mit Phantasie und viel gutem Willen paradiesisch wirkte, weckte Helga ein Schrillen. Sie löste sich aus der Verschlingung mit Friedrichs Beinen und tastete nach einem Telefon auf dem Nachtkästchen, fand aber keines. Es klingelte weiter. Sie sprang auf, warf sich sein Hemd über, das ihr zum Glück bis über den Hintern reichte, und lief in den mit rotem Samt ausgekleideten Flur. Barfuß mochte man eigentlich nicht auf den plüschigen Teppich treten, der bestimmt an die hundert Jahre französischer Geschichte enthielt. Endlich fand sie das Telefon, eher ein Rohr an einer Schnur, und hob ab. »Madame Docteur, un appel d'urgence d'Amérique«, meldete sich die Empfangsdame.

»Merci.« Helga gähnte und streckte sich, damit sie richtig wach wurde, und hoffte, gleich mit den USA verbunden zu werden, um mit ihrem Sohn zu sprechen oder mit Josie oder mit allen beiden am besten. Ihre Aufregung stieg, als ihr klarwurde, was der Anruf zusätzlich bedeuten konnte.

»Non, Madame. En bas.«

»Im Bad?«

»Non, parterre.«

Hastig rannte Helga zurück ins Zimmer, schlüpfte in ihre Jeans und Sandalen, fuhr sich durchs Haar. Falls jemand um diese Uhrzeit frühstückte, wollte sie denjenigen nicht schockieren. Auf Friedrichs teurer Armbanduhr, die auf dem Boden lag, war es zehn nach sechs. Sieben Stunden Zeitunterschied, in Missouri musste es kurz nach elf sein. Das Licht in der kleinen Kabine, die in der Lobby stand, ging erst an, als Helga die Tür fest hinter sich zuzog.

»Mama?« David war dran. »Du, wir haben kaum noch Münzen, die rattern bloß so durch.« Helga hörte es andauernd klicken. Gestern Abend hatte sie gleich nach Luises spektakulärer Ankunft mit dem Dahlmann-Bus in Missouri angerufen, aber nur einen schlecht gelaunten Amerikaner ans Telefon bekommen. Nach längeren Verhandlungen hatte er die Nummer des Pariser Hotels notiert und versprochen, sie David und Josie zu geben.

»Seid ihr noch in dem Motel? Dann rufe ich euch zurück«, bot sie an.

»Nein, wir sind an einem Busbahnhof. In fünf Minuten fahren wir weiter nach Iowa und Minnesota, bis nach North Dakota.«

Ihr Herz schlug schneller. »Dann habt ihr Jack gefunden?«

»Was?« Die Verbindung war schlecht. Es rauschte und knackte in der Leitung.

»Ob ihr Jacks Adresse rausgefunden habt?«, rief sie ins Telefon.

»Leider nein, Mama. Der Brand hat achtzig Prozent aller Akten vernichtet, sagen sie.«

Wäre auch zu einfach gewesen, ihren Jack nach so vielen Jahren doch noch zu finden. Sie lehnte die Stirn gegen das kühle Glas der Tür.

»Mama, bist du noch dran? Ich wollte noch sagen, dass wir beschlossen haben, länger zu bleiben, je nachdem wie es uns gefällt. Ein paar Wochen oder so, diese Freiheit haben wir nie wieder.«

»Passt auf euch auf, versprecht mir das, ja?« Helga hatte von Unruhen und Protesten in den USA gehört, die Schwarzen wollten sich nicht mehr unterdrücken lassen und forderten ihre Rechte ein. »Braucht ihr Geld, soll ich euch was schicken? In zwei Wochen bin ich wieder zu Hause, dann …« Es klickte, die Verbindung war unterbrochen. Sie würden sich schon zu helfen wissen, hoffte sie.

Als sie später mit Friedrich durch die die Innenstadt schlenderte, hing ihr der Anruf noch nach. Beim Frühstück hatte sie Luise davon erzählt, die nahm die Neuigkeit zum Glück gelassen auf. Von der Anreise wirkte sie noch erschöpft, brach dennoch mit Marlene und Annabel zur Besichtigung des kleinen Stadtzoos auf. Marie wollte in den Louvre gehen. Somit würden sie erst nachmittags wieder alle zusammentreffen.

Fritz war aufgedreht, für ihn war ein Traum in Erfüllung gegangen, ein Liebesurlaub mit ihr, noch dazu in der Stadt seiner Sehnsucht. Sie schlenderten von Geschäft zu Geschäft, blieben vor den Schaufenstern stehen, und Fritz machte sich Notizen. Anders als Marie zeichnete er nicht, sondern schrieb seine Ideen auf. Er zog sie in die nächste Boutique, die gerade aufmachte.

»Verrätst du mir, was dich bedrückt?«, sagte er in der Tür und küsste sie sanft auf die Lippen.

»Ach, nichts. Ich mach mir Sorgen um David«, gab sie zu.

»Das brauchst du nicht. Die beiden haben einander, so wie wir uns, gönn ihnen doch dieses Abenteuer.« Das stimmte, außerdem kam David überall zurecht. Er war schließlich ihr Sohn. Fritz hielt Helga ein sündteures Paillettenkleid vor das gelbe Hängerchen, das sie trug. Der Verkäufer, der etwas abseits stand, rümpfte die Nase. Trotz der drückenden Hitze, die auch in den abgedunkelten Verkaufsräumen herrschte, trug er einen Anzug mit Weste und sie bloß einfache Sommersachen. Fritz, in Bermudas und Poloshirt, bemerkte von all dem nichts, betrachtete Schnitte, befühlte Stoffe und war ganz und gar in seiner Welt versunken. Sofort hatte Helga wieder das Bild vor Augen, wie er sich als Teenager als Kosmonaut verkleidet hatte. »Weißt du was?« Er nahm sie bei den Händen, wirbelte sie herum. »Es reicht, wenn einer, oder besser gesagt, eine, von uns beiden Ärztin ist. Du machst deine Praxis, und ich …« Er glaubte also ernsthaft daran, dass sie ein Paar blieben. »Ich höre mit dem Medizinstudium auf und wechsle auf die Münchner Modeschule. Ich hab genug von Annahme, Hypothese, Beweis, wie es mir mein Vater und mein Großvater von klein auf eintrichtern wollten. Ich will freier im Denken sein, mit Materialien spielen und etwas Künstlerisches tun. Eines Tages möchte ich selbst solche Kleider oder noch viel schönere für dich entwerfen.«

»Ich mag dich, Fritz, ich mag dich sogar sehr.« Helga hängte das Kleid, für das sie sich auf einmal zu alt fühlte, zurück an die Stange und zog ihn wieder nach draußen, auf den Boulevard Haussmann, wo das grelle Sonnenlicht sie blendete. »Und ich genieße jede Minute mit dir. Du machst mich glücklich, aber …«

»Sprich nicht weiter.« Fritz blieb stehen und löste seine Hand aus ihrer. »Solange du mir nicht erklärst, was du an Theo findest oder an Otto. Was haben sie, was ich dir nicht bieten kann?«

»Es geht nicht um sie. Es geht um …«

»Diesen Amerikaner, Davids Vater, sag bloß, du liebst ihn noch immer? Er hat dich im Stich gelassen, das würde ich niemals tun.« Dafür wollte sie ihn auf der Stelle küssen, doch er entwand sich ihr.

ANNABEL

Der Andrang war groß im Café de Flore, das sich im Viertel Saint-Germain-des-Prés befand. Sie standen in der Schlange, bis ihnen der Garçon ein freies grünes Tischchen mit Goldeinrahmung zuwies. Dass sie am besten zwei Tische und sechs Stühle bräuchten, konnte Annabel ihm nicht verständlich machen, Monsieur eilte schon zu den nächsten Gästen.

Erst wollten sie mit der Bestellung noch warten, aber Marlene verlangte sofort eine Cola. Laut der Signatur auf einem Foto, das den deutschen Modeschöpfer Karl Lagerfeld zeigte und an der Wand überm Tresen hing, sollte es hier die beste Coca-Cola der Welt geben, das wollte Marlene natürlich sofort testen. Ihre Tochter wirkte müde nach dem dritten Tag in der Großstadt. Vielleicht sollten sie morgen besser eine Pause einlegen und im Hotel entspannen? Andererseits wurde es Marlene schnell langweilig, sie wollte schon etwas geboten bekommen. Schade, dass Luise die Zwillinge nicht mitgebracht hatte. Die knapp drei Jahre Altersunterschied wirkten sich zwar deutlich aus, aber drei Kindern fiel eher etwas ein als einem allein. Von wegen, Friedrich würde sich kümmern, er hatte nur Augen für Helga und sie für ihn. Annabel hatte sich erhofft, dass die zwei mit ihr wenigstens ihre Rechercheergebnisse durchgehen würden und beratschlagen, was die Konsequenzen daraus wären, aber Pustekuchen. Urlaub bedeutete anscheinend auch, das Denken einzustellen, was ihr selbst ja nie in den Sinn gekommen wäre.

»Ich brauch dringend eine Tasse Kaffee. Wir bestellen uns auch schon mal was, bis die anderen da sind«, schlug Luise vor.

Annabel stimmte zu und schlüpfte unter dem Tisch aus den Bastsandalen, die sie sich gestern gekauft hatte, ihr brannten die Füße. »Hast du ein paar Pflaster für mich?« An beiden kleinen Zehen und an der Ferse hatten sich Blasen gebildet. Luise wühlte in ihrer Tasche und gab ihr eine Packung Pflaster, zusammen mit Schwedenbitter zur Desinfektion, auf den die Brandstetters wie die Dahlmanns schworen. Wie immer war Luise für alle Lebenslagen gerüstet, hatte selbst in der kleinsten Handtasche das Wichtigste dabei. Und heute war sie noch dazu sehr elegant angezogen. Mit ihrem dunklen Wuschelkopf und der rotbraunen weiten Bluse zur Schlaghose könnte man sie glatt für eine Pariserin halten.

»Deux cafés au lait, s'il vous plaît«, sagte Luise mit breitem bayerischem Akzent, den selbst Annabel heraushörte, als sie mit Winken und Wedeln den Kellner noch mal herlotsten.

»Mama, darf ich auch so einen Olé?«, bat Marlene. Annabel fand, dass ihre Tochter noch zu jung zum Kaffeetrinken war, aber sie wollte mal nicht so sein und eine Ausnahme machen. Als der Kellner das Bestellte brachte, zog Marlene eine Schnute und rührte in ihrer Tasse. »Das ist ja bloß Milchkaffee.«

»Wieso, was hast du denn erwartet? Lait heißt Milch.«

»Ich dachte, das ist so ein feuriges Getränk, was Spanisches mit Pepp, olé eben. Dann will ich doch lieber eine Cola mit Strohhalm.« Helga und Friedrich kamen dazu, zur Abwechslung nicht eng umschlungen wie sonst. Wo blieb Marie?

»Wie war's bei euch?« Fast hätte Annabel, was habt ihr gemacht, angefügt, aber konnte man sich das bei einem Liebespaar nicht denken? Friedrich organisierte noch zwei Stühle und trug sie her.

»Ganz nett, und bei euch?« Helga mit ihrer langen blonden Mähne war gut gelaunt wie immer. Friedrich jedoch war schweigsam. Irgendwas war vorgefallen. Er tat ihr leid, und am liebsten hätte sie ihn beiseitegenommen und gefragt, was los war, aber er war erwachsen und hatte sich jegliche Einmischung verbeten. Darum hielt sie sich zurück. Als Marlene ihre Cola und ein Eis mit Sahne erhielt, erzählte sie vom Orang-Utan, der erst nach einigem Suchen auf einer Palme zu finden gewesen war, und den traurigen Bären, die auf Beton schlafen mussten.

»Was wollen wir als Nächstes unternehmen?« Luise schlug ihren Baedeker auf, und alle lachten. »Was ist so lustig?«

»Der Buchhändler hat das Geschäft der Woche mit uns gemacht«, sagte Annabel und erklärte ihr, dass sie das vierte Exemplar dieses Reiseführers besaß.

»Habt ihr eigentlich schon mit Josie und David telefoniert?« Luise hatte gleich nach ihrer Ankunft gestern Abend von den Neuigkeiten aus Missouri erzählt.

Helga nickte, setzte sich und spielte mit einer Zigarette. Rauchte sie wieder? Und dann noch eine französische Marke, die waren viel stärker als deutsche. Sie sollte wirklich mehr auf ihre Gesundheit achten, falls sie und Friedrich noch Kinder wollten. »Die Aussicht, dass sie Jack finden, ist gleich null.« Und sie erzählte von dem Brand. »David und Josie bleiben noch ein paar Wochen in den USA und reisen ein bisschen herum, bevor er in Machtlfing anfängt.« Annabel hatte schon gehört, dass er den Wehrdienst verweigerte und dafür den um Monate längeren Dienst in der Behindertenwerkstatt bei Manni in Kauf nahm. Sie bewunderte das. »So frei sind wir nie wieder, hat David noch gesagt, bevor das Geld alle war.«

Luise drückte Helga kurz an sich. Sie wirkte entmutigt,

hatte anscheinend doch mehr Hoffnung darauf gesetzt, Davids Vater zu finden.

Annabel fiel etwas ein, um die Stimmung aufzulockern. »Wir haben noch gar kein Foto von uns gemacht.« Sie holte ihre nigelnagelneue Spiegelreflexkamera heraus.

»Oder warten wir, bis Marie dazukommt«, schlug Luise vor. »Ah, seht ihr, wenn man von der Sonne spricht, da ist sie.« Tatsächlich, Marie kam um die Ecke, sie rückten zusammen, damit sie alle auf das Bild passten, wollten den Kellner fragen, ob er sie knipste, aber Friedrich übernahm das. Sogar von der anderen Straßenseite aus, damit man die Café-de-Flore-Aufschrift auf den Jalousien lesen konnte.

»Ist es euch recht, wenn ich euch Annabel eine halbe Stunde entführe?« Marie wollte nichts bestellen, setzte sich nicht einmal. »Bella, hast du eine halbe Stunde Zeit, ich will dir was Interessantes zeigen.«

MARIE

Sie konnte es immer noch kaum glauben. Wirklich und wahrhaftig, sie war in Paris! Um keinen Moment zu verpassen, stand sie noch vor den anderen auf, spazierte durch die noch schlafende Stadt und schaute ihr beim Erwachen zu. Sie lauschte den vielen verschiedenen Geräuschen, saugte das besondere Licht und alle Eindrücke um sich herum ein und zeichnete wie schon ewig nicht mehr. Den Glasbaldachin über dem Hoteleingang, die Schilder mit der verschnörkelten Schrift, die Fenstersimse und Vordächer, auf denen sich wie auf Notre-Dame groteske Figuren tummelten. Auch die Ladenverzierungen, Litfaßsäulen und Laternen. Skizzenblock um Skizzenblock füllte sie. Marie genügte es, dass sie sich mit den anderen meistens nur zum Essen und abends traf, sie sich ansonsten aufteilten und nicht ständig zu sechst zusammenhingen. Jetzt war sie allein unterwegs in den Louvre, wo die meisten Gemälde ihrer Lieblingskünstler hingen. Zu Lebzeiten hatten sie kaum ein Bild verkauft oder wenn, dann für einen Hungerlohn, und nun waren ihre Werke Millionen wert. Marie ließ sich von der Menge durch das weitläufige Museum schieben, alle hatten nur ein Ziel, die *Mona Lisa*. Die war kleiner als erwartet und strahlte doch Größe aus. Gerade ihre Gelassenheit berührte Marie. Und natürlich, dass sie so geheimnisvoll war. Hatte Leonardo seine Mutter porträtiert, oder war die Mona Lisa gar keine Frau? Abseits der Menschenmassen suchte sie die anderen Räume auf und entdeckte zu ihrer großen Freude einen Saal, der sich dem Pferd in der Kunst widmete. Neben Monumentalgemälden mit Ross und Reiter gab es ein abgedunkeltes Kabinett für Arbeiten auf Papier. Besonders beeindruckte eine Zeichnung von Théodore Géricault sie. Mit nur einer Farbe, dem Sepiaton der Tusche, hatte er die Muskeln eines braunen Hengstes, der ein Leutstettener hätte sein können, ungemein plastisch moduliert und zugleich den ängstlichen Blick des Pferdes eingefangen.

Matt von den vielen Eindrücken, schlenderte Marie am Nachmittag über den Montmartre, zwischen den Ständen der lebenden Künstler entlang, kaufte sich ein Stück Baguette, das mit Schafskäse und Oliven belegt war. Der Verkäufer hatte ihr eine Galette angeboten, die wie ein eingeklappter Pfannkuchen aussah und mit Tomaten und in der Mitte mit gekochtem Ei belegt war. Pfannkuchen mit Ei, das musste sie den Kindern erzählen! Zur Sicherheit entschied sie sich für das belegte Brot und lachte über sich selbst. Auch in der Ferne aß die Bäuerin, was sie kannte. Beim Essen schaute sie über die Stadt, bis zum Eiffelturm, der im Dunst lag, und spazierte dann abseits des Marktes durch die Gassen. Geregnet hatte es seit ihrer Ankunft noch nicht, Staub und Hitze erschwerten das Atmen. Kaum ein Grün irgendwo, um die Augen auszuruhen. Die Ateliers mit ihren großen Nordlichtfenstern wirkten verlassen, die Häuser baufällig. Überall bröckelte der Putz. Trotzdem war Schönheit vorhanden. Marie entdeckte Ultramarin an der Kante einer Regenrinne, die schief an einer abblätternden Hauswand hing, Purpur in den Dächern, Zinnober auf den Pflastersteinen und Kobalt auf den Tischchen der Cafeterien. Sie setzte sich vor eine versiegelte Tür, auf der die Warnung »attention mauvais chien« stand, und hielt ihre Beobachtungen in Aquarellen fest. Eine rot getigerte Katze schnurrte um ihre Beine und trank aus dem Deckel ihrer Thermoskanne, den sie zum Pinselwaschen benutzte. Als sie weglief, folgte ihr Marie in einen Hinterhof. Tauben flatterten auf, die Katze sprang eine steile, verwinkelte Holztreppe hoch und verschwand in einer Luke. Im Parterre war eine *galerie d'art internationale*. Marie spähte durch die kleinen Fenster. Ganz hinten war ein Lichtschein zu erkennen. Sie drückte auf die Klinke, die Tür tat sich einen Spalt auf. War eine Kette vorgelegt?

»Appuyez fort. Attendez!« Jemand machte von innen auf. Ein schnurrbärtiger Mann bat sie herein, und als sie holprig auf Französisch sagte, dass sie ihn nicht verstünde, wechselte er zu Deutsch.

Er heiße Matthias Manteuffel und sei Elsässer, stellte er sich vor. »Die Tür klemmt, ich weiß nicht, wie oft ich schon beim Tischler angerufen habe.« So jemand wie den Pöckinger Schreiner Notnagel, der sofort zur Stelle war, gab es hier in Paris wohl nicht, dachte Marie. »Schauen Sie sich in Ruhe um. Wenn Sie Fragen haben, melden Sie sich.« Manteuffel ging ins Hinterzimmer zurück und setzte sich wieder an den Tisch. Die Dielen knarrten, als sie durch den Raum ging und sich umsah. Viele der Bilder waren abstrakt oder sehr experimentell und für Maries Auffassung oft zu hastig hingepinselt. Manche erinnerten an Chagall oder an Picassos kubistische Phase, allerdings ohne eigenen Ausdruck. Sie blätterte in einer Mappe mit Zeichnungen. Ein Künstler hatte die Umrisse von Figuren mit nur einer Linie erfasst, ein Paar und eine ganze Gruppe, mit einem Strich verbunden. Das war originell und inspirierte sie. Kaufen wollte sie nichts. Hoffentlich war der Galerist nicht enttäuscht, dass sie wirklich bloß schaute. Zuletzt klappte sie noch einen Stapel kleinerer Keilrahmen auf, der an der Wand lehnte. Das Motiv kam ihr bekannt vor und elektrisierte sie, zumal es mit einem schwungvollen Kürzel, das ein großes L sein konnte, signiert war. Sie fragte Manteuffel nach der Herkunft.

Er trat zu ihr und zog die Leinwand aus dem Stapel. »Eine deutsche Künstlerin, die dem Realismus anhängt, fast wie aus der Zeit gefallen, aber vielleicht genau deshalb zeitlos.« Er drehte das Bild um, stellte sich näher ans Fenster und las die Beschriftung auf dem Keilrahmen vor: »Die Lesende VII, 1970.« Das Bild erinnerte nicht nur an das Gemälde, das in Annabels Villa hing, es war im gleichen Strich gemalt, ja, fast gezeichnet, die Farben standen nebeneinander und vermischten sich erst von weitem, im Auge des Betrachters. Marie tippte auf Gouache oder Tempera, mit feiner Bleistiftkontur vorgezeichnet. Das Muster des Kleides war abgewandelt, soweit sie sich erinnerte, und auch die Haltung der liegenden Frau, der Unterarm, mit dem sie das Buch über ihr Gesicht hielt. Also war es nicht einfach eine Kopie, sondern eine Variante, die siebente eben. Was bedeutete das? Hatte jemand Barbara Kleefelds Bilder variiert? Die Malerin selbst konnte es eher nicht sein, sie war vermutlich tot, nachdem sie verschleppt worden war, wie Annabel Marie erzählt hatte. »Es existieren weitere Versionen von diesem Motiv, die ich allerdings schon verkauft habe. Also, wenn Sie Interesse haben, sollten Sie sich beeilen.«

»Haben Sie Fotos von den verkauften Bildern?«

»Fotos nicht, aber … Augenblick.« Er holte ein Buch hinter seinem Pult hervor und zeigte ihr eine Seite mit Schwarz-Weiß-Abbildungen. »Das ist mein Katalog von letztem Jahr. *Die Lesende VI* bis *IX*. Die Farben müssen Sie sich in etwa wie auf Nummer sieben vorstellen.« Marie nickte, das war nicht das Problem. Das Kleid und das Buch unterschieden sich und auch die Draufsicht, aber die Malweise war ähnlich, ja, war genau gleich. Manteuffel blätterte um. »Ach, hier, ja, das da mit dem jungen Dackel oder der Promenadenmischung, die auf dem Schoß der Frau liegt, habe ich sofort verkauft. So was geht immer.« *Die Lesende XII mit Knipser* stand darunter, und diesmal auch die Signatur der Künstlerin. L. K. Das erklärte das L, doch Marie wusste nicht, was sie von der ganzen Angelegenheit halten sollte. Sie, in Paris, sprach mit einem Elsässer auf Deutsch über Gemälde der verstorbenen Geliebten von Annabels Mann. Oder gab es eine Malerin, die Barbara Kleefelds Motiv aufgegriffen hatte?

»Die Künstlerin lebt also noch?«

»Sehr zurückgezogen, aber doch, ja, bei meinem letzten Besuch ging es ihr gut. Wieso, kennen Sie sie auch?«

»Nein, nur eines der Bilder aus dieser Serie. Ich muss sofort meine Freundin holen und es ihr zeigen. Wie lange haben Sie noch auf?«

»Noch eine Stunde etwa.«

»Und wie lange braucht man von hier bis zum Boulevard Saint-Germain?«

»Mit der Metro eine gute halbe Stunde, denke ich.«

»Dann bis gleich, und bitte warten Sie, falls wir uns leicht verspäten, ja?« Marie rannte los, und als sie auf eine Kirchturmuhr sah, fiel ihr ein, dass sie seit zwanzig Minuten mit den anderen im Café de Flore verabredet war.

Nachdem Marie Annabel vor dem Café kurz erklärt hatte, was sie entdeckt hatte, nahmen sie ein Taxi, um schneller zu sein, doch bei den Tuilerien standen sie im Stau. Der Fahrer nahm es gelassen, kurbelte die Scheibe ganz herunter und hängte den linken Arm mit der Zigarette aus dem Fenster. Marie schlug vor, auszusteigen und zu Fuß weiterlaufen. »Da oben ist es, schau.« Sie zeigte auf den Berg. Es sah doch recht weit aus.

»Êtes-vous allemands?«, fragte der Fahrer.

»Er fragt, ob wir Deutsche sind«, übersetzte Annabel, aber so viel hatte Marie auch verstanden.

»Oui«, sagten sie beide.

»Vite, Vite, mesdames, oh là là.« Er drehte das Radio lauter, klatschte mit der freien Hand im Takt aufs Lenkrad. »Les Allemands sont toujours pressés.« Den Ausdruck kannte Marie vom Bayerischen, doch es sah nicht so aus, als ob es dem Fahrer pressierte. Endlich löste sich der Stau, den ein querstehender Laster verursacht hatte, und es ging vorwärts.

Diesmal war kein Licht in der Galerie zu sehen. Marie klopfte. Niemand reagierte. Vielleicht wohnte Manteuffel oben, da wo die Rotgetigerte hineingeschlüpft war? Sie stieg über die wacklige Treppe und klingelte an der Tür mit der Luke. »Pas de morve« stand über der Klingel. Hastig blätterte Marie in ihrem Wörterbuch, da hörte sie Annabel rufen.

»Marie, ist er das?« Sie blickte nach unten. Manteuffel schob einen Motorroller aus einem Schuppen, setzte sich einen Helm auf und wollte aufsteigen. »Halt, warten Sie.« Sie eilte die Treppe hinunter, stolperte fast.

Annabel hatte sich schon wie eine Verkehrspolizistin vor die Vespa gestellt.

Sie wirkte mindestens so aufgeregt wie Marie, besonders, als sie *die Lesende* Nummer sieben und auch die anderen im Katalog zu Gesicht bekam. »Knipser, so hieß der herrenlose Stadtköter, der Anfang der fünfziger Jahre in Starnberg herumstreifte. Das kann doch kein Zufall sein.« Sie wandte sich an den Galeristen. »Kennen Sie die Malerin persönlich? Wie alt ist sie, wie sieht sie aus? Und wissen Sie, wo sie wohnt?« Sie bombardierte ihn mit Fragen, die er bereitwillig beantwortete, und als sie zurück im Hotel waren, hatten sie nicht auf alles eine Antwort, doch dafür eine Adresse in Ostberlin erhalten.

Viermächteabkommen zu Berlin:

Die Alliierten (USA, Großbritannien, Frankreich und die Sowjetunion) haben vorletztes Jahr (laut Zeitungsausschnitt, den ich noch gefunden habe, am 3. September 1971) die seit Beginn des Kalten Krieges schwelenden Ost-West-Konflikte bezüglich Berlin entschärft. Das heißt konkret, dass die Reiseeinschränkungen zwischen West-Berlin und der BRD gelockert wurden, was es auch uns hoffentlich leichter macht.

Stockbrotteig-Rezept (für die Lagerfeuerromantik!)
1 kg Mehl
2 Päckchen Trockenhefe
2 TL Salz (auch gerne Kräutersalz)
Frische Kräuter gehackt oder als Trockenmischung (z. B. Fenchel, Kümmel, Koriander, Thymian)
4 EL Öl
1 EL Honig
400 ml lauwarmes Wasser

Alle Zutaten in einer Schüssel vermischen und den Teig kneten. Perfekt ist er, wenn er nicht mehr klebt und sich von selbst vom Rand löst. Mit einem Tuch abgedeckt eine halbe Stunde gehen lassen.
Streifen davon um dünne Stecken wickeln und über die Glut halten (nicht ins offene Feuer!), ab und zu wenden, bis das Stockbrot knusprig braun ist.
Kräuterquark aufstreichen und das Brot vom Stock knabbern!

Aus: Luises Reisetagebuch

LUISE

Sichtlich bewegt und ergriffen kehrten Annabel und Marie vom Montmartre zurück und berichteten ihnen allen beim Abendessen auf der Hotelterrasse, was sie in der Galerie entdeckt hatten. Als Marlene schon halb auf dem Tisch einschlief, bot Friedrich an, seine Schwester ins Bett zu bringen. Dankbar nahm Annabel an. Mittlerweile hatte es zu regnen angefangen. Sie blieben draußen unter der Markise sitzen und genossen die Abkühlung, tranken aus kleinen Gläsern erfrischend minzigen Perroquet, in dem Eiswürfel klirrten. Das Pflaster dampfte, und ein Sturm kam auf. Bald schüttete es wie aus Kübeln. Ringsum kippten die Kellner die Tische und stellten die Stühle übereinander. Mehrmals baten sie sie ins Restaurant. Doch sie lehnten ab. Zu viert nebeneinandergedrängt, blieben sie an der Hauswand sitzen. Eine Regensommernacht in Paris, wann erlebte man das schon? Endlich wurde die stickige Stadtluft frisch und sauber. Die bunten Glühbirnen, die rings um die Terrasse gespannt waren, schwankten. Die Seine schwappte an die Böschung, und Annabel erzählte ihnen allen von Anfang an, was sie herausgefunden hatte – von den Kleefelds bis zu ihrem Schwiegervater und dessen Verbindung mit dem Löw-Konzern. Bisher hatte Luise von all dem nur Bruchstücke mitbekommen, erst jetzt begriff sie die Ausmaße. Erneut bedankte sie sich für die Rettung von Manni. Doch Bella winkte ab. »Ein Kind von hundert oder mehr, die mein Schwiegervater auf dem Gewissen hat? Ich hätte viel mehr tun können.«

»Das hast du damals auch schon gesagt«, fiel Luise ein, »aber wie geht das Sprichwort: Wer einen Menschen rettet …?«

»… rettet die ganze Welt«, ergänzte Annabel. »Aus dem Talmud stammt das, das hat mein Vater oft zitiert, und ich habe es mir vorgesagt, um mein Gewissen zu beruhigen. Womit wir wieder beim Judentum und Barbara wären. Dass sie noch lebt und in Ostberlin wohnt, ist ein solches Glück in all dem Grauen. »Auf dem Gelände der Schuhfabrik deines …« Sie hielt kurz inne und musterte Helga. »Also, bei den Löw-Werken wurden Zwangsarbeiter beschäftigt, in der Reparaturwerkstatt, dort kamen die Schuhe aus den KZs an.«

»Du kannst mich ruhig mit einbeziehen«, sagte Helga. »Du hast so tolle Arbeit geleistet, ich danke dir sehr dafür. Es ist schrecklich, was meine Eltern getan haben, und ich muss damit leben, dass ich ein Teil der Knaup-Familie bin. Als Kind gewöhnt man sich an vieles oder findet sich damit ab. Erinnert ihr euch noch an den Brandgeruch nach einem Bombenangriff oder den Leichengestank zwischen den Trümmern? Allein die Verdunklung, dass man abends die Fenster verhängte und erst gar kein Licht machen durfte.«

»Ja, ich weiß noch, wie gefährlich es war, nachts mit dem Fahrrad unterwegs zu sein«, sagte Marie. »Man konnte sich an keiner Straßenlaterne orientieren. Und bald gab's auch keine Batterien für die Taschenlampe mehr.«

»Genau, deswegen hatte ich eine Kneifkatze, kennt ihr die noch?«, warf Luise ein.

Helga nickte. »Mit Handdynamo, die gab nur Licht, wenn man ständig drückte, bis einem der Daumen abfiel. So eine quietschende Katze hatte ich auch.« Sie wandte sich an Annabel. »Aber ich erinnere mich, dass meine Eltern darüber geredet haben, dass die Berliner Fabrik bombardiert worden ist. Sie zählten auf, was dabei zerstört worden war und wer alles ums Leben gekommen war. Ich war froh, dass wir in München wohnten.«

»Zu schade, dass ich die Dokumente nicht mitgenommen habe. Wenigstens Fotos davon.« Annabel tippte auf ihre Kamera, die sie griffbereit umhängen hatte, als wartete sie auf das nächste Motiv. Während Luise sich ihre Strickjacke überzog, schien Annabel in ihrem ärmellosen Kleid kein bisschen zu frieren, ja, sie glühte vor Eifer.

»Was haltet ihr davon, Barbara zu suchen?«, schlug Luise vor, sie hatte sich das schon eine ganze Weile überlegt. »Wir gemeinsam?«

»Wann, jetzt?« Bella riss die Augen auf.

Luise nickte. »Warum nicht. Uns bleibt noch eine gute Woche, wenn wir morgen aufbrechen. Mein Bus steht bereit.«

»Aber du bist doch gerade erst angekommen und hast kaum was von Paris gesehen«, wandte Helga ein. »Wolltest du nicht die französische Küche probieren?«

»Das habe ich doch.« Luise lächelte. »Die Bouillabaisse vorhin, aber besonders die Nachspeise, die Crème brûlée, waren köstlich. Und ansonsten: Vielleicht soll es einfach die Stadt meiner Träume bleiben. Mir ist es wichtiger, mit euch zusammen zu sein, egal wo. Und wer weiß, vielleicht ist Berlin noch schöner als Paris?«

»Das glaube ich nicht«, sagte Marie. »Doch du hast recht, ich finde auch, dass wir das, was wir angefangen haben, auch zu Ende bringen sollten.« Dem stimmten alle zu.

»Lasst uns vorher einkaufen gehen, Decken, einen Kocher und überhaupt alles, was wir für unterwegs brauchen.« Nun bereute Luise, die Campingsachen nicht mitgenommen zu haben. Na ja, ihr Daunenbett hatte sie ja, und darin schlief sie prächtiger als in den dünnen Einschlagtüchern, die die Franzosen benutzten.

»Wieso, gibt's in Berlin keine Hotels?«, fragte Annabel.

»Bestimmt, aber auf den Transitstrecken halten wir besser nicht an«, erklärte Luise, die darüber einiges gelesen hatte.

»Transit, das klingt nach Anna Seghers«, sagte Annabel. »Habt ihr den Roman gelesen?«

»Ist lange her«, sagte Luise. »Die Hauptfiguren gehen mit einem Schiff unter, glaube ich. Hoffentlich nimmt es mit uns ein besseres Ende. Am besten wir fahren durch. Also eine fährt, solange können die anderen schlafen.«

»Du bist der Wahnsinn.« Helga stupste sie mit der Schulter an.

»Ich bin für zwei zu zwei«, sagte Marie. »Also zwei können sich ausruhen, eine fährt, und die andere unterhält die Fahrerin und passt auf, dass sie nicht einnickt.«

»Gute Idee.« Helga leerte das Schälchen mit den Erdnüssen, die ihnen der Kellner vor einer Stunde oder länger hingestellt hatte, in ihre Hand. Seither schienen sie von der Bedienung vergessen worden zu sein. »Die Fahrerin muss immer gut essen. Lasst uns morgen auch reichlich Schokolade einkaufen.«

»Und einen Straßenplan von Ostberlin, falls es so was gibt«, sagte Annabel. »Aber diesmal bloß einen.« Sie lachten.

ANNABEL

Als Friedrich von ihrem neuen Reiseplan hörte, bot er am nächsten Morgen von sich aus an, mit Marlene nach Hause zurückzufahren, worüber Annabel erleichtert war. Abgesehen von der weiten Fahrt im Dahlmann-Bus, die für ihre Tochter sicher zu anstrengend war, wusste sie nicht, was sie in der geteilten Stadt erwartete. Zu gern hätte sie erfahren, was zwischen Helga und ihrem Sohn vorgefallen war, das Turteln schien vorbei zu sein. Die beiden küssten sich nur kurz nach französischer Art auf die Wange rechts und links, eher wie Freunde als Geliebte, als sie ihn und Marlene am Bahnhof absetzten.

Anschließend deckten sie sich mit allem ein, was auf der Liste stand, die Luise über Nacht zusammengestellt hatte, und sagten »au revoir« zu Paris.

Auf der Rückbank neben Annabel studierte Luise die Straßenkarte. »Ich schlage die Route durch Belgien vor, dann durchs Ruhrgebiet, über Hannover, bis nach Berlin. Wenn es durch die DDR zügig klappt, müssten wir in elf oder zwölf Stunden dort sein.«

Annabel betrachtete den Straßenverlauf. Schon seit gestern, als sie die Reise nach Berlin beschlossen, hatte sie sich etwas überlegt. »Wie wäre es, wenn wir einen Abstecher nach Münster machen, wirklich nur kurz, auf einen Kaffee oder so?«

»Wie lange warst du nicht mehr in deiner Heimatstadt?« Marie hatte die ersten Kilometer übernommen, danach war Helga dran und als Dritte Annabel.

»Seit der Beerdigung meiner Eltern, 1943. Ich wollte immer hinfahren, aber irgendwie hat es sich nicht ergeben. Die Buchhandlung meiner Mutter existiert sowieso nicht mehr. Ach, wisst ihr was, das war nur laut gedacht, lasst uns auf der direkten Strecke bleiben.«

Helga, die einen Apfel aß, wandte sich nach hinten um und schnappte sich die Karte. »Das ist gar kein Umweg. Also ich bin dafür, wer noch?« Ein klares Ja von allen.

»Pausen müssen wir so und so einlegen, warum nicht in Münster«, ergänzte Luise.

Als sich Annabel nach fast dreißig Jahren wieder dem Prinzipalmarkt näherte, beschleunigte sich ihr Herzschlag. Mit Blick auf die Straßenschilder versicherte sie sich zum wiederholten Mal, ob sie ins richtige Viertel gingen, so zittrig war sie.

Helga hielt sie zurück, als sie bei Rot über die Fußgängerampel wollte. Mit ihnen wartete ein junger Mann mit Wuschelkopf und Schnurrbart. »Luise, schau mal, der bietet ein Plätzchenrezept an.« Er hatte einen großen Pappkarton um den Hals, auf dem stand: Wir backen uns Studienplätzchen. Frau / Mann nehme: 1 Klappstuhl, Papas Geldbeutel, Ellenbogenschützer, 1 Zelt und 200 Gramm Illusionen. Anscheinend waren wie in allen deutschen Städten auch in Münster die Hörsäle überfüllt.

Kaum war es grün, zog Annabel Helga und Luise weiter, die ein Gespräch mit dem Demonstranten anfangen wollten. »Seht ihr, da vorn, das ist die Lamberti-Kirche.« Ihre Straße war bei den Bombenangriffen 1943 schwer beschädigt worden. Anstatt Neubauten zu errichten, hatte man die meisten Häuser wiederaufgebaut. Die Fassaden hatten kunstvolle Ornamente und Erker, und es gab noch die hohen Torbögen, unter denen man hindurchspazieren konnte. Alles wirkte wie damals, abgesehen von den modernen Autos, die überall parkten. Es dauerte, bis Annabel ein paar Unterschiede bemerkte. »Die Straßenbahnschienen fehlen«, sagte sie den anderen. »Und die Gehsteige sind niedriger.« Es gab keine hohen Bordsteinkanten mehr, mit gefährlichen Schächten in den Untergrund, in die mehr als einmal ihr Ball beim Spielen gerollt war.

»Hey, schaut mal.« Erneut bremste Helga sie aus und zeigte auf das Plakat vom Musical *Jesus Christ Superstar*, das an einer Litfaßsäule hing. Laut Extrabanner wurde es seit einem Jahr mit überragendem Erfolg in Münster gespielt. »Schade, dass wir nicht länger bleiben, das würde ich gerne sehen. Ihr nicht?«

»Ich wusste gar nicht, dass du doch religiös bist«, sagte Annabel.

»Na ja, es soll mehr eine Rockoper sein, und die Geschichte von Jesus und Judas ist klasse.«

Aber dafür hatte Annabel gerade keinen Kopf. »Wenn die alles hier wieder originalgetreu aufgebaut haben, dann …« Sie hastete unter den Arkaden durch, an Glaswürfeln voller pelztragender Schaufensterpuppen vorbei, hielt erst am Eckhaus Nummer achtundzwanzig inne und wartete, bis die anderen aufholten. »Hier stand mein Elternhaus mit der Buchhandlung im Parterre.« Mit einer Hand über die alten Steine streichend, ging sie am Haus entlang. Das große Schaufenster war verschwunden. Auch der Eingang mit den zwei Stufen, der zu den Wohnungen führte, war verändert. Sie betrachtete die Klingeltafel, die genau wie früher aus Messing war, und las die Namen. Eine Manuela Klemke lebte ganz oben in der Schräge unterm Dach, darunter ein Emil Kästner, das hätte ihrer Mutter gefallen. Ob er Schriftsteller oder Detektiv war? Das Namensschild vom zweiten Stock, samt der zwei Schrauben, fehlte. Stand die Wohnung über ihnen leer? Annabel trat zurück auf den Gehsteig und schaute an der Fassade hoch, glaubte für einen Augenblick, hinter dem oberen Fenster das Gesicht ihrer Mutter zu sehen. Sie drehte sich zu den anderen um und sagte: »Wenn ich wieder meinen Schlüssel vergessen hatte, so schusselig wie ich oft war, habe ich geklingelt und gewartet, bis meine Mutter ans Fenster kam.« Sie zeigte nach oben. »Ungefähr da, wo jetzt die weiße Katze, oder ist das ein Kaninchen, zwischen den Blumentöpfen sitzt, war unsere Küche. Und wisst ihr, was meine Mutter jedes Mal gerufen hat? Egal, zu welcher Uhrzeit ich geläutet habe?« Ein Kloß bildete sich in Annabels Hals, und Tränen sammelten sich in ihren Augen. Sie konnte es nicht sagen, noch nicht, betrachtete noch mal die Messingtafel und wischte sich übers Gesicht. Laut Schild wohnte ein Hermann Kowalski im ersten Stock. Ob man von seiner Wohnung aus auch direkt nach unten gehen konnte? Bei ihnen hatte eine Wendeltreppe vom Wohnzimmer in die Buchhandlung geführt. Der Klingelknopf glänzte wie damals, nur das Messing war dunkel verfärbt.

»Was tust du?«, fragte Luise.

»Ich will nur wissen, wer hier vorher gewohnt hat.« Annabel lupfte den Aufkleber, bis er sich löste. Darunter kam ein eingravierter Name zum Vorschein. Tobek. Ihr Mädchenname.

Nachdem alle drei Annabel umarmt und getröstet hatten, gingen sie zum Bus zurück. Sie war trotzdem noch sehr aufgewühlt. »Lasst uns noch ein bisschen durch die Stadt bummeln und dann an den Aasee fahren«, durchbrach sie das Schweigen. Sich schon wieder von ihrer Heimat zu trennen, fiel ihr schwer. »Der ist mindestens so schön wie der Starnberger See, ihr werdet staunen.« Sie spazierten durch die Fußgängerzone, wo ein Schmuckhändler seine Ware direkt auf dem Pflaster ausgebreitet hatte, und Annabel schenkte jeder ihrer Freundinnen ein silbernes Armband mit eingearbeiteten Perlen als Erinnerung an den Abstecher in ihre Heimat. Anschließend lud sie alle in die Konditorei ihrer Schulfreundin Renate ein, zu den typisch Münsterländer Waffeln mit Sahne und Kirschen, die sie als Kind so geliebt hatte.

HELGA

In der Abenddämmerung parkte Annabel am Aasee, einem Stausee, nur ein paar Minuten von der Innenstadt entfernt, der in seiner lang gestreckten Form tatsächlich an den Starnberger See erinnerte. Auch durch die Liegewiesen, die überfüllt waren, fast Handtuch an Handtuch streckten sich die Sonnenanbeter und Badenden aus. Von ihnen hatte allerdings keine Schwimmzeug dabei. »Entweder wir gehen in Unterwäsche ins Wasser, oder wir warten, bis es dunkel ist«, schlug Helga vor.

»Was haltet ihr davon, hier zu übernachten?«, fragte Luise.

»Fragt sich nur, ob wir noch ein freies Eckchen finden.« Marie schaute sich um.

»Wir könnten im Bus schlafen, müssten bloß die Rückbänke ausbauen«, sagte Luise.

»Ich weiß was Besseres, einen Platz im Freien, wo wir sogar ein Lagerfeuer machen können.« Annabel schien sich sichtlich zu freuen, dass sie nun doch länger in Münster blieben als geplant. »Und falls es regnet, sind wir unter einem Dach.« Sie führte sie an ein eingezäuntes Areal mit Steg und Bootshütte, das menschenleer inmitten des Trubels wirkte, langte über das Türchen und schob von innen den Riegel auf. »Hat sich kaum verändert seit meiner Jugend. Nur den Steg haben sie erneuert.«

»Wem gehört das Grundstück?«, fragte Helga, nicht zum ersten Mal von Annabel verblüfft.

»Dem Bistum, mein Vater hat doch für den Bischof gearbeitet, und der hat ihm erlaubt, hier schwimmen zu gehen.«

»Und das gilt für dich noch genauso?«

»Habt ihr schon mal einen Bischof schwimmen gehen sehen?« Annabel lachte. »Und falls er ausgerechnet heute Lust drauf hat, müssen wir eben schnell verschwinden.« Zusammen mit Marie holten sie die Decken, Handtücher und Luftmatratzen aus dem Bus, Luise die Lebensmittel, die sie auf dem Wochenmarkt eingekauft hatten.

»Bella, Bella, du bringst uns ständig alle zum Staunen.« Helga grinste sie an. Auf der Wiese gab es einen Steinkreis mit Asche, der anscheinend öfter als Feuerstelle diente, und sie fanden Brennholz an der Seitenwand der Hütte aufgestapelt.

Luise, die wie immer bestens vorbereitet war und entsprechend vorhin eingekauft hatte, ließ es sich nicht nehmen, einen Stockbrotteig zu machen. »Nicht nur unsere Kinder dürfen Ferienlagerstimmung genießen, wir auch.« Marie zauberte einen Salat, und Annabel kümmerte sich ums Feuer, als ob sie das jeden Tag täte. Helga schmunzelte, als sie Bella zusah. Damals, als sie ihr bei der Geburt von David beigestanden hatte, wusste sie noch nicht mal, wie man einen Holzofen in Gang brachte.

»Ich danke euch, es bedeutet mir viel, dass wir hier sind«, sagte Annabel, als sie es sich wenig später ums Lagerfeuer herum auf den Luftmatratzen gemütlich machten. Der Himmel glühte orangerot und spiegelte sich in den Wellen. Was für ein besonderer Abend, dachte Helga. Auch wenn die letzte Nacht, das Zerwürfnis mit Fritz, in ihr noch nachklang. Sie hatte ihm von Anfang an zu erklären versucht, dass sie nicht die war, die er in ihr sah, aber die Einsicht traf ihn dann doch. Sie griff in die Käsetüte mit einer Auswahl Camembert, Brie und würzigem Hartkäse und nahm sich ein Stück. Das eine oder andere Stockbrot war zwar ein wenig verkohlt und am anderen Ende noch teigig, aber allen schmeckte es. »Ich wollte euch noch verraten, was meine Mutter immer zu mir gesagt hat, wenn ich sie, egal wann, rausgeklingelt habe. Vorhin habe ich es nicht gekonnt, aber jetzt, wo es fast dunkel ist, versuche ich es.« Ruhe kehrte ein, nur das Feuer knisterte, als Annabel es aussprach. »Bella, mein Sonnenschein, wie wunderbar, da bist du ja endlich.« Die letzten Worte bekam sie fast nicht heraus.

Helga, die neben ihr saß, zog sie in ihre Arme. »Tut mir leid, dass du deine Eltern so früh verloren hast. Irgendwie ungerecht, meine Eltern leben noch, aber ich komme nicht mit ihnen aus, und du vermisst deine so sehr.« Bella, die große Bella, schniefte ihr in den Nacken.

»Feuer hat mich schon immer fasziniert«, sagte Marie. »Wie das Licht enthält es alle Farben, seht ihr. Unten dunkelblau oben hellgelb und rot in allen Abstufungen. Als Kind hab ich gedacht, dass aus der Glut die Sterne gemacht werden. Und vielleicht stimmt es ja.« Sie schauten nach oben, der Nachthimmel funkelte.

»Kommt, lasst uns die gemeinsame Nacht nutzen, über unsere Zukunftsträume zu sprechen oder über das, was uns sonst so auf der Seele brennt.« Helga hatte etwas zu sagen, wusste aber nicht, wie anfangen, und wollte den anderen den Vortritt lassen.

»Wahrheit oder Pflicht?« Luise lachte. »Dann fang ich mal an, keine Angst, ich rede nicht vom Laden, der ist Vergangenheit. Ich weiß jetzt, was ich leidenschaftlich gerne mache und deshalb auch beruflich tun will, und ihr wisst es sicher auch. Ich liebe es einfach, zu kochen und Leute zu bewirten. Mit Marie zusammen habe ich mir was überlegt. Viele ihrer Reitgäste aus München würden gerne am Wochenende über Nacht bleiben, und als Wanderziel ist Leutstetten sowieso schon sehr lange beliebt. Das Ganze muss natürlich noch richtig durchgeplant werden, aber wir werden, und zwar vielleicht schon im nächsten Jahr, in Leutstetten gemeinsam einen Gasthof aufmachen. Ich möchte einen Nutzgarten anlegen und am liebsten Gerichte aus unbelasteten Lebensmitteln, frei von Chemie, in meinen Rezepten verarbeiten.« So sehr Helga die Idee gefiel, war sie doch getroffen. Sie hatte wirklich gedacht, Luise und sie würden nach Luises Scheidung zusammenwohnen und -arbeiten.

»Tut mir leid, Helga. Ich weiß, dass wir …«

»Ach, was«, unterbrach Helga sie. »Ich freu mich für dich und euch, und ich werde dein erster Stammgast, versprochen.« Vielleicht war es besser so, durchfuhr es sie. Nächstes Jahr, sie wusste gar nicht, ob sie da noch lebte. »Ich muss euch auch was sagen«, tastete sie sich vor, »oder wartet, noch etwas anderes. All das, was Annabel herausgefunden hat, muss an die Öffentlichkeit. Momentan fehlt mir die Kraft dazu, und es kann auch sein, dass ich es nicht mehr schaffe, aber die Menschen müssen von den Machenschaften meiner Eltern erfahren. Und außerdem …«, sie rang mit sich, »… möchte ich euch um einen Gefallen bitten. Könnt ihr mir was versprechen? Egal, was geschieht, würdet ihr für David da sein? Bei dir, Luise, weiß ich es, du hast das ja schon so viele Jahre getan. Auch wenn er fast erwachsen ist, kann es doch sein, dass er mal Hilfe …« Weiter kam sie nicht, sie schluckte, beugte sich vor und schluchzte laut. Sofort umringten die Freundinnen sie.

»Was ist los, Helga?« Luise hielt sie.

»Ich bin krank, ein invasives duktales Karzinom.«

»Karzinom?«, fragte Marie. »Heißt das …?«

Helga nickte. »Seit längerem habe ich einen Knoten in der rechten Brust, ein Tumor, der sich in die Lymphbahnen einwächst.« So, jetzt war es raus.

»Aber solltest du nicht besser …?«

»In ein Krankenhaus und mich unters Messer legen? Auf keinen Fall. Solange es mir noch einigermaßen gut geht, und das tut es, mache ich, was ich will.« Alle schwiegen, bis Helga schließlich aufstand. Sie schlüpfte aus ihrer Bluse und hakte den Büstenhalter auf. »Und ich will mich von nichts und niemandem mehr einengen lassen, vor allem von solchen Dingern nicht. Ab ins Feuer damit.« Sie warf ihn in die Flammen.

Luise sprang auf und tat es ihr nach »Ins Feuer, ihr Brustbezwinger!«

Und auch Marie. »Brennt, ihr Täuschungsmanöver! Brennt lichterloh!«

Annabel zögerte noch. »Aber meiner ist von Escora und hat über hundert Mark gekostet.«

»Meiner war noch teurer, schließlich wollte ich deinem Sohn was vorgaukeln«, erwiderte Helga.

»Ach, was soll's. Konstantin schaut mich weder mit noch ohne Wäsche an.« Annabel fummelte an ihrem Reißverschluss, schlüpfte aus dem Kleid und riss sich schwungvoll den BH ab. »Das Teil durfte so etwas Kostbares wie meinen Busen stützen, dann lass ich es jetzt den Heldentod sterben. Ab ins Feuer damit!« Es war befreiend. Sie zogen sich ganz aus, rannten über den Steg, sprangen kreischend ins Wasser und schwammen durch den nächtlichen See. Luise an ihrer Seite, prägte sich Helga schon jetzt diese Erinnerung fest ein, damit sie später davon zehren konnte.

In dieser Nacht lag sie lange wach. In die Decke gewickelt, auf der Luftmatratze, spürte sie die Nähe der Freundinnen, die ihr Trost und Sicherheit schenkte. Trotzdem würde sie am Ende allein sein. Jeder kämpfte sich aus eigener Kraft auf die Welt, und jeder musste sie alleine verlassen. Nein, nicht ganz, die Mutter half und oft auch eine gute Hebamme oder Ärztin. Vielleicht war es auch beim Sterben so. Niemand war ganz allein. So wie Helga unzählige Geburten miterlebt hatte, so hatte sie Frauen und Kinder sterben sehen oder sie dabei begleitet. Sie lauschte in die Dunkelheit. Weit weg zirpte eine Grille, und der Aasee plätscherte. Annabel schnarchte leise, Luise, in ihr von daheim mitgebrachtes Bettzeug gewickelt, presste den Atem heraus, als stellte sie schon den nächsten Plan auf und rechnete ihn durch, Marie schnaufte schwer aus und ein, als wäre auch der Schlaf ein Kraftakt. Helga lag ganz still da und schaute in den Sternenhimmel, betrachtete ein Licht nach dem anderen. Sie dachte an das, was Marie vorhin erzählt hatte, Funken, die zu Sternen wurden. Dann dachte sie an die Sonnenfinsternis, die Luise und sie 1954 beobachtet hatten. Das war kurz vor dem Aus ihrer Freundschaft gewesen, aber zum Glück hatten sie wieder zusammengefunden. So viel Schönes hatte sie erleben dürfen. Anfang Juni hatte sie ihren einundvierzigsten Geburtstag gefeiert, was für ein stolzes Alter! Würde Helga bald eines von diesen Abertausenden Lichtern im Universum sein?

Im Morgengrauen weckte jemand sie auf unsanfte Weise. Ein Mann in einer Soutane scheuchte sie auf und beschimpfte sie als nichtsnutziges Gammlerpack und Hippiegesindel. Schnell rafften sie ihre Sachen zusammen und schleppten Matratzen, Decken und Esswaren zum Bus. Vielmals entschuldigten sie sich, aber dann, als sie weiterfuhren, lachten sie auch und freuten sich über das Kompliment, auf diese Weise noch zur Jugend gezählt zu werden.

Kurzer Halt an der Tankstelle, bevor es auf die Transitautobahn nach Westberlin, äh, West-Berlin geht. Die Einheimischen in der geteilten Stadt legen nämlich großen Wert auf diese Schreibweise. Der Bindestrich steht (laut Reiseführer) für die Hoffnung, dass die Stadt eines Tages vielleicht wieder nur BERLIN heißt und nicht mehr in Ost und West geteilt ist. Die DDR schreibt allerdings auf allen Tafeln Ostberlin, um die Abgrenzung und Eigenständigkeit zu betonen.

<u>Auf, zur Insel der Freiheit!</u>
Für uns, aus dem übrigen Deutschland ist das mit der Freiheit nur schwer nachvollziehbar. Wir hören und lesen hauptsächlich von Verboten und Einschränkungen. Die anderen Frauen und ich sind sehr gespannt, was uns erwartet. Vielleicht nehmen sich diese Eingesperrten einfach die Freiheit und nutzen den Sonderstatus von West-Berlin als Herausforderung? Ist Freiheit, wenn man sie bereits besitzt oder zum Greifen nah vor sich hat, möglicherweise am schwersten zu erkennen?

EINE FÜR ALLE, ALLE FÜR EINE, lautet unser Wahlspruch auf der Fahrt. Helga hat ihn geprägt, und ich muss ihn auf der Stelle hier im Heft festhalten. En garde!

Aus: Luises Reisetagebuch

LUISE

Am Grenzübergang Marienborn reihte sich Luise aus Versehen nach Berlin und nicht nach West-Berlin ein. Große Schilder mit Warnungen, Flaggen, Schranken und Ampeln erschwerten die Orientierung. Überall Polizei und bewaffnete Soldaten, als ob man in ein heiß umkämpftes Gebiet fuhr. Von einem Wachturm schauten Uniformierte mit Ferngläsern auf die Reisenden herab. »Letzte Möglichkeit umzudrehen.« Marie saß neben ihr und wirkte genauso angespannt wie sie. Luise blickte in den Rückspiegel zu den beiden anderen.

»Wir sind doch zu viert, was soll uns schon passieren«, sagte Annabel.

»Eine für alle, alle für eine.« Helga hob die Hand, und alle klatschten sie ab. »En garde.«

Marie lachte. »Jetzt weiß ich endlich, was Xaver damit meint, wenn er beim Spielen *Ongaard* ruft. Ich hab bei dem Musketierfilm nicht richtig aufgepasst.«

Vorerst steckten sie fest. Luise blinkte, wollte ausscheren, um in die richtige Schlange zu wechseln. Es dauerte, bis ein Fahrzeug sie dazwischenließ.

»Kraftfahrzeugschein, Pässe«, forderte sie der Grenzer auf, als sie an die Reihe kamen. »Wie viele reisen ein?« Das war doch offensichtlich, dachte Luise, sagte es aber lieber.

»Also vier, aha. Gesicht zur Seite drehen.« Die Passbilder waren Frontalaufnahmen, was gab es im Profil zu sehen? »Das linke Ohr freimachen«, sagte er zu Helga, deren lange Haare ihre Ohren bedeckten. »Waffen, Munition, Funkgeräte?« Luise verneinte, doch sie hörte, wie Annabel hinter ihr kurz die Luft einsog. Sie nieste, hatte sich offenbar am See erkältet. Schließlich klappte er die Pässe zu, gab sie ihnen aber nicht zurück, sondern schob sie in eine Hülle, die er beschriftete und auf ein Förderband legte, wie sie im Laden eins hatte. Von da aus verschwanden ihre Papiere in einem Rohr, das die Fahrspuren trennte, nur dass man hier offenbar mit seiner Identität bezahlte. Luise rechnete damit, dass sie nun aussteigen mussten, damit die Volkspolizisten der DDR den Bus durchsuchen konnten. »Fahren Sie bis zur nächsten Absperrung vor. Zügig, los, los.« Er winkte sie durch. Auf einmal pressierte es, doch bei dem Schild »Halt! Weiterfahrt erst nach Aufforderung« musste sie erneut anhalten. Luise fühlte sich in die Zeit vor 1945 zurückversetzt. Mit staatlicher Willkür und Verboten war sie aufgewachsen. Helga schaltete den Radiorekorder ein.

»Nicht, mach aus.« Annabel zischte. »Westmusik ist möglicherweise schon an der Grenze verboten. Nicht dass sie uns doch noch filzen.«

»Oha, filzen, wie du dich ausdrückst, Bella. Meinst du, schnipsen ist erlaubt? Wisst ihr noch, in den Katakomben?« Helga schnippte mit den Fingern und summte eine Melodie.

Luise erkannte sofort den Song der Rolling Stones. *I Can Get no Satisfaction.* »Wieso, was war da?« Zu gern wäre sie bei diesem Ausflug in den Untergrund dabei gewesen. Aber bis auf den Zoo und einen kurzen Spaziergang durch die Stadt hatte sie nicht mal das oberirdische Paris gesehen.

»In einem Seitengang haben ein paar junge Leute mit ihrer Band geprobt«, erzählte Helga. »Das hätte David gefallen. Die kommen anscheinend durch die Kanalisation in die Steinbrüche.«

Die Schranke hob sich, sie fuhren zu dem Glaskasten vor, wo ein weiterer Grenzer hockte wie das Männlein im Wetterhäuschen. Nur fehlte das weibliche Gegenstück.

»Grund Ihrer Einreise?« Er sprach durch ein Mikrophon. Den Grund hatten sie vorhin schon genannt.

»Berlin, West, zur Stadtbesichtigung«, wiederholte Luise.

»Wie viele Personen?«

»Vier.« Endlich bekamen sie jede einen zweifarbigen Stempel in ihre Pässe, erhielten noch ein Merkblatt und durften auf die Transitautobahn. »Angenehme Weiterfahrt«, nuschelte er in sächsischem Dialekt, ohne eine Miene zu verziehen.

Entlang von Schutzwällen und spitzenbewehrten Zäunen fuhren sie durch ein Niemandsland. PLASTE UND ELASTE AUS SCHKOPAU stand auf einem Werbebanner. Die aus scheinbar lose aneinandergelegten Betonplatten bestehende Autobahn machte die Fahrt zu einem einzigen Geruckel, das auf die Blase drückte, aber sie wollte nicht anhalten. Laut Beschilderung vor der Ausfahrt, die Helga vorgelesen hatte, war das Halten auf dem Randstreifen untersagt. Man durfte auch »kein Material verbreiten«. Sie hatte sich gefragt, ob damit Zeitschriften aus dem Westen gemeint waren? Ebenso durfte man »keine Personen aufnehmen« und die Transitwege nicht verlassen und sollte die »Strafvorschriften und die Straßenverkehrsvorschriften der DDR« beachten. Als ob man die auf die Schnelle kannte. Luise schwirrte der Kopf.

Zweieinhalb Stunden später erreichten sie West-Berlin. Ein Regenschauer ging nieder und prasselte aufs Busdach.

»Ich mach mir gleich in die Hose«, rief Helga.

»Ich auch«, sagte Marie. Als sie die Kontrollstellen hinter sich gelassen hatten, hörte es zu regnen auf. Sie fuhren an einer Tankstelle ab, auf deren Parkplatz mehrere Bauwagen aufgestellt waren. Der Andrang erinnerte Luise ans Oktoberfest, genauso der stechende Geruch nach Desinfektionsmittel, der die Bauwagen umgab. Sie übersprangen die Pfützen und reihten sich in die Schlange vor den Damen ein, während bei den Herren keiner anstehen musste. Von hier aus wirkte Berlin nicht weniger trist als München am Mittleren Ring. Hochhäuser und Beton, so weit das Auge reichte. Luise war halt durch und durch eine Landpomeranze und konnte einer Großstadt wenig abgewinnen. Dennoch war es mehr als aufregend, in der geteilten Stadt zu sein. Sie wusste immer noch so wenig über ihr eigenes Land. Alles, was hinter dem Eisernen Vorhang lag, war so gut wie unbekannt. Selbst Paris kam ihr, trotz der Kürze des Besuchs, vertrauter als Berlin vor. Helga schnorrte sich eine Zigarette bei einem Cabriofahrer und stellte sich zu ihr an die Zapfsäule. »Seit wann rauchst du wieder?«, fragte Luise.

»Seit eben.« Sie blies den Qualm durch die Nase. »Und frag jetzt nicht, ob das gesund ist, Luise, ich hab ja schon Krebs.«

»Hast du Schmerzen?«

»Otto hat mir Tabletten gegeben«, sagte sie, ohne genauer auszuführen, was das für welche waren.

Bevor sie wieder in den Bus einstiegen, drückte Helga die Zigarette aus und umarmte Luise. »Kopf hoch, Frau Musketier, und Degen bereithalten!« Dabei hatte Luise doch Helga trösten wollen.

In West-Berlin gab es viel mehr junge Leute als anderswo, fiel ihr schon auf dem Parkplatz auf. Es wimmelte geradezu von Trampern.

Als sie wieder am Bus war, kramte sie das *Merian*heft mit dem Stadtplan für Ost und West heraus, das sie sich in Münster gekauft hatte, und verschaffte sich einen Überblick. Marie fuhr in die Innenstadt. Von der Rückbank aus fielen Luise nach und nach die Berliner Besonderheiten auf. Einschusslöcher aus dem Zweiten Weltkrieg an den Hauswänden, die in München längst beseitigt worden waren, hohe Kamine, aus denen schwarzer Rauch quoll und die Luft verpestete, aber auch herrliche Kastanienalleen, kopfsteingepflasterte Straßen, großzügige Bürgersteige. Die Stadt protzte mit Weite und Grünanlagen, obwohl sie eine abgeschottete Insel inmitten des Ostblocks war. »West-Berlin hat sein eigenes unabhängiges Energienetz«, zitierte sie aus dem Infoteil des Heftes. »Falls bei uns und in der übrigen Welt der Strom ausfällt, brennt in West-Berlin noch Licht. Ach, und überall, in Ost und West, betont man die Freiheit. Freie Volksbühne, Freie Universität Berlin. Im RIAS, dem Rundfunk im amerikanischen Sektor, bei dem auch Hans Rosenthal, der *Dalli-Dalli*-Moderator, arbeitet, läutet jeden Sonntag um zwölf die Freiheitsglocke durch den Äther. Die USA haben die dem Rathaus Schöneberg geschenkt.«

»Das Läuten hab ich schon mal gehört.« Helga stellte ihre Stimme tiefer und ahmte einen Sprecher nach: »Eine Freie Stimme der Freien Welt. Danach wird das Freiheitsgelöbnis verlesen.«

»Und wie geht das?«, fragte Marie. Da mussten sie alle passen.

Aber Luise wusste noch was, sie hatte weitergeblättert und blieb am *Glossar Westdeutsch – Ostdeutsch* hängen. »Die DDR nennt die Mauer antifaschistischer Schutzwall, wusstet ihr das? Das Wort Führer ist auch verboten, und zwar grundsätzlich.«

»Und wie sagt man dann zum Führerschein?«, fragte Helga kichernd.

»Fahrerlaubnis«, las Luise vor. »Und ein Lokführer ist ein Lokkapitän. Das muss ich den Zwillingen sagen, Elias will nämlich Kapitän werden und Christian Lokführer. Aber ratet, wie man einen Reiseführer nennt?«

»Keine Ahnung.« Marie überlegte. »Fremdenherumzeiger?«

»Fast.« Luise lachte. »Stadtbilderklärer, das steht hier wirklich.« Ein Land ohne Nazis, das klang nach einem Idyll, aber warum flohen dann seit dem Mauerbau ständig Menschen aus der Ostzone, riskierten ihr Leben für die vermeintliche Freiheit im Westen? Ein mulmiges Gefühl breitete sich in ihr aus, wenn sie daran dachte, dass sie auf dem Weg zu Barbara Kleefeld waren, einer Frau, die die längste Zeit als tot gegolten hatte.

»Halt doch bitte mal, wenn du eine Telefonzelle siehst«, bat Annabel. »Ich will kurz zu Hause anrufen und nachfragen, ob Marlene und Friedrich wohlbehalten in Starnberg angekommen sind.«

»Gute Idee, dann versuch ich es bei Polli und Manni.« Marie hielt vor einem Kaiser's-Selbstbedienungsladen. Einen Moment überlegte Luise, ob sie Hans anrufen, und fragen sollte, ob er etwas von den Kindern gehört hatte, entschloss sich aber dagegen. Falls etwas wäre, würde er sich schon kümmern, so viel Vertrauen hatte sie noch zu ihm. Außerdem war er schneller am Staffelsee als sie von Berlin aus. Als die anderen beiden in der Telefonzelle verschwanden, gingen Helga und sie einkaufen und füllten ihre Essens- und Getränkevorräte auf. Sofort in ihrem Element, prüfte Luise die Produkte und verglich die Preise. »Ich dachte, hier wäre es deutlich teurer als bei uns, dabei ist vieles billiger.« *Berlin, das Schaufenster zur Welt,* stand über einem Tisch voller Südfrüchte, Getränkedosen und grellbunter Süßigkeiten, auch Spitztüten mit Marshmallows waren dabei. Luise dachte an Josie und David. »Wir brauchen noch ein Visum oder, besser gesagt, vier, um nach Ost-Berlin zu kommen. Wie sagt man die Mehrzahl korrekt, Visas oder Visummse?«

»Visen vielleicht?« Außer einer Schachtel Zigaretten hatte Helga noch nichts in den Einkaufswagen gelegt. »Übertreibst du es nicht ein bisschen?«, wies Luise Helga zurecht, aber die reagierte gar nicht. Sie sorgte sich sehr um ihre Freundin, wollte sie trotzdem nicht bevormunden. Wenn sie angespannt war, musste sie etwas backen oder kochen, vielleicht sollte sie ihr das vorschlagen, so hätten alle was davon. Plötzlich fiel ihr etwas ein. »Ich kenne jemanden, der uns bei dem Visen-Gesummse helfen könnte. Das verlangt zwar etwas Muskelkraft, aber wir sind ja die Muskelfrauen.« Sie lief die Regale entlang, bis zur Kühltheke, und suchte die Zutaten zusammen. Sahne, Milch, Vanilleschoten, Eier, Zucker, Gelatine, zum Garnieren eine Schale Himbeeren und eine Zitrone. Dazu einen Schneebesen, eine große Rührschüssel aus Plastik und eine aus Glas.

»Verrätst du mir, was du vorhast, oder muss ich erst versprechen, wieder mit dem Rauchen aufzuhören?«, fragte Helga.

»Einverstanden und gilt.« Luise streckte die Hand aus. Helga zögerte, grinste dann und schlug ein. »Allerdings lass ich dich noch ein Weilchen zappeln, damit ich sehe, ob du dich an dein Versprechen hältst.« Sie rollte den Wagen zur Kasse vor. »Ach ja, Spiritus brauchen wir noch, für den Brenner.« Luise legte ein Dutzend Esbit-Tabletten dazu und legte die Camel-Schachtel, die aus irgendeinem Grund doch wieder im Wagen gelandet war, zurück ins Regal. Während Helga die Waren am Ende des Laufbands in Tüten packte, wandte sie sich an die Kassiererin. »Entschuldigung, wissen Sie, wo die Amerikanische Botschaft ist?« Die Frau schien mit der Kassenbucht verankert, brauchte abends bestimmt einen Schuhlöffel, um sich herauszuhieven.

»Ick gloob, in da Clayallee in Dahlem. Wissense, wo det is? Zweiundvierzig Märker und funfzig Fennje macht det.« Träge streckte sie die Hand nach dem Fünfzigmarkschein aus, den Luise ihr reichte, die restlichen Münzen klickerten am Ende des Laufbands wie in der Trambahn aus dem Geldwechsler.

Zurück im Bus erkundigten sie sich, ob Marie und Annabel jemanden erreicht hatten.

»Polli geht's gut. Sie schimpft über die Hundstage und prophezeit uns zugleich einen langen Winter. Ist's in der ersten Augustwoch heiß, so bleibt der Winter lange weiß.« Marie imitierte die Tante mit ihrer knarzigen Stimme, und alle lachten. »Manni sagt zu allem Jo, egal, was ich frage. Er wirkt sehr glücklich bei Andrea und deren Mutter. Es passt also in Leutstetten. Und bei dir, Annabel?«

»Ich hab kurz mit Konstantin gesprochen«, sagte Annabel. »Friedrich ist mit Marlene am Undosa, Tretbootfahren. In Starnberg ist das schönste Badewetter, der See hat fünfundzwanzig Grad.«

»Hast du deinem Mann von Barbara erzählt?«, fragte Helga.

»Kein Sterbenswort. Ein Leben lang hat Konstantin so viele Geheimnisse vor mir gehabt, jetzt habe ich endlich auch mal welche.«

»Aber er weiß doch bestimmt von Fritz und Marlene, dass wir in Berlin sind«, warf Luise ein.

»Klar, doch er denkt, dass wir nur einen weiteren Ausflug zusammen machen, weiter nichts. Und jetzt los, wie wollen wir vorgehen? Einfach zur nächstbesten Grenzstation fahren und uns durchfragen?«

»So leicht wird es nicht sein, aber ich habe eine Idee. Am besten suchen wir uns eine ruhigere Stelle, wo wir Brotzeit machen können und ich eine *Bayerisch Creme.*«

»Ah, ich verstehe, du willst die Grenzbeamten mit deinen Kochkünsten bestechen.« Helga wühlte in einer der Tüten. Luise wusste, was sie suchte, gab ihr stattdessen Kaugummis.

»Du bist so streng.« Helga seufzte, riss die Packung auf und bot allen einen *Juicy-Fruit* an.

Marie lehnte ab. »Ich warte lieber auf Luises Nachspeise.«

»Davon kriegt ihr nichts. Sobald die Creme fest ist, fahren wir damit zur amerikanischen Botschaft, wo ich Captain Smith, meinem alten Chef aus dem DP-Camp in Feldafing, einen Besuch abstatten werde, vorausgesetzt, er empfängt mich.« Luise suchte in ihrer Brieftasche nach dem Zertifikat, das sie als internationale Köchin auswies, und fand es hinter dem Familienfoto, das Hans mit den drei Kindern zeigte. Mit den Jahren war die Bescheinigung brüchig geworden, hatte etliche Umzüge von Portemonnaie zu Portemonnaie überstanden, war aber hoffentlich noch genauso gültig.

Bevor Captain Smith, der jetzt nur noch Jeremy Smith hieß, Zeit für sie hatte, musste sie lange im Gang warten. Erst fand sie es aufregend, in einer Botschaft zu sein, dahin kam man schließlich nicht jeden Tag. Allerdings sah sie von innen kahl und karg aus wie jedes andere Bürogebäude, und es roch muffig wie in jeder anderen Behörde. Bald glaubte sie, ihr Mitbringsel zerrann in der drückenden Schwüle, die hier herrschte. Dabei hatten sie sich alle vier solche Mühe gegeben und sich mit vereinten Kräften beim Sahne- und Eischneeschlagen abgewechselt. Nun versanken die Himbeeren mehr und mehr in der weißen Creme. Gerade als sie die Vorzimmerdame fragen wollte, die mit Kopfhörern tippte, ob sie das Dessert eventuell kühl stellen könnte, bat Smith sie in sein Büro. Der Botschafter war inzwischen weißhaarig, aber immer noch ein stattlicher Mann, im Anzug anstelle der Uniform. »Frau Dählmän, was für eine Überraschung.« Mit dem gleichen verschmitzten Lächeln von damals sprach er ihren Nachnamen englisch aus, obwohl er, dank seiner deutschen Vorfahren, schon immer ausgezeichnet deutsch gesprochen hatte. Sie wollte ihm die Hand geben, doch er breitete die Arme aus. »Ich hoffe, dass Sie das noch mögen, Captain, äh, Herr Botschafter?« Sie stellte die Glasschale auf seinem Schreibtisch ab, bevor er sie kurz, aber kräftig in seine Arme schloss.

»Ist es das, was ich vermute, Ihre köstliche bavarian creme?«

Luise nickte. »Sie gehört noch ein paar Stunden kalt gestellt.«

»Kein Problem.« Smith öffnete eine Wandvertäfelung, dahinter verbarg sich ein Kühlschrank voller Getränke. Er stapelte ein paar Dosen aufeinander und stellte die Nachspeise dazu. »Vielen Dank, ich freue mich sehr darüber. Darf ich Ihnen etwas anbieten, Cola, Wein, Limonade, Saft? Oder mögen Sie lieber etwas Heißes, Kaffee, Tee? Hitze vertreibt Hitze, ist es nicht so?«

»Gern ein Ginger Ale.« Luise bevorzugte etwas Kaltes, wenn ihr warm war, auch wenn sein Büro im Gegensatz zum Gang angenehm klimatisiert war.

Er gab ihr eine Flasche *Canada Dry* samt Glas und Öffner. »Was führt Sie her? Erzählen Sie.« Das tat sie, so knapp wie möglich. Für ein Tagesvisum nach Ostberlin mussten sie einfach zu einem Kontrollpunkt an der Grenze, erfuhr sie. »Vorausgesetzt Sie haben alle einen gültigen Reisepass. Es kostet fünf Mark pro Tag und Person«, sagte Smith. »Ich drücke die Daumen, dass Sie die Frau finden.«

»Danke, kann ich Sie noch etwas fragen?«, wagte sich Luise vor. Barbara war nicht der Hauptgrund für den Besuch, das hatte sie vorhin Helga bloß nicht verraten wollen, um ihr keine Hoffnungen zu machen, die sich dann womöglich nicht erfüllten.

Zurück bei den anderen, die draußen vor dem Bus gespannt warteten, berichtete sie, wie sie nach Ostberlin kamen.

»Worauf warten wir? Dann los.« Helga spuckte den Kaugummi aus.

»Besser wir fahren erst morgen früh, damit wir den ganzen Tag haben, um Barbara zu suchen«, schlug Luise vor. »Das Visum gilt bis Mitternacht.«

»Einverstanden«, sagte Annabel. »Ich würde es zwar am liebsten hinter mich bringen, doch auf einen Tag mehr oder weniger kommt es jetzt nicht mehr an.«

»Können wir in ein Hotel gehen?«, fragte Marie. »Nichts gegen deinen Bus, Luise, aber eine Dusche und ein weiches Bett fände ich nach der langen Fahrt sehr angenehm.«

»Auf jeden Fall, das machen wir. Bevor wir aufbrechen, muss ich euch noch was sagen. Eigentlich dir.« Sie wandte sich an Helga, die sich einen neuen Kaugummi in den Mund schob. »Aber weil wir alle schon so eng miteinander verbunden sind, sag ich es gleich in der großen Runde. Ich weiß, wo Jack ist.«

Helga setzte sich in die geöffnete Bustür. Aus ihrem Gesicht war jede Farbe gewichen.

Luise quetschte sich neben sie. »Was, wenn ich dir sage, dass er hier ist, in Berlin? Wie Captain Smith ist er nie in seine Heimat zurückgekehrt.«

HELGA

Luise hatte angeboten, sie zu begleiteten. Die Fürsorge in allen Ehren, diesen Teil wollte sie allein hinter sich bringen. Laut Stadtplan lag die Zoppoter Straße, die der Botschafter aufgeschrieben hatte, nur eine Viertelstunde weg von der Pension am Rüdesheimer Platz, in der sie abgestiegen waren. Helga ging noch am selben Abend mit bangem Herzen hin. Aus einem offenen Fenster im Parterre schallte Musik, die sie kannte, aber seit Jahrzehnten nicht mehr gehört hatte, über den Innenhof. Billie Holiday. *All of me, why not take all of me.* Welch ein Empfang, dachte sie. Augenblicklich fühlte sie sich in den Sommer 1953 zurückversetzt. Als sie im Festsaal des Undosa jemanden zum Tanzen suchte und ihn fand. Den jungen Air-Force-Soldaten, der Luftgitarre spielte wie Manni, nur dass Jack nicht mal eine Gitarre ohne Saiten dafür brauchte. Nun lag das Leben ihres gemeinsamen Kindes zwischen ihnen. Sie trat näher unter das Fenster und hörte noch mehr. Jemand begleitete die Sängerin, eine dunkle Männerstimme, seine Stimme, es klang wie ein Duo. *Your goodbye left me with eyes that cry.* Fast wollte sie kehrtmachen, Helga wusste nicht, wie viel sie noch verkraftete. Erneut dachte sie an David, sie könnte sich nie verzeihen, es nicht wenigstens probiert zu haben. Sie ging zu dem aus bunten Steinen gemauerten Torbogen. »Jacob Charles Miller« stand tatsächlich wie selbstverständlich neben einer Klingel. Sie drückte drauf. Seinen zweiten Vornamen hatte sie zum ersten Mal auf dem Zettel des

Botschafters gelesen. Vielleicht schrillte es gar nicht in der Wohnung, aus der die Musik kam, und sie hatte sich bloß etwas eingebildet? Sie wartete, nichts geschah, läutete noch mal und ging erneut zum Fenster. Billie Holiday war verstummt. Zurück bei der Haustür, drückte sie dagegen, sie öffnete sich, und Helga stand im hell gefliesten Hausflur. Ein Mann im Rollstuhl kam ihr entgegen. Sie wollte ihm schon die Tür aufhalten, bevor sie hinter ihr zufiel.

»Helga?«

»Jack?« Sie schaute ihn an und er sie. Er wollte näher rollen. »Bleib, wo du bist.« Helga trat einen Schritt zurück und lehnte sich ans Treppengeländer.

»Wie hast du mich gefunden?«, fragte er.

»Wie ein Dackel den Dachs.«

»Der Olympiadackel aus München hat mich aufgespürt.« Er lächelte auf diese unwiderstehliche Art. Sie hatte heute tatsächlich ein bunt gestreiftes Kleid an. »Willst du reinkommen?« Die Wohnung hinter ihm stand offen.

»Wenn ich Antworten von dir kriege?«, sagte sie.

»Ich werde es versuchen.« Er wendete, und sie folgte ihm. In der Tür fehlte die Schwelle. Den Schuhen und der Garderobe nach lebte er allein. Er nahm den Stapel Schallplatten von der Couch, damit sie sich setzen konnte. Anstelle von Bildern hingen Musikinstrumente an den Wänden. Ein Saxophon, ein Didgeridoo, eine alte Ziehharmonika, ein Banjo, und in einer Ecke stand auch ein Klavier. »Jack Dupree?« Die oberste LP zeigte den schwarzen Blues-Sänger und Pianisten aus New Orleans.

»Ja, kennst du das Album? Dupree lebt jetzt in England, spielt mit Eric Clapton. Aber das hier mag ich noch lieber. Willst du's hören?« Sie nickte, wenn er eine Platte auflegte, blieb ihr Zeit, sich zu sammeln, und sie musste nicht sofort sprechen. Früher hatte Jack noch Probleme mit der deutschen Grammatik gehabt, heute sprach er fehlerfrei. Er hatte das orangerote Hemd aufgekrempelt, zog mit seinen schlanken Händen, die auf der Innenseite heller waren, und die sie schon immer so gemocht hatte, eine andere Platte heraus. Er war älter geworden, in den krausen, kurzen Haaren zeigten sich erste graue. Sie betrachtete seinen kräftigen Oberkörper, als er weitersprach. »Muddy Waters, *Live At Mr. Kelly's*, das hat mir ein Freund aus Chicago geschickt.« Über seine Musik hatte er sie damals erobert. Dann war er ohne Vorwarnung plötzlich spurlos verschwunden. Dieser bildhübsche Air-Force-Pilot, dem David so ähnelte. Ein Höhenflug ohne Fallschirm war es für Helga gewesen.

Mit dem Plattenstapel auf dem Schoß rollte Jack zu seiner Musikanlage. Das Wechselspiel von tingelndem Piano und quäkenden Trompeten breitete sich im Raum aus. Helga verschränkte die Arme, presste sie fest an den Körper, spürte den Knoten in ihrer rechten Brust wie eine Boje, die sie über Wasser hielt. Egal, was Jack tat, nahm sie sich vor, sie würde ihm nicht noch einmal verfallen. Sie hatte die Erinnerungen an ihn weggepackt wie seine alten Schallplatten, die er bei ihr vergessen hatte. Viele Jahre hatten sie zusammen mit dem Kofferplattenspieler weit hinten im Schrank gelegen. Beim Umzug in die neue Wohnung flippte David aus, als er sie entdeckte, noch dazu, als er erfuhr, dass sie von seinem Vater stammten. Ray Charles, Earl Hines, Nat King Cole, Ella Fitzgerald und Billie Holiday. Fortan schallte Jacks Musik durch das neue Haus, dröhnte durch die Decke, wenn sie unten ihre Sprechstunde abhielt.

»Ich habe noch deine Plattensammlung«, sagte sie, um irgendwo anzufangen.

»Ich weiß.« Hieß das, er hatte die Platten absichtlich bei ihr gelassen? Sie hatte es gehofft. Er rollte seitlich an den Tisch, ihre Knie berührten sich fast. So musste sie ihn zumindest nicht die ganze Zeit anschauen. Auf einem Teller lag ein halbgestrichenes Brot. Wahrscheinlich hatte sie ihn beim Abendessen gestört. »Bist du extra nach Berlin gefahren, ich meine, wie hast du mich gefunden?« Also eröffnete er die Fragerunde.

»Luise hat dich aufgespürt, Luise Dahlmann, meine Freundin, ich habe längst aufgegeben.«

»Und doch bist du hier, Helga. Ich wollte, ich wäre so mutig wie du.«

Sie schwiegen erneut, lauschten Muddy Waters, *hey, strange woman*. Dann prasselten ihre Fragen auf ihn ein. »Warum hast du dich nie mehr gemeldet? Was ist passiert? Wieso sitzt du im Rollstuhl? Bist du mit dem Flugzeug abgestürzt?« Zuletzt hatte er sie zu einem Rundflug über den See eingeladen, der jedoch nie stattgefunden hatte.

»Ich bin damals versetzt worden, erst von Fürstenfeldbruck nach Köln, dann nach Celle bis nach Berlin. Als ich zu alt zum Fliegen war, kam ich zum Checkpoint Charlie, einem Grenzübergang an der Berliner Mauer.«

»Jack Point Charlie, ist der nach dir benannt?«, fragte sie mit einem Augenzwinkern.

Er lachte wieder dieses unwiderstehliche Lachen, wurde ernst und schob mit dem Messer die Brotkrümel auf dem Teller zusammen. »Ich weiß nicht, wie ich es dir erklären soll, ich wollte mich bei dir melden, dir schreiben oder wenigstens anrufen, ehrlich. Aber mit jedem Tag, den ich es nicht getan habe, verließ mich mehr der Mut. Die Zweifel daran, dass wir zwei wirklich ein Paar sein könnten, waren größer.«

Ihr ging es ähnlich, aber zugeben wollte sie das nicht. Vielleicht hatte es einfach nicht sein sollen.

»Manchmal war ich nahe dran, mit dem nächstbesten Zug zu dir nach München zu fahren. Doch dann stellte ich mir vor, dass du mich wahrscheinlich längst vergessen hast und verheiratet bist. Ist es so?«, fragte Jack.

Sie ging nicht darauf ein. Oben herum konnte er sich frei bewegen, aber seine Beine rührten sich keinen Millimeter. »Hattest du einen Unfall?«

Er nickte. »Vor zwei Jahren hat mich ein Lastwagen beim Rückwärtsrangieren übersehen. Mehrere Wirbel waren gebrochen, bis vor kurzem konnte ich noch gar nichts bewegen, aber ich übe und lerne täglich dazu, trotzdem ist es unwahrscheinlich, dass ich jemals wieder laufen kann.« Zwei Jahre, dann hätte er davor achtzehn Jahre gehabt, mit zwei gesunden Beinen noch zu ihr zu gehen.

»Und deine Familie in Amerika?«

»Meine Mutter ist vor fünf Jahren gestorben, aber meine Schwester Chayenne hat mich nach dem Unfall im Krankenhaus besucht. Doch was ist mit dir, Helga? Erzähl!«, sagte er mit einer Leichtigkeit, als wäre er nun erlöst von allem, was sie hatte wissen wollen. »Was ist aus deinen Plänen geworden, wie lebst du?« Schlagartig war ihr seine Nähe zu viel, sie musste erst mal durchatmen und begreifen. Sie stand auf.

»Bleib doch noch. Wollen wir essen gehen? Drei Häuser weiter an der Ecke kocht eine Kommune, ich bin mittags oft dort, abends haben sie internationale Gerichte. Hast du Lust?«

»Was ist mit deiner Kocherei? War das auch gelogen, wie alles, was du mir versprochen hast?« Die Nadel auf der Schallplatte holperte auf dem Innenkreis. *Dasipp, dasipp, dasipp.* Zeit, die Platte umzudrehen, und Zeit für sie zu gehen. »Du hast einen Sohn, er heißt David, ist neunzehn, und er sucht dich gerade in Amerika.«

Jack fuhr ihr nach, holte sie im Hausflur ein, packte sie am Arm. »Wie hätte ich das ahnen sollen, Helga? Bitte bleib.«

Seine warme Hand auf ihrer Haut, sie hielt es kaum aus. »Ich muss das erst mal verdauen, komme morgen oder übermorgen wieder. Ich weiß nicht, wie lange wir noch hier sind.«

»Wer ist wir?«

Sie löste sich von ihm, spürte seine Berührung immer noch wie ein glühendes Mal. »Meine drei Freundinnen, wir müssen morgen nach Ostberlin, wir suchen dort jemanden.« Eigentlich wollte sie ihm nichts davon sagen, nun tat sie es doch, und er lotste sie noch einmal in seine Wohnung und bot ihr seine Hilfe an.

Zurück in der Pension, deren plüschige Einrichtung noch aus der Gründerzeit stammte, trafen sie sich alle in Annabels Zimmer. Marie löcherte Helga mit Fragen, wollte wissen, wie es bei Jack gewesen war.

»Einzelheiten, bitte«, forderte auch Annabel, die für alle Tee bestellt hatte.

»Jetzt lasst sie doch erst mal ausschnaufen.« Luise warf sich auf den gerüschten Bettbezug und federte auf der weichen Matratze. »Wie geht's dir überhaupt?«

»Genug geschnauft«, drängte Marie, die in einem Sessel saß, das Skizzenbuch auf dem Schoß. »Sag, ist er's?«

Helga nickte.

»Puh, na das ist ja ein Ding!« Anstelle von ihr schnaufte Bella aus.

»Gut geht's mir oder eher, ich weiß es nicht«, erlöste sie endlich ihre Freundinnen und setzte sich neben Luise aufs Bett. »Ich bin noch viel zu aufgewühlt. Am besten, ihr lernt

Jack einfach kennen. Mit euch an meiner Seite halte ich ihn auch viel besser aus. Gibt's auch Kekse, Bella?«, fragte Helga, als sie ihr eine Tasse reichte. »Jack kann uns sagen, wie wir zu Barbara kommen.«

Am nächsten Morgen trafen sie sich mit ihm in seiner Dienststelle in der Kochstraße. Seit er im Rollstuhl saß, arbeitete Jack in der Verwaltung der U.S.-Behörde gleich neben der Mauer. *Wer mauert, hat's nötig,* hatte jemand draufgesprüht. Nachdem sie sich zu ihm durchgefragt hatten, sagte er seiner uniformierten Kollegin, die am Schreibtisch gegenüber saß, dass er eine Stunde Pause mache. Mit dem Aufzug fuhren sie ins oberste Stockwerk des großen Backsteingebäudes. Von einem Konferenzraum aus, sah man auf den Todesstreifen. Annabel, die an Höhenangst litt, blieb lieber im Hintergrund. Helga, Luise und Marie traten neben Jack an die Fenster.

»Der Rasen schaut eigentlich idyllisch aus.« Er zeigte auf die Grünfläche. »Darunter verbergen sich Nagelteppiche mit fünfzehn Zentimeter langen Dornen. Wir nennen ihn Stalinrasen. Das da sind Stolperdrähte, die Alarm schlagen, und dort patrouillieren bewaffnete Grenzsoldaten, sehen Sie. Und da drüben bei dem Kran wird gerade die Grenzanlage erneuert.« Beklemmung machte sich in ihnen breit. »Die Vopos bewachen ihre eigenen Leute mit Maschinengewehren. Dann die Hundelaufanlage.«

»Hunde?«, brachte Luise mit einem Schlucken hervor.

Jack nickte und gab ihr sein Fernglas. »Speziell abgerichtete Trassenhunde. Sie bewegen sich an einem gespannten Stahlseil hin und her und bellen, wenn sich ein Flüchtling der Grenze nähert. Zuletzt, bevor der Ostsektor beginnt, kommt die Hinterlandmauer.«

»Wie sollen wir es unbeschadet nach drüben schaffen?«, fragte Helga.

»Rüber ist es leicht. Nehmt nur nichts Unnötiges mit, vor allem keine Zeitschriften oder Zeitungen aus dem Westen. *Spiegel* oder *Stern*, das ist alles verdächtig.«

»Und was ist mit diesen hier?« Annabel holte die Walkie-Talkies aus der Handtasche, die Helga Marlene zu Weihnachten geschenkt hatte. »Meine Tochter hatte sie in Paris dabei, und ich hab nicht mehr dran gedacht.«

»Ach, deshalb hast du bei der Einreise gezittert«, sagte Luise.

»Auch wenn das bloß ein Kinderspielzeug ist, lassen Sie die am besten gleich bei mir«, bot Jack an. »Bei der Rückfahrt müsst ihr damit rechnen, dass sie euren VW-Bus auseinandernehmen, also benehmt euch möglichst ungezwungen, wie Touristen, die die Errungenschaften des Sozialismus bewundern wollten. Ich drücke die Daumen, dass alles glattgeht.«

»Und was, wenn nicht? Würdest du uns rausboxen?« Zum Abschied schenkte Helga ihm das Foto von David, das Annabel auf Maries Hoffest aufgenommen hatte. Ihr gemeinsamer Sohn am Schlagzeug.

ANNABEL

YOU ARE LEAVING THE AMERICAN SECTOR, verkündete auch auf Russisch, Französisch und ganz unten klein auf Deutsch die große Tafel am Checkpoint Charlie. Als sie ihr Tagesvisum erhielten, wagten sie es. Wie Jack prophezeit hatte, gab es bei der Einreise keinerlei Probleme, abgesehen davon, dass ihr Herz wie ein Trommelfeuer schlug. Ostberlin empfing sie mit bunten Fahnen und Wimpeln und frisch gekehrten Straßen. Annabel fielen die Plakate auf, mit einer Art vergilbter *Pril*-Blume verziert. Diese Abziehblumen der Spülmittelflasche, die Frau Gusti für Marlene aufhob, hatte ihre Tochter auf die Badewannenfliesen geklebt. *Die Jugend der DDR grüßt die Welt.* Na, dann waren auch sie willkommen, dachte Annabel, wo sie doch mit kirchlichem Segen in Münster verjüngt worden waren. Sie lenkte den Bus an der Spree entlang und hielt im Schatten einer Baumreihe. Um nicht gleich mit der Tür ins Haus zu fallen, gingen sie zu Fuß weiter. Kiekebuschstraße Nummer dreiunddreißig, hatte ihnen der Galerist aufgeschrieben. Doch da war kein Gebäude, nur jede Menge Gestrüpp, umgeben von einem morschen Bretterzaun.

»Schaut mal, Laufenten.« Marie zeigte auf zwei schwarze Vögel mit langem Hals, die über das Grundstück watschelten. Das Gartentor, auf das zwei verschnörkelte Dreien gemalt waren, stand halb offen und hing nur noch an einer Angel.

»Ihr bleibt am besten erst mal draußen«, schlug Annabel vor. »Wenn wir gleich zu viert anrücken, erschrecken wir Barbara noch. Vorausgesetzt, ich finde sie.« Möglicherweise war weiter hinten ein Schrebergartenhäuschen, eine Datsche, wie sie das im Osten nannten. Auf einmal zögerte sie und wandte sich zu den anderen um. »Was meint ihr, soll ich einfach reingehen?«

»Warum nicht, so kurz vor dem Ziel.« Luise bestärkte sie.

»Aber was, wenn die Frau nicht Barbara Kleefeld ist? Und wenn sie da ist: Was soll ich sagen?«

»Es wird sich schon etwas ergeben«, sagte Helga. Sie musste es wissen, hatte eine ähnliche Erfahrung gerade mit Jack gemacht. »Wir bleiben in der Nähe und warten.« Annabel gab sich einen Ruck, folgte dem Trampelpfad über die Wiese, an Brandmauern entlang. Weiter vorne entdeckte sie zwischen dichtem Blattwerk etwas Weißes. Ein Wohnwagen. Anstelle der Räder hatte jemand Ziegelsteine untergelegt. Versteckter konnte man kaum leben, und das mitten in der Großstadt. Als sie die Tür gefunden hatte, nahm sie eine Bewegung hinter dem kleinen Fenster wahr. Sie klopfte. Erst reagierte niemand, dann wurde die Tür aufgedrückt und prallte fast gegen sie. Hastig trat sie zur Seite.

Eine Frau mit tief liegenden Augen, einem faltigen Hals und grauen Locken, die sie zu einem losen Zopf gebunden hatte, beugte sich heraus. »Was ist? Hast du dich verirrt? Hier gibt's kein Klo, und wag es nicht, hinter meine Brombeerbüsche zu scheißen.« Sie hielt sie anscheinend für eine Touristin aus dem Westen.

»Frau Kleefeld? Ich bin Annabel von Thaler, ich habe Sie gesucht.«

»Hier gibt's keine Kleefeld. Verschwinde.« Sie wollte die Tür wieder zuziehen.

Annabel trat einen Schritt näher und legte die Hand auf die Verkleidung, lugte rasch in den Wohnraum. Küche, Schlafzimmer und Bad, alles war eins. »Sie sind doch Barbara?« In einem Winkel stand ein Becher mit Pinseln, aber das musste nichts bedeuten. Plötzlich war sie sich nicht mehr sicher. Ihre erste und letzte Begegnung, ein kurzes Händeschütteln in der Klinik, war fünfunddreißig Jahre her. Ihr fiel Friedrich ein, der sich wie ihr Mann in eine ältere Frau verliebt hatte. Manchmal wiederholten sich die Dinge. »Wir haben uns nur kurz kennengelernt, Frau Kleefeld, 1938, vor Ihrer Flucht. Damals war ich noch mit Konstantin verlobt, erinnern Sie sich?«

»Verschwinde, ich kenne dich nicht. Wie oft soll ich das noch sagen?«

Annabel zog die Hand weg, bevor die Tür zufiel. Sie hörte es klicken, als hätte die Frau eine Kette davorgeschoben. Vielleicht hatte sie sich wirklich geirrt, oder der Galerist hatte ihnen eine falsche Adresse gegeben? Diese misstrauische Alte in der fleckigen Bluse sollte ihre Erzrivalin sein? So war das mit den Vorstellungen, erst wälzte man sie ewig im Kopf und auch im Herzen herum, und kaum löste die Wirklichkeit die Phantasie ab, wurde das ursprüngliche Bild gelöscht. Das Bild, richtig, *Die Lesende* oder vielmehr *Die Lesenden*. Es waren doch lauter Selbstporträts. Aber in nichts ähnelten die jungen Schönheiten dieser Frau. Annabel umrundete den Wohnwagen, die Enten folgten ihr schnatternd. »Psst, ihr verratet mich noch.« Sie wollte sie verscheuchen, doch sie klebten an ihren Fersen und zupften an den Riemchen ihrer flachen Sandalen, die sie einem Tunesier am Pariser Bahnhof abgekauft hatte und in denen sich ihre Füße von der hochhackigen Tortur endlich erholten. Annabel schaute zurück, der Zaun, hinter dem die anderen warteten, war von hier aus nicht zu erkennen. Was sollte sie tun? Erneut klopfen und warten, bis die Frau noch mal aufmachte? Im hinteren Teil standen ein paar

Gartenstühle unter einer Weide und eine Pumpe mit Wasserbecken und einem steinernen Frosch. Die Enten kletterten in den Brunnen hinein, als wollten sie ihr eine Vorführung geben, tauchten und spritzten sich gegenseitig nass. Ihr fiel etwas ein. Sie lief zu den anderen zurück, die im Schatten der Bäume auf sie gewartet hatten.

»Und, ist sie da? Hast du mit ihr gesprochen?«, überfielen sie sie.

»Ich bin mir nicht sicher, ob sie es überhaupt ist. Sag mal, Luise, du hast nicht zufällig das Foto dabei, das du hinter dem Schrank von den Kleefelds gefunden hast?« Annabel hatte gesehen, dass Luise das Ladenkunde-Album auf die Reise mitgenommen hatte und Einträge machte.

»Das mit meinen Schwiegereltern drauf, meinst du?« Sie nickte, holte ihre Heftsammlung aus der Umhängetasche. Gleich am Anfang hatte sie das alte Foto eingeklebt. *Noah Kleefelds Bar Mitzwa 1937* stand darunter.

»Kann ich es kurz ausleihen?« Luise löste es aus den Fotoecken. Sechs Leute saßen um einen Gartentisch und prosteten sich zu. Im Hintergrund war der Thaler'sche Brunnen zu erkennen oder vielmehr der Brunnen der Kleefelds, mit der Faunfigur. »Marie, begleitest du mich? Du kannst eher sagen, ob die Frau wie die auf den Selbstporträts aussieht und wie die hier auf dem Foto.« Die Gesichter der Leute waren leicht verwackelt. »Gerne.« Marie folgte ihr. Zurück am Wohnwagen klopfte Annabel noch mal. Ein Schwarm Mücken umschwirrte sie, aber die Bewohnerin ließ sich nicht blicken. Annabel versuchte, das Foto durch die Tür zu schieben, möglichst ohne es zu knicken oder es zu beschädigen. Weiter oben, kurz vor dem Riegel, gelang es ihr, es glitt ihr aus der Hand und fiel hinein. Ob die Frau Barbara war oder nicht, jetzt mussten sie warten, bis sie das Foto zurückerhielten. Marie und Annabel gingen zu den Enten, die noch immer badeten, und setzten sich auf die morschen Klappstühle. Bei dem Gedanken, dass die Frau sie längst aufgefordert hatte, von ihrem Grundstück zu verschwinden, war ihr unwohl. Wenn bei ihr zu Hause zwei Fremde ihren Garten belagern würden, hätte sie längst die Polizei gerufen.

Es raschelte im Gras. In langem Rock und Bluse, die Flecken waren Farbflecken, sah Annabel jetzt, schlurfte die Frau heran. »Sie ist es«, flüsterte Marie.

»Wie kannst du das so schnell feststellen?«

»*Die Lesende*: die Form der Augenbrauen, der Bogen zur Nase und der Mund.«

»Was will die auch noch hier?«, fuhr die Frau Annabel an. Das Foto hatte sie nicht dabei.

»Das ist Marie Brandstetter, mit ihr und meinen zwei anderen Freundinnen bin ich hier.« Annabel stand auf und musste nun auf sie herabsehen. Barbara verbarg ihren Körper unter weiter Kleidung, dafür traten die Knochen am Ausschnitt hervor, ausgemergelt, wie sie war. Plötzlich unsicher wandte sich Annabel noch mal an Marie, die nickte ihr zu.

»Komm rein«, sagte Barbara, die ihr Mienenspiel genau beobachtet hatte. »Allein.«

Über den davor liegenden Ziegelstein stieg Annabel in den Wohnwagen, der von innen geräumiger war, als es von außen den Anschein hatte, dennoch musste sie sich ducken, um nicht an die Decke zu stoßen. Es roch nach Terpentin. »Setz dich.« Barbara zog die Tür hinter sich zu, wies auf die schmale, gepolsterte Bank, schob Farbtuben und Pinsel auf die Seite. Selbst blieb sie an der winzigen Küchenzeile stehen und zündete sich zu ihrem Erstaunen eine Pfeife an.

Annabel hustete, fragte, ob sie lüften dürfe, konnte aber keinen Hebel oder Griff an den Fenstern entdecken. Ungerührt paffte Barbara weiter. Nach einem Glas Wasser zu fragen, wagte sie nicht. Sie fand ein Bonbon in ihrer Tasche und schob es sich in den Mund. Schon besser. Der Minzgeschmack linderte den Hustenreiz. Wie sollte sie beginnen? Wie einen Zugang zu der Frau finden? An Barbaras Gesicht war nicht abzulesen, was sie empfand. Wahrscheinlich hatten all die Grausamkeiten, die sie erfahren musste, ihr die Mimik aus dem Gesicht geschliffen. »Viele Jahre dachte ich, Sie und Ihr Mann leben in der Schweiz, ich habe mich nur gewundert, warum Sie sich nie melden. Schließlich waren Sie und mein Mann doch mal eng miteinander … *verbunden*. Konstantin … hat sehr gelitten.«

»Gelitten? Pah. Der Verräter.« Sie spuckte etwas Braunes in die Spüle. »Wenn, dann hat den eher das schlechte Gewissen geplagt.«

»Sie, also du … denkst, Konstantin hat euch denunziert?« Sie beschloss, Barbara ebenfalls zu duzen. »Da liegst du falsch, sein Vater war's.«

»Richard?«

Annabel nickte. »Er ist letztes Jahr gestorben. Als ich seine Papiere sortiert habe, bin ich auf die Dokumente gestoßen. Wenn du Konstantin einen Vorwurf machen willst, dann, dass er sich seinem Vater anvertraut hat. Er wusste nichts von dessen Verbindungen zur Gestapo, das musst du mir glauben.« Sie hätte nie gedacht, dass es eines Tages so weit käme, dass sie ihren Mann ausgerechnet vor seiner ehemaligen Geliebten verteidigte. Doch sie tat es, und es verlieh ihr sogar Kraft. »Mein Schwiegervater hat alles eingefädelt. Ihr solltet an der Grenze geschnappt und in ein Arbeitslager abgeschoben werden. Dass dabei dein Mann erschossen wurde, war nicht vorgesehen.«

»Arbeitslager, hast du eine Vorstellung, was das heißt?« Barbara zupfte sich Asche von den Lippen. »Alte Schuhe in Einzelteile zerlegen, bis ich keine Fingernägel mehr hatte. Hunderte und Aberhunderte Schuhe, und jeden Tag kam eine neue Lieferung. Schuhe in allen Größen, auch Riemchensandalen, wie du sie trägst.« Sie deutete mit ihrem Pfeifenstiel auf Annabels Füße. »Lackschuhe und Schnürstiefel. Die meisten waren stark abgenutzt, wenige in gutem Zustand. Ich hab mich gewundert, warum die Schuhe keinerlei Markierung hatten, damit sie nach der Reparatur ihrem Eigentümer zurückgegeben werden konnten, habe nachgefragt, wem diese Berge an Schuhen gehören. Einige hatten Brandzeichen im Leder oder Stempel aus Frankreich, Belgien und Holland. Manchmal fand ich innen oder auf der Sohle Namen, besonders in den Kinderschuhen. Joggele oder Malka. Weißt du, was das bedeutete?« Annabel schüttelte den Kopf. »Die kamen aus Polen, eine Firma lieferte sie von Ausschwitz nach Berlin.« Sie hielt inne, rauchte eine Weile, dann nahm sie die Pfeife aus dem Mund und hob zu einer Art Singsang an: »*Wo ist zu dem Paar Schuhchen, mit Knöpfen wie der Tau, das Körperchen zu suchen? Und zu dem andern – wo die Frau? Ich frag nicht, wem ihr gehört, es gäb dem Herzen einen Riss. Doch sagt mir, Schuh, die Wahrheit: Wo sind zu euch die Füß?*«

»Hast du das gedichtet?«, war alles, was Annabel hervorbrachte.

Barbara erwiderte nichts, legte die Pfeife in eine Blechdose und zog das Foto darunter hervor. »Woher hast du das?«

»Von Luise Dahlmann.«

»Mei, die Dahlmanns, der Schreinermeister und die Puppenmacherin, das waren nette Leute. Leben sie noch?«

»Die alten schon lange nicht mehr, aber ihr Sohn Hans hat

Luise, meine Freundin, geheiratet. Sie ist auch hier, wartet vorne am Zaun.«

»Wie viele hast du noch dabei?« Barbara drehte das Foto um, strich über die verschmierte Bleistiftschrift.

»Wir sind zu viert mit dem VW-Bus der Dahlmanns hier. Marie, die im Garten, das ist Luises Schwägerin, dann noch Helga, sie ist Ärztin, hat lange in der Seeklinik gearbeitet.« Irgendwie verband sich alles mit einem Mal. Die Seeklinik, der Brandstetterhof, Luises Laden, ihre gemeinsame Urlaubsreise. »Wir waren zuerst in Paris, wo wir in einer Galerie ein Bild von dir entdeckt haben, vielmehr Marie, sie ist Malerin wie du. Ich habe ihr *Die Lesende* gezeigt, die bei uns …, also die in der Villa in Starnberg hängt, und sie hat die anderen Versionen, die du davon malst, wiedererkannt. Das Selbstporträt mit dem jungen Hund auf deinem Schoß ist bereits verkauft, der Galerist hat es uns im Katalog gezeigt.«

»Ach ja?« Sie nickte. »Wir mussten Knipser bei unserer Flucht zurücklassen.«

»Das war euer Hund?«

Barbara nickte. »Ein Welpe noch. Wieso, was wurde aus ihm? Konsti wollte ihn an einen Kollegen in der Klinik vermitteln, ich hoffe, das war auch so.«

Annabel schwieg. Über Knipsers Verbleib wusste sie nichts, jeder, selbst Luise, kannte ihn als Streuner, der sich überall etwas erbettelte. »Sag mal, bei den Dahlmanns steht noch ein Schrank mit Schnitzereien.«

»Der Schrank, ja, stimmt, den hatten wir noch zur Reparatur gebracht. In den Schnitzereien ist auch Knipser verewigt.« Sie lächelte in sich hinein. Also hatte Luise richtig vermutet, dachte Annabel.

»Ich habe lange nicht gewusst, dass die anderen Bilder ebenfalls von dir sind. Der Holzschnitt mit der Schwangeren und auch die Vogelfrau.«

»Die Rabenbraut«, korrigierte Barbara und klang jetzt weniger abweisend.

»Richtig, so hat dein Sohn das Bild auch bezeichnet«, sagte Annabel.

»Mein Sohn? Was weißt du über Noah?« Sofort huschte wieder Misstrauen in ihren Blick, sie fasste sich an die Kehle.

»Er hat mich besucht, vor zehn Jahren etwa. Seither habe ich ihn nicht mehr persönlich getroffen, es gab eine Einigung bezüglich der Villa und eures ehemaligen Besitzes. Auch darum bin ich hier, wir könnten das alles klären und besprechen.«

»Noah lebt? Das kann nicht sein.« Barbara wich zurück, hangelte sich in den hinteren Teil des Wohnwagens. Annabel glaubte schon, sie wollte sich im Bett verkriechen, doch sie ruckelte an der Schublade unter der Matratze, brachte sie nur mit Mühe auf und wühlte darin. Schließlich kam sie mit einem Skizzenbuch zurück, darin lag ein Zeitungsausschnitt. Vielmehr eine auf Englisch verfasste Todesanzeige.

In Loving Memory of Noah Benedikt Kleefeld, February 4, 1920–August 12, 1939.

MARIE

Seit mehr als einer Stunde war Annabel schon im Wohnwagen bei dieser Frau. Marie lauschte, hörte sie sprechen. Mal die Stimme der Frau, mal Annabel, die auch gelegentlich hustete. Was sie sagten, war nicht zu verstehen, da die kleinen Fenster ringsum geschlossen waren. Um sich abzulenken, skizzierte sie die Laufenten, die wieder durchs Gras watschelten, ging zurück zum Bus und gab den anderen Bescheid. Helga und Luise unterhielten sich mit einem Paar, das die Starnberger Autonummer erkannt hatte und sie wie alte Freunde begrüßte.

»Seid ihr auch mit euren Kindern zu den Weltfestspielen hier?«

»Weltfestspiele?«, fragte Luise.

»Na, die Weltfestspiele der Jugend und Studenten, wir sind mit unserer Bettina extra aus Bamberg angereist«, sagte die Frau über ihre rahmenlose Spiegelbrille hinweg. Damit erklärten sich endlich die vielen Fahnen und die jungen Leute überall.

»Ach so, klar«, erwiderte Helga, ohne rot zu werden. »Wir haben unsere Nicole und den Michael dabei.« Sie winkte sogar in die Ferne, wo eine Gruppe Jugendlicher stand. Marie setzte sich auf ein Eisengeländer neben der Litfaßsäule und zeichnete das fränkische Paar. Er in schwarzer Lederhose und Fransenweste, sie mit einem Blumenkranz auf dem zu Zöpfen geflochtenen Haar. Als Nächstes die Silhouette der Dächer, ein Stück Stacheldraht auf einer Mauer, auf dem ein Admiralsfalter saß.

Dahinter der Fernsehturm, dessen Spitze in einer grauen Wolke festhing. Ein Kind ratterte mit einem selbst gebauten Gefährt übers Pflaster, halb Dreirad, halb Roller, auch das hielt Marie mit wenigen Strichen fest. Der kleine Junge kehrte um und schaute ihr eine Weile beim Zeichnen zu, lobte sie sogar, dass sie das fein mache, und düste weiter. Endlich kam Annabel aus dem Garten. »Und, ist sie es?«, bedrängte Marie sie sofort.

Annabel bejahte mit ernster Miene, kletterte in den VW-Bus und sank auf die Rückbank. Marie, Helga und Luise stiegen dazu und schlossen die Tür. Trotz sichtlicher Erschöpfung schien Annabel voller Tatendrang zu sein. »Wir haben noch viel vor. Aber lasst uns erst zurück in den Westen fahren, dann erzähl ich euch alles.« In den Westen, wie das klang. »Solange kann ich das Gehörte selbst etwas verarbeiten«, ergänzte sie, und Marie und auch die anderen beiden beherrschten sich bis zum Checkpoint Charlie. Zum Glück verlief die Kontrolle ähnlich reibungslos wie am Vormittag. Man fertigte sie sogar schneller ab, weil die Schlange der Ausreisenden deutlich kürzer als die der Einreisenden war. Offenbar wollte kaum jemand vor Ablauf des Visums nach West-Berlin zurück. Der Schlagbaum hob sich, geschafft! An der Ecke zur Friedrichstraße wartete Jack im Rollstuhl. Marie hielt.

Helga öffnete die Seitentür. »Wie lange stehst du da schon?«

»Seit eben, und stehen ist etwas übertrieben.« Jack lächelte sie an. »Ich habe euren Bus vom Büro aus gesehen. Darf ich mitfahren und euch zum Kaffee ins Kranzler einladen?«

Bald darauf saßen sie am Ku'damm, nahe der halb zerstörten Gedächtniskirche, auf der Dachterrasse des legendären Cafés. Rotweiße Markisen schützten sie vor der Sonne, die erbarmungslos herunterbrannte. Maries helle Haut schälte sich schon, obwohl sie auch in Paris eine Sonnencreme mit Lichtschutzfaktor drei benutzt hatte. Weil sich keiner entscheiden konnte angesichts der üppigen Auswahl, bestellten sie von jedem etwas, insgesamt sieben Stücke. »Dazu bitte eine Tasse schwarzen Tee mit Zitrone«, sagte Marie zu der Kellnerin.

»Für mich eine Tasse Kaffee«, sagte Luise.

»Draußen nur Kännschn«, erklärte die Bedienung.

»Dann eine große Kanne Kaffee und eine Kanne Tee für alle«, verlangte Helga.

»Wir ham nur kleene Kännschn, eens pro Person.«

Annabel rührte weder den Kaffee noch ihr Glas Wasser an. »Stellt euch vor, Barbara hat gedacht, ihr Sohn wäre tot. Erst erschießen sie ihren Mann vor ihren Augen, dann wird sie zur Zwangsarbeit nach Berlin verschleppt, und zwei Jahre später schickt man ihr eine Todesanzeige. Dabei hat ihr allein das Wissen, dass ihr Sohn in England ist, die Kraft gegeben, durchzuhalten und den Krieg zu überstehen.«

Marie fiel Polli ein, die sich selbst für tot erklärt hatte, nachdem sie meinte, ihren Namen in der Zeitung gelesen zu haben. »Aber wer denkt sich so etwas Perfides aus?«

Helga zuckte mit den Schultern. »Wahrscheinlich mein Vater, dem traue ich inzwischen alles zu.« Sie erzählte Jack, was Annabel über Hugo Knaup, den Direktor der Löw-Werke, herausgefunden hatte. In Berlin hatten Zwangsarbeiter aus dem Osten für ihn gearbeitet, aber auch Halbjüdinnen und Ehefrauen wie Barbara, die sich weigerten, sich von ihrem jüdischen Mann scheiden zu lassen. Jack hörte zu, wirkte angespannt und wandte sich dauernd um, als ob er einen weiteren Gast erwartete.

»Ihr glaubt nicht, was Barbara bis heute noch alles mitgemacht hat«, erzählte Annabel weiter. »Als die Schuhfabrik kurz vor Kriegsende von einer Bombe getroffen wurde, wurde sie zusammen mit den anderen Arbeitern verschüttet. Anders als meine Eltern in Münster blieb Barbara dabei unverletzt.« Und wieder gab es eine Parallele, dachte Marie. »Sie begriff, dass mit dem Einmarsch der Sowjets auch die Zwangsarbeit beendet war, und wollte erst zurück nach Bayern, ist aber dann in Ostberlin geblieben. Sie glaubte ja, Konstantin hätte sie verraten und von ihm, also von uns, wäre keine Hilfe zu erwarten. Ihr Zuhause, die Villa, wähnte sie verloren. Genauso wie Mann und Sohn. Als die Mauer gebaut wurde, war sie endgültig von der Vergangenheit abgetrennt. Sie arbeitete in den Markthallen und auf den Feldern der LPGs, auch in einem Konsum, was immer das sein soll.«

»Ein Zusammenschluss von Läden und Produzenten«, sagte Luise, »bei uns in Bayern ist das die *Co.op AG*.«

»Wem sage ich das, du bist halt vom Fach, Luise. Jedenfalls, mit Anfang sechzig ist Barbara an Rheuma erkrankt und hat einen Ausreiseantrag gestellt, wollte in eine Stuttgarter Klinik. Der Antrag wurde abgelehnt, sie musste in Frührente gehen, aber das Geld reicht kaum für die Rheuma-Medikamente, die außerdem nicht viel bringen. Auch das Malen fällt ihr zunehmend schwerer, obwohl es das Einzige ist, was ihr Halt gibt. Gelegentlich findet sie Abnehmer für ihre Bilder. Es sind immer nur Versionen von *Der Lesenden*. Schade, Marie, dass sie dich weggeschickt hat, das wäre interessant für dich gewesen. In Privatwohnungen organisieren sie per Mundpropaganda Ausstellungen. Auf diese Weise ist der Pariser Galerist auf sie aufmerksam geworden. Ich habe ihr gesagt, dass Noah in Garching lebt und Physiker geworden ist, viel mehr weiß ich auch nicht, aber jetzt kommt's, stellt euch vor …« Sie legte eine Pause ein. Als sie weiterreden wollte, unterbrach Jack sie und legte einen Finger an die Lippen.

Er wirkte weiterhin nervös, rollte mit seinem Stuhl ständig vor und zurück und sah sich um. »Was haltet ihr davon, wenn wir noch einen Spaziergang machen?«

»Lasst uns nach dem Kaffee lieber gleich in die Pension gehen und dort weiterreden, ich bin ziemlich müde«, sagte Annabel.

»Besser, wir setzen uns an die Spree, da ist es noch ruhiger«, schlug Jack vor. Das klang etwas wirr. Ganz Berlin schien an diesem lauen August auf den Beinen zu sein, wie sollte man da im Freien Ruhe finden. Annabel wollte etwas erwidern, doch Jack kratzte mit der Gabel ein paar Buchstaben in die Schlagsahne auf seinem Kuchenteller. STASI, dann schob er die Sahne zusammen und aß sie. Marie schaute sich vorsichtig um, fragte sich, wer unter den vielen Kaffeetrinkerinnen, die sich alle angeregt unterhielten, vom Geheimdienst sein sollte. Ihr Blick blieb am Nebentisch hängen, wo die Frau sich etwas notierte. Sie saß allein, und trotz der Hitze trug sie eine hochgeschlossene Jacke und Handschuhe, fiel ihr auf, als wollte sie keine Fingerabdrücke hinterlassen. Marie tippte Luise neben sich an und zeigte zu ihr. Nun, da von ihrer Runde niemand mehr sprach, hielt die Grauhaarige im Schreiben inne. Womöglich täuschte sich Marie auch, vielleicht war das einfach nur eine Schriftstellerin mit einer Papierallergie, die an einer Geschichte arbeitete und Dialoge aus dem Leben einfing.

»Wer mag noch den Rest vom Birnenkuchen?«, sagte Helga, und die Frau fing wieder zu schreiben an.

»Dann esse ich die Mandarinentorte, wenn sonst keiner will?« So zeigte auch Luise mit einem Nicken, dass sie verstanden hatte. Sie genossen die feine Gebäckauswahl und redeten dabei mehr oder weniger übers Wetter. Als sie aufbrachen, bestand Jack darauf zu bezahlen.

Sie spazierten durch einen riesigen Park, den Jack als Tiergarten bezeichnete. »Im Westteil der Stadt gibt es genauso Stasispitzel, und die Hotels und vermutlich auch eure Pension werden abgehört«, sagte er, als sie sicher waren, dass ihnen keiner folgte.

»Abgehört, Sie meinen, wie in einem Spionagefilm?« Annabel riss die Augen auf.

»Wir sind noch immer im Kalten Krieg. Durch die Weltfestspiele der Jugend ist der Geheimdienst wahrscheinlich rund um die Uhr im Einsatz. Mehrere Millionen Menschen aus aller Welt sind gerade zusätzlich in beiden Teilen der Stadt, man weiß nie, auf wen die Spitzel angesetzt sind.«

»Aber was kann die Stasi von uns wollen?«, wandte Luise ein. »Wir sind doch bloß Touristen.«

»Und das solltet ihr auch offiziell weiter sein. Privatgalerien sind illegal, auch dass Barbaras Ausreise abgelehnt wurde, ist verdächtig. Sie ist krank, und sie ist Rentnerin, für gewöhnlich erhält so jemand die Genehmigung. Vielleicht haben sie sie längst im Visier. Ich weiß nicht genau, was Sie vorhin sagen wollten, Frau von Thaler, aber wenn es das ist, was ich vermute, dann besprecht es nur im Freien weiter. Oder ihr kommt mit zu mir. Meine Wohnung ist abhörsicher.«

»Übertreibst du nicht etwas?« Helga blieb skeptisch.

»Jack, also Herr Miller, hat recht.« Annabel wandte sich um, als ob sie sich erneut vergewissern wollte, dass ihnen keiner auf den Fersen war. »Jetzt, wo Barbara weiß, dass ihr Sohn lebt, will sie natürlich raus aus der DDR.« Auf einmal flüsterte sie. »Und zwar mit uns, wir sollen sie zu Noah bringen.«

»Wir?«, riefen Marie, Helga und Luise wie aus einem Mund.

Annabel nickte. »Ich hab's ihr versprochen.«

»Wie kannst du so etwas ohne Rücksprache mit uns tun?« Helga regte sich auf.

»Findest du nicht, dass wir es ihr schuldig sind?«

»Hör mit dieser ewigen Schuldfrage auf. Wo führt das hin? Wir sind nicht verantwortlich für das, was unsere Eltern gemacht haben. Wir dürfen nur die Augen nicht davor verschließen und müssen uns mit unserer Familiengeschichte auseinandersetzen.« Sie schaute zu Jack, dann wieder zu Annabel. »Außerdem war es bei dir doch nur der Schwiegervater.«

»Von wegen. Wir waren keine Kinder mehr, als es passierte. Wir alle haben den Krieg mitgemacht, die Hitlerzeit, den ganzen Wahnsinn.«

Marie mischte sich ein. »Hört auf zu streiten, das bringt uns nicht weiter. Lasst uns lieber überlegen, was es für Möglichkeiten gibt und ob überhaupt.«

Schneller als erwartet angesichts der Größe der Aufgabe, hatten sie sich darauf geeinigt, Barbara helfen zu wollen, und fuhren in Jacks Wohnung, um Fluchtpläne zu schmieden.

»Barbara kann doch einfach mit uns im Bus mit zurückfahren«, schlug Luise vor. »Wir bräuchten nur einen gefälschten Pass für sie. Oder sie gibt sich als eine von uns aus. Annabel, Marie, ihr habt sie kennengelernt, wem sieht sie am ähnlichsten?«

»Sie ist zehn Jahre älter als Bella«, sagte Marie, »und ein ganzes Stück kleiner.«

»Siebzehn Jahre älter«, korrigierte Annabel und strich sich über den schwarzgefärbten Bubikopf.

»Dann müssen wir die Grenzer mit irgendetwas ablenken, jetzt macht doch auch mal Vorschläge. Helga, was ist mit dir?«

»Ich überleg ja schon.« Helga saß neben Marie und Annabel auf dem Sofa. Nachdem Jack sie gebeten hatte, im Wohnzimmer Platz zu nehmen, legte er *Mashed Potato* von Dee Dee Sharp auf. »Als reine Vorsichtsmaßnahme«, sagte er mit einem Zwinkern. »Falls ich doch abgehört werde, stören wir mit Soul ihren Sender.« Der Rhythmus verbreitete sofort gute Laune. Jack verschwand in der angrenzenden Küche, wo sie ihn mit Geschirr klappern hörten. Luise hielt es nicht mehr in ihrem Sessel, sie ging nachsehen, was er tat.

Helga schlüpfte aus den Sandalen und tanzte. »Kommt, alleine macht's keinen Spaß.« Da Bella und sie sitzen blieben, plumpste Helga nach einer Weile zurück aufs Sofa, zog die Beine in der kurzen Latzhose an den Körper. »Jack und seine Musik. Wisst ihr, so haben wir uns kennengelernt. Ich glaub, das macht er mit Absicht.« Er kehrte mit Tellern und Gläsern auf dem Schoß zurück und deckte den Wohnzimmertisch. Nebenan hörten sie Luise rumoren, es zischte. Bratenduft erfüllte den Raum.

Trotz des Kuchens vom Nachmittag knurrte Marie der Magen. »Kocht Luise etwa?«

»Ich handle nur nach Jacks Anweisungen«, rief sie aus der Küche.

»Wollen wir nicht endlich mal über Barbaras Flucht nachdenken?« Helgas Stimmung hatte gewechselt, auf einmal wirkte sie angespannt.

»Beim Essen überlegt's sich leichter.« Jack fuhr zwischen den Zimmern hin und her, stellte eine Schüssel mit gezupften Salatblättern und eine mit Mais und Gurkenscheiben auf den Tisch. »Ist eine unter euch, die kein Fleisch mag?«

»Ja, ich.« Helga hob die Hand.

»Oh, ja, natürlich.« Er lächelte sie an.

»Ich auch«, sagte Marie. Seit Martin tot war und sie nicht mehr selbst schlachteten, hatte sie sich Fleisch und Wurst abgewöhnt und vermisste es seither kein bisschen. Massentierhaltung wollte sie nicht unterstützen.

»Dann gibt's für euch meine vegetarischen Frikadellen.« Bald erfüllte eine Vielfalt aus herrlichen Gerüchen die kleine Wohnung. Annabel half bei den Getränken, schenkte Wein, Limo und Wasser ein. Auf dem niedrigen Wohnzimmertisch hatte Jack ein kleines Buffet aufgebaut. Nach seiner Anleitung schnitten sie flache Weißbrotsemmeln auf und belegten die eine Hälfte mit Salatblättern, Gurken und Käse. Plus Ketchup, Mayonnaise oder Erdnussbutter, wer mochte. Für Helga und Annabel gab es Buletten aus Kichererbsen und Walnüssen. Obendrauf kam die andere Brötchenhälfte, dann wurde das Ganze mit zwei Händen gegessen, was nicht sehr damenhaft aussah.

Luise war von dem Pflanzerl-Rezept so begeistert, dass sie es sich gleich notierte. »Das kommt mit auf unsere Speisekarte«, sagte sie.

»Unbedingt«, sagte Helga. »Für gewöhnlich bieten Restaurants für Vegetarier bloß Kaiserschmarrn an oder eine Suppe, aus der man dann noch den Speck rausfischen muss.« Sie schien die Idee mit dem Gasthof ganz gut verkraftet zu haben.

»Was schlägst du vor, Jack?«, fragte Helga. »Kannst du nicht die Grenzer ablenken, wenn wir kontrolliert werden? Vielleicht könntest du sie anrufen und weglocken, wenn wir mit dem Bus durchfahren?«

»So einfach ist das nicht. Die Sowjets und wir sind Feinde, schon vergessen? Die Vopos würden erst recht hellhörig werden, wenn ich sie anrufe. Nein, das muss schon etwas raffinierter ablaufen. Die meisten Fluchtpläne werden jahrelang vorbereitet und scheitern dennoch am Ende. Ahnt ihr überhaupt, was ihr riskiert? Wenn Barbara geschnappt wird, landet sie wegen Republikflucht im Gefängnis. Ihr werdet ebenfalls verhaftet und auf unbestimmte Zeit festgehalten.« Er wusste, wie man Leuten Mut machte.

»Dann gibt es also gar keine Möglichkeit?« Annabel, die ihren Burger entgegen Jacks Anweisung mit Messer und Gabel gegessen hatte, legte das Besteck weg und tupfte sich die Mundwinkel mit einem Taschentuch ab.

»Wie man's nimmt. Täglich fährt die Müllabfuhr über den Checkpoint Charlie. Westberlin produziert so viel Abfall, dass die Brennanlagen nicht mehr hinterherkommen. Seit letztem Jahr existiert ein Abkommen mit der DDR, dass wir unseren Müll im Umland der Ostzone lagern dürfen. Auf dem Rückweg haben schon einige rübergemacht, wie wir sagen. Oder über die Transitautobahnen, die Lkws werden vor der Grenze verplombt, aber die Leute springen von oben durch die Planen in den Laderaum. Wie rüstig ist eure Barbara denn?«

»Solch einen Sprung würde sie wahrscheinlich nicht unverletzt überstehen«, sagte Annabel. »Und auch das mit der Müllabfuhr, dafür muss man sehr sportlich und deutlich jünger sein, glaube ich.«

»Dann bleibt nicht mehr viel.« Jack trank von seinem amerikanischen Light-Beer, stellte die Flasche ab und schob sich zu seiner Musikanlage. Er legte eine neue Schallplatte auf, reichte ihnen die Hülle herum. Aretha Franklin, eine schwarze Soul-Sängerin und Pianistin. »Warum fährt nicht einfach ihr Sohn zu ihr in den Osten, so wie ihr das gemacht habt. Er kann doch herkommen und seine Mutter besuchen.«

»Du weißt, dass das nicht dasselbe ist?«, warf Helga ein. »Hinter Mauern zu leben, noch dazu, wenn man krank ist?«

You Make Me Feel, erklang, und alle lauschten, *you make me feel, you make me feel like a natural woman.* Helga presste sich den Ellbogen an die Brust, sprang auf und rannte ins Bad.

HELGA

Jacks Nähe, sie hielt sie kaum aus. Nun hatte er noch für sie gekocht, zusammen mit Luise. Auf Anhieb verstanden sich alle mit ihm. Und als ob das nicht genügte, mussten sie auch noch eine Frau aus der DDR schmuggeln. Bloß weil Annabel etwas ohne ihr Einverständnis versprach. Warum sollten sie ihre Freiheit für eine Fremde riskieren? Dabei hatten Jack und sie noch nicht über alles andere geredet, über David und ob er seinen Sohn kennenlernen wollte. Konnte sie Jack überhaupt schon vertrauen? Sie öffnete das schmale Fenster über der Toilette und atmete tief ein und aus. Dann holte sie eine der Tabletten aus der Hosentasche, die ihr Otto mitgegeben hatte, und schluckte sie. Diese neue Behandlungsform mit Antikörpern wurde gerade erst erprobt. Der Wirkstoff Trastuzumab sollte das Wachstum der Krebszellen unterbinden. Da ihr außer einer Brustamputation keine Wahl blieb, hatte sich Helga bereit erklärt, das Versuchskaninchen zu sein und an Ottos Studie teilzunehmen. Als Nebenwirkung könnte sie Herzprobleme bekommen. Sie hatte gelacht, die hatte sie schon seit zwanzig Jahren. Doch im Ernst, irgendetwas blieb immer auf der Strecke, sagte sie zu Otto und schluckte gleich die erste Pille. Normalerweise müsste sie dauerhaft überwacht werden, aber das war das Letzte, was sie wollte. Sie lachte in sich hinein. Entweder wurde man von Geheimdiensten oder seinen Nachbarn überwacht und ausspioniert oder auch von einer Maschine, wo blieb die Selbstbestimmung?

Im Hinterhof spielten Kinder. Ein schwarzes Mädchen war darunter. Es hüpfte über das Gummiband, das zwei Weiße sich um die Knöchel gespannt hatten.

»Peter Alexander, Beine auseinander, Beine wieder zamm, und du bist …« Geschickt schlang sie das Band um die Waden, sprang hoch, drehte sich, ließ es in der Luft schnalzen und sprang wieder drauf. »… dran.«

»Alles in Ordnung, Helga?« Luise klopfte an der Tür.

»Ja.« Sie drückte die Spülung und wusch sich die Hände.

»Hast du Schmerzen?«, fragte ihre Freundin, kaum dass sie aus der Tür kam.

Sie verneinte, ging mit ihr zurück ins Wohnzimmer und setzte sich wieder aufs Sofa.

»Es gäbe noch eine Möglichkeit«, sagte Jack gerade. »Ich kenne jemanden, der Kontakt zu jemandem hat, dem es gelungen ist, seinen besten Freund in den Westen zu holen, seither hilft er mit dieser Methode auch anderen. Doch auch so etwas dauert, muss sorgfältig vorbereitet werden. Sofort geht es auf keinen Fall. Ihr müsstet wiederkommen.«

»Dann machen wir es eben ohne diesen Bekannten von deinem Bekannten, verrätst du uns, wie er es anstellt?« Annabel, die sich einen Schnupfen eingefangen hatte und ständig nieste, war fest entschlossen, das imponierte nicht nur Helga. Erneut wägten sie die Gefahren ab, Freiheit gegen Risiko war die Erkenntnis.

Und Jack weihte sie ein. Zwei Tage würden sie sich in Berlin aufhalten müssen, bis er das Ganze organisiert hatte. »Genießt solange die Sehenswürdigkeiten in West und Ost, deswegen seid ihr doch hier, oder nicht?« Als es um die konkrete Vorgehensweise ging, waren sie alle in ihrem Element.

»Auf dem Weg hierher habe ich ein Malergeschäft gesehen,

Sprühdosen zum halben Preis«, warf Luise in die Runde. »Dort werde ich morgen gleich mal einkaufen, und danach verpassen wir meinem lieben Surrkisterl alle zusammen ein neues und angemessenes Aussehen. Habt ihr Lust?«

»Du willst deinen geliebten Dahlmann-Bus anmalen?« Helga schaute sie ungläubig an.

»Unbedingt. Zeit für Veränderung.« Luise grinste. »Dahlmanns Gemischtwaren ist passé. Am besten fangen wir gleich morgen Vormittag damit an, damit die Farbe schnell trocknet. Marie, hast du diesen Woodstock-Bus schon mal gesehen? Warte, ich habe ein Foto aus einer Zeitschrift ausgeschnitten und in mein Album geklebt. Davon können wir uns inspirieren lassen, aber jede von uns kann auch einfach von sich etwas draufmalen.«

Marie war begeistert und fing sofort zu skizzieren an.

Sie diskutierten die Nacht durch, und bis zum Morgengrauen kristallisierte sich ein Plan heraus, den jede von ihnen in allen Einzelheiten verinnerlichte. Zum Schluss brauchten sie noch eine Fahrerin, eine, die im Fall der Fälle geschnappt und verhaftet würde. Helga erklärte sich sofort bereit, aber Luise hielt sie zurück. »Du, in deinem Zustand, wie willst du das Gefängnis überstehen?«

»Wieso, Helga, was ist los?«, fragte Jack.

»Jetzt sag's ihm schon«, drängte Annabel. »Wir müssen einander vertrauen, sonst können wir die ganze Aktion gleich vergessen.«

»Ich bin krank«, sagte Helga. »Brustkrebs. So, jetzt weißt du es.« Sie wagte nicht, ihn anzuschauen, tat es doch. In seinem Stuhl rollte er nahe zu ihr, ließ die Hände auf den Rädern liegen und berührte Helga nicht, das hätte sie auch nicht gewollt. Schon dass er so dicht neben ihr saß, war schwer auszuhalten.

Luise stand auf. »Ich glaube, wir anderen fahren schon mal ins Hotel, wenn's dir recht ist, Helga. Wir sehen uns später, einverstanden?« Sie nickte schwach. Jack begleitete die Drei noch zur Tür, und als sie allein waren, schwiegen sie. Er legte eine neue Schallplatte auf.

»Nicht.« Sie wollte ihn daran hindern, und dann war es ausgerechnet Billie Holiday. *All of me, why not take all of me. Can't you see, I'm no good without you.*

Ja, so war das wohl.

Take my lips, I want to lose them, take my arms, I'll never use them.

Jack schob den Tisch zur Seite, rollte vor sie und verbeugte sich. »Hello, I am Jack. Would you ask me for a dance?« Er breitete die Arme aus.

Sie setzte sich auf seinen Schoß, schmiegte sich an ihn und flüsterte. »Well, I have never been asked to dance by a looker like you.«

MARIE

Barbara Kleefeld wirkte überrascht, als sie noch mal bei ihr auftauchten. Sie hatte nicht geglaubt, dass Annabel ihr Versprechen hielt.

Dass sie ihre Habseligkeiten zurücklassen musste, nahm sie gelassen hin, nur die bereits fertigen Bilder und die Entwürfe mussten mit. Sie saßen im Garten auf den morschen Stühlen und besprachen die Flucht, gingen minutiös den Ablauf durch. In vierundzwanzig Stunden war es so weit.

Mit der Straßenbahn fuhren Annabel und Marie zurück bis zum Fernsehturm, dem Wahrzeichen der DDR. Weiterhin wimmelte es von jungen Leuten aus aller Herren Länder. Afrikaner, Asiaten, Russen in ihren Volkstrachten oder ganz modern gekleidet. Rings um den Alexanderplatz waren Bühnen aufgebaut, auf denen Musiker, Akrobaten und Schauspieler auftraten. Es herrschte Jahrmarktstimmung. Ein Kauderwelsch aus Sprachen umgab sie. Am liebsten wollte Marie sich irgendwo hinsetzen und all die verschiedenen Eindrücke zeichnen, außerdem tat ihr die Schulter von Barbaras schwerer Tasche weh. Sie tauschten. Annabel gab ihr die dicke Rolle mit den bemalten Leinwänden und sie ihr die Tasche mit Malzeug und Skizzenbüchern. Die Weltfestspiele gaben vor, der Völkerverständigung und Erhaltung des Friedens zu dienen, waren aber laut Jack mehr eine riesige Propagandaveranstaltung.

»Wie ist es gelaufen?«, fragte Luise, als sie schwer bepackt an der Weltzeituhr ankamen, wo sie mit Helga auf sie gewartet hatte.

»Gut«, sagte Annabel knapp und nieste in ein Taschentuch. Ihre Nase war vom vielen Schnäuzen schon knallrot. Jack hatte sie gewarnt, keinerlei Einzelheiten ihres Plans in der Öffentlichkeit zu besprechen. Damit stand und fiel alles.

»Lasst uns das Tagesvisum noch ausnutzen und schauen, was die Ost-Künstler zu bieten haben.« An einem der zahlreichen Stände rund um den Alexanderplatz kauften sie sich jede ein Stück Kuchen, setzten sich auf breite Treppenstufen und hörten einem Schnurrbärtigen mit einem breitkrempigen Hut zu, der über *Che Guevara* sang. Die systemkritischen Untertöne waren nicht zu überhören. *Uns bleibt, was gut war und klar war: Dass man bei dir immer durchsah und Liebe, Hass, doch nie Furcht sah, commandante Che Guevara.* Immer mehr Leute blieben stehen, sie alle lauschten gebannt. Die Menge verdichtete sich, darunter auch viele junge Leute in den Hemden der FDJ. »Das ist doch der Wolf Biermann«, sagte einer der Blauhemden neben Marie. Von hinten versuchten sich ein paar Männer in grauen Mänteln zu ihm vorzudrängen, es wirkte, als wollten sie ihm das Singen verbieten. Das schafften sie aber nicht. Wie eine Schutzmauer umringten ihn die Zuhörer. Marie fielen die grauen Herren aus *Momo* ein, von denen Marlene erzählt hatte. *Dass aus Menschen Menschen werden*, sang der Mann jetzt voller Inbrunst.

Diese Worte trug sie noch in sich, am nächsten Tag, als es losging.

Sie hatte sich von Annabel eine Kostümjacke geliehen, die ihr zwar etwas zu lang an den Ärmeln war, aber hoffentlich trotzdem den biederen Eindruck einer Geschäftsfrau auf der Durchreise erweckte. Die anderen drei kleideten sich bunt und flippig, wie man es von westlichen Hippies erwartete. Stirnbänder und flatternde Kleider. Stiefel zu Hotpants. Sie trennten sich und fuhren zeitlich versetzt nach Ostberlin. Inzwischen war der Grenzübertritt fast schon zur Routine geworden.

Nachmittags, als Marie in dem Fluchtfahrzeug saß, brach ihr der Schweiß aus. Sie wartete am Checkpoint Charlie. Vor ihr kontrollierte man den Fahrer eines Golfs mit Frankfurter Kennzeichen, und die Fahrerin musste aussteigen. Marie erkannte, dass es keine Frau, sondern ein junger Mann mit langen Haaren war, kaum älter als Konrad. Ein Vopo tastete ihn ab. Die Überprüfung zog sich. Erst sollte er die Armbanduhr ablegen und sogar die Schuhe ausziehen. Dann durchwühlten sie sämtliche Taschen im Kofferraum. Schließlich kam noch jemand mit einem Schäferhund. Das Tier umrundete den Wagen, schnüffelte an der Karosserie. Marie wischte sich die Hände an der Hose ab, damit ihr das Lenkrad nicht ausglitt. Sie horchte nach hinten. Hoffentlich hielt Barbara durch, eingepfercht in einem geknickten Hohlraum, auf wenigen Zentimetern, dicht hinter ihr. Marie schaute in den Rückspiegel. Zwei weitere Autos standen noch in der Schlange, aber der Dahlmann-Bus, oder eher der Wunderfrauen-Bus, wie sie ihn nach ihrer gemeinsamen Bemalung getauft hatten, war nicht zu sehen. Wo blieben sie? Endlich durfte der Frankfurter mit seinem Golf die Schranke passieren.

Der Vopo winkte Marie heran. »Führerschein, Fahrzeugpapiere.« Als sie sich bückte, um die Dokumente aus dem Seitenfach zu ziehen, bemerkte sie grüne Farbe auf der Innenseite ihres Arms, von wegen, seriöse Geschäftsfrau. Sie griff sich an die Perlenkette, die ihr Annabel ebenfalls geliehen hatte, und reichte die Papiere hinaus. Plötzlich hörte sie ein Hupen und

Johlen. Im Rückspiegel sah sie den leuchtend bunten VW-Bus mit seiner Love-&-Peace-Bemalung. Jede von ihnen hatte sich auf dem Fahrzeug verewigt. *Eine für alle und alle für eine*, stand quer auf der Front. An der Seite hatte Marie Sonnenblumen gemalt, auf dem Dach flatterte ein Rabe, der eine Taube küsste, neben Helgas »En garde!«. Annabel hatte sämtliche Fenster mit Punkten und Sternen umrandet, Luise die Heckklappe mit einem Regenbogen verziert und vorne, zwischen Stoßstange und Scheinwerfern, einen Mund gemalt. Nun hatte der Bus ein Gesicht und grinste.

Helga beugte sich aus dem Fenster der Beifahrerseite und schrie laut: »Hey, wann geht hier endlich was vorwärts? Wir haben es eilig, Leute.« Und wie zur Verstärkung hörte sie Annabel mehrmals niesen. Erneut hupte Luise, die am Steuer saß, und wollte ausscheren. Die Soldaten nahmen ihre Waffen von den Schultern und richteten sie auf den Bus. Marie hörte es klicken, als sie entsicherten, und hielt den Atem an. Was jetzt? Würden sie auf ihre Freundinnen schießen?

»Weiterfahren, los.« Der Vopo gab ihr die Papiere zurück und hob den Schlagbaum. Das Fahrzeug stotterte kurz, als sie Gas gab. Marie glaubte schon, dass das bisschen Benzin verbraucht wäre. Den Dreizehnlitertank hatte man gegen einen kleinen Kanister ausgetauscht, um Platz für einen Flüchtling zu schaffen. Erneut gab sie Gas, der *Motor mit Notsitz*, wie manche das Fahrzeug nannten, schnurrte an und rollte über die Grenze. Geschafft. Noch einmal blickte Marie in den Rückspiegel, konnte aber nicht mehr erkennen, was mit den anderen geschah. Sie fuhr weiter bis zur Garageneinfahrt in der Zimmerstraße, wo Jack auf sie wartete. Marie hob den Fronteinstieg der Isetta hoch, stieg aus, klappte die Sitzbank zurück und half Barbara aus ihrem Versteck. Das dauerte eine Weile. Mit den

Füßen zuerst musste die alte Dame aus dem fünfzig mal fünfzig Zentimeter großen Loch kriechen. Jack packte mit an. Mit vereinten Kräften hievten sie sie wie einen Korken aus der Flasche. Frau Kleefeld war schweißgebadet, schließlich hatte sie direkt an Motor und Auspuff gelegen, der zwar isoliert worden war, aber dennoch heiß wurde. Sie rieb sich den Rücken und schwankte, als Marie ihr aufhalf. »Geht's?«

Barbara nickte und versuchte zu lächeln. »Wo sind die anderen?« Das hatte Jack auch gleich gefragt. Marie führte sie zu einer Bank bei einem Spielplatz. Jack hatte Wasser dabei und auch das Flugticket. Berlin über den Luftkorridor zu verlassen war für Frau Kleefeld am sichersten. Noah, den sie am Vortag informiert hatten, würde seine Mutter in München-Riem empfangen. Noch bangten sie um die anderen. Gerade, als sie schon glaubten, dass sie alle verhaftet worden waren, kam der Wunderfrauen-Bus um die Ecke geprescht. Sie fielen sich in die Arme, als hätten sie sich wochenlang nicht gesehen. Auch Annabel und Barbara drückten sich lange. Dann hieß es, Abschied nehmen. Annabel ging zu einer Telefonzelle, um ein Taxi zum Flughafen zu bestellen. Marie und Luise luden das Gepäck in den Bus, das sie in der Garage zwischengelagert hatten. Solange hatten Helga und Jack Zeit für sich.

»Was meinst du, Luise. Wird das wieder mit den beiden?«, fragte Marie ihre Schwägerin.

Luise zuckte mit den Schultern und betrachtete die beiden. »Jack freut sich, David bald kennenzulernen, hat Helga mir erzählt. Er hat sogar vorgeschlagen, dass sein Sohn bei ihm wohnen könnte, um den Wehrdienst zu umgehen. Aber David hat Manni ja bereits versprochen, dass er mit ihm arbeitet.« Das Taxi kam. Barbara bedankte sich noch mal bei ihnen allen und stieg ein.

Marie reichte ihr die Leinwandrolle und auch die Tasche mit den Skizzenbüchern auf den Rücksitz. »Frau Kleefeld, darf ich Sie als Künstlerin noch was fragen? Wieso malen sie immer wieder ein und dasselbe Motiv?« Das hatte ihr schon länger auf der Seele gebrannt.

Barbara schaute zu ihr hoch. »Weil das der glücklichste Moment in meinem Leben gewesen ist. Damals war ich schwanger und hatte gerade Noah zum ersten Mal in meinem Bauch gespürt, wie Schmetterlingsflügel, die mich von innen streicheln. Aber wer weiß, ob das Wiedersehen in München nicht davon übertroffen wird.«

Meine Wunderfrauen-Reise-Musik der 1970er Jahre:

- *Les Humphries Singers: Mama Loo*
- *Wolf Biermann: Commandante Che Guevara*
- *The Rolling Stones: Paint It, Black*
- *The Rolling Stones: Satisfaction*
- *Elvis Presley: Heartbreak Hotel*
- *Cat Stevens: Morning Has Broken*
- *Bob Dylan: I Want You*
- *Bob Dylan: Knockin' On Heavens's Door*
- *Simon & Garfunkel: Mrs. Robinson*
- *Simon & Garfunkel: Bridge Over Troubled Water*
- *Simon & Garfunkel: Cecilia*
- *Neil Young: Heart Of Gold*
- *Bata Illic: Michaela*
- *Sweet: Poppa Joe*
- *Lou Reed: Walk On the Wild Side*

Aus: Luises Reisetagebuch

LUISE

Als sie auf der Transitstrecke nach Bayern waren, drehten sie den Kassettenrekorder auf, hörten all ihre Lieblingslieder und sangen aus voller Kehle mit. Jetzt konnte ihnen nichts mehr passieren. Unter dem Asphalt lugte an manchen Stellen das Kopfsteinpflaster heraus. Bei *Mama Loo* krakeelten und klatschten sie mit. *You got to get through, Ma-ma-ma, ma-ma-ma-ma Loo.* Was für ein Abenteuer! Als es dunkel wurde und sie die Scheinwerfer einschaltete, strich Luise, die wieder mit Fahren an der Reihe war, über das Armaturenbrett. Sie wollte ihrem Surrkisterl für die treuen Dienste danken. Wie zur Antwort fing es zu stottern an. »Na, du wirst doch jetzt nicht noch auf den letzten Metern den Geist aufgeben?« Laut Anzeige war der Tank noch halb voll, das konnte es nicht sein. Es half nichts, sie blinkte, fuhr rechts ran, der Bus blieb stehen und tat keinen Mucks mehr.

»Was jetzt? Sollen wir das nächste Fahrzeug anhalten, und um ein Startkabel bitten?«, schlug Annabel mit heiserer Stimme vor. Ihre Erkältung, die sie seit Paris mitschleppte, war vollends durchgebrochen. Trotzdem hatte sie nicht weniger laut mitgesungen.

»Was ist mit dem guten alten Seidenstrumpf, das hab ich mal in einem Film gesehen, wie die damit ein Auto repariert haben.« Helga beugte sich nach hinten, um an die Koffer zu gelangen.

»Und mit was genau sollen wir die Nylons verknoten?«, fragte Marie.

Helga zuckte mit den Schultern. »Na, als Ersatz für den Keilriemen, glaub ich.«

»Gib mir lieber erst mal die Taschenlampe.« Luise wollte aussteigen und nachsehen. Wenigstens war diese Autobahn Richtung Hof kaum befahren, die Scheinwerfer des nächsten Fahrzeugs noch in weiter Ferne.

»Schaltet bitte mal das Licht ein, ich seh nichts«, rief Helga nach vorne.

Dass die Innenbeleuchtung noch funktionierte, war ein gutes Zeichen, fand Luise. Sie ging nach hinten, klappte die Motorhaube auf und leuchtete hinein. »Der Keilriemen hält, soweit ich das beurteilen kann. Wir sind bald an der Raststätte.« Vorhin hatte sie das Schild gesehen, allerdings nicht darauf geachtet, wie viele Meter oder Kilometer es noch bis dahin waren. »Dort hilft uns bestimmt jemand. Kommt, steigt aus und schiebt mit mir.«

»Schieben? Wir? Den Bus?« Annabel hustete in ihr edles Seidenhalstuch, das Fritz ihr genäht hatte.

»Vier Frauen, ein Bus, das sind doch Kinkerlitzchen für uns, nach all dem, was wir erlebt haben.« Helga krempelte sich die Ärmel ihres gestreiften Kleides hoch. »Bella, setz du dich ans Lenkrad, schalte den Warnblinker an und leg den ersten Gang ein.« Nach einigen Anfahrtschwierigkeiten hoppelte der Bus tatsächlich einigermaßen leicht dahin. Gut, dass sie auf der Rückfahrt waren, dachte Luise, als sie Helga an der Beifahrerseite sah, die sichtlich Spaß hatte und von der Seite kräftig anschob. Sie und Marie stemmten sich von hinten an den Bus. Auf der Hinfahrt hätten sie sich nicht ins Freie getraut. Jetzt kannten sie die DDR schon fast wie ihre Westentasche und nahmen es locker. Trotzdem hatte sie das Gefühl, in den Büschen entlang des Grenzzauns lauerte jemand. Sie musste an die Trassenhunde denken, von denen Jack erzählt hatte. Als sie an einer Parkbucht vorbeikamen, wollten sie schon die zwei Männer um Hilfe bitten, die dort vor ihren Wagen standen und rauchten. Ein Trabi und ein Ford Kombi, soweit das Luise beim Vorbeischieben erkennen konnte. Prompt machten die einen Schritt aus dem Lichtkegel der Straßenbeleuchtung und verschwanden im Gebüsch.

Helga blieb keuchend stehen, wischte sich den Schweiß von der Stirn und lachte. »Seht ihr, soweit haben wir es gebracht, die Männer nehmen schon Reißaus vor uns.«

In der Dunkelheit sah die Raststätte wenig einladend aus. Luise tankte zuerst einmal, stieg ein, drehte den Zündschlüssel, nichts. Annabel, die wieder auf den Beifahrersitz gerutscht war, war nahe daran, ein Taxi zu rufen. Die Fahrer der Lastwagen hatten ihnen zugejohlt und sie angefeuert, als sie den Bus um die Kurve schoben, aber zu Hilfe war ihnen niemand geeilt. Der Brückenrasthof war bereits geschlossen. Seltsam, die Tankanzeige stand noch immer auf halb, sollte eigentlich voll anzeigen, fiel Luise auf. Sie klopfte auf die Scheibe, die Nadel löste sich und fiel runter.

»Mir reicht's.« Diesmal schnappte sich Marie die Taschenlampe, riss die Tür auf und kletterte nach draußen.

»Was hast du vor?«, rief Helga ihr nach.

Marie klappte noch mal die Motorhaube auf, hob einen faustgroßen Stein vom Straßenrand auf, holte aus und schlug mit voller Wucht auf den Anlasser. Der Bus wippte nach. »Probier's jetzt noch mal, Luise.« Sie stieg wieder ein. Luise drehte den Zündschlüssel, sanft surrend sprang der Bus an, als wäre nichts gewesen. Mit einem Grinsen im Gesicht stieg Marie wieder ein. »So macht man das auf dem Land.«

Im Morgengrauen fuhren sie über die alte Olympiastraße nach Leutstetten, um Marie als Erste abzusetzen. Kurz vor dem Hof bog Luise auf den Feldweg zu den Brandstetterwiesen ab. Gerade war es im Bus noch laut und voller Gelächter gewesen, nun wurde es still. Keine von ihnen hatte in der Nacht länger als ein paar Minuten geschlafen, so viel hatte es zu besprechen gegeben, noch mal durchzukauen und sich zu erinnern. Luise nahm die Hand von der Kupplung und legte sie kurz auf Maries Hände, die sich verkrampften, sobald sie sich dem Drumlin näherten. Vor zehn Jahren waren sie diesen Weg schon mal gefahren, mit Annabels Auto, auf der Suche nach Martin. »Kommt, ich will euch etwas zeigen.« Sie stieg aus und ging voran, den Berg hinauf. Der Morgen war ungewöhnlich kühl für August. Unten standen ein paar Sonnenblumen auf dem Feld, von einer Vogelscheuche bewacht, die ein weißes Oberteil und einen Tüllrock trug. Luise erkannte es als Maries Hochzeitskleid.

»Martin hat mir hier seinen Antrag gemacht«, sagte Marie leise. »Heuer sind endlich wieder Sonnenblumen aufgegangen und gewachsen.« Luise hakte sie unter und zog sie weiter den Drumlin hoch. Bald waren ihre Schuhe vom Tau in der Wiese nass. Vom höchsten Punkt, bei den Weiden, hatte man die beste Aussicht über die Landschaft. Zuerst zum Leutstettener Moos, dann über den lang gestreckten See, der im Morgenlicht glitzerte. Der Himmel war wolkenverhangen, vereinzelt schimmerte ein helles Blau hindurch. Die Alpen reihten sich hinter Seeshaupt auf, als ob sie den Horizont abgrenzen wollten, damit niemand aus ihrem Wunderland fiel.

»Meint ihr, Barbara hat ihren Sohn schon in die Arme geschlossen?«, fragte Helga, sie bibberte, und auch Luise fröstelte es.

»Hoffentlich«, sagte Annabel und nieste wieder. Sie stellten sich alle vier dicht zusammen, eine hielt die andere an der Hand und die wiederum die Nächste.

Luise atmete tief aus und ein. Hätte sie diese Reise nicht unternommen, hätte sie den Abstand zu ihrem alten Leben nicht gefunden. Aber jetzt: Noch vor der Scheidung würde sie mit den Kindern zu Marie ziehen, um sich mit ihr eine Zukunft aufzubauen. Zurück im Dorf ihrer Herkunft könnte sie weiterhin das tun, was sie liebte, sich Rezepte ausdenken und Leute mit ihrer Kochkunst verwöhnen.

»Ehrlich gesagt dachte ich, das wird meine Abschiedstour mit euch, aber jetzt will ich um jeden Preis wieder gesund werden«, sagte Helga.

»Das wirst du auch.« Luise umarmte sie.

»Mir steht ein großer Umzug bevor. Ich will, dass wir die Villa und alles, was den Kleefelds gehört hat, zurückgeben. Ich weiß noch nicht, wie ich es Konstantin beibringe, aber das schaffe ich schon. Ich freue mich auf alles, was kommt, ihr auch?« Annabel strahlte. »Wisst ihr was, vielleicht ziehen wir zurück nach Münster, wenn er in den Ruhestand geht. Ich könnte eine Buchhandlung eröffnen.«

»Ich dachte, du machst als Privatdetektivin weiter«, sagte Helga.

»Vielleicht wird es ja eine Krimibuchhandlung.«

»Aber vergiss nicht, reichlich Paris-Reiseführer vorrätig zu haben.« Sie lachten schallend laut.

»Ich glaube, unsere gemeinsame Reise ist noch lange nicht zu Ende«, sagte Annabel.

Marie nickte.

»Vielleicht fängt sie überhaupt erst an, unsere ganz große Tour«, ergänzte Helga.

»Wisst ihr noch, in deiner Turnstunde, Helga?« Luise schnippte und sang den Anfang von Johnnie Rays *Yes, Tonight, Josephine. »Promise me your lips are mine.«*

»Yip yip way bop de boom ditty boom ditty.« Die anderen fielen mit ein, klatschten und schnippten, wackelten mit den Hüften. Gemeinsam schmetterten sie ihr Lied in die Welt hinaus. Annabel, die damals noch außen vor gewesen war, sang am lautesten mit. Träume enden nie, aber Taten, die zu Wundern werden, helfen den Träumen in die Wirklichkeit.

DANKSAGUNG

Nun sind wir gemeinsam in der »Wunderfrauen«-Trilogie von den fünfziger bis in die siebziger Jahre gereist. Obwohl die Wunderfrauen erfunden sind, haben mir die Verwicklungen der Figuren in die deutsche Vergangenheit Gelegenheit gegeben, mich intensiv mit der Geschichte meiner Eltern und Großeltern auseinanderzusetzen. In Band drei konnte ich nun einen Teil meiner Kindheitserinnerungen einarbeiten. Als ich klein war, gab es auch in meinem Dorf mehrere Gemischtwarenläden, die Luise Dahlmanns Laden im Roman ähnelten. Mit Bonbongläsern und offenen Süßigkeiten in Körben, die ich mir unter dem strengen Blick des Verkäufers mit einer Zange selbst zusammenstellen durfte, und selbst wenn ich sie gleich aufaß, bezahlen musste. Wie liebte ich es, Schulsachen einzukaufen und, wieder zu Hause, den Bleistift zu spitzen, den neuen Radiergummi bereitzulegen und ein neues Rechenheft aufzuschlagen. Umhüllt vom Geruch nach Papier und Grafit, verbunden mit der Hoffnung, dass ich Mathe endlich verstand. In Wirklichkeit glich so mancher Laden eher dem der »Moserin« (in Band 1), die immer einen faulen Apfel in die Tüte mit frischem Obst schmuggelte, der musste schließlich auch verkauft werden. Mit strengen Anweisungen wurde ich zum Einkaufen geschickt. Eine Nachbarin musste ich grüßen, die andere, mit der meine Mutter gerade zerstritten war, sollte ich ignorieren. Hinterher musste ich haarklein berichten, was gesagt und getan worden war. Luise Dahlmann betrieb für mich als Autorin den idealen Gemischtwarenladen. Hier wurde niemand ausgerichtet oder verurteilt. Ihr Motto »Hören und Weghören« stammt von einer heute zweiundneunzigjährigen Verkäuferin, die ungenannt bleiben möchte. Sie arbeitete in einer Milchzentrale, in der man die frisch gelieferte Milch in die mitgebrachte Kanne pumpte. Ein Papier, zwischen Deckel und Henkel geklemmt, verhinderte, dass beim Schlenkern auf dem Heimweg etwas auslief.

Viele Zeitzeugen haben mir von damals erzählt und mir damit persönliche Facetten für diese Romanreihe geschenkt. Die historischen Fakten und Hintergründe habe ich in Archiven und Bibliotheken recherchiert. Ein besonderes Vergnügen war es auch, die Musik dieser Jahrzehnte zu hören. Auf spotify.de habe ich zu jedem Buch eine Playlist erstellt, suchen Sie, wenn Sie mögen, dort nach Musik zu »Die Wunderfrauen«.

Ich danke all den inspirierenden Persönlichkeiten, die mich mit ihren Lebensgeschichten beeindruckten, erschütterten, aber auch »meinen« Wunderfrauen Kraft und Hoffnung gaben:

Egon Jameson (1895–1969), für das Glücksrezept, das Luise als Köchin am Anfang dieses Romans für sich abwandelt. Der deutsch-britische Journalist musste wegen seiner jüdischen Herkunft emigrieren.

Vera Friedländer (1928–2019), deutsche Schriftstellerin, Professorin an der Humboldt-Universität und Holocaust-Überlebende, die 1944–1945 in einem Berliner Reparaturbetrieb für den Schuhkonzern Salamander Zwangsarbeit leisten musste und eine Autobiographie (*Ich war Zwangsarbeiterin bei Salamander*, Das Neue Berlin, 2016) über ihre schrecklichen Erlebnisse in dieser Zeit schrieb.

Eleonore Hertzberger (1917–2016), deutsche Schriftstellerin, die mit ihrem Mann vor den Nazis floh und in ihrem Buch

(*Durch die Maschen des Netzes*, Heyne, 1996) davon berichtet. 2003 erhielt sie für ihr Engagement das Bundesverdienstkreuz.

Ursula von Kardorff (1911–1988), deutsche Journalistin und Autorin, die in mir von Jugend an mit ihrem Buch (*Adieu Paris,* Kindler 1974) Sehnsucht erzeugte und mir genau das Paris zeigte, das die Wunderfrauen bereisen.

Michael Verhoeven (geb. 1938), deutscher Regisseur und Schauspieler, mit seinem Dokumentarfilm *Menschliches Versagen* über die systematische Enteignung der jüdischen Bevölkerung im Nationalsozialismus.

Wolf Biermann (geb. 1936), Liedermacher und Schriftsteller, der durch seine Erinnerung an die Weltfestspiele der Jugend und Studenten 1973 in Ostberlin einen Auftritt in diesem Roman erhielt.

Persönlich danke ich besonders meinem Mann Thomas, dem Schreiner Notnagel, der es seit über dreißig Jahren mit mir und meinen Launen als »Drama-Queen« aushält. In den letzten Wochen vor der Manuskriptabgabe hat er mich rund um die Uhr betüddelt und mich nicht nur mit seinen kunstvoll-köstlichen Nachspeisen à la Luise Dahlmann bekocht. Er ist zudem der Meisterplotter, ihm fällt auch zu der verzwicktesten Romanhandlung etwas ein.

Meine Wunderfamilie ist mein Rettungspaket und meine Krafttankstelle zugleich. Ohne Veronika, Theresa, Jonas, David, Basti und meine Enkelinnen Winona, Ida und Lia hätte ich die knappen Abgabetermine nicht einhalten können.

Sehr herzlich danke ich dem gesamten Team der S. Fischer Verlage, insbesondere meiner Lektorin Carla Grosch, die die Reihe als Nachfahrin von Ladenbesitzern anstieß, Verena Wälscher vom Marketing, meiner Redakteurin Susann Rehlein, meiner Literaturagentin Sabine Langohr, der Sensitivity-Readerin Marie-Theres Wieme und Ihnen, liebe Buchhändlerin und lieber Buchhändler, liebe Literaturbloggerin und lieber Literaturblogger, lieber Leserin und lieber Leser für Ihr großes Interesse an den Wunderfrauen.

Auf Wiederlesen, Ihre Stephanie Schuster

NACHWEISE

S. 29 aus: Platon, Des Sokrates Verteidigung, Apologie, übersetzt von: Daniel Ernst Schleiermacher, 1805 In: Erich Loewenthal (Hrsg.): *Platon: Sämtliche Werke in drei Bänden*, Band 1, unveränderter Nachdruck der 8., durchgesehenen Auflage. Wissenschaftliche Buchgesellschaft, Darmstadt 2004

Verse auf S. 393 aus: Abraham Sutzkever, *Ein Wagen Schuhe*, übersetzt von Hubert Witt, aus: *Wilna Ghetto 1941–1944/Gesänge vom Meer des Todes*, S. Fischer Verlag, Frankfurt am Main 2009

Verse auf S. 412 aus: Wolf Biermann, *Commandante Che Guevara*, 1973 in: Alle Lieder, Kiepenheuer und Witsch Verlag, Köln 1991

Claudia Kaufmann

Das Fräulein mit dem karierten Koffer

Roman

Am Horizont die Freiheit

Als die neunzehnjährige Sabine sich in den Sohn einer reichen Familie verliebt, scheinen all ihre Träume zum Greifen nah. Im Sommer 1964 steht ihr eine neue Welt voller Verheißungen offen. Doch dann wird sie ungewollt schwanger, und es beginnt eine schwere Zeit. Als ledige Frau hat sie kaum Rechte, wenn sie ihr Kind behalten will. Wird sie es selbst erziehen dürfen? Und was wird aus ihrem eigenen Leben?

»Mittendrin und ganz nah, so empfand ich es beim Lesen.«
Monika Baumgartner

320 Seiten, broschiert

Weitere Informationen finden Sie auf
www.fischerverlage.de

AZ 596-70049/1